Monica Beckmann & Christian Kravogel

tredition®
www.tredition.de

© 2017 Monica Beckmann

Covergestaltung: Christian Kravogel & Monica Beckmann

Verlag und Druck:
tredition GmbH, Halenreie 42, 22359 Hamburg

ISBN
Paperback: 978-3-7439-7072-4
Hardcover: 978-3-7439-7073-1
e-Book: 978-3-7439-8218-5

Die Wilhelm Tell Legende

Band I

Der Schwertmacher

Wilhelm Gorkeit

Dem meist stillen und zugleich kraftvollen Lande Helvetien
gewidmet.

Der Mythos ist keine Lüge, er ist die Dramatisierung eines Ereig-
nisses mit einem Kern geschichtlicher Wahrheit.

Jacob Burckhardt, 1818 – 1897
Schweizer Humanist / Philosoph

Inhalt

Intro

1230 Schöllenenschlucht im Kanton Uri

„Geht, bringt euch in Sicherheit!", schrie der Hirte den Kindern völlig ausser Atem zu. Neben ihm sein Hütehund, in der Flanke eine schlimme Bisswunde.

Das Mädchen stand am ganzen Körper zitternd auf der geländerlosen Brücke, über der furchteinflössenden Schöllenenschlucht. Ihr offenes blondes Haar wehte im aufkommenden Wind, der einzelne Regentropfen vor sich herjagte. Voller Angst umklammerte sie mit ihren zarten Fingern die Hand ihres gleichaltrigen Freundes Jakob. Jakob schob sich und das Mädchen schutzsuchend dicht an den stattlichen Auerochsen, den er am Seil führte.

Dieser prachtvolle Ur, ein Stier mit einer beeindruckenden Schulterhöhe, stand wie ein Fels auf der Brücke und versperrte den Weg, während grosse Bergschafe mit weitaufgerissenen Augen in wilder Panik überall umherrannten. Dabei stiessen sich die Tiere gegenseitig laut blökend von der schmalen Brücke in die Tiefe und einen qualvollen Tod.

Der Wind frischte auf, eine dunkle Regenwand schob sich von Süden heran.

Ohne einen Laut tauchte hinter dem nahen Felsen am Brückenende der Grund für dieses heillose Durcheinander auf. Ein Rudel Wildhunde, von quälendem Hunger getrieben, bleckte seine Zähne unter glühenden Augen.

Hinkend wandte sich der verletzte Hirtenhund mutig und kampfbereit dem gefrässigen Rudel entgegen, um treu seinen Herrn und die ihm schutzbefohlenen Schafe zu verteidigen.

Unbeeindruckt näherte sich das Rudel langsam aber zielstrebig.

Ohne Vorwarnung stürzen sich drei der Bestien auf den verletzten Hirtenhund, der ihnen auf dem Weg zu ihrer Beute im Weg stand. Das arme Tier hatte keine Chance und verschwand winselnd zwischen seinen Angreifern.

Der Schmerz über diesen Verlust war dem Hirten deutlich anzusehen. Ohne zu überlegen, kam er seinem bewegungslosen vierbeinigen Freund zu Hilfe. Mit einem kraftvollen Tritt beförderte er eine der Bestien in den tosenden Abgrund. Energisch umfasste er den Leib seines Freundes und versuchte ihn wegzuziehen. Scharfe Zähne aus einem stinkenden Maul gruben sich schmerzhaft in seinen Oberarm. Doch es wäre ihm nicht im Traum eingefallen loszulassen. Um einem weiteren zähnefletschenden Gebiss auszuweichen, hob er mit ungeahnten Kräften den schwerverletzten Hund hoch, befreite sich aus den Fängen, machte einen Schritt zurück und stolperte dabei über eines seiner Schafe, die noch immer verschreckt hin und herrannten.

Mit dem Gewicht des Hundes im Arm, fand der Hirte sein Gleichgewicht nicht mehr. Er versuchte sich mit einer Hand im grob wolligen Fell eines der robusten Schafes festzuklammern, bekam es nicht zu fassen, taumelte, versuchte sich zu fangen und kippte schliesslich in einer unnatürlichen Langsamkeit mit seinem Hund im Arm von der Brücke. Sein überraschter, gellender Schrei hallte von den senkrechten Felswänden der Schöllenenschlucht und verstummte jäh, als der Unglückliche vom tobenden und schäumenden Gletscherwasser der Reuss verschlungen wurde. Erbarmungslos wurden die beiden Körper über die Granitblöcke im Flussbett gemahlen und gebrochen.

Schutzlos und kreidebleich standen Jakob und das Mädchen wie angewurzelt auf der Brücke. Ihnen gegenüber vier ausgemergelte Wildhunde mit angelegten Ohren und nach hinten gezogenen Lefzen.

Dumpfes, unheilvolles Donnergrollen war zu hören, während einer der Wildhunde gierig in die Kehle des schwächsten Schafes biss und diesem damit einen schnellen Tod bescherte.

Mit blutverschmierter Schnauze schnappte ein anderer wie im Rausch nach den verstörten Schafen, während zwei der Angreifer die beiden Kinder nicht mehr aus den Augen liessen.

Plötzlich prasselte kalter Regen aus dem schwarzen Himmel auf sie nieder, innert kürzester Zeit waren sie nass bis auf die Knochen. Ein grauer Regenschleier trübte die Sicht. Auf den Eichenbohlen der Brücke stand bereits das Wasser.

Im wilden Blutrausch machte einer der Wildhunde dem anderen seine Beute streitig. Knurrend kämpften sie um ein totes Schaf, verbissen sich zu einem Knäuel und rutschten schliesslich gemeinsam über die Kante der Brücke ihrem Tod entgegen.

Die letzten zwei Wildhunde hatten sich davon nicht ablenken lassen. Geduckt und mit angelegten Ohren näherten sie sich unaufhaltsam der kleinen Gruppe.

Der Auerochse stellte sich breitbeinig hin und senkte seinen mächtigen Schädel mit den weitausladenden, imposanten Hörnern.

Die beiden Kinder schoben sich nach hinten, an der Seite des mächtigen Stiers entlang.

Als einer der Wildhunde einen Satz auf die kleine Gruppe zumachte, schwenkte der Stier im richtigen Moment seinen Kopf, erwischte den Hund im Sprung und schleuderte ihn gegen einen Felsen. Benommen rutschte der Angreifer hinunter in die Tiefe der Schlucht.

Einen Wimpernschlag später setze der zweite Wildhund zum Sprung an. Der Stier schwenkte seinen massigen Kopf in die andere Richtung, dabei krachte sein Horn an eine schroffe, überhängende Felsnase. Das lang gekrümmte Horn mit der dunkel gefärbten Spitzen brach knirschend ab. Ein nichtendenwollender Blutstrom ergoss sich aus dem wunden Hornzapfen.

Geistesgegenwärtig umfasste Jakob mit beiden Händen sein Messer, rannte los, lies sich auf die Knie fallen und rutschte mit vorgestreckter Klinge über die nassen Holzbohlen vor den verletzten Stier. Das Messer traf den überraschten Wildhund mit voller Wucht und bohrte sich tief in seine Brust. Tonlos sackte das Tier in sich zusammen.

Ohne sich eine Pause zu gönnen, wendete sich Jakob dem verletzen Stier zu. Mit zitternden Händen wickelte er geschickt seine Jacke um den blutenden Hornzapfen und strich dem gutmütigen Tier liebevoll über das makellose, schwarze Fell, bevor er sich dem Mädchen zuwandte.

Die nassen Haarsträhnen klebten ihr im bleichen Gesicht. Mit eiskalten Lippen küsste sie Jakob wortlos auf die Stirn und griff mit klammen Fingern trostsuchend nach seiner Hand. Ohne sie wieder los zu lassen setzten sie ihren Weg im strömenden Regen weiter bergauf Richtung Andermatt fort.

Prolog

Tausende von Jahren waren bereits vergangen, seit sich die Kelten in den Ebenen und Tälern Helvetiens niedergelassen hatten. Immer wieder zogen über die Jahrhunderte fremde Völker durch die helvetischen Siedlungsgebiete, unter ihnen Slawen, Römer, Hunnen, Räten und Alemannen. Einige liessen sich in den fruchtbaren Hügellandschaften oder im Schutz der Berge nieder und vereinten sich mit den hier bereits Ansässigen. Was sie verband, war die Liebe zu ihrem Land, der Stolz auf ihre Errungenschaften und die Stärke mit der sie ihre Rechte und Freiheiten zu verteidigen pflegten.

Inmitten dieser Wiesen, Moore, Wälder und Berge befand sich ein See. Durch Gletscher aus längst vergangenen Zeiten in den harten Fels der Alpen geschliffen, lag er eingebettet in malerischen Tallandschaften, umringt von hohen, schneebedeckten Bergen. An seinen Ufern die vier Waldstätten. Im Süden das von den Kelten nach dem Stier benannte Ure. Im Osten ein Tal, das im Glanz der schneebedeckten Berge im ersten Lichte der Morgendämmerung erstrahlte und deshalb von den Alemannen den Namen Svites, glänzend, erhalten hatte. Im Westen erstreckte sich das Land unter dem Wald, von den Römern Subsilvania genannt und im Norden schmiegte sich die Lichterstadt Luciaria an das Seeufer.

Ein arbeitsames Volk von Bauern und Hirten lebte in diesen Tälern, unbehelligt von den Kämpfen, die sich machthungrige Territorialfürsten von der iberischen Halbinsel bis hin zu den Steppen Ungarns und von den Ländern am Nordmeer bis nach Rom lieferten. Diese Fürsten versuchten, mit dem Segen der Kirche und dem Einsatz von Waffen ein neues Imperium aufzubauen. Genannt das Sacrum Imperium, nach dem Vorbild des antiken römischen Reiches. Doch ihr Heiliges Reich war durchtrennt. Die Alpen, ein massiver Gebirgszug erschwerte die Verbindung der Länder im Norden zur Macht stützenden Reichskirche im Süden, in der heiligen Stadt Rom.

Doch dies sollte sich alles ändern, als im Jahre des Herrn 1230, inmitten der Alpen, eine kleine Brücke gebaut wurde. Das Augenmerk von ganz Europa lenkte sich auf sie, auf die Brücke über die Schöllenenschlucht dort im Tal, genannt Uri. Durch diese Brücke wurde das bisher unpassierbare Tal auf einmal zugänglich, Städte, Pässe und Orte wie Luzern, Brunnen, Flüelen, Altdorf und ganz besonders der Pass Sankt Gotthard waren von nun an in aller Munde.

Friedrich II., Kaiser des Sacrum Imperiums, regierte weise und mit Bedacht. Seine Entscheide, ob das Abendland oder das Heilige Land betreffend, fielen in Einklang mit der jeweiligen Kultur. Der Herrscher blickte auf die Täler und Völker der Waldstätten, erkannte die Bedeutung dieses neuen und kürzeren Weges nach Süden, sah die Kraft und Unerschrockenheit in den Augen der Waldstätter und gab ihnen ein Geschenk. Das Geschenk der Freiheit, die Reichsunmittelbarkeit mit der sie unmittelbar und ausschliesslich dem Herrscher des Sacrum Imperiums unterstanden, kein Landesherr war befugt, sie zu unterwerfen.

So geschehen 1231 für Uri und 1240 für Schwyz.

Dies sollte sie auf ewig vor der Ausbeutung durch fremde Mächte bewahren. Mit diesem Geschenk sicherte sich Kaiser Friedrich II. die Loyalität der Helveten, welche den bedeutenden Durchgang durch die Alpen für alle Reisenden sicherten. Doch schon bald nach dem Tode des grossen Kaisers wurde ihre neu erworbene Freiheit zum ersten Mal bedroht. Das Zeitalter, genannt Interregnum, begann. Dreissig Jahre lang stritt man sich um die Nachfolge von Friedrich, das ganze Reich versank in Anarchie. Die Wirren der Zeit nutzte ein Mann aus dem Osten für sich. Zielstrebig eroberte er mehr und mehr Ländereien. Sein Name war Ottokar, König der böhmischen Dynastie der Přemysliden. Erst herrschte er über Böhmen und Mähren, dann über weite

Gebiete in Ungarn und nahm Ostarrîchi, Kärnten und die Steiermark ein. Doch seine Gier nach Land und Macht schien keine Grenzen zu kennen. Er wollte mehr, er wollte die Nachfolge Friedrichs. Ottokar trachtete nach dem Thron, er sah sich als der einzig wahre Herrscher des Heiligen Reiches. Und wer es wagte, sich ihm zu widersetzen, war des Todes.

Die sieben Kurfürsten, ein Rat mächtiger Männer aus Adel und Klerus, denen es oblag, einen neuen König zu finden, fürchteten sich vor der Machtgier Ottokars. Sie suchten nach einem Mann, der friedfertig und weise wie Friedrich II. war, stark und selbstbewusst genug um Männern wie Ottokar die Stirn bieten zu können und der gleichzeitig nicht vergass, die Interessen der Kurfürsten angemessen zu vertreten. Und diesen Mann fanden sie im helvetischen Aargau, in einer Burg ob der Flussmündung von Reuss und Aare. Sein Name war Graf Rudolf von Habsburg.

Die Bürger der Waldstätten jubelten, denn sie hatten von ihm nichts zu befürchten. Er war ein Freund der Waldstätter und nach seiner Wahl zum König als Nachfolger Friedrichs II., anno Domini 1273, bekräftigte er das Recht auf Freiheit von Uri und Schwyz mit der Bestätigung ihrer Reichsunmittelbarkeit.

Doch die Freude währte nur kurz. Der Böhmenkönig Ottokar war ausser sich vor Wut; ein in seinen Augen unbedeutender helvetischer Graf erhielt das, wofür er seit Jahren gekämpft hatte. So zog Ottokar in den Krieg gegen den neuen König des Sacrum Imperiums. Sein Ziel: Rudolf zu vernichten und all seine Verbündeten zu unterwerfen.

Was keiner ahnte, die Gefahr, die sich im Osten aufbaute, war nur der Anstoss einer Reihe schicksalhafter Ereignisse. Ereignisse die schon bald Freunde zu Feinden werden liessen und die die Freiheit aller Waldstätter in Gefahr brachten. Eine Bedrohung der sie nur vereint begegnen konnten.

Und dies ist die Geschichte ihres Freiheitskampfes:

Anno Domini 1258

15. Juli – Der junge Wilhelm

Nahe Brugg am Fluss Aare im Aargau

Jakob, inzwischen ein leicht untersetzter Mann, dem jede Eile ein Graus war, schlenderte gemütlich den gewundenen Pfad entlang, der durch den lichten Wald von Brugg, am Fluss Aare gelegen, hoch zur Habsburg führte. An seiner Hand sein in die Jahre gekommener Lastesel, der zwar langsam aber getreu den schwer beladenen Holzkarren hinter sich herzog. Auf dem Holzkarren lagen, sorgfältig in Tücher eingehüllt, Lanzen, Bögen, Pfeile, Schwerter und drei Armbrüste, die Graf Rudolf von Habsburg bei Jakob bestellt hatte. Gut gelaunt pfiff der Waffenbauer an diesem sonnigen Tag ein Lied vor sich hin und beobachtete amüsiert das Spiel seines zwölfjährigen Sohns Wilhelm, der unermüdlich zwischen den Buchen und Fichten umher rannte.

„Hier, nimm das", der Junge schlug mit seinem Holzschwert einen Dämonen in die Flucht und rief der unsichtbaren Fantasiegestalt hinterher: „Ja, renn nur, das soll dir eine Lehre sein!" Wilhelm schlug weiter nach links, nach rechts, sprang auf einen moosbewachsenen Felsen am Rande einer kleinen Lichtung und stach mit seiner Waffe kraftvoll nach vorn, um im nächsten Moment mit einem Satz wieder im satten Grün zu landen. Gerade als er weiter rennen wollte, entdeckte er zwischen dem hohen Gras zwei orangebraune Schmetterlinge auf den borstigen Blüten einer Diestel. Behutsam kniete sich der Junge hin und beobachtete gebannt die filigranen Wesen und das Glitzern ihrer Flügel im Sonnenlicht.

„Na mein Sohn, alle Bösewichte vertrieben?", hörte er die tiefe, vertraute Stimme seines Vaters hinter sich.

„Schau, Vater!" Interessiert sah der Junge dem Spiel der über die Lichtung davontanzenden Schmetterlinge zu. „Oh, schade, jetzt sind sie weg. Weisst du, wie sie heissen?"

„Rosi und Hans." Kam prompt die Antwort des Vaters.

Wilhelm drehte sich stirnrunzelnd zu seinem Vater und musterte ihn ungeduldig. Dieser schmunzelte seinem Sohn zu, wohl wissend, dass Wilhelm seinen Jux schon verstanden hatte und erklärte: „Das sind Distelfalter, mein Junge, die haben eine weite Reise hinter sich. Ich habe gehört, dass sie im Winter auch auf der anderen Seite der Alpen zu finden sind und sich mit dem Wind in ferne Länder tragen lassen."

Fasziniert sah der Junge hinauf zum tiefblauen Sommerhimmel. „Wenn ich gross bin, möchte ich wie diese Schmetterlinge auch in ferne Länder reisen". Und gleich darauf rannte er durch die Wiese den Schmetterlingen hinterher.

Jakob lächelte milde, „Ja, ja, schauen wir dann mal."

Inzwischen hatten sie den Wald verlassen. Vor ihnen erhob sich der Hügel, auf dessen Kuppe stolz die Habsburg thronte. Das letzte Stück des Wegs führte sie um den halben Hügel herum, so dass Wilhelm genügend Zeit hatte, die hohe Ringmauer, die von mehreren imposanten Türmen überragt wurde, von allen Seiten zu bestaunen.

„Noch ein Stückchen", sanft tätschelte Jakob den Hals seines Esels. „Gleich sind wir da."

Kurz darauf verriet lautes, aufgeregtes Geschnatter von mindestens zwei Dutzend Gänsen ihre Ankunft den Burgwachen.

„Wer da?" Eine tiefe Stimme war von der Mauer über dem Tor zu hören, als sie das letzte steile Stück des Weges endlich geschafft hatten. Neugierig spähte Wilhelm nach oben, konnte aber nur einen Helm ausmachen.

Jakob legte den Kopf in den Nacken. Etwas ausser Atem beantwortete er die Frage: „Mein Name ist Jakob Gorkeit, dies ist mein Sohn Wilhelm."

„Welche Geschäfte führen Euch zu uns?", wollte die Stimme wissen, während der Helm sich leicht hin und her bewegte.

„Wir bringen die Waffen, die Graf Rudolf bei uns bestellt hat", antwortete Jakob geduldig.

Der Helm verschwand hinter den Zinnen.

Wilhelm schaute nach einer Weile fragend seinen Vater an. Dieser verzog keine Miene und wartete ergeben. Der Junge tat es seinem Vater gleich und schaute gespannt auf das verschlossene Holztor vor ihnen.

Aus dem Innenhof waren Schritte zu hören und das schleifende Geräusch von schweren Riegeln, die geschoben wurden. Dann ein dumpfes Knallen von Eisen auf Holz und ein unverständliches Gemurmel, das nur ein Fluchen sein konnte. Dann ein weiterer Knall von unter Spannung stehendem Holz und endlich öffnete sich die eine Hälfte des schweren Holztores, begleitet von einem grässlich quietschenden Geräusch der Metallscharniere. Der Torflügel schwang knarrend auf und kam gleich darauf wieder zum Stillstand. Ein dicklicher, behelmter Mann erschien schwer schnaufend in der Öffnung. Argwöhnisch beäugte er Jakob und Wilhelm, dann blickte er auf den Wagen, der unmöglich durch die halbe Toröffnung passte.

Umständlich klemmte der Wachmann seinen Speer unter die Achsel. Mit einem demonstrativen Stöhnen, als wäre es die schwerste Aufgabe seines Lebens, schob er noch den zweiten Torflügel auf. Dann stellte sich der Wachmann, ohne ein Wort zu sagen, neben das Tor. Sein leerer Blick war auf den Holzkarren hinter dem Esel gerichtet.

„Ich vermute mal, er will uns sagen, dass wir eintreten sollen", mutmasste Jakob amüsiert an Wilhelm gewandt, laut genug, dass der Wachmann ihn sicher verstand. Ein Grummeln war das Einzige, was der Wachmann von sich vernehmen liess, während die beiden mit Tier und Wagen durch das Tor schritten.

Wilhelm war beeindruckt von dem geschäftigen Treiben innerhalb der Mauern. Bei dem schönen Wetter hatten alle ihre Arbeiten nach draussen verlegt. Körbe wurden von flinken Händen geflickt, stattliche Pferde gestriegelt, Leder für neue Stiefel zurechtgeschnitten, von irgendwo war das Hämmern eines Schmieds zu hören und ein Drechsler liess die Holzspäne nur so fliegen. Die hübsche kleine Burgkapelle und die vielen verwinkelten Ecken und Plätzen luden geradezu zum Spielen ein. Doch am meisten faszinierte ihn der Brunnen in der Mitte des grössten Platzes. Er musste unheimlich tief sein, um von hier oben an Wasser zu gelangen. Am liebsten wäre er hingerannt, um einen Kieselstein hinein zu werfen, er war neugierig wie lange es wohl dauerte bis ein platschendes Geräusch zu hören war. Er hob einen kleinen Stein vom Boden auf, wurde jedoch in seinem Vorhaben unterbrochen.

„Dort, das ist Graf Rudolf von Habsburg", deutete Jakob seinem Sohn und brachte den Jungen auf andere Gedanken.
Wilhelm sah gespannt hinüber zum Grafen, der soeben das Haupthaus der Burg verliess und auf sie zuschritt. Der hochgewachsene Mann mit den welligen braunen Haaren und sanftmütigen Augen überquerte lächelnd den Platz.

„Jakob Gorkeit, was für eine Freude euch zu sehen." Rudolf umfasste mit beiden Händen die Rechte von Jakob. „Ich habe schon ungeduldig auf deine Lieferung gewartet."

Jakob wollte gleich zum Karren, um Rudolf die Waren zu zeigen, da fiel der Blick des Grafen auf Wilhelm.

Rudolf neigte sich etwas hinunter. „Du bist bestimmt Wilhelm, Jakobs Sohn."
Wilhelm nickte, während der Graf fortfuhr: „Willkommen auf meiner Burg, junger Mann. Ich habe schon viel von dir gehört. Dein Vater scheint sehr stolz auf dich zu sein." Der Graf zwinkerte Jakob mit einem freundlichen Lächeln zu.

Schüchtern sah Wilhelm zum Grafen auf, ohne seinen Kopf zu heben.

„Wilhelm", rief Jakob streng hinter dem Karren hervor. „Verneige dich vor dem Grafen." An diesen gewandt entschuldigte er sich: „Verzeiht mein Herr, bei Fremden bringt er kein Wort über die Lippen."

„Ist schon in Ordnung, Jakob", entgegnete Rudolf verständnisvoll, fasste die Hand des Jungen und sah ihm in seine braunen Augen, als ob er etwas in ihnen lesen wollte. Rudolf legte eine Hand auf Wilhelms Schulter, lächelte ihn an und wandte sich ohne ein weiteres Wort wieder Jakob zu. „Na dann, zeig uns mal, was du mitgebracht hast."

Jakob packte in seiner gewohnt ruhigen Art die Waffen langsam aus den Tüchern. Der Graf indessen überspielte seine aufkommende Ungeduld mit einigen Befehlen an seine Bediensteten. „Stallbursche, bring für das Lastentier einen Eimer Wasser und ein Bündel Stroh." Und in Richtung der Burgküche befahl er mit lauter Stimme. „Tildi, bereite für unsere beiden Gäste ein Mahl und Getränke vor."
An Wilhelm gewandt ergänzte er: „Tildi ist die beste Köchin weit und breit; aus der einfachsten Grützenbrühe zaubert sie noch ein schmackhaftes Mahl."

Unterdessen öffnete Jakob das Tuch, in welchem eine Armbrust eingehüllt war. Die Augen des Grafen leuchteten. Jakob übergab ihm mit sichtlichem Stolz die hervorragend gefertigte Armbrust. Graf Rudolf von Habsburg nahm die Waffe wie ein Kunstwerk entgegen und betrachtete sie von allen Seiten. Wog sie in seinen Händen, fuhr mit den Fingern sachte über die Horneinlagen, die an beiden Seiten des Kolbens eingebracht waren und ertastet nachdenklich die eingekerbten Symbole und Worte.

„Die hat mein Sohn eingearbeitet", verkündete Jakob voller Stolz.

Rudolf zog die Augenbrauen hoch und mit leichtem Nicken antwortete er: „Eine sehr schöne Arbeit, weit besser, als ich es mir vorgestellt hatte." Voll Respekt betrachtete er den Jungen und las dann die Worte, die im Horn auf der linken Seite des Kolbens eingebracht waren: „Helvetia coniunctis viribus." Der Graf sah zu Wilhelm, als er wiederholte, „Helvetien mit vereinten Kräften. Welch schöne Worte mein junger Wilhelm, sind sie deinen eigenen Gedanken entsprungen oder hast du sie irgendwo gelesen?"

„Meinen eigenen", antwortete der Junge leise.

„Und wen betrachtest du hier als Helvetier?", fragte der Graf fordernd.

Jakob sah seinen Sohn aufmunternd an, woraufhin der Junge sein Kinn hob, dem Grafen von Habsburg in die Augen sah und antwortete: „Wir alle, die wir hier leben, unabhängig der Herkunft unserer Vorväter, wir alle sind Helvetier, entweder im Blute oder im Herzen."

Ausgiebig musterte der Graf den Jungen vor sich. „Und dies bringst du mit diesen Worten zum Ausdruck, sehr schön." Neugierig betrachtete Rudolf nun auch die andere Seite des Kolbens und las die dort eingravierten Worte: „Consensus omnium - mit Zustimmung aller." Ohne ein weiteres Wort liess Rudolf seinen Blick über die verschlungenen Linien gleiten. Es hatte den Anschein, als ob sie die Worte zierend umspielten, doch Rudolf erkannte, dass es damit weit mehr auf sich hatte.

„Sag mir, Junge, deute ich diese Zeichen richtig? Ich erkenne sowohl Insignien des Christentums, als auch keltische Symbole. Und wenn ich die Zeichen aus alten Tage richtig deute, dann stehen sie für die Göttinnen Aventia und Artio, nicht wahr?" Rudolf wartete nicht auf eine Antwort und fuhr nachdenklich fort, „doch die Linien enden nicht, du hast sie direkt verbunden mit den Insignien des Christentums. Wahrlich gewagt."

Rudolfs Augen wanderten zu Wilhelm, wieder zurück zur Waffe und wieder hin zum Jungen, unschlüssig was ihn mehr faszinierte. „Ich erkenne in den Worten und den Zeichen den unbelasteten Verstand, den nur ein Kind haben kann. Kein Erwachsener würde es wagen diese Symbole so verspielt zu kombinieren."

„Mein Herr", unterbrach ihn Wilhelm aus einem inneren Drang heraus, und zur Überraschung seines Vaters „ist es nicht auch gewagt, eine Waffen, die zum Töten bestimmt ist, mit christlichen Symbolen zieren zu lassen, wie ihr es gewünscht hattet? Und war es nicht euer Wunsch Altes und Neues auf dieser Armbrust zu vereinen? Diese Worte und Symbole sollen Verbindendes zeigen auf einem Gerät, das gebaut wurde, um zu trennen." Selbst überrascht über den Mut seiner Worte, wanderte sein Blick hilfesuchend zu seinem Vater. Dieser legte ihm wohlwollend die Hand auf die Schulter und ergänzte: „So wie die alten heiligen Zeichen in christliche Symbole übergehen, so tut es auch unser Glaube. So wächst wahre Kraft aus der Verbindung von scheinbar Gegensätzlichem."

Rudolf nickte nachdenklich und sah den Jungen vor sich lange an. „Du bist nicht nur geschickt in deinem Handwerk, mein Junge, du trägst in dir einen wachen und klaren Geist. Ich frage mich, wie viele Leben du schon gelebt haben musst, damit du in deinen jungen Jahren solche Gedanken äussern kannst." Der Graf klopfte Wilhelm anerkennend auf die Schulter und unterbrach damit die tiefschürfenden Gedanken.

„Junger Mann, ich danke dir von Herzen für dieses Prachtexemplar. Wundervoll, einfach wundervoll."
Dann wandte er sich an Wilhelms Vater, der seinen Sohn immer noch verblüfft doch stolz anlächelte. „Jakob, ich bin überzeugt, dass du nicht nur einen würdigen Nachfolger heranziehst, sondern einen wahrhaft edlen Mann. Einen so wachen Geist sollte man fördern. Wenn du möchtest, nutze meine Kontakte zu ver-

schiedenen Klöstern und Herren mit Büchern aus aller Welt, ein Wort genügt." Anerkennend sah der Graf wieder zu Wilhelm: „Gut gemacht."

Stolz über die gerade gehörten Worte zog Wilhelm seinen Kopf zwischen die Schultern und lächelte verlegen.

„Doch lasst uns einmal sehen, ob diese Armbrust nur zur Zierde dient, oder ob sie einen Bolzen gerade und weit schiessen kann." Rudolf zog den Spannhebel, liess die Sehne einrasten, nahm ein metallenes Projektil, legte dieses in die dafür vorgesehene Rille ein und richtete die Armbrust steil in den Himmel. Ein leichter Wind kam auf, einzelne weisse Wolkenbänder zierten das Blau des Himmels. Ein dumpfer Knall durchbrach die Ruhe des Tages, gefolgt von einem Zischen und der Bolzen flog hoch über die Burgmauer und verschwand schnell aus dem Blickfeld der Beobachter. Das unerwartete Zischen liess eine Magd ängstlich zusammenfahren, während einer der Wachen anerkennend einen Pfiff von sich gab.

„Unglaublich! Hoffentlich hole ich keinen Engel von seiner Wolke herunter", scherzte der erstaunte Graf und nickte dem Waffenbauer zufrieden zu. „Eine gute Waffe. Mit zwei Dutzend davon, Jakob, in genau dieser Art will ich meine Burgwachen ausrüsten lassen. Aber diese hier, werde nur ich verwenden und sie bekommt einen besonderen Platz in meiner Halle."

Rudolf liess sich noch die Lanzen, Schwerter, Pfeile und Bögen zeigen, die er bei Jakob Gorkeit bestellt hatte.
„Jakob, ich bin wie immer sehr zufrieden mit deiner Lieferung." Rudolf von Habsburg schätzte die Zuverlässigkeit von Jakob. „Ich nehme alles und gebe dem Zahlmeister Anweisung, dir die vereinbarte Summe in Gold- und Silbertalern auszuhändigen. Kommt in meine Halle und lasst uns anstossen."

Kurz bevor sie die Tür erreichten, drang aus der Burg das Schreien eines Säuglings. Eine Amme, ganz konzentriert auf das

Kind in ihrem Arm, kam ihnen entgegen. Erst als sie knapp vor sich auf den Pflastersteinen die Schuhe des Grafen sah, blickte sie erschrocken auf. „Oh, verzeiht mein Herr, aber der Junge Schreit schon wieder andauernd, ich kann es ihm mit nichts recht machen", entschuldigte sie sich mit einem Hauch von Ungeduld in der Stimme. Sie atmete tief durch bevor sie erklärte: „Ich wollte mit ihm ein wenig spazieren, in der Hoffnung, dass er sich an der frischen Luft beruhigen wird."

„Ja, mach das", antwortete Rudolf mit ruhiger Stimme und schob das dünne Leinentuch über dem Gesichtchen des Kindes zur Seite. „Schau, Jakob, das ist mein erstgeborener Sohn, Albrecht. Der kleine Schreihals hat seinen ersten Winter gut überstanden."

Jakob war nicht wirklich an diesem schreienden Kind interessiert, doch Wilhelm stellte sich neben die Amme und sprach mit leisen beruhigenden Worten auf den Kleinen ein. Er berührte die Füsschen die unter den Windeln hervorstrampelten und begann eine der winzigen Fusssohlen sanft mit dem Daumen zu massieren. Zur Verwunderung aller beruhigte sich das Kindchen zusehends und hörte auf zu weinen. Erstaunt beobachtete Rudolf wie sich Wilhelm hingebungsvoll ganz auf den kleinen Jungen konzentrierte. „Jakob, mein Freund, versprecht mir eines, pass gut auf deinen Wilhelm auf."

Anno Domini 1278

20 Jahre später

2. August – Freunde in der Fremde

Entlang der Donau zwischen Linz und St. Pölten

Die Glut brannte heiss in der Esse, ein lautes Fauchen und unzählige von Funken stoben in den Himmel. Die beiden Blasebälge hoben und senkten sich abwechselnd und stiessen noch mehr Luft mitten in die Feuerschüssel hinein. In kräftigem, gleichmässigem Trott bewegte der junge Bursche die Tretvorrichtung, um die Hitze des Feuers zu halten. Der Hufschmied schob mit festem Griff die Zange mit dem zu bearbeitenden Eisen tief in die glühende Kohle. Geduldig wartete er, bis die dunkle Oberfläche allmählich ein leuchtendes Kirschrot zeigte. Nur ein schwerer Lederschurz über der Leinenhose schütze ihn vor dem Funkenflug und der heissen Luft, die ihm entgegen brannte.

Schweigend arbeiteten Vater und Sohn Hand in Hand.

Der Bursche hob den Kopf und lauschte. Mehr ein Gefühl als ein Laut hatte seine Aufmerksamkeit geweckt. Er versuchte wahrzunehmen, was ausserhalb des einfachen Unterstandes, der ihn auf seiner Tretvorrichtung vor Wind und Wetter schützte, vor sich ging, doch alles schien so ruhig wie zuvor. Er blickte zum Himmel, ob sich vielleicht ein Gewitter zusammenbraute. Doch dort schoben sich nur friedliche, dicke weisse Wolken langsam über das weite Land mit den sanften Hügeln. Unsicher sah der Junge zu seinem Vater, der weiterhin auf die Glut und das Eisen vor sich starrte. Beruhigt widmete er sich wieder seiner monotonen Arbeit und trat kräftig den Blasebalg zusammen.

Ohne einmal von seiner Arbeit aufzusehen, packte der Hufschmied mit der Zange das Eisen, das zwischen den Kohlen glühte und legte es vor sich auf den Amboss. Von seinem muskelbepackten nackten Oberkörper tröpfte der Schweiss zischend auf das rotglühende Metall. Er hob den schweren Schmiedehammer, holte aus und liess das Werkzeug auf das heisse Eisen donnern.

Der Jüngere nutzte die kurze Pause, um Wasser für den Löschtrog zu holen. Das regelmässige Klingen des Hammers war noch unten an der Wegkreuzung bei der alten Eiche zu hören. Im Vorbeigehen winkte der Junge seiner kleinen Schwester Juliana zu; sie spielte oft hier an der Gabelung des Pfades. Während sie Blumen pflückte und über die Wiesen hüpfte, sang sie das Lied der Elfen, welches ihr Bruder ihr beigebracht hatte. Es war das einzige Erbe ihrer Mutter die sie nie kennen gelernt hatte. Sie winkte ihrem Bruder hinterher, der zwischen einigen Birken hinunter zum Bach verschwand.

Der jähe, schrille Schrei eines Falken liess das Mädchen aus ihrer kindlichen Träumerei aufschrecken und suchend zum Himmel blicken. Dutzende Raben flogen gleichzeitig von der knorrigen Eiche neben der Wegkreuzung auf. Sie horchte. Geräusche drangen an ihr Ohr die sie noch nie zuvor vernommen hatte. Ein Grollen, das nicht aufhören wollte und immer lauter wurde. Das Rasseln von Metall, als ob in weiter Ferne tausend Schmiedehämmer gleichzeitig auf einen Amboss schlugen.

Schnell rannte sie den nahen Hügel hinauf, das Gras unter ihren kleinen, nackten Füssen war noch feucht vom Morgentau. Wie angewurzelt blieb sie stehen und starrte mit offenem Mund hinunter in das weite Tal. Nahe dem breiten Fluss, über die grüne Matten und Felder, schlängelte sich eine endlos scheinende schwarze Schlange. Und diese Schlange bewegte sich in ihre Richtung. Sie hatte Angst, ihr kleines Herz pochte wild in der Brust. Die eben erst gepflückten Blumen glitten ihr aus den kraftlos gewordenen Fingern. Die Angst drängte sie, sofort weg zu rennen, doch ihre Neugier war stärker. Sie kletterte auf ihren Lieblingsstein, um besser sehen zu können. Ihre nassen Fussabdrücke auf dem bereits sonnengetrockneten warmen Stein blieben von ihr für heute einmal unbeachtet.

Am Fusse des Hügels, in der breiten waldlosen Ebene entlang des Flusses, tauchte dunkel und mit lautem Dröhnen der Kopf der Schlange auf.

Doch das, was Juliana erspähte, war nicht der Kopf einer Riesenschlange, die aus dem Reich der Finsternis entflohen war. Das was sie sah, waren hunderte, nein tausende von Männern, Burschen, bewaffneten Rittern und Edelleuten, manche zu Pferd, manche auf Wagen und viele zu Fuss, die auf sie zu marschierten.

Wie aus dem Nichts preschte ein Reiter eilig an ihr vorbei. Noch bevor der gleichmässige Klang der Hufe verhalt war, kam ein weiterer Reiter. Dessen Pferd scheute vor ihr und stellte sich auf die Hinterbeine. Der Reiter aus dem Spähtrupp trug einen langen dunkelblauen Umhang und sah finster auf das Mädchen herab. Immer wieder rief er „Hoo, hoo...," und stiess dem Tier mit den Fersen in die Seite, bis es endlich weiter galoppierte.

In diesem Moment wurde Juliana von hinten gepackt. Ihr Bruder hob sie so eilig zu sich auf den Arm, dass das Wasser in seinem Eimer nur so spritzte. Schnell schlang sie ihre Arme fest um seinen Hals. Und während er mit ihr zurück zur Schmiede rannte, starrte sie gebannt über seine Schulter, hinunter in die Ebene auf das riesige Heer, dessen Spitze sie schon bald erreichen würde. Zitternd erkannte sie, wie ein Reiter sich aus dem unheimlich, tosenden Menschenstrom löste und geradewegs an den Platz ritt, an dem sie eben noch gespielt hatte. Ängstlich vergrub sie ihr Gesichtchen in der Schulter ihres Retters.

Wilhelm Gorkeit, der im Heere aus dem Elsass, Helvetien und Schwaben ritt, hatte den Trupp verlassen, um von einer Anhöhe auf die tausenden von Soldaten in der Talebene blicken zu können. Sie befanden sich mitten in Ostarrîchi, in einer weiten Ebene des sonst dicht bewaldeten Hügellandes, das der breite Strom der Donau durchzog. Wilhelm beobachtete die vielen Menschen die im gleichmässigen Trott den Weg unter ihre Füsse nahmen, als sein Blick auf einen kleinen Strauss bunter Blumen fiel, der vergessen im Gras lag. Während er überlegte, wer sie wohl hier liegen gelassen hatte, gesellte sich ein weiterer Reiter zu ihm.

„Ist schon ein eindrücklicher Anblick", stellte dieser bewundernd fest ohne Wilhelm anzusehen.

„Ja, mächtig und furchteinflössend." Bestätigte Wilhelm ungefragt.

„Ja, hoffen wir, Ottokar sieht das auch so." Mit einem breiten, gewinnenden Lachen stellte sich der zweite vor: „Seid gegrüsst, mein Name ist Ulrich, Ulrich von Kapellen aus dem schönen Land ob der Enns."

„Freut mich, dich kennen zu lernen", Wilhelm sah in die kecken Augen seines Gegenübers, „ich bin Wilhelm Gorkeit, Sohn von Jakob aus Dällikon bei Zürich."

„Aus Zürich?" Ulrich von Kapellen musterte Wilhelm genau. „Ihr wirkt auf mich nicht wie ein Mann aus der Stadt."

Wilhelm schmunzelte: „Du siehst in mir vermutlich meine Vorfahren. Ich stamm aus einem Volk aus den Bergen. Mein Grossvater kommt aus einem Tal der Alpen, einem Gebiet genannt Uri." Mit festem Blick sah Wilhelm zu seinem Gesprächspartner.

Ulrich lachte breit: „Ein Helvete! Welch Freude, euch mag ich, seid willkommen in unseren Ländereien."

Noch nicht ganz darüber im Klaren was er von diesem gesprächigen Ritter halten sollte, bedankte sich Wilhelm mit einem angedeuteten Nicken.

Nach einer kurzen Pause fügte Ulrich hinzu: „Diesem Ottokar von Böhmen werden wir es schon zeigen!", er hob lachend seine Faust zum Himmel und rief: „Für König Rudolf!" Gut gelaunt sprach er weiter, „Komm Wilhelm, ich will dir meine Freunde vorstellen."

Die beiden Männer ritten zurück zum Kopf des dahinkriechenden Tross um sich neben drei weiteren Rittern einzureihen.

„Seid gegrüsst, edler Ritter von Ramswag", rief Ulrich in die Reitermenge und schien auf etwas zu warten. Als die gewünschte Reaktion ausblieb, fügte er mit blitzendem Schalk in den Augen hinzu: „Ein Ritter bist du, das ist wohl wahr, aber edel, ich weiss nicht?" Da Walter von Ramswag noch immer nicht reagierte, scherzte er weiter, „das Edelste an dir mein Freund ist die Spange die deinen Umhang zusammenhält."

Ohne eine Miene zu verziehen oder ihn anzusehen entgegnete Walter von Ramswag gutmütigen und langsam: „Hat da jemand was gesagt oder war das nur das Gesäusel des Windes?" Er liess sich Zeit bis er schmunzelnd hinzufügte. „Ah, Ulrich du bist es, spar dir deinen Übermut besser für die Dirnen auf."
Das Grinsen in Ulrichs Gesicht verriet seinen Spass an diesen Neckereien. Halb zu Wilhelm gewandt, fuhr er fort: „Darf ich vorstellen, das ist Wilhelm Gorkeit, wie du ein Helvete. Ihr zwei seid genauso, wie ich mir Helveten immer vorgestellt habe, in meinen Augen vereint ihr die Kraft der Kelten, das Feuer der Hunnen und den Charme der Römer." Ulrich konnte es nicht lassen, lachend zog er Walter von Ramswag weiter auf: „Beim Charme bist du allerdings etwas zu kurz gekommen, Walter."

Walter Ramswag grinste gutmütig vor sich hin und musterte den Neuankömmling von oben bis unten und fragte überrascht: „Wilhelm Gorkeit, der Waffenschmied Wilhelm Gorkeit – du alter Haudegen! Wie lange ist es her?"

„Viel zu lange, alter Freund", Wilhelm streckte ihm erfreut die Hand entgegen. Walter ergriff den Unterarm von Wilhelm und klopfte ihm anschliessend kraftvoll auf den Rücken: „Es freut mich, einen guten alten Bekannten wie dich hier wiederzusehen."

„Sag, warum haben wir uns auf dem langen Weg hierher noch nicht getroffen?" Wollte Wilhelm wissen.

Walter wies auf Ulrich von Kapellen „Ich habe mich schon vor einem Monat hier in der Nähe auf der Burg Mitterberg mit meinem Freund Ulrich getroffen. Wir sind erst gestern zum Trupp gestossen."

Ulrich schüttelte belustigt den Kopf. „Das glaub ich ja nicht! Helvetien muss wahrlich klein sein", stellte er erstaunt fest, "ihr zwei kennt euch?"

„Ulrich, das ist nicht irgendwer", erklärte Walter stolz. „Das ist Wilhelm Gorkeit, der beste Waffenschmied zwischen dem Rhein und den Alpen. König Rudolf hält grosse Stücke auf ihn und seine Familie. Seine halbe Waffenkammer ist bestückt mit den legendären Armbrüsten, Lanzen und Schwertern der Gorkeits."

Ein hochgewachsener Ritter, lenkte sein Pferd näher an die kleine Gruppe und ergriff das Wort. „Wie ich gehört habe, durchschlagen eure Armbrustbolzen den Brustpanzer eines böhmischen Soldaten noch aus hundert Schritt Entfernung." Der Ritter nickte Wilhelm freundlich zu. „Mein Name ist Konrad von Sumerau, es freut mich, euch kennen zu lernen."

Auch Ritter Pop von Reichenstein mischte sich lachend ins Gespräch ein: „Auf einhundert Schritt Entfernung? Na, das wär' doch was für dich Ulrich, dann hast du vielleicht endlich eine Chance aus zehn Schritt Entfernung etwas zu treffen."

Ulrich lächelte, streckte kämpferisch sein Kinn nach vorne und wollte gerade antworten, da spottete Konrad: „Du meinst, Ulrich trifft aus zehn Schritten Entfernung? Ha! Aber auch nur, wenn wir den böhmischen Soldaten zuvor an einem Baum fest binden."

Alle lachten, am lautesten Ulrich selbst.

Das Gespräch wurde unterbrochen, als König Rudolf mit hoch erhobener Hand den Strom seiner Männer zum Halt brachte und ein Ruf von Mund zu Mund durch die Reihen ging: „Rast! Wir schlagen unser Nachtlager auf."

Wilhelm blickte nach vorn. An der Spitze des Heerestrosses erkannte er Rudolf von Habsburg zusammen mit seinem jüngsten Sohn Hartmann. Beide hatten eine unverkennbare, erhabene Art, im Sattel zu sitzen und mit seinen fünfzehn Jahren hatte der Junge bereits das markante Profil seines Vaters. Beide hatten sie in der Sommerhitze ihren königlichen Umhang abgelegt und waren, wie alle im Trupp, nur mit einem schmucklosen hellen Leinenhemd, Reithosen und verstaubten Stiefeln bekleidet.

Auch Wilhelm reckte seine vom Reiten ermüdeten Glieder. Während die Sonne sich langsam über den dicht bewaldeten Horizont senkte.

„Kommt, lasst uns unser Nachtlager errichten", rief Ulrich seinen Gefährten munter zu, als er von seinem Ross stieg.

„Los", befahl er seinen Knappen, „dort bei der Schmiede, da schlagen wir unsere Zelte auf. Und ausserdem braucht meine Stute dringend einen Satz neuer Hufeisen, die jetzigen passen nicht zu meinem Umhang." Lachend führte Ulrich sein Ross zur Schmiede.

Nachdem jeder seinen Platz zum Schlafen hergerichtet hatte, sassen die Männer vor ihren Zelten am Feuer, unterhielten sich und assen ihr spärliches Mahl. Ein kleines Mädchen spähte neugierig aus der offenen Türe der Schmiede und hörte staunend den Männern zu. Die Aufregung dieses Tages hatte Juliana müde gemacht, trotzdem wollte sie unbedingt hören, was sich diese fremden Krieger zu erzählen hatten und setzte sich auf die Türschwelle. Auch ihr Vater der Schmied genoss die unerwartete Gesellschaft und die willkommenen Geschichten der Fremden.

Er setzte sich neben Wilhelm ans Feuer während der Sohn des Schmiedes reihum kräftigen Met ausschenkte.

„Ihr habt eine unerschrockene kleine Tochter", stellte Wilhelm mit einem Kopfnicken zur Tür fest. Der Schmied bestätigt Wilhelms Worte mit einem wortlosen Nicken und runzelte die Stirn.

„Was bereitet euch Sorgen?", hackte Wilhelm nach.

Mit bedächtigen Worten teilte der Schmid seine Gedanken mit dem Fremden. „Meiner Tochter fehlt die Mutter und mir die Frau." Wilhelm suchte noch nach tröstenden Worten als der Schmid fortfuhr: „Margarete äusserte als letzten Wunsch, dass unser Töchterchen Juliana heissen soll, bevor sie nach der schweren Geburt verstarb und uns Männer mit dem kleinen Wesen alleine liess." Er verstummte kurz bevor er weiterfuhr und dabei ins flackernde Feuer starrte. „Nach Juliana von Lüttich sollten wir sie benennen, um ebenso fromm und diszipliniert wie jene das Leben zu meistern. Und, wie Margarete sagte, damit sie die Kraft hat als Frau in einer Männerwelt gehört und wahrgenommen zu werden." Der Schmid sah Wilhelm kurz an: „Juliana von Lüttich war eine Priorin oder so etwas und hat es wohl weit gebracht, ich kenn' mich mit so etwas nicht aus." Nachdenklich sah er wieder ins Feuer. „Unsere Juliana ist ungewöhnlich wissbegierig, fragt mir Löcher in den Bauch und nach jeder Antwort kommt ein weiteres Warum. Als hätte ihre Mutter das geahnt, nicht wahr? Ich bin ein einfacher Mann, sie wird einen Mann meines Standes heiraten müssen. Frauen mit zu viel Verstand haben es nicht leicht in dieser Welt. Möge Gott ihr helfen, ihren Platz in der Welt zu finden."

„Amen", entgegnete Wilhelm, betroffen über die schlichte Wahrheit dieser Worte.

„Mmhh, herrlich", Ulrich von Kapellen, der nichts von diesem Gespräch mitbekommen hatte, schob sich theatralisch einen Löffel voller in Gänsefett geköchelter Habergrütze in den Mund

und tat so, als habe er nie etwas Besseres gegessen. Von Sumerau beteiligte sich an dem Spiel und lobte überschwänglich: „Es gibt eindeutig nichts Besseres als in Hühnerblut getränkte Brotwürfel, die in leckerem Schmalz gebacken wurden." Naserümpfend sah er in seinen dampfenden Teller. Auch an diesem Abend gab es keine Wahl und so blieb ihm nichts Anderes übrig, als sich einen der roten Brotwürfel in den Mund zu stecken.

Schläfrig lehnte Juliana ihr Köpfchen an die Türzarge und versuchte krampfhaft, die Augen offen zu halten.

„Ah, wie sehne ich mich nach einer richtig guten Käsesuppe mit frischem Brot, so etwas gibt es nur zu Hause." Walter Ramswag leckte sich bei diesem Gedanken über die Lippen, Wilhelm nickte ihm zustimmend zu.

„Ich weiss, ich weiss", lachte Ulrich von Kapellen zwischen zwei Bissen, „euch Helveten braucht man nur Käse aufzutischen, am Besten in geschmolzener Form und ihr seid glücklich."

„Aber ich weiss, wie ich eure Gedanken auf andere Wege lenken kann." Ulrich grinste verschmitzt, „Hört nun, was man sich erzählt über das Land, in das wir ziehen, in diese von Geheimnissen umwitterten weiten Felder östlich von Wien." Ulrich nahm einen grossen Schluck verdünnten Wein und begann zu erzählen: „Man munkelt das Folgende habe sich auf jenem Feld ereignet, auf dem vor einigen Jahren der ungarische König Béla gegen Ottokar gekämpft hatte. Dort soll eine uralte, stolze Föhre stehen, in deren Stamm eine Fee wohnt. So wunderschön wie ein Menschenmann sie sich nur vorstellen kann. Doch ihre Anmut und Schönheit zeigt sie nur in der Nacht. Am Tage, so erzählt man, verwandelt sie sich in ein altes Weiblein, das dort am Baumstamm sitzt und bettelt, um die Menschen zu prüfen. Denn das, was sie sucht, ist ein Mensch reinen Herzens. Diesen Menschen, einmal gefunden, würde sie reich belohnen. Niemand konnte ahnen, dass dieses Bettelweib in Wahrheit die wunderschöne Fee sei.

Nicht weit von dort lebte ein reicher Bauer. Er hatte ein Herz aus Stein und war ein Geizkragen, wie man es selten sah. Auf dem Weg zu seinen Feldern kam er mit seiner Magd, einer armen Waisen, jeden Tag an dem Baum mit dem Mütterlein vorbei. Da sass die alte Frau und flehte um ein Almosen. Der Bauer jedoch tat so, als sähe er sie nicht. Die Magd aber blieb stehen und teilte mit der Alten ihr karges Brot. Als der Bauer dies schliesslich bemerkte, gab er seiner Magd immer kleinere Stücke Brot. Und weil die Magd auch dieses noch täglich teilte, gab er ihr eines Tages gar nichts mehr.

Eines Nachts, zur späten Stunde, war der Bauer alleine auf dem Heimweg von einem Fest. Der Weg führte ihn an der mächtigen Föhre vorbei. Es schien ihm, als habe er sich verirrt, denn da war nicht wie sonst der Baum. Nein, er sah ein märchenhaft beleuchtetes Schloss in allen herrlichen Farben des Regenbogens schimmernd. Ausserdem hörte er eine wunderliche Musik. Neugierig, wie er war, trat er näher. Und weil ihn niemand aufhielt schritt er in das Schloss und betrat einen wunderschönen, glanzvollen Saal. Dort feierten festlich geschmückte Zwerge eine Hochzeit und tanzten zur eigentümlichen Musik. Der Bauer entdeckte eine reich gedeckte Tafel mit den köstlichsten Speisen." Mit Blick auf Walter von Ramswag ergänzte Ulrich, „bestimmt war auch eine Käsesuppe dabei, Walter."

Während alle lachten, beobachtete Wilhelm, wie die kleine Juliana behutsam von ihrem Vater hochgehoben wurde um sie sanft wiegend ins Haus zu tragen. Dies geschah mit einer zärtlichen Achtsamkeit, die man diesem Berg von einem Mann gar nicht zugetraut hätte.

„Na, auf jeden Fall", Wilhelm richtete seine Aufmerksamkeit wieder dem wild gestikulierenden Ulrich zu, der laut weiter erzählte, „stopfte sich unser gierige Bauer die Taschen und den Mund voll mit all den Köstlichkeiten. Als er keinen Happen mehr essen konnte und seinen Taschen fast die Nähte platzen, verliess er das Feenschloss und tappte hinaus in die Finsternis, um den Weg nach Hause wieder aufzunehmen. Zu Hause prahlte er dann am nächsten Morgen vor Frau und Kindern von dem Fest bei den Zwergen und zog aus den Taschen den leckeren Schmaus. Doch pfui Teufel, all die Leckereien hatten sich in Pferdemist verwandelt! Da lachten ihn seine Leute aus. Er war so wütend, dass er fast zersprungen wäre."

Ulrich füllte seinen Becher bis zum Rand, doch bevor er trank, erzählte er weiter. „In seiner Wut warf er den ganzen Unrat in die Schürze der Magd, lachte sie aus und meinte, sie könne das ja nun mit der Alten am Baum teilen. Die Magd ging still hinaus, um alles in die Mistgrube zu werfen.
Aber siehe da, auf einmal war ihre Schürze voll von funkelnden Edelsteinen. Ausser sich vor Freude rannte sie zur Föhre, um den Schatz mit dem armen Mütterlein zu teilen. Doch dort sass kein altes Weiblein mehr, sondern die wunderschöne Fee. Sie war von der Güte dieses Mädchens so gerührt, dass sie ihr nicht nur die Edelsteine überliess, sondern noch dazu eine Kiste voller Gold und Silber schenkte." Durstig leerte Ulrich seinen Becher in einem Zug.

Konrad von Sumerau neckte: „Und Ulrich, weisst du wo das Mädchen wohnt? Sie wäre eine gute Partie für dich. So könntest du dir für dein Pferd einen Satz vergoldeter Hufeisen leisten." Die Männer am Feuer stimmten lachend ein.

Ungerührt erwiderte Ulrich: „Die Geschichte sagt nichts über das Aussehen der Magd, vielleicht ist sie ja, sagen wir…, nicht unbedingt die Schönste. Was nutzen Gold und Silber, wenn du jedes Mal Angst bekommst wenn du deine Frau anschaust. Nein, ich kümmere mich lieber um die Fee. Feen sollen sehr sinnlich sein", schwärmte Ulrich mit einem breiten Grinsen.

Konrad stand auf: „Also Männer, hässliche Weiber und sinnliche Feen treiben vielleicht auch hier ihr Unwesen. Passt also auf, wenn ihr des Nachts durch die Gegend streift um euren Wein weg zu tragen." Damit verliess er die Runde und suchte sich einen genügend weit entfernten Busch während er bereits an seinem Hosenbund nestelte.

Er versäumte es jedoch nicht, im Vorbeigehen einen der Knappen anzuweisen, mehr Wein zu holen. Die anderen Burschen waren dabei, die Rüstungen ihrer Herren zu reinigen oder zumindest so zu tun, während sie selber auch vom Rebensaft kosteten.

Die Aufmerksamkeit aller wurde von einer kleinen Gruppe Reiter abgelenkt, die mit Getöse in ihrer Nähe vorbeipreschten. Trotz der fortgeschrittenen Dämmerung erkannte jeder den jungen Prinz Albrecht von Habsburg. Wie immer an seiner Seite Drakkelm, der stolz die Insignien eines Hauptmannes trug. Dahinter weitere acht begleitende Reiter. Der kleine Trupp hielt auf die Unterkunft des Königs zu.

Walter Ramswag blickte hoch und bestätigte das Offensichtliche: „Das ist Albrecht, der Sohn von Rudolf", er hielt kurz inne. „Ich trau dem Kerl einfach nicht über den Weg. Aus seinen Augen strahlt etwas, ich kann nicht sagen was es ist, aber es läuft mir jedes Mal kalt den Rücken herunter."

„Ja, ich denke, ich weiss, was du meinst, Walter." Wilhelm schaute dem Trupp nachdenklich hinterher. „Ich kenne ihn, ein Hitzkopf. Und dieser Drakkelm stachelt ihn auch noch an." Still starrte Wilhelm in das tanzende Feuer vor sich und versank in Gedanken die Jahre zurückreichten. Als junger Mann, es musste mehr als zehn Jahre her sein, war er bei Rudolf von Habsburg wieder einmal zu Gast gewesen. Der heutige König war noch ein Graf und Prinz Albrecht ein Halbwüchsiger. Als er an jenem Frühsommermorgen wieder aufbrechen wollte und mit dem Grafen den Innenhof betrat, um sich zu verabschieden, wurde er Zeuge eines Zwists.

Aufgeregtes Rufen hatte sie damals nach draussen vor die Haupttore gezogen.

„Vater, Vater, schau!", hatte der halbwüchsige Albrecht aufgeregt und ohne Unterlass gerufen. Er war mit Ritter Drakkelm zurück von der Jagd gekommen.

„Schau Vater, ich hab' sie ganz alleine erlegt!" Stolz hatte der Junge auf die Hirschkuh gezeigt, die von zwei Knechten herangeschleppt wurde.

Rudolf näherte sich dem toten Tier, musterte es und strich mit seiner Hand über das raue Fell am Bauch des Tieres.

„Bist du denn von Sinnen?" Herrschte Graf Rudolf plötzlich seinen Sohn an. „Diese Hirschkuh ist trächtig. Wie konntest du ein Tier erlegen, das ein Junges in sich trägt. Du denkst immer nur bis vor deine Nase. Wenn du alle Muttertiere tötest, wird es bald keine Tiere mehr in unseren Wäldern geben, die uns ernähren könnten." Rudolf wandte sich kopfschüttelnd von seinem verdutzten Sohn ab und schritt energisch zurück durch das Burgtor.

Enttäuscht hatte Albrecht zu Drakkelm, seinem engsten Vertrauten, aufgeschaut. Der Ritter jedoch hatte dem Jungen anerkennend auf die Schulter geklopft und erklärt: „Deinem Vater scheinen andere Dinge wichtiger zu sein als deine Erfolge. Mach dir nichts draus. Es war ein hervorragender Schuss und es ist egal, ob das Vieh trächtig ist oder nicht. Wichtig ist, du hast es erledigt. Du ganz alleine."

Lautes Lachen riss Wilhelm aus seinen Gedanken und brachte ihn wieder zurück in die Gegenwart. Ein Schaudern lief ihm über den Rücken, wenn er sich vorstellt, dass Albrecht mehr von Drakkelm beeinflusst und geformt worden war als von Rudolf.

10. August – Heereslager bei Wien

Vor den Toren von Wien

Die Stille des jungen Morgens wurde allmählich vertrieben. Von überall aus dem habsburgischen Lager, das unter König Rudolf I. vor Wien aufgeschlagen worden war, drangen Geräusche des aufwachenden Heeres. Schon viele Tage harrten sie hier aus und hatten bisher nichts Anderes zu tun, als ihre Waffen zu pflegen und die Pferde zu versorgen. Mit jedem Tag, der tatenlos verging, stieg die Ungeduld der Truppen genauso wie die Reizbarkeit der Bewohner Wiens. Denn das gigantische Heer, das König Rudolf von Habsburg versammelt hatte und das nun vor den Stadtmauern Wiens wartete, umfasste mehr Menschen als die Stadt an Einwohnern zählte.

Der Feind allerdings lag mit seinen Truppen weit im Norden, für die nächste Zeit war keine Änderung dieser Situation in Sicht. Um die allgemeine Moral der Truppen zu stärken, hatte der König am Abend zuvor reichlich Wein für alle bereitstellen lassen. So hatten es die meisten an diesem Morgen nicht eilig, auf die Beine zu kommen.
Einer aber schritt gut gelaunt zu den Pferdekoppeln, um nach seinem Fuchshengst zu sehen. Wilhelm Gorkeit erntete verständnislose Blicke von denen, die nur langsam begriffen, dass sie wohl gestern doch ein wenig zu viel von dem guten Wein getrunken hatten.

Unvermittelt stellte sich ihm eine junge, zierliche Frau in den Weg. Die Haare wild zerzaust, blickte sie ihn ungeniert mit ihren dunklen Kulleraugen an. Die Schnüre, die ihr Gewand über den prallen Brüsten hätten zusammenhalten sollten, fehlten, und da er gut zwei Köpfe grösser war als sie, bot sich ihm ein tiefer Einblick in ihre weiblichen Rundungen.

Sie schnurrte: „Na schöner Mann, weshalb so eilig an diesem herrlichen Morgen?" Auffordernd schmiegte sie ihre Lenden an seinen Oberschenkel, während ihr Bein geschmeidig an seinem hochfuhr. Sanft aber bestimmt griff ihre Hand an seine Hose. „Mmhh, hörst du auch, wie die Wölbung die ich da spüre, ganz laut nach mir ruft?"

Wilhelm brauchte einen Moment, um nach diesem Überfall besonderer Art wieder Herr seiner Sinne zu werden. Er atmete kurz durch und schob die junge Frau mit sanftem Druck von sich weg.

„Ich fühle mich geschmeichelt." Freundlich lächelte er das Freudenmädchen an, „und ich weiss auch, welche Wölbung du am meisten begehrst". Wilhelm tastete die lederne Geldkatze an seinem Gürtel ab. Mit der anderen Hand ergriff er die zarte Hand der Hure, führte sie zu seinem Mund und gab einen sanften Kuss auf ihre Finger. „Vielleicht ein anderes Mal."

Gekonnt zog sie einen süssen Schmollmund: „Schade." Doch im selben Moment entdeckte sie eine Gruppe Männer, die gerade erwachten. Schmunzelnd verkündete sie: „Ah, da drüben benötigt einer meiner Dienste." Sie deutete auf einen Soldaten, der mit weit ausgebeulter Hose noch im Halbschlaf dalag. Leichtfertig winkte sie Wilhelm zu und gesellte sich mit einem kecken Spruch zu den Männern.

Wilhelm grinste in sich hinein. Er war froh, für eine kurze Zeit aus dem Heerlager zu kommen, in dem dicht gedrängt so viele Männer - und ein paar Frauen - beieinander lebten. Nicht nur, dass die meisten zu wenig auf die eigene Sauberkeit achteten, man bekam auch mehr an nächtlichen Aktivitäten mit, als man an Details ertragen konnte. Schaudernd erinnerte er sich an den Anblick, der sich ihm an diesem Morgen, als er gerade die Augen öffnete, geboten hatte. Ein stark behaarter Männerhintern, so breit wie von einem Brauereiross, der sich auf und ab auf einem noch breiteren, stöhnenden Fleischberg bewegte. Das Gesicht der untenliegenden Frau, die ihn aus einem nahezu zahnlosen Mund stöhnend angrinste, brachte er fast nicht mehr aus seinem Kopf. Intensiv versuchte er, an die Kulleraugen von eben zu denken und sich auf die Erinnerung an ihren schönen Busen zu konzentrieren, um das andere Bild endlich los zu werden.

Noch während er versuchte, die Gedanken auf Erfreuliches zu richten, flog ein schwächlich wirkender Jüngling an ihm vorbei und schlug hart auf dem steinigen Boden auf. Sein Knie zerkratzt, ein Auge blau, drehte er sich um und blickte ängstlich an Wilhelm vorbei in das Zelt, aus dem er gerade geflogen war. Ein kleiner, muskelbepackter Glatzkopf kam schnaubend aus dem Zelt. „Du…", begann er drohend.

Wilhelm hob seine Hand. „Ich denke, er hat genug."

„Ich sage, wann er genug hat!" herrschte ihn der Mann zornig an.

Mit sanftmütiger Stimme versuchte Wilhelm den Glatzkopf zu beruhigen. „Spar dir deine Kraft für die Böhmen. Der Junge hat seine Lektion gelernt und wird es nicht wieder tun."

Mit einem Knurren und einer abfälligen Handbewegung drehte sich der Mann um und verschwand wieder im Zelt. Wilhelm zog den Jüngling hoch auf die Beine, als dieser stammelte: „Ich habe nur…".

„Lass gut sein. Es interessiert mich nicht. Wasch dich, kühle dein Auge und bleib einfach von ihm fern."

Der Jüngling nickte nur und ohne ein weiteres Wort humpelte er eilig davon.

Wilhelm schüttelte den Kopf. Vermehrt kam es zu Raufereien aus purer Langeweile, vermutlich ist es ein Glück, - überlegte er - dass genügend Huren hier ihre Dienste anboten und so die Reizbarkeit in Wohlgefühl wandelten, sonst hätte sich vermutlich das halbe Heer schon vor der Schlacht gegenseitig totgeprügelt.

Wilhelm brauchte dringend etwas Stille und angenehmere Gerüche. Schon bald atmete er dankbar den vertraut herben Geruch der nahen Pferdekoppel ein.

Ein Mann mit verschlafenen Augen, einer dicken dunkelroten Nase und einer geschwollenen Schramme über dem linken Auge, versuchte ungeduldig, sein Pferd richtig anzubinden. Das Tier riss sich los, wich zurück und schüttelt energisch den Kopf. Auch die weiteren halbherzigen Versuche des Mannes brachten keinen Erfolg. „Was ist los mit dir, du undankbarer Klepper!", schimpfte er auf das Tier ein. Wilhelm hatte dem Treiben eine Weile zugesehen und ging langsam auf den grauen Hengst zu, berührte ihn sanft am Hals und sprach leise auf ihn ein: „Ist gut mein Freund, lass dich nicht ärgern, ganz ruhig. Er hat nur vergessen, dass du ein Lebewesen bist." Der Hengst beruhigte sich soweit, dass Wilhelm ihn zurück an seinen Platz führen konnte. An den Mann gewandt fragte er: „Wie heisst du?"

„Henntz", kam heiser die Antwort zurück.

Wieder ganz auf das Pferd konzentriert schlug Wilhelm gelassen vor: „Behandle dein Pferd mit Respekt, es tut dir gute Dienste. Besser, du schläfst erstmal deinen Rausch aus."

Kleinlaut willigte dieser ein: „Das werde ich. Mir hämmert`s im Schädel wie in einer Schmiede."

Wilhelm grinste und fragte: „Der zwanzigste Becher Wein gestern war wohl schlecht?"

Verlegen blickte der Mann zu Boden und trollte sich.

Wilhelm blieb nicht viel Zeit für seinen eigenen Hengst. Liebevoll tätschelte er ihm den Hals, kontrollierte, ob alles in Ordnung war und fütterte ihn, begleitet von ein paar fürsorglichen Worten, mit einer Mohrrübe. Als die Sonne ihre ersten Strahlen über den Horizont schickte, machte sich Wilhelm auf zum Zelt des Königs.

Auf dem Dach des Königszeltes wehte das gelbe Banner mit dem roten Löwen der Habsburger im kühlen Morgenwind. Das stattliche Zelt, in ovaler Form, war ganz in Rot gehalten. Gelbe, quadratische Wimpelbänder säumten den Eingang. Links und rechts, neben dem offenen Zelteingang, steckten mannshohe Banner im Boden. Rechts, das Reichsbanner mit dem Schwarzen Adler auf gelbem Grund. Links, das Banner von Wien, welches ein geschliffenes silbernes Kreuz auf rotem Grund zeigte. Das Zeltinnere war, genau wie König Rudolf selber, in seinem Erscheinen schlicht gehalten. Kein unnötiger Schmuck zierte die Wände, einzig das schwere grosse Tuch, das die nächtliche Ruhestätte des Königs vom übrigen Bereich trennte, war reich bestickt mit Szenen vergangener Schlachten. Davor zwei einfache Scherenstühle mit einem kleinen Tisch, auf dem eine kunstvoll gefertigte Schale stand, gefüllt mit Früchten. Auf dem dunkelroten Teppich stand ein grosser Holztisch, der den ganzen Raum dominierte. Darauf lagen diverse Karten und Schriftstücke übereinander ausgebreitet.

Als Wilhelm mit ein paar anderen Männern das Zelt betrat, sprach gerade ein Kundschafter, der mit der Morgendämmerung zurückgekehrt war. Der Mann, noch ausser Atem vom schnellen Ritt, erklärte an Rudolf gewandt: „Ottokar belagert weiterhin Laa an der Thaya."

Wilhelm sah sich um. Im geräumigen Zelt hatten sich inzwischen die Anführer der einzelnen Gruppen versammelt, bestimmt über zwanzig an der Zahl. Friedrich von Nürnberg aus dem Hause Hohenzollern, der junge Graf Eucharius aus dem Elsass, Berchtold von Eschenbach und Wernher von Hattstadt aus Helvetien, sowie Heinrich von Isny, der Bischof von Basel und natürlich sein Freund, der Thurgauer Walter vom Geschlecht der Ramswag. Aus dem Schwabenland standen der

Freiherr Hermann von Fürstenberg sowie Egino Graf von Hasela mit seinen beiden Rittern Töbelin von Vischerbach und Hans Vasant in der Runde. Auch Männer aus, Kärnten, Krain, der Steiermark, Tirol und Salzburg waren anwesend. Der Burghauptmann von Wien, Hugo von Taufers, stand als enger Berater gleich neben dem König.

Die Ritter aus Ostarrîchi, Ulrich von Kapellen, Konrad von Sumerau und Pop von Reichenstein, betraten das Zelt, als der König sagte: „Ottokar wartet dort nur bis seine gesamte Armee versammelt ist, um mir dann in voller Stärke in Wien gegenüber zu stehen." Nachdenklich glitt sein Blick über eine der vor ihm ausgebreiteten Karten. „Ich werde nicht länger hier auf ihn warten", seine Hand fuhr einmal quer über die Karte, "wir müssen ihn überraschen, ihn dazu bringen sich uns ohne sein komplettes Heer zu stellen."

Der König sah langsam in die Runde. Trotz des trüben Lichtes im Zelt erkannte Rudolf die Gesichter gut genug, um zu wissen, was in jedem der einzelnen Männer vorging. Er sah in ruhige und angespannte Gesichter, jeder von ihnen zu allem bereit. In den Augen von Berthold von Emmerberg flammte zusätzlich die Gier nach Rache.

Mit fester Stimme entschied der König: „Sendet Boten zu unseren Verbündeten. Wir versammeln uns auf dem Marchfeld und geben Wien auf."

Ein Raunen ging durch die Reihen, von Heunburg sprach aus was alle dachten: „Wien aufgeben, ist das wirklich klug mein König?"

Von Emmerberg fuhr hitzig dazwischen, wohl aus Angst, die Chance auf Rache würde ihm mit diesem Entscheid entgehen. „Unsere Verbündeten aus dem Westen werden nicht zu uns dringen können. Ottokar hat den Herzog von Niederbayern veranlasst, in seinem Land zu bleiben um den Anmarsch unserer Verbündeten zu behindern."

Der Basler Bischof von Isny erhob seine wohlklingende Stimme. „Wir haben einen starken Verbündeten im Osten. König Ladislaus wird mit seinen Kumanen ungehindert die Donau überqueren können und in wenigen Tagen zu uns stossen."

„Ladislaus? Er ist gerade mal sechzehn Jahre alt, was erwartet ihr von einem Kind?" Der Schwabe war dem jungen ungarischen König noch nie begegnet. Sorgenvoll sah er sich um und versuchte, in den Gesichtern der anderen zu lesen.

Von Emmerbergs Augen blitzen: „Legen wir unser Schicksal jetzt in die Hände eines Kindes, mit seinen befreundeten Wilden, die nach fremden Sitten leben?"

„Genug!", gebot König Rudolf energisch und hob ruhig die Hand. „Es ist ein Wagnis, ich weiss. Doch Ottokar muss auf seinen Platz verwiesen werden und zwar jetzt und endgültig. Ich habe mich entschieden. Schickt die Boten und bereitet alles vor. Wir werden Ottokar auf dem Marchfeld schlagen."

Die Männer sahen ihren König schweigend an. Von Emmerberg wollte noch etwas sagen, doch er entschied sich dagegen. Aufgebracht wandte er sich als erster zum Gehen. Alle bis auf die beiden Söhne Rudolfs verliessen das Zelt.

„Vater", Albrecht ergriff, genau wie Rudolf erwartet hatte, das Wort, als sie alleine waren, „Ottokar will uns provozieren und uns mit der Belagerung zu sich locken. Wir sollten besser Wien beschützen."

Hartmann, so gross und schlank wie sein Vater, sah vor sich auf die Karten, als er sprach: „Nein, ich denke Vater hat recht, Ottokar will Zeit gewinnen, damit er sein ganzes Heer versammeln kann und er wird überrascht sein wenn wir Wien verlassen und uns nach Nordosten verschieben."

Albrecht ignorierte die Ausführungen seines jüngeren Bruders und sprach weiter auf den König ein. „Bedenke, Vater, Ottokar hat vor vielen Jahren bereits gegen die Ungarn auf dem Marchfeld gekämpft und gewonnen. Das Marchfeld, Vater", Albrecht tippte mit dem Finger energisch auf die Karte, „dort, wo du die Schlacht austragen willst, genau dort war Ottokar schon einmal siegreich. Das ist ein ganz schlechtes Omen für uns."

„Omen?", Rudolf schien auf dieses Stichwort geradezu gewartet zu haben, „Genau das wird seine Schwäche sein. Zu meinen, das Marchfeld sei das Feld seiner Siege." Rudolf schüttelte langsam den Kopf. „Als ich vor fünf Jahren König wurde, wollte er die Krone. Ich habe versucht, ihn zu einem Verbündeten zu machen, das wäre auch für ihn von Vorteil gewesen. Doch er hat jedes meiner Angebote rüde zurück gewiesen. Er wird nicht ruhen, bis er hat, was er will, es geht ihm nicht um Wien. Das was er will, ist die Krone."

Hugo von Taufers, der Burghauptmann von Wien, betrat wieder das Zelt und gesellte sich zu ihnen. Er hatte den letzten Satz noch vernommen und pflichtete der Aussage des Königs bei. „Ottokar hat die Vision einer mächtigen Donaumonarchie. Er ist ehrgeizig und er hat es geschafft grosse Gebiete unter seine Herrschaft zu bringen. Ja, er will die Krone, um seinen Einfluss noch mehr zu vergrössern. Ist er erst einmal König des Sacrum Imperium wird er keinen Deut mehr auf irgendjemanden geben. Das meine Herren kann ich euch versprechen."

„Ihr erzählt uns nichts, was wir nicht bereits wüssten", erwiderte Albrecht barsch und marschierte ungeduldig im Zelt hin und her. „Hinzu kommt, Ottokar kann Vater als König des Sacrum Imperium nicht anerkennen. Mit der Anerkennung würde Ottokar all die Herzogtümer, die er inzwischen erobert hat, an Vater abtreten müssen. Er würde seine Macht und Ehre verlieren." Für einen kurzen Moment schwang so etwas wie Verständnis in Albrechts Stimme mit.

Des Königs Stimme klang müde, als er erklärte: „Ich bin bereits sechzig Jahre alt und glaubt mir, mir steht der Sinn nicht nach Schlachten. Ich suchte das Gespräch, wollte verhandeln, aus einem Feind einen Freund machen. Ich hoffte und glaubte mein Leben lang, dass man mit dem Wort und neuen familiären Verbindungen viel, wenn nicht alles erreichen kann." Er seufzte: „Es betrübt mich, dass Ottokar so starrsinnig ist."

Albrecht lachte kurz und hart auf: „Was hast du erwartet? Ottokar weiss, dass er die eroberten Herzogtümer von dir, dem König, im besten Fall als Lehen erhalten würde und das auch nur, wenn die Kurfürsten einwilligen. Damit kann er nicht zufrieden sein. Das wäre ich an seiner Stelle auch nicht." Albrecht rümpfte die Nase, liess sich auf einen der Stühle fallen und griff in die Schale mit Früchten.

„Das ist typisch, Bruder", Hartmanns sonst schon dunkle Augen verfinsterten sich noch mehr über die Taktlosigkeit seines Bruders. "Dabei bedenkst du nicht, dass es allen, vom Adel bis zum einfachen Bauern, in Friedenszeiten bessergeht als wenn zehntausende durchs Land ziehen, um Kriege zu führen."

Albrecht griff in die Schale mit Früchten, biss gelangweilt in einen Apfel und warf Hartmann einen verächtlichen Blick zu. „Ja, ja, fang nicht an zu heulen. Mir ist schon klar, dass du lieber zu Hause an einem hübschen Busen liegst als in den Kampf zu ziehen."

Hartmann ballte die Fäuste und seine sonst sinnlich vollen Lippen presste er zu einem dünnen Strich zusammen. Täglich liess Albrecht ihn seine Geringschätzung spüren.

Zwischen zwei Bissen sagte Albrecht ungeduldig an seinen Vater gewandt: „Jetzt ist es zu spät, darüber zu reden, du hast die Reichsacht über Ottokar erlassen. Spätestens da musste dir klar sein, dass du ihn dir zum Feind machst."

Nachdenklich erwiderte der König: „Mir blieb keine andere Wahl." Nach einer kurzen Pause führ er überraschend energisch fort: "Bei aller Diplomatie, auch ich lasse mich nicht zum Gespött machen." Leise Hoffnung schwang mit, als er ausführte: „Das Wissen um unser neues Bündnis mit König Ladislaus erhöht vielleicht den Druck, dass er mich als König anerkennt. Wenn nicht, kommt es unausweichlich zum Kampf."

Hartmann meldete sich wieder zu Wort: „Würde er dich als König anerkennen, Vater, dann würde er nur ein einfacher Vasall über Böhmen und Mähren. Nichts aus der Vergangenheit deutet darauf hin, dass er das hinnehmen wird."

König Rudolfs schlanke Gestalt zeichnete sich gegen den hellen Himmel im Zelteingang ab, als er ruhig sagte: „Es muss zu einem Ende kommen, bereitet alles für die Verschiebung des Heeres zum Marchfeld vor."

Laute Rufe waren zu hören und vor dem Zelt war plötzlich ein Tumult. Das Trampeln mehrerer Wachen, die zum Zelt beordert wurden, liessen den König und seine Söhne aufhorchen. Vier Edelleute standen diskutierend vor dem Zelt, als Rudolf mit seinen Söhnen hinaus ins Sonnenlicht trat. Mit blinzelnden Augen erkannten sie zuerst nur eine Staubwolke in der Ferne. Als sich ihre Augen an die gleissende Augustsonne gewöhnt hatten, wurden drei Ritter erkennbar, die sich im schnellen Galopp von Wien her näherten.

„Wer könnte das sein?" Hartmann sprach aus, was alle dachten. „Ein blauweiss gestreiftes Wappen, von welchem Haus ist das?", Hartmann beschattete mit der Hand seine Augen und versuchte angestrengt die Wappen der anderen beiden Ritter zu erkennen. „Sowie ein gelbrot kariertes und der Reiter vorn hat ein rotes mit - ich sehe es nicht genau." Hartmann blinzelte und glaubte kaum, was er da sah. „Ein rotes Wappen mit drei goldenen Löwen!" Verblüfft schauten alle zum König. Rudolf lächelte, hüllte sich aber in Schweigen. Es war noch zu früh, um zu erklären, warum ihn Abgesandte des englischen Königshofes aufsuchten.

Schnell erreichten die drei Ritter die Anhöhe, auf der Rudolfs Zelt stand.

Die Pferde schnaubten als der Ritter mit dem blauweiss gestreiften Schild in der Hand seinen Helm abnahm. „Mein Name ist Guillaume de Lusignan, erster Earl of Pembrokshire, Abgesandter von Edward dem I, König von England. Ich suche euren König, Rudolf den I. von Habsburg." Rudolf tat einen Schritt nach vorn. „Ihr habt ihn gefunden. Seid gegrüsst, Earl of Pembroke, willkommen in unserem Heerlager." Der Earl sprang von seinem Pferd, holte einen Ledereinband aus seinem Waffenrock und kniete vor dem König nieder. „Ich habe hier ein Schreiben für euch, von meinem Herrn, König Edward." Rudolf öffnete den Brief und las stumm, unter den neugierigen Blicken der Umstehenden, die Zeilen. Zufrieden lächelnd wandte er sich an den königlichen Abgesandten: „Earl, bitte erhebt euch und begleitet mich in mein Zelt."

Auch Albrecht wandte sich, zusammen mit seinem Vater, zum Zelteingang. Rudolf blieb stehen und sprach milde. „Nein, du nicht Albrecht, die Angelegenheit betrifft nicht dich, sondern Hartmann." Albrecht blieb abrupt stehen und sah verwundert zu seinem jüngeren Bruder, der sich bereits mit den anderen hatte entfernen wollen.

„Hartmann, kommst du bitte?" Rudolfs Stimme liess keine Deutung seiner Gefühle zu. Zusammen mit dem Earl wartete er auf seinen jüngeren Sohn. Hartmann, ebenso überrascht wie sein Bruder, kehrte um und schritt auf das Zelt zu.

„Was hast du jetzt wieder angestellt, Brüderchen?" flüstert Albrecht ihm mit einem hämischen Grinsen zu, als Hartmann an ihm vorbei schritt. Ohne etwas zu sagen, ging der Jüngere weiter. Das Strahlen in den Augen seines Vaters liess sein Herz schneller schlagen. Gefolgt von seinem Vater und dem Earl of Pembroke betrat Hartmann das Zelt.

***

„Ihr wollt mich verloben?" Hartmann hatte Mühe, dem, was er gerade gehört hatte, Glauben zu schenken.

„Ja, mein Sohn", lächelte Rudolf, „bedenke, es ist nicht irgendeine Frau, sondern es ist die Tochter des Königs von England. Sie wird dir bestimmt gefallen."

„Wie kannst du das sagen?" Hartmann verstand die Welt nicht mehr. „Vater, ich zweifle nicht an deinen guten Absichten. Ich hatte allerdings erwartet, dass du mich besser kennst. Die...", ihm fehlten für einen Moment die Worte, „die Prinzessin ist erst sechs Jahre alt." Er hatte sich immer vorgestellt, dass eine kluge, liebevolle, aber vor allem gleichaltrige, Frau ihn durch sein Leben begleiten würde, eine Frau, mit der er sich auf Augenhöhe über alles was ihn bewegte austauschen konnte. Ungewohnt trotzig fügte er hinzu „Ich bin doch kein Kindermädchen."

„Es ist erst eine Verlobung", beschwichtige ihn Rudolf, „bis zur Heirat werden noch einige Jahre ins Land ziehen. Doch du musst verstehen, mein Sohn, es gibt nicht so viele königliche Prinzessinnen und ich will früh genug dafür sorgen, dass mein Nachfolger und zukünftiger König des Sacrum Imperium eine seinem Stand angemessene, Gefährtin an seiner Seite weiss."

Hartmann verstummte, der Trotz verschwand aus seinem Gesicht und machte echtem Erstaunen Platz. „Du meinst ich soll ...?" Sein Mund stand offen.

„Ja, Hartmann, du sollst König werden", beendete Rudolf den Satz, der Hartmann nicht über die Lippen kommen wollte. „Es gibt für mich keinen würdigeren Nachfolger als dich, mein Sohn."

„Aber, was ist mit Albrecht, er ist älter?" Hartmann hatte immer in seinem kämpferischen Bruder den neuen König gesehen.

Rudolf lächelte, keine andere Reaktion hätte zu Hartmann gepasst, als sich erst nach dem anderen zu erkundigen. „Für Albrecht habe ich andere Pläne. Er ist ein Mann fürs Grobe, wir brauchen ihn dort, wo es darum geht, schwierige Entscheide kraftvoll durchzusetzen und Wege freizumachen. Er hat seine Stärken, aber ihm fehlen sowohl das Geschick und Gespür als auch der Verstand, den ein guter König braucht. Ich werde ihn heute noch über meinen Entscheid informieren. Nach dieser Nachricht wird er verärgert und hier im Kampfe zu unkonzentriert sein. Er soll Vorbereitungen für ein paar grosse Erwerbungen treffen, von denen er auch persönlich Vorteil haben wird. Dafür wird er umgehend ins Burgund reisen. Das wird ihn ablenken." Der König fasste Hartmann an den Schultern. „Du, mein Junge, bist ebenfalls mein Sohn und du wirst mein Nachfolger! Verstehst du nun, wie wichtig eine Verbindung des Hauses Habsburg mit dem englischen Königshaus wird? Diese Verbindung bringt nicht nur Wohlstand, sondern, und das ist viel wichtiger, diese Verbindung kann für Frieden in ganz Europa sorgen."

Hartmann, aufgewühlt von diesen Neuigkeiten, umarmte seinen Vater kurz. „Ich bin überwältigt, Vater. Wenn dies euer Wunsch ist, so werde ich selbst verständlich auch eurem Wunsch der Verlobung mit Joan of Acre der Tochter von König Edward zustimmen."

Rudolf wandte sich an den Earl of Pembroke: „Dann wäre dies beschlossen?"

„Dann wäre dies von eurer Seite beschlossen, das ist wahr. Doch ob es auch auf Seiten Englands beschlossen ist, wird von den Ereignissen der nächsten Tage abhängen. Ich bin im Auftrag meines Königs hier, um zu urteilen, ob auch für das Haus Plantagenêt eine Verbindung mit dem Hause Habsburg von Nutzen sein wird."

„So sei es, Earl, ich bin überzeugt, der Nutzen dieser Verbindung liegt auf beiden Seiten. Beobachtet und ihr werdet sehen, wie ein Habsburger handelt", beendete Rudolf das Gespräch.

23. August – Die wilden Kumanen

Nahe Dürnkrut bei Wien

Der ungarische König Ladislaus IV. war mit seinen Kumanen vor acht Tagen zu den Truppen Rudolfs gestossen. Die Ankunft der reitenden Bogenschützen stärkte die inzwischen gute Moral der Männer zusätzlich. Der Plan des Königs, die Offensive zu ergreifen und Ottokar zur Entscheidungsschlacht zu zwingen, ohne dass dieser seine gesamten Streitkräfte hatte sammeln können, wurde inzwischen von allen befürwortet. Das gigantische Heer des Habsburgers lagerte bei Marchegg nahe Dürnkrut.

Obwohl es an einem Tag so kurz vor der unvermeidlichen Schlacht für jeden etwas zu tun gab, trieb die Neugier zwei junge Männer noch vor Sonnenaufgang in die Nähe des kumanischen Lagers, welches etwas Abseits lag. Hartmann kannte Wilhelm so lange er denken könnte. Zwischen ihnen war ein Band geflochten, das der Verstand allein nicht fassen konnte, doch das sie in tiefer Freundschaft verband.

Als sie gemeinsam die Ruhe ausserhalb des Lagers gesucht hatten, lenkten sie ihre Schritte wie von selbst in Richtung der Kumanen. „Über die Fremden wird allerlei erzählt", begann Hartmann. „Die dunkelhäutigen Reiter aus dem fernen Osten sollen einen heiligen grauen Wolf verehren und an seine magische Kraft als Vermittler zwischen den Lebenden und den Toten glauben."

Wilhelm erwiderte gelassen: „Bestimmt gibt es mehr als einen Weg um in Kontakt mit der jenseitigen Welt zu treten, es muss nicht immer ein Priester sein."

Hartmann fuhr fort: „Es heisst auch, dass sie nur selten von ihren raschen und ausdauernden Pferden steigen."

Wilhelm erklärte geduldig: „Sie kommen aus einem rauen und unfruchtbaren Land, teils Wüste, teils Steppe; nirgends ein Baum, nirgends ein Strauch. Ein Land prägt seine Bewohner. Ich bin überzeugt, ihr Ruf wird ihnen gerecht und sie sind auf dem Pferd schneller als der Wind, der durch ihre Steppen weht."

Hartmann sprach mit gedämpfter aber aufgeregter Stimme weiter: „Ausserdem munkelte man, dass einige Frauen im kumanischen Heer als vollwertige Kriegerinnen mitreiten und kämpfen."

Wortlos wies Wilhelm nach vorne. Im ersten Licht des Tages wurden grosse, runde Zelte sichtbar, die dicht beisammenstanden.

In gebührendem Abstand, ob aus Achtung oder Furcht vor dem fremden Volk, schlenderten die beiden Männer am Lager entlang. Leichte Kähne waren zu sehen, die die Fremden zum Überschreiten der Ströme mit sich führten. Die Pferde waren nicht in einer provisorischen Koppel untergebracht, wie all die anderen Pferde des Heeres, sondern warteten geduldig vor den Zelten ihrer jeweiligen Besitzer. Dann erspähten Hartmann und Wilhelm eine Handvoll Kumanen, die zusammenstanden und sich unterhielten. Sie waren ausschliesslich mit leichtem Leder bekleidet und entblössten mehr von ihrer Haut, als es im Westen schicklich war. Ihre Oberkörper wirkten lang, die Beine eher kurz und leicht gekrümmt. Breite Wangenknochen und schmale Augen prägten ihre Gesichter. Die meisten hatten ihre Köpfe komplett kahl geschoren. Einer in der kleinen Gruppe trug zwar eine Glatze, doch an seinem Hinterkopf entsprang ein langer dunkler Zopf. Ein anderer war ebenfalls beinahe kahlköpfig, nur zwei lange zusammen gedrehte Zöpfe zierten sein Haupt.

Hartmann sah Wilhelm fragend an. Dieser zuckte mit den Schultern und flüsterte: „Ich denke nicht, dass einer von den fünf eine Frau ist."

Plötzlich kam ein Tier hinter einem der Zelte hervor. So gross war es, dass es ein Kind überragt hätte. Sein Körper war über und über mit dichtem, elfenbeinfarbenem Haar bedeckt, nicht einmal die Augen waren zu sehen. Die zottigen Haarschnüre hingen bis zum Boden. Irritiert blieben Hartman und Wilhelm stehen, so ein eigentümliches Geschöpf hatten sie noch nie gesehen. Wie um ihre Frage zu beantworten, setzte sich das wandelnde Zottelhaarkleid erst knurrend dann bellend in Bewegung, um sein Territorium zu beschützen. Jetzt wurden auch die Kumanen auf sie aufmerksam.

Instinktiv drehten sich Hartmann und Wilhelm auf ihren Absätzen um und rannten Hals über Kopf zurück zu ihrem eigenen Lager, begleitet von Gebell und dem amüsierten Gelächter der Kumanen.

In sicherer Entfernung verlangsamten die beiden ihre Schritte wieder und begannen selbst, zu lachen.

„Das war ein Hund, oder?" Hartmann stellte die Frage, obwohl er die Antwort wusste. „Ich dachte schon, ich träume und sehe ein gigantisches Schaf."

„Da ging es dir wie mir", prustete Wilhelm los, „ich meinte, ein gewaltiges bellendes Schaf zu sehen. Dachte schon, das schlaue Tier hat eine fremde Sprache gelernt."

Hartmann schüttelte sich vor Lachen und wischte sich Lachtränen aus den Augen, als er feststellte. „Aus der Ferne war es nicht möglich, zu sehen, ob sie auch Kriegerinnen haben."

Wilhelm erwiderte gespielt empört: „Aus der Ferne? Vergiss es, so einem bellenden riesigen Schaf will ich nie mehr begegnen, Frauen hin oder her." Sie scherzten noch eine Weile bis Wilhelm ernst meinte: „So fremd das heidnische Volk aus den fernen Steppen auch sein mag, so einzigartig soll ihr Können mit Pfeil und Bogen sein. Schnell und präzise sollen sie von den Rücken der dahinpreschenden Pferde ihr Ziel treffen. Ich bin froh, kämpfen sie an unserer Seite."

„Ja", bestätigte Hartmann, wieder zurück auf dem Boden der Tatsachen. „Diese Unterstützung ist sehr willkommen. Ihre Wildheit, den gut geführten Bogen und ihre furchteinflössende, ungewohnte Erscheinung machen sie zu idealen Verbündeten. Und die können wir wahrlich gut gebrauchen. Denn es scheint, dass unsere weiteren Verbündeten nicht rechtzeitig hier sein werden. Herzog Heinrich von Niederbayern schuldet Ottokar wohl einen Gefallen, er versucht unsere Verbündeten mit allen Mitteln aufzuhalten." Hartmanns Augen verfinsterten sich: „Und das, obwohl sein Sohn Otto meine Schwester Katharina zur Frau bekommen hat. Und das zusammen mit einer wirklich beachtlichen Mitgift." Hartmann schüttelte verständnislos den Kopf. Wilhelm rätselte, ob Hartmanns Kopfschütteln die Unverfrorenheit des Niederbayrischen Herzogs betraf oder die taktische Verheiratung Katharinas durch seinen Vater Rudolf.

Hartmanns Stimme wurde still und traurig: „Katharina hat diese Heirat noch nicht verkraftet, man erzählte mir, dass sie kaum noch isst und ihre ganze Lebensfreude verloren hat."

Wilhelm schwieg, er wollte sich nicht vorstellen wie Katharina sich fühlen musste. Sie war benutzt worden, um einem Heer den Weg nach Wien zu sichern. Dafür musste sie einen Mann heiraten, den sie nicht kannte und in einer Familie leben, die den Habsburgern nicht eben wohlgesonnen war.

Hartmann versuchte, die Sorge um seine Schwester mit greifbaren Tatsachen wegzuwischen und erklärte stolz: „Stell dir vor, Wilhelm, aus Ungarn, Schwaben, der Steiermark, Kärnten, Krain, Nürnberg, dem Elsass und den Alpentälern Helvetiens ist ein gigantisches Heer von annähernd dreissigtausend Mann zusammengekommen."

Wilhelm gestand aufrichtig: „Ich bin beeindruckt von dem, was dein Vater zustandegebracht hat."

Nach einer kurzen Pause fügte Hartmann lebhaft hinzu: „Komm mit Wilhelm. Vater bespricht sich mit seinen Männern, bevor wir aufbrechen. Lass uns zuhören."

Der junge Morgen war bereits warm und ein weiterer heisser Sommertag kündigte sich an. Im Lager herrschte inzwischen geschäftiges Treiben, die Zelte wurden abgebrochen, Packen verschnürt und an Wagen und Packtiere gezurrt. Alle machten sich bereit für den Weitermarsch zum Marchfeld.

Auch an diesem Morgen hatten sich die Ranghöchsten um König Rudolf im grossen Zelt zur Besprechung versammelt. Nun waren alle beisammen, siebenundzwanzig Edelleute, Heerführer und Ritter waren aus den unterschiedlichsten Landesteilen treu ihrem König hierher gefolgt. Der Wiener Hugo von Taufers trat gemeinsam mit König Rudolf an den Tisch mit den ausgebreiteten Karten. Der König rollte darüber eine grosse Geländeskizze vor ihnen aus. Flüchtig aufgezeichnet von einem ihrer Kundschafter lag das Marchfeld vor ihnen, am Rand die Notizen über die Stärke der feindlichen Truppen.

Rudolf hatte sich entschlossen sofort zum Thema zu kommen. „Ottokar hat sein Heer noch nicht komplett versammelt. Doch nach dem, was wir den Berichten unserer Kundschafter entnehmen können, sind wir ihm zahlenmässig wohl trotzdem unterlegen." Diese Tatsache schien ihm nichts auszumachen, denn er erklärte mit kraftvoller Stimme: „Uns in klassischer Heeresordnung aufzustellen wäre töricht. Wir müssen die zahlenmässige Unterlegenheit mit taktisch gut durchdachten Manövern ausgleichen. Wir haben hierfür zwei taktische Finten geplant."

Rudolf übergab dem Wiener das Wort. „Ottokar wird von Norden durch die Ebene auf uns zu kommen. Wir werden ihm nur vier Scharen zu je siebenhundertfünfzig Rittern zeigen. Diese

stellen wir ihm hier am Nordhang des Haspelberges entgegen."
Der Wiener legte vier Holzplatten auf die Karte und markierte
so die Platzierung der vier Scharen.

Einer aus der Runde fragte verwirrt: „Nur dreitausend Mann?
Ottokar hat mehr als doppelt so viele Ritter in seinen Reihen."

„Ja, das ist unser Plan. Wir wollen Ottokar im Glauben lassen,
dass wir weit weniger Reiter haben als er. Es wird für uns von
Vorteil sein, wenn er unsere Stärke falsch einschätzt. Er wird
glauben in doppelter Überzahl zu sein und seine Truppen unbe-
dacht zusammensetzen." Nun deutete der Wiener auf die Süd-
flanke des Haspelberges. „Hier, hinter den Truppen und verborgen vom Hügel, soll ein starkes Kontingent von zwei Scharen an
schweren Rittern aufgestellt werden. Weit ausserhalb der Sicht-
linie von Ottokar. Die Hügelkuppe und der seitliche Wald werden die Sicht auf diese Männer verdecken. Diese beiden Scharen
werden unsere mächtigste Streitaxt sein, mit der wir Ottokar
überraschen und ihm den vernichtenden Schlag versetzen werden."

„Wer wird diese beiden Scharen anführen?", wollte ein anderer
wissen.

„Berthold von Emmerberg", antwortete König Rudolf bestimmt.
Fürst Berthold von Emmerberg beugte das Knie. „Mein König,
ich danke euch, dass ihr mir diese Aufgabe übergebt. Seit sechs
Jahren suche ich nach einer Möglichkeit, mich an Ottokar zu
rächen. Er hat meinen Vetter aus unserer Burg verschleppt, ge-
foltert und hingerichtet. Seifried war nicht nur mein Vetter, er
war seit meiner Kindheit mein bester Freund, er war mir wie ein
Bruder." Berthold holte einen Anhänger aus Holz hervor, der an
einem Lederband um seinen Hals hing. Für einen kurzen Moment sah er den zwei Jahre jüngeren Seifried, wie er ihm als
Kind diesen geschnitzten Glücksbringer schenkte. Doch die Erinnerung an seinen geschundenen Leichnam überdeckte das Bild
aus unschuldigen Kindertagen. Berthold küsste den Anhänger

und blickte wieder zu Rudolf. „Ich werde mich dieser Aufgabe würdig erweisen."

„Da bin ich sicher", antwortet Rudolf ruhig und ergänzte, „Stellt gemeinsam mit euren und den Männern von Kärnten, der Krain, Salzburg und der steirischen Mark diese beiden Scharen zusammen." Rudolf wandte sich an Friedrich von Nürnberg: „Doch zurück zu den Scharen, die als erstes den Haspelberg hinunterstürmen werden. Ihr, Friedrich, führt die Schar auf der Ostseite. Sie soll zusammengesetzt sein aus euren Männern sowie den Rittern vom Elsass, Schwaben und Helvetien. Besprecht euch mit den Führern dieser Gruppen. Eure Aufgabe ist es, den Gegner glauben zu machen, es würde unabsichtlich eine Gasse zwischen euren Truppen und jenen im Westen entstehen. So können die versteckten Scharen ungehindert auf den Gegner stürmen."

Der Wiener nickte dem König zu und wandte sich an Berthold von Emmerberg, den Anführer der beiden verborgenen Scharen. „Ihr werdet die gegnerischen Truppen bei fortgeschrittener Schlacht überraschen und ausgeruht über sie hereinbrechen, wenn sie es am wenigsten erwarten. König Rudolf wird mit seinem Gefolge auf der Kuppe des Haspelberges stehen, hinter dem ihr euch verbergt, und den Angriff zum richtigen Zeitpunkt befehlen und anführen."

Rudolf sah in die Runde um sich das Einverständnis aller Anwesenden zu versichern. Anschliessend fuhr er selbst fort. „Der zweite Teil des Planes ist eine List; eine Gruppe aus leichter und schwere Reiterei soll sich zwischen den Weinstöcken auf den Hügeln hier im Westen verstecken", sein Zeigfinger kreiste ein Gebiet auf der Karte ein. „Ottokar kommt von Norden am Goldberg und Jedenspeigen vorbei. Aus den Weingärten heraus werden unsere verborgenen Ritter im günstigsten Moment auf die rechte Flanke von Ottokars Heer treffen, es aufspalten und schwächen." Rudolf spürte die verwirrten Blicke auf sich, Unruhe entstand. „Ich gebe zu, der Plan ist nicht ganz üblich."

Das leise Gemurmel wurde lauter. Der Wiener blickte streng in die Runde. Rudolf sah ruhig von der Karte auf. Der Schwabe Herrmann von Fürstenberg fasste in Worte, was die anderen dachten. „Nicht üblich? Mein König, es steht mir nicht zu, Kritik an euren Plänen zu üben. Doch was ihr da plant, ist ein unehrenhafter Hinterhalt."

Pop von Reichenstein widersprach umgehend: „Unehrenhaft? Nein, es ist eine geniale Idee."

Energisch schlug Wulfing von Stubenberg mit der flachen Hand auf den Tisch. „Nein, es ist unchristlich, Männer mittels eines Hinterhalts zur Strecke zu bringen". Als gottesgläubiger Dienstmann des Erzbischofs von Salzburg musste er hier intervenieren.

„Herr von Stubenberg", konterte der Basler Bischof Heinrich von Isny, „Das, was Ottokar hier macht, ist Verrat an Kirche und Gott. Rudolf von Habsburg wurde von mehreren Erzbischöfen – den Vertretern des Wortes Gottes – legitim zum neuen König gewählt und unser oberster Hüter des Glaubens, der Papst persönlich gab dieser Wahl seinen Segen." Besonnen fuhr er fort: „In meinen Augen war es der Allmächtige selbst, der hier die Gedanken Rudolfs zu diesem Plan führte."

Rudolf versuchte, seine Männer wieder zurück auf den Boden der Tatsachen zu bringen. „Meine Herren, meine Herren, beruhigt euch wieder. Mit diesen beiden taktischen Manövern gleichen wir nur unsere zahlenmässige Unterlegenheit aus. Doch ich verstehe eure moralischen Bedenken und respektiere sie auch. Aus diesem Grund werde ich keinen für diese Aufgabe bestimmen, sondern hoffe, dass einer die grosse Chance, die in diesem Zuge steckt, erkennt und sich freiwillig meldet."

Betretenes Schweigen senkte sich über die Anwesenden.

Bis einer einen Schritt vor machte und mit fester Stimme erklärte: „Ich werde diese Aufgabe übernehmen. Wir müssen hier und jetzt Ottokar ein für allemal aufhalten und wenn es nötig ist, dies mit Hilfe eines Hinterhalts zu tun, dann werde ich das erledigen." Die Blicke der Anwesenden wandten sich Ulrich von Kapellen aus Ostarrîchi zu.

„Ich schliesse mich dir an, Ulrich. Zu wichtig ist auch mir diese Sache, um mich durch falschen Stolz davon abhalten zu lassen. Was meinst du, Ulrich, ein paar Dutzend schwere Reiter werden wir zwei dafür schon zusammenbringen, was?" Konrad von Sumerau sprühte nur so vor Tatkraft.

„Meine Reiterschar stelle ich dir ebenfalls zur Seite, mein Freund", Pop von Reichenstein stellte sich neben Ulrich und Konrad. „Mein König, wir können euch für dieses Vorhaben fünf Dutzend Reiter und weitere mehrere hundert Mann zur Verfügung stellen."

Rudolf nickte den dreien dankbar zu.

Ulrich von Kapellen bemerkte: „Ihr müsst uns nur sagen, auf welches Zeichen hin wir angreifen sollen. Versteckt zwischen den Weinreben werden wir den Stand der Schlacht nicht eindeutig erkennen können."

„Vielleicht ein brennender Pfeil?" kam schnell der Vorschlag von Karl Eucharius, froh, dass die Aufgabe nicht an seine tapferen Elsässer gefallen war.

„Nein", warf Rudolf ein, „wir brauchen ein sicheres Zeichen. Was, wenn die Böhmen Brandpfeile verwenden? Die Verwirrung wäre zu gross und das Unterfangen gefährdet."

Ein weiteres Mal ergriff der Wiener Hugo von Taufers das Wort, wie immer in ruhigem Ton: „Wimpelzeichen tun immer gute Dienste."

Kurzzeitig entbrannte eine aufgeregte Diskussion, welches Zeichen sinnvoll sein könnte. Einen brennenden Pfeil würde man auch im grössten Schlachtgetümmel nicht übersehen können. Andererseits wäre es möglich, dass einer der Kumanen oder ein Bogenschütze aus den feindlichen Reihen Brandpfeile benutzen würden. Ein missverständliches Zeichen wäre für die List katastrophal. Aber würden Wimpelzeichen von den Männern, versteckt in den Weinstöcken, wahrgenommen werden? Die Für und Wider flogen hin und her wie Bälle, als Hartmann plötzlich zu lachen begann. „Ich hab's, wir nehmen als Zeichen brennende Wimpel."

Einige der Männer lachten bereits mit Hartmann. Ein paar irritierte Blicke wanderten von Hartmann zum König und wieder zurück. Hartmann blinzelte seinem Vater zu als er erklärte: „Nein, im Ernst, was haltet ihr davon, wenn wir einen Stab nehmen, dreimal so hoch wie ein Mann und dort an die Spitze fünf Wimpel hängen, alle in der Farbe Rot. Das werdet ihr, versteckt in den Weinbergen, gut erkennen."

„So machen wir es", bekräftigte der König.

„Erlaubt mir, König, zu sprechen und eine Bitte vorzutragen." Der ungarische Palatin Maté Csák, ein junger Heisssporn, sprach weiter, ohne die Antwort des Königs abzuwarten. „Seit Jahren werden wir Ungarn durch den Böhmen drangsaliert, bitte erweist uns die Ehre die vordersten zwei Schare, an der Spitze des Heeres, zu stellen. Wir werden das gegnerische Heer überrollen und Ottokar für alles büssen lassen, was er meinem, unserem Volk angetan hat", dabei sah er hinüber zu István Gutkelet und dem blutjungen ungarischen König Ladislaus. König Ladislaus Gesicht war das eines Jünglings und doch strahlte er eine königliche Würde aus, die ihresgleichen suchte. Sein Blick ruhte kurz aber streng auf dem zwei Jahre älteren Maté Csák bevor er zu sprechen begann: „Ihr wisst, König Rudolf, wir stehen euch, wie versprochen, mit all unseren Kräften zur vollen Verfügung. Da-

bei spielt es keine Rolle, wo ihr uns in euren Schlachtplänen ein-
teilt." Mit einer kurzen Pause versuchte er, dem Gesprochenen
mehr Gewicht zu geben, dann fuhr er fort: „Palatin Csák spricht
uns Ungarn aus dem Herzen. Nichts würde uns mehr ehren, als
bei dieser Schlacht dem Böhmenkönig den ersten schlagkräfti-
gen Hieb zu versetzen."

Rudolf rieb sich über das Kinn. „Ich sehe nichts was dagegen-
sprechen würde, doch möchte ich die Einteilung der Heerspitze
bis morgen überdenken. Ich bin sicher ihr gesteht mir diese Zeit
zu."

Einer der Schwaben meldete sich zu Wort: „König Ladislaus,
vergebt mir meine Skepsis, aber wie steht es mit den Steppen-
bewohnern, die mit euch reiten? Sind sie über alle Zweifel erhaben, werden sie uns im ganzen Kampf beistehen?"

„Ich bin froh, dass ihr eure Gedanken jetzt und hier äussert."
Ladislaus war klar, dass die heidnischen ungezähmten Kumanen allen westlichen Völkern Unbehagen bereiteten. Es war im
eigenen Land nicht anders gewesen, als sein Grossvater Béla die
sieben Stämme der Kumanen an der Donau siedeln liess. Auf
der Flucht vor den Mongolen fanden die Kumanen dort ein neues Zuhause. Den Ungarn stellten sie dafür ihre ganze Kampf-
kraft zur Verfügung. Ladislaus liebte die Kumanen. In ihm pul-
sierte das Blut seiner Mutter, einer kumanischen Prinzessin. Er
verehrte die unbändige Lebensweise dieses Volkes, die sich in all
seinen Bräuchen und Sitten widerspiegelte. So verbrachte er viel
Zeit mit ihnen und war stolz, auch Laszlo der Kumane genannt
zu werden. Ruhig erklärte er: „Neben unserem eigenen Heer
sind, wie ihr wisst, noch mehrere tausend kumanische Reiter bei
uns. Es sind ehrenhafte und äusserst gewandte Kämpfer. Für sie
lege ich jederzeit meine Hand ins Feuer, doch sie werden sich
nicht in eine feste Schlachtordnung einreihen lassen. Ihre Kraft
entfaltet sich am besten, wenn wir sie frei agieren lassen."

„Ihr hättet sie sehen sollen", warf der István von Gutkelet stolz ein, „als die Kumanen gestern die böhmischen Vorposten überrannten. Die Böhmen suchten das Weite, als sei der Leibhaftige hinter ihnen her."

„Die Freunde des ungarischen Königs sind auch unsere Freunde", beendete Rudolf das Gespräch. Den jungen ungarischen König wies er an: „Ladislaus, veranlasse die Kumanen dazu, dass sie das böhmische Lager weiterhin durch ständige Scheinangriffe nicht zur Ruhe kommen lassen. Ottokar und seine Männer sollen bis zum Tage der Schlacht keinen Schlaf mehr finden können." An alle gerichtet sprach er weiter: „Lasst uns zum Marchfeld aufbrechen und unserem Schicksal entgegentreten."

***

Noch bevor die Sonne ihren höchsten Stand erreicht hatte, setzte sich der Tross langsam in Bewegung. Wie ein viele Kilometer langer Tausendfüssler bewegte sich die riesige Armee flussaufwärts Richtung Norden, durch urwüchsiges Auengebiet. Dutzende der grossen Weissstörche flogen über sie hinweg, schon bald würden die Vögel ihre weite Reise in den Süden antreten.

Das Heer schob sich weiter durch die Landschaft. Vorbei an hohen, gelb blühenden Ginsterbüschen, in denen sich tausende von Hummeln und Bienen tummelten. Aus dem Flussbett der March, mit ihrem tiefen Wasserstand, tauchten immer wieder flinke, kobaltblau schimmernde Vögel auf. Die tief fliegenden Uferspechte schimpften mit ihren kurzen schrillen Rufen über diesen trockenen Monat. Die March führte durch die lange Hitze deutlich weniger Wasser als üblich, die Männer mussten mit dem ihnen zugeteilten Nass sparsam umgehen. Viele litten bereits grossen Durst. Und die Meldung, dass sich der Trupp mit dem Nachschub an Wasser und Wein verspäten würde, liess die Kehle noch trockener erscheinen.

Eine Handvoll kumanischer Reiter war dabei, sowohl das Gebiet als auch die Truppenstärke des Feindes zu erkunden und dezimierte gleichzeitig weiterhin die böhmische Vorhut. Die Hitze schien dem Volk aus der Steppe nichts anhaben zu können. Im Gegenteil, sie wirkten noch agiler und schneller als sonst. Oder kam es ihnen allen nur so vor, weil sie selber in der Hitze immer träger wurden?

In Sichtweite bewegten sich die berittenen und marschierenden Krieger vorbei an kleinen Siedlungen und einsamen Höfen. Von einem solchen Hof war gerade ein Bauernknecht mit einem grossen Krug Wasser auf dem Weg zu seinen Leuten auf dem Feld. Sie arbeiteten hart, um dem Boden nach dieser aussergewöhnlich trockenen Zeit doch noch etwas abgewinnen zu können, was Mensch und Tier über den kommenden eisigen Winter retten würde.

„He, Bursche!" Zwei Soldaten ritten auf den Knecht mit dem Wasserkrug zu. Mit gesenktem Kopf stand jener da, den Blick fest auf den Boden gerichtet.

„Hast du da Wasser? Los, bring es dem König." Zwischen den beiden tänzelnden Pferden ging mit zitternden Knien der Knecht. Beim König angekommen, fiel der einfache Bursche mit weiterhin gesenktem Blick auf die Knie. Einer der Soldaten entriss ihm grob den Krug. „Mein König", stolz reichte der kräftige Soldat dem Habsburger das Gefäss, welches angefüllt war mit frischem kühlem Wasser. Rudolf sah auf den zitternden Burschen herab: "Gebt dem Mann das Wasser zurück oder lasst andere trinken." Ohne ein weiteres Wort lenkte er sein Pferd weiter und nahm den Weg wieder auf.

Einmal mehr war die Bescheidenheit des Königs für alle sichtbar geworden. Er war einer von ihnen, litt mit ihnen in der Sommerhitze und überwand - was für ein Beispiel! - den Feind Durst durch seine Geduld. Dieser König hatte auch die Kraft, um Ottokar zu besiegen.

Wie ein Lauffeuer verbreitete sich die Nachricht im ganzen Heereszug. Als sie den grossen Block der Alpenbewohner erreichte, wurde sie von jenen ohne viele Worte mit einem anerkennenden Kopfnicken quittiert.

„Die Kurfürsten haben eine gute Wahl getroffen, als sie Rudolf zum König ausriefen." Walter von Ramswag sprach die Worte mehr zu sich als zu Wilhelm, der neben ihm ritt. Um sich vom Durst und der Eintönigkeit der langen Reise abzulenken, erwiderte Wilhelm auf das Gesagte. „Ja, er ist ein Mann der sein Ziel nie aus den Augen verliert und doch immer den Moment im Guten lebt. Für und mit ihm zu kämpfen macht mich stolz." Um nicht zu ernst zu werden, fügte er hinzu: „Davon können wir einmal unseren Söhnen erzählen. Falls du mal welche hast. Was meinst du, Walter, ob du die schöne Margarethe zu Hause für dich gewinnen kannst? Denn das wäre, um Söhne zu bekommen, von Vorteil." Wilhelm lachte zu dem Riesen hoch, der ruhig neben ihm her ritt. Wilhelm, der selbst gross und kräftig gebaut war, wusste: ein Schlag von dem Mann und er wäre im hohen Bogen von seinem Pferd geflogen. Doch Wilhelm hatte von dem Hünen, der jetzt aus zusammengekniffenen Augen zu ihm herüberschielte, nichts zu befürchten. Walter von Ramswag war grundsätzlich ein gutmütiger Mann, dem Wilhelm allerdings nicht im Kampf gegenüberstehen wollte. Einmal in Rage gebracht, hatte kaum einer im Zweikampf eine Chance gegen ihn.

„Natürlich, was glaubst du denn, Kleiner. Ich muss nicht um sie werben, sie rennt mir hinterher", prahlte von Ramswag.

Wilhelm wollte gerade etwas erwidern, als ein Reiter der Kumanen wie der Wind an ihnen vorbei zur Spitze des Trosses ritt. Wilhelm sah dem Reiter hinterher. „Man sagt, es gibt auch Kriegerinnen unter den Kumanen, glaubst du das? Was mögen das für Frauen sein, die kämpfend in eine Schlacht ziehen?" Die Bewunderung in Wilhelms Stimme war nicht zu überhören. Walter von Ramswag zog eine Augenbraue hoch und brummte nur: "So ein Weibsbild wollte ich nicht unter meinem Dach haben, geschweige denn unter meiner Decke."

Die Hitze liess die beiden wieder verstummen. Es schien, als ob die Sonne, genau wie die Menschen unter ihr, in der Hitze immer langsamer wurde. Sie kroch gemächlich immer höher in den Himmel, zum höchsten Stand für diesen Tag.

Die Spitze des Trosses erreichte Angern, einen kleinen Weiler kurz vor Dürnkrut. Dort, zwischen Angern und Stillfried, schlug das riesige Heer sein Lager auf. Vor ihnen erstreckte sich die Ebene des Marchfelds. Eine etwa zehn Kilometer lange Heidelandschaft breitete sich nach Norden hin vor ihnen aus, bedeckt mit kleinen Sträuchern und vereinzelten, feinstieligen Federgräsern, den Vorboten des nahen Steppenklimas. Der Flusslauf der March sowie ein dichter Streifen Wald grenzte die Ebene gegen Osten ab. Majestätische Föhrenwälder dehnten sich weit in den Süden aus. Im Westen, gut einen Kilometer von der March entfernt, schlossen sanfte Hügel die Ebene ab. Die abfallenden Hänge zum Marchfeld hin waren bedeckten mit dichtgepflanzten Weinstöcken.

Schon bald würden sich hier mehrere tausend Mann gegenüberstehen, bereit für die entscheidende Schlacht.

25. August – Vorabend der Schlacht

Zwischen Angern und Stillfried nahe Dürnkrut bei Wien

Es war wieder ein ungewöhnlich heisser Tag gewesen und der kommende drohte, genauso zu werden. Über dem Lager des habsburgischen Heeres lag eine unheimliche Stille. Eine Stille, die wie vor jeder bevorstehenden Schlacht, die wartenden Männer ergriff und beklemmend in die Seelen kroch.

Drei Tage hatten sie auf den anrückenden Feind gewartet. Die kumanischen Späher hatten dem König in regelmässigen Abständen den Verlauf des näher ziehenden Feindes gemeldet. Jetzt waren sie hier.

Die Dämmerung brachte einen warmen Wind, der die Luft nicht abkühlte, aber sie immerhin in Bewegung setzte und so die Schwüle erträglicher machte. Der Wind trug ausserdem die unverkennbaren Geräusche des feindlichen Heeres zu ihnen herüber.

Um auf andere Gedanken zu kommen, sah Wilhelm nach seinem Ross. Die innere Unruhe hatte auch Walter von Ramswag zu seinem Schimmel getrieben, leise unterhielt er sich mit der treuen Stute. Wilhelm strich mit der flachen Hand langsam über das glatte rotbraune Fell seines Pferdes und drehte sich zu Walter um. „Morgen ist es also soweit."

Der Hüne brummte eine Bestätigung.

Wilhelm fuhr fort und sprach seine Gedanken laut aus: „Eine ungewöhnliche Aufgabe, die Ulrich von Kapellen morgen zu erledigen hat. Ottokar aus dem Hinterhalt der Weingärten anzugreifen."

„Es wird uns helfen, du wirst sehn'." Walter von Ramswag selbst in Gedanken, blickte weiterhin sein Pferd an.

Auch Wilhelm verspürte den Wunsch, mit seinen Gedanken alleine zu sein. Er verstand seinen Freund. Noch einmal strich er seinem Pferd über die Nüstern und ohne ein weiteres Wort verliess er die behelfsmässige Koppel. Wilhelm schritt über den von der Sommerhitze hart gebackenen Boden, eine innere Rastlosigkeit trieb ihn an. Er achtete den König sehr und bewunderte sein taktisches Geschick. Doch war es nicht unchristlich einen Hinterhalt zu legen, mit einer List dieser Art in einen Kampf zu ziehen? Es war auch unchristlich, einen Menschen zu töten. Galt das auch für den Feind, wer bestimmt über Freund und Feind? Seine Füsse führten ihn ohne Ziel durch das Lager. Er blickte in Gesichter, die morgen vielleicht schon nicht mehr unter den Lebenden weilen würden. Vielleicht würde auch er morgen sterben. Der Gedanke schien ihm unwahrscheinlich, bestimmt würde er ewig leben.

Die Nacht hatte sich über das ruhiger werdende Heereslager ausgebreitet. Ohne es zu merken, war Wilhelm in Gedanken vertieft bis zum nördlichen Ende des Lagers gelangt. Er wollte sich gerade auf den Rückweg machen, als er hinter einem Haselnussstrauch einer Bewegung gewahr wurde. Ohne ein Geräusch zu machen, schlich er sich an. Sprang und warf den Mann zu Boden. Doch ein kräftiger Tritt in den Magen lies Wilhelm stöhnend zur Seite rollen. Der Gegner wirbelte herum, setzte sich auf ihn und im nächsten Moment spürte Wilhelm eine scharfe Klinge an seiner Kehle. Eine hohe Stimme zischte ihm in einer fremden Sprache Worte entgegen. Wilhelm blinzelte. „Bist du ein Kumane, was schleichst du auch hier in den Büschen herum?" Bei dem Versuch sich aus dieser unangenehmen Position zu befreien, drückte sein Gegner die Klinge gefährlich fest an seinen Hals.

„He, he, komm beruhige dich. Ich dachte du wärst ein Späher Ottokars."

Das Messer löste sich von seinem Hals und sein Gegner brachte schnell wie eine Katze einen guten Meter Abstand zwischen sich und Wilhelm, das Messer immer noch gefährlich nah auf seine Brust gerichtet.

Wilhelm blinzelte in das fahle Mondlicht. Sah er wirklich das, was er glaubte zu sehen? Wie um seine Gedanken zu bestätigen, sprach sein Gegenüber mit starkem Akzent: "Nicht einmal in Ruhe beten lasst ihr uns. Geh zu euren Dirnen bevor ich dir den Hals aufschlitze."

Wilhelm zog eine Braue hoch und grinste breit, was in der Dunkelheit seine Wirkung verfehlte.

„Geh, du, du roher Mensch", zischte die Tochter des Ostens. Weiter mit dem Messer drohend, schleuderte sie ihm ein Wort in ihrer Sprache entgegen.

Wilhelm konnte sich ein Schmunzeln nicht verkneifen, er hatte zwar nicht verstanden was sie gesagt hatte, doch er war sicher, es war ein derbes Schimpfwort gewesen. Besänftigend sprach er auf sie ein: „Ich wusste ja nicht, dass du ein Mädchen bist. Ich tue dir nichts, wirklich. Komm hör jetzt auf. Ich wollte dich nicht beim Beten stören. Wieso tust du das eigentlich hier draussen? Kein Wunder, dass ich dich für einen Spion hielt." Er hatte keine Ahnung, was sie von all dem verstand, doch es schien zu wirken. Sie senkte das Messer und entspannte ihren Körper. Es stimmte also, im Osten gab es auch Kriegerinnen. Die einsetzende Verblüffung liess ihn sprachlos werden. Sie war nicht sehr gross, aber von schlanker Gestalt. Das schwarze, glatte Haar fiel ihr fast bis zu den Hütten. Arme und Bauch waren unbedeckt, nicht sehnig und auch nicht muskulös, doch dass sie eine immense Kraft hatte, wusste er jetzt. Auch die Beine waren fast völlig unbedeckt die schlanken kräftigen Oberschenkel liessen sich im Mondlicht mehr erahnen, als wirklich sehen.

Sie musterte ihn ebenfalls und sah einen grossen breitschultrigen Mann mit dem hellen Haar der im Westen Lebenden. Und ein bartloses Gesicht, das sie neugierig ansah.

Wilhelm wurde sich plötzlich bewusst, dass sie schon eine ganze Weile einfach nur so dastanden und sich anstarrten. Um das Schweigen zu brechen, fragte er sie nach ihrem Namen.

„Iduna", kam die prompte Antwort. Die warme Stimme stand in heftigem Kontrast zur geballten Kraft, die er eben von ihr erlebt hatte. Kaum war der letzte Laut ihres Namens verhallt, war sie auch schon in der Dunkelheit verschwunden.

Wilhelm stand noch eine ganze Weile da und starrte in die Nacht, dorthin, wo gerade eben noch die geheimnisvolle Frau gestanden hatte. Oder hatte er sich alles nur eingebildet? Nein, der abklingende Schmerz in seinem Magen war echt. Ausserdem hörte er immer noch den Klang ihrer Stimme, als sie ihren Namen ausgesprochen hatte. Langsam machte Wilhelm sich auf den Weg zurück. Er lachte in sich hinein, es würde ihn nicht verwundern, wenn ihm jetzt auch noch eine strahlende Fee begegnete.

Zur selben Zeit zerrten am anderen Ende des Lagers Wachen einen in Lumpen gekleideten Mann hinter sich her und liessen ihn vor dem Zelt des Königs hart auf den Boden fallen. Rudolf von Habsburg schob den leichten Vorhang zur Seite, der ihn vor lästigen Insekten schützen sollte, und trat vor das Zelt. „Was ist hier los, wer ist dieser Mann?" Der König schien nie zu schlafen.

„Wir haben ihn aufgegriffen als er um unser Lager schlich, mein König." Stolz präsentierte der Wachmann seinen Fang.

Rudolf baute sich vor dem Gefangenen auf. „Sprich, wer bist du und was tust du hier?"

Auf den Knien, die Hände aneinander reibend und mit ängstlichen Blicken zu den Wachen antwortete jener: „Grosser, erhabener König Rudolf, du und deine Familie sei gesegnet, auf dass euer Haus..."

„Komm zur Sache", unterbrach ihn der König harsch, "und stiehl mir mit deinen Heucheleien nicht die Nacht. Nenn mir deinen Namen und deine Absichten."

„Man nennt mich Wilbold, Sohn von Pett – oh, Grosser König Rudolf, hört mich an, eine Schlacht mit Ottokar ist morgen nicht vonnöten."

„So, weshalb wohl nicht?" Die ärgerliche Ungeduld in Rudolfs Stimme war nicht zu überhören.

„Mir stehen Wege frei, die bis zum böhmischen König reichen. Gegen eine angemessene Belohnung könnte ich euren Feind mit einem Gift zum Erliegen bringen, grosser König." Der Verräter sah sich schon mit Säcken voller Gold und Juwelen aus dem habsburgischen Lager ziehen.

Rudolf sah verächtlich auf den Mann herab. „Geh mir aus den Augen, du Verräter!" Die Wachen packten den Mann und warfen ihn grob und unter wüsten Beschimpfungen aus dem Lager. Prinz Hartmann hatte den Vorfall beobachtet. Er bat den Himmel, dass er ihm dieselbe Kraft wie seinem Vater schenken möge, so dass er eines Tages, wenn er selbst einmal König sein würde, genauso unbeirrt dem gerechten Weg folgen könne.

26. August – Die Schlacht

Marchfeld, nahe Dürnkrut bei Wien

Die habsburgischen Hörner ertönten im Morgengrauen über dem Marchfeld. Unter den langen, tiefen Klängen erwachte langsam das grosse Heer von König Rudolf.

Einige kumanische Reiter waren bereits unten am Fluss um ihre Pferde zu tränken und sich zu waschen. Am östlichen Horizont, über den weiten Ebenen Ungarns, erhob sich tiefrot die Sonne.

König Rudolf blickte stolz über sein riesiges Heer, das in der frühen Morgensonne langsam wieder zum Leben erwachte. Viele waren gekommen, um ihm, dem vor wenigen Jahren noch unbedeutenden Mann, beizustehen. Ihm, den die grossen Kurfürsten zum neuen König ernannt hatten und somit auch zum Erben des Reichs der Babenberger. Ostarrîchi, die Steirische Mark, Kärnten das alles würde bald ihm gehören, einem ehemals kleinen Fürsten aus dem helvetischen Aargau.

Heinrich von Isny, der Bischof von Basel stand neben seinem König. „Der 26. August im Jahre des Herrn 1278, mein König, dieser Tag wird entscheidend für die Völker Europas sein. Dieser Tag wird in die Geschichte eingehen."

Rudolf nickte. „Da habt ihr wohl Recht, mein frommer Freund."

Wie sehr die beiden grossen Männer mit dieser Aussage recht behalten sollten, war ihnen in diesem Moment nicht bewusst. Wie bedeutsam der Ausgang dieser Schlacht für die weitere Entwicklung des Ostreiches Ostarrîchi, wie auch für die helvetischen Söhne und Töchter in den Tälern der Alpen sein würde, ahnte zu diesem Zeitpunkt keiner.

Die beiden Männer erblickten Wilhelm Gorkeit und seinen Freund Walter von Ramswag, als diese ihre Pferde von der Koppel führten.

„Kommt her, meine Freunde", rief Rudolf den beiden erfreut zu. „Mein lieber Wilhelm, ich weiss noch genau wie du damals zusammen mit deinem Vater zum ersten Mal auf meine Burg ob der Aare kamst. Wie alt warst du damals?"

„Zwölf Jahre, denk ich, und ein kleiner törichter Junge", antwortete Wilhelm über sich selbst lachend.

„Nein, Wilhelm, du warst nie töricht. Schon damals erkannte ich in deinen Augen ein ganz besonderes Licht. Eines das dich zu dem besonderen Mann machen würde, der du inzwischen zweifelsfrei bist."

Wilhelm neigte kurz dankend den Kopf: „Mein König, es ist mir eine Ehre an eurer Seite kämpfen zu dürfen."

Rudolf legte beide Hände auf die Schultern des Jüngeren: „Wilhelm, es ist mir eine Ehre, mit dir an meiner Seite in die Schlacht zu ziehen. Ich kann nicht sagen was es ist, aber immer, wenn ich dich sehe, weiss ich, es wird ein guter Tag."

Berührt von diesen Worten antwortete Wilhelm aufrichtig: „Ich danke euch, doch dies ist gewiss zu viel des Lobes für einen einfachen Mann wie mich, mein König." Rudolf schmunzelte über Wilhelms Bescheidenheit die unbeabsichtigt seinen edlen Charakter bestätigte. Mit ruhiger Stimme fügte der König hinzu: „Heute wird sich unser aller Schicksal entscheiden." An den Bischof von Basel gewandt, fuhr er fort: „Heinrich, mein lieber Freund, ruf eine Messe für unsere Leute ein. Ich möchte gemeinsam mit meinen Männern beten bevor die Heere aufmarschieren."

Aus einem inneren, unerklärlichen, jedoch heftigen Drängen hinaus sprach Wilhelm zu Rudolf: „Auf ein Wort, mein König."

„Selbstverständlich", antwortet jener wohlwollend.

Für einen Moment suchte Wilhelm nach den richtigen Worten, dann sah er den König eindringlich an: „Ich hatte auf einen geeigneten Moment gewartet, an dem ich euch dieses Geschenk überreichen kann. Dieser Moment scheint nun gekommen."

„Du hast ein Geschenk für mich?", Rudolf stutzte. „Wie komme ich zu dieser Ehre?"

„Seht es als Geste meines Dankes. Mein Vater lehrte mich die Handwerkskunst der Waffenschmiede, doch eurer Fürsprache und Unterstützung habe ich es zu verdanken, dass mir an der Klosterschule in Muri die Türen geöffnet und so viel Wissen zuteilwurde."

Rudolf nickte erfreut: „Waffen sind eine Sache, Wissen jedoch ist der wahre Schlüssel zur Macht. Und sei dir bewusst, Latein, Französisch und Englisch, die man dich dort lehrte, sind nicht nur einfach Sprachen, nein. Sie sind der Schlüssel zur jeweiligen Kultur, zum Herzen der Menschen und auch zu all dem Wissen, das es in diesen Sprachen gibt. Aber wie ich dich kenne, warst du nicht nur am Wissen der Kirche und den Sprachen interessiert. Bestimmt hast du über den Schriften der alten Griechen und Römer gebrütet? Habe ich Recht? Aber..., Du wolltest mir etwas sagen oder zeigen?" Wilhelm war irritiert und wusste nicht, ob er auf all das antworten sollte. Also nahm er ein Leinenbündel aus seiner Tasche, das säuberlich mit einem dünnen Lederband zusammen gebunden war und übergab es dem König. „Ich hoffe, es findet euer Wohlgefallen."

König Rudolf öffnete das lederne Band und rollte das Leinentuch behutsam auf. Eine aus festem Leder gefertigt Messerscheide kam zum Vorschein. Von dem Dolch, der darin steckte, war ein verzierter Griff aus Horn zu sehen. Stumm betrachtete Rudolf das Geschenk und fuhr gedankenversunken mit dem Daumen über die kunstvoll eingebrannten Linien im Leder.

Wilhelm überspielte seine Nervosität indem er das Kreismuster erklärte: „Das ist ein keltischer Knoten, er hat weder einen Anfang noch ein Ende." Er wusste, seine Ausführungen waren überflüssig, trotzdem fuhr er fort: „Er stellt die Verknüpfung des Schicksals dar und unterstützt die Verwirklichung von Wünschen und Träumen."

Rudolf nickte und richtete seinen Blick sichtlich bewegt auf Wilhelm. Mit zwei Fingern deutete Wilhelm auf wenige Linien weiter unten, die ausdruckstark zwei Profile umrissen: das einer Frau und das eines Pferdes. „Dies hier, es stellt Epona dar, die keltische Schutzgöttin der Reiter."

Noch immer stumm richtete Rudolf seine Aufmerksamkeit auf das Gezeigte. Anschliessend wendete er langsam die Lederscheide. Auf der anderen Seite zeigte sich, ebenso filigran gearbeitet das Lamm Gottes, Agnus Dei, das Symbol Christi, mit dem Nimbus um den Kopf und dem Kreuz.

Um die Stille zwischen ihnen zu überbrücken, erklärte Wilhelm weiter: „Dieser Dolch ist meine Meisterarbeit, die ich bei meinem Onkel in Luzern gefertigt habe. Es wäre mir eine Ehre, diesen Dolch in eure Dienste zu stellen."

Rudolf nickte und schloss seine Hand um den Griff des Dolches. „Aus Horn gefertigt."

„Ja, es ist das abgebrochene Horn eines mutigen Stiers, der einst meinem Vater das Leben gerettet hat."

Der König lächelte versonnen: „Ja, diese Geschichte kenn ich. Dein Vater gab sie oft zum Besten." Rudolf erkannte, dass die Verzierung im Horngriff einen Schriftzug enthielt, und wie vor Jahren bei der Armbrust tastete er mit seinen Fingerkuppen über die Inschrift. Leise las der König die Worte: "Libertas est potestas faciendi id quod jure licet. Freiheit ist die Macht, das zu tun, was nach dem Recht erlaubt ist. Wenn ich mich recht erinnern mag, ist dies ein Zitat aus den Werken des grossen Römers Cicero."

Wilhelm nickte stumm.

Rudolf deutete auf eine Anreihung mehrerer kleiner Symbole, die den spiralförmig um den Griff laufenden Text flankierten. „Die vierzehn Nothelfer", Rudolf brachte vor Staunen nicht mehr über die Lippen.

„Ja", erklärte Wilhelm seine Überlegungen. „Es sind die Symbole der vierzehn Nothelfer, von Achatius bis Vitus. Damit soll der Dolch euch in jeder Art von Not eine Hilfe sein."

Achtsam zog der König die Klinge aus der Lederscheide. „Du bist unglaublich Wilhelm. Es ist ein Kunstwerk." Die beidseitig geschliffene Klinge, mit dem unverkennbaren Wellenmuster des Damaszenerstahls, schimmerte in der frühen Morgensonne.

Wilhelm erklärte: „Das Metall der Klinge ist viele Male gefaltet und deshalb äusserst stabil und beständig: Dieser Dolch soll euch über viele Jahre gute Dienste erweisen." Einem Impuls folgend fügte er eindringlich hinzu: „Bitte tragt diesen Dolch heute bei euch."

Tief bewegt erklärte Rudolf: „Das ist fraglos das schönste Geschenk, das ich je erhalten habe." Rudolf nickte: „Ja, das werde ich, ich trage ihn ab heute bei mir. Und niemand anderem soll er dienen als zwei Männern: seinem Schmied und seinem Hüter. Ich bitte dich, deine und meine Initialen einzuarbeiten. Und wenn es mich einst nicht mehr gibt, so bestimme ich, dass der Dolch wieder seinen Weg zurück zu dir finden soll."

***

Nach der obligaten Messe vor der Schlacht liess Rudolf alle jungen, adligen Männer zusammenkommen und sprach mit lauter kraftvoller Stimme: „Ihr Männer aus Nah und Fern, ihr habt euch hier versammelt um gemeinsam für eine Sache zu kämpfen: für die Anerkennung einer rechtmässigen Wahl und den Frieden in eurer Heimat. Heute wird hier auf dem Marchfeld unsere Zukunft entschieden. Schaut euch um, seht euch den Mann zu eurer Linken und den Mann zu eurer Rechten an. Noch nie war euer Leben so sehr mit dem Leben desjenigen verbunden, der neben euch steht." Er liess den Blick über die jungen Gesichter schweifen. „Manche von euch haben noch nie ein Schwert im Kampfe geführt. Manche von euch sind noch nie bei einer Frau gelegen." Noch einmal schwieg er einen Moment, bevor er fortfuhr, „Eines, meine Freunde, wird ab heute anders sein. Ob man einmal in Legenden über euch spricht, ob ein schönes Weib an euch denkt oder ob ihr Freunde zu einem Trunk einladet. Ab heute wird man nicht mehr von euch als Bruno, Dietrich oder Marcus sprechen – nein, ab heute nennt man euch Herr Ritter Bruno, Herr Ritter Dietrich oder Herr Ritter Marcus."

Die Männer brachen in Jubel aus.

Rudolf streckte seine flache Hand hoch, um Ruhe zu gebieten. „So kniet nieder, Burschen", wies der König sie an. Der Bischof zeichnete ein grosses Kreuz in die Luft über den Männern und segnete sie. König Rudolf verkündete laut: „Erhebt Euch, Ritter von Krain, Kärnten, der Steirischen Mark, Schwaben, Bayern, Helvetien und dem Elsass." Knappen eilten herbei und brachten den jungen Männern, die sich nun Ritter nennen durften, ihre Schilde und Pferde. Rudolf sass auf und die frisch ernannten Ritter taten es ihm gleich.

Die Sonne stand noch tief, als König Rudolf seine Truppen aufmarschieren liess. Von den beiden gegnerischen Parteien war für die Schlacht nur die Reiterei bestimmt worden. Das Fussvolk hatte die Zelte und Lager zu bewachen.

Wie zuvor besprochen stellten sich die sechs habsburgischen Scharen auf: An der Front, unterhalb der Weingärten brachte sich die ungarischen Streitmacht in Position. Aufgeteilt in zwei Blöcke, angeführt von Palatin Maté Csák und István Gutkelet.

Hinter den Ungarn folgten die beiden Scharen aus Ostarrîchi. Rechts war die Standarte mit dem Reichsadler, dem Feldzeichen des Königs zu sehen. Links die Standarte mit dem rot-weiss-roten Streifenbanner Ostarrîchis, getragen vom fast hundert jährigen Haslauer, der darauf bestand die Standarte zu tragen solange Leben in ihm wohnte.

Diese dreitausend Männer der vorderen vier Scharen von Rudolfs Heer bewegten sich auf ihren Pferden langsam nach Norden den Hang des Haspelbergs hinunter. Jeder Ritter war mit einem weissen Kreuz auf Brust und Rücken gekennzeichnet um im späteren Schlachtgetümmel Freund von Feind besser unterscheiden zu können.

Graf István Gutkelet der an der Spitze ritt, hob seine rechte Hand und das Heer kam zum Stehen.

Ausserhalb von König Ottokars Sichtweite, hinter dem Haspelberg, gut verborgen vor den feindlichen Spähern, warteten zwei weitere Formationen. Diese bestanden beide aus schwer gepanzerten Rittern. In der einen Hälfte die Schwaben, Elsässer, Helveten und Ritter des Burggrafen Friedrich von Nürnberg. Friedrich von Nürnberg selbst trug stolz die Sturmfahne des Reiches mit dem silbernen Kreuz im roten Felde und konnte es kaum erwarten, in die Schlacht zu ziehen. In der anderen Hälfte stellten sich die Ritter von Kärnten, der Steiermark, Krain sowie die Dienstmänner des Bischofs von Salzburg auf.

Im Norden, auf der gegenüberliegenden Seite der Ebene, formierten sich die Truppen von König Ottokar.

✳✳✳

König Ottokar und seine engsten Berater versammelten sich bei Jedenspeigen, auf der Anhöhe des Goldbergs. Der Böhmenkönig blickte auf das Marchfeld, auf das Heer Rudolfs. Zur Linken von Ottokar stand sein Schwager Otto der Lange, Marktgraf zu Brandenburg, sowie der kriegserfahrene Fürst Milota von Dědice und sein Bruder Beneš von Cvilín. Zur Rechten von Ottokar die polnischen Fürsten Mestwin, Herzog von Pommerellen, Bolko von Schweidnitz und Henryk, Herzog von Schlesien. Hinter ihnen wehten ihre Sturmfahre, ein weisses Kreuz auf grünem Grund, sowie das königliche Banner mit dem silbernen Löwen vor einem roten Hintergrund.

Ein Kundschafter erreichte König Ottokar an seinem Aussichtspunkt. „Mein König, Rudolfs Truppen bestehen nur aus leicht gepanzerten Reitern, und sie sind uns zahlenmässig weit unterlegen."

Ottokar wendete sich an Otto von Brandenburg. „Ich wusste, dass Rudolfs Armee schwach ist, aber so schwach?" Ottokars Stimme klang beinahe enttäuscht. Mit fester Stimme befahl er: „Stellt sechs Scharen zu je zweitausend Reitern auf. Und setzt dabei eintausend unserer schwersten, gepanzerten Reiter an die Spitze. Wir werden Rudolfs Streitmacht während eines Wimpernschlags niederwalzen, bevor er auch nur daran denken kann, Unterstützung aus seinem Lager zu rufen."

Milota von Dědice warnte seinen König. „Mein König, unterschätzt die Kumanen nicht, die mit Rudolf reiten, sie…"

„Diese Barbaren?" fiel Fürst Mestwin ihm schroff ins Wort. „Eine wild gewordene Horde von Bauern. Ich habe sie gesehen, als sie vor drei Tagen unsere Vorposten überrannt haben. Ja, mit ihrem Geschrei konnten sie das Fussvolk erschrecken. Doch im Kampf gegen unsere schwer bewaffneten, gerüsteten und im Schwertkampf ausgebildeten Ritter überleben diese Wilden den heutigen Tag nicht. Unsere Schwerter und Lanzen werden ihre Leiber durchbohren, bevor sie mit ihren Krummschwertern auch nur an den Schilden unserer Ritter kratzen können."

Beneš von Cvilín mischte sich ein: „Ich denke auch, dass die Kumanen eher am Plündern unserer Lager interessiert sein werden, als daran, Rudolf in der Schlacht zu helfen. Es wäre weise, genügend Männer im Lager zu bewaffnen, um sie auf den Angriff der Kumanen vorzubereiten."

„Ihr habt recht", antwortete König Ottokar. „Unsere schwere Reiterei ist in Zahl und Bewaffnung den Truppen Rudolfs überlegen. Es wird ein Leichtes sein, Rudolfs Heer zu schlagen. Bestimmt werden diese Wilden die Zeit der Schlacht nutzen und versuchen, unser Lager zu plündern und zu brandschatzen. Verteilt Waffen an das Fussvolk und lasst die Umzäunung des Lagers verstärken."

„Beneš", wendete sich Ottokar grimmig nach links. „Mit euch kamen ein paar hundert sarmatische Reiter. Ich will diese Wilden nicht in unseren Reihen sehen. Befehlt auch ihnen, im Lager zu bleiben. Sie sollen sich mit den Kumanen prügeln."

***

Im Süden, an der Spitze des habsburgischen Heers ritt der ungestüme ungarische Palatin Maté Csák hinüber zu Graf István von Gutkelet, der zusammen mit dem Bischof von Basel die Bewegungen auf der gegnerischen Seite beobachtete. „Was schaut ihr so betrübt? Es ist nur Ottokar der dort auf seine Niederlage wartet."

Graf István antwortete nicht, er sah ruhig zu den sich formierenden Truppen Ottokars. Der Stahl der schweren Plattenrüstungen in den beiden vordersten Scharen des Böhmenheeres spiegelte das Sonnenlicht. Ein Glitzermeer, das Tod und Verderben verhiess. Der sonst so wilde Maté Csák sah konzentriert nach Norden, eine Wand aus Rüstungen an Mensch und Pferd, die Brustplatten mit einem grünen Kreuz gekennzeichnet. Maté stockte der Atem. Fluchend sah er zum Himmel. „Bei Gottes Bart! Das sind ja doppelt so viele wie unsere und seht nur, sie stellen die schwere Reiterei an die Spitze." Eilig fügte er hinzu: „Jemand muss Rudolf informieren, wir brauchen unsere schweren Reiter nicht hinten, sondern ebenfalls hier vorne, an der Spitze. Der Gegner wird sonst einfach durch uns hindurch pflügen." Maté wollte sein Pferd bereits herumreissen, da stoppte ihn der Basler Bischof Heinrich von Isny. „Ganz ruhig, mein junger Ungar. Rudolf weiss, was er tut."

„Er weiss was er tut?" Maté wies aufgeregt in Richtung Feind „Das hier ist Wahnsinn! Rudolf weiss nicht, was er tut, da er nicht sieht was hier passiert."

Heinrich von Isny versuchte den jungen Maté weiter zu beruhigen. „Vertrau unserem König. Rudolf erkennt bereits was Ottokar tun wird, noch bevor Ottokar es selbst weiss." beschwichtigte er. „Das was du da siehst, gehört alles zu Rudolfs Plan."

Maté zog sein Pferd nervös nach rechts und wieder nach links. Unschlüssig, ob er hierbleiben oder zu Rudolf reiten sollte.

Leise aber bestimmt ergriff Graf István das Wort: „Maté, wir müssen uns hier ruhig verhalten. Schau in die Augen deiner Männer. Wenn du Angst zeigst, dann haben auch sie Angst", warnte er und ritt gleich darauf vor die sichtlich nervös gewordenen Truppen. „Männer", donnerte seine Stimme. „Das was ihr da vorn seht, ist furchteinflössend, ich weiss. Doch eure Wendigkeit ist eure Stärke. Dort drüben ist euer Feind, versteckt hinter schweren Metallpanzern. Doch denkt immer daran, die Elemente sind auf unserer Seite." István zeigte auf den Boden. „Die Erde wird sie mit ihren schweren Rüstungen von den Pferden reissen." Seine Hand deutete zur Sonne. „Das Feuer der Sonne wird ihre Körper in den Metallschalen zum Kochen bringen." Er umklammerte seinen Hals. „Das Wasser wird sich ihren Kehlen entziehen." Dann deutete er mit seiner Hand auf die feindlichen Truppen. „Und in ihren geschlossenen Helmen werden sie an ihrer eigenen Luft ersticken. Ich sage euch, wenn die Sonne am Höchsten steht, wird der Boden übersäht sein mit den toten Körpern von Ottokars Heer." Während sein Pferd sich auf die Hinterbeine stellte, zog István sein Schwert und rief: „Der Sieg wird unser sein!"

Die Männer jubelten und riefen laute Schlachtrufe, während Graf István zu Maté und dem Bischof zurück ritt.

Berchtold von Eschenbach erreichte die drei Edelleute. „Maté, István", begann Berchtold, „ich komme mit einem Befehl von Rudolf. Weist die Leute der jeweils linken und rechten Scharen an, einen grösseren Abstand zu halten. Wir brauchen eine breite Gasse, durch die unsere verborgenen beiden Scharen zur gegebenen Zeit hindurchpreschen können."

***

König Ottokar beobachtete weiter das Geschehen auf der gegnerischen Seite, als Bolko von Schweidnitz meldete: „Sie ziehen ihre beiden Gruppen nach links und rechts weiter auseinander."

Auf Ottokars Gesicht legte sich ein tonloses, zufriedenes Lachen. „Rudolf schwächt seine Truppen noch mehr. Wir werden diese Schwäche nutzen." Er gab seinem Schwager, Otto dem Langen, die Anweisung, auf sein Zeichen hin seine Männer aus der zweiten Reihe mitten durch diese Gasse zu führen, um Rudolfs Truppen ganz voneinander zu trennen. „Unsere hintersten Scharen bleiben vorerst stehen und warten auf meine Befehle", ergänzte er.

Bolko triumphierte siegessicher. „Der Sieg wird schon bald unser sein und euch mein König wird das zu eigen was euch rechtmässig gehört."

***

König Rudolf ritt mit seinem Gefolge, dem sich Wilhelm Gorkeit und Walter von Ramswag auf seine Bitte hin angeschlossen hatten, durch die Gasse zwischen den beiden Truppen nach vorn an die Front zu Graf István, Heinrich, dem Bischof von Basel und Maté, dem jungen Palatin.
Rudolfs liess seinen Blick über die Weinberge auf dem Hochfeld zu seiner Linken schweifen. Von den verborgenen Kämpfern

war nichts zu sehen, doch er wusste, sie waren dort und warteten auf das vereinbarte Zeichen. Er sah nach Norden, über das Heer von Ottokar in der Ebene, zum Goldberg, auf dem er die Umrisse mehrerer Reiter ausmachte: Ottokar und sein Gefolge. Ruhig sah er nach rechts zum lichten Auenwald, hinter dem sich das Ufer der March befand. Die Kumanen würden von dieser Seite angreifen. So aufmerksam Rudolf auch lauschte, es war nichts von ihnen zu hören oder zu sehen.

Eine Bewegung auf dem Goldberg lenkte seine Aufmerksamkeit wieder nach Norden. Der kleiner Trupp näherte sich, ihnen voran Ottokar, der König von Böhmen. Neben sich ein junger Ritter, der stolz das königliche Banner trug. Der silberne, böhmische Löwe auf rotem Grund flatterte im Wind. Etwas nach hinten versetzt, zwei weitere Reiter unter der Flagge von Milota von Dědice und Otto von Brandenburg.

König Rudolf von Habsburg wies mit einem leisen Befehl sein Pferd an dem Kontrahenten entgegen zu traben. Begleitet wurde er zu seiner Linken von seinem Sohn Hartmann, zu seiner Rechten vom Bischof von Basel. Auch der Thurgauer Walter von Ramswag sowie Graf István und Fürst Berthold von Emmerberg schlossen sich ihnen an. Die anderen Heerführer blieben wie Wilhelm zurück und beobachteten die beiden sich nähernden Gruppen.

Inmitten des weiten Feldes, wenige Meter voneinander entfernt, hielten die Edelleute beider Gruppen an.

Der schwarze Hengst von Berthold von Emmerberg scheute und bäumte sich auf. Er spürte die Anspannung seines Herrn, der am liebsten sofort seine Streitaxt auf den Böhmenkönig geworfen hätte.

Milota von Dědice stellte sich mit seinem Pferd schützend vor Ottokar und umfasste drohend den Griff seines Schwertes.

Geistesgegenwärtig ergriff István das Zaumzeug von Bertholds Pferd, brachte es wieder zur Ruhe und zurück in die Formation.

König Ottokar hob kaum merklich einen Finger und Milota lenkte sein Pferd wieder neben den König. Abschätzig sah Ottokar zu Berthold von Emmerberg, der seinen Blick voller Hass erwiderte.

Ottokar lenkte seine Aufmerksamkeit zu Rudolf, von dem er in forschem Ton forderte: „Rudolf, ihr seid mit euren Forderungen zu weit gegangen. Doch ich will Milde walten lassen. Anerkennt mich hier und jetzt als rechtmässigen König des Sacrum Imperium an und ich werde eure Truppen in Frieden ziehen lassen."

Rudolf liess sich nicht provozieren. Ruhig erkläre er: „Es ist töricht, euch gegen den Entscheid der Kurfürsten zu stellen. Die Kurfürsten haben mich zum König ernannt und es liegt an euch, den Entscheid der Kurfürsten hier und jetzt anzuerkennen."

Ottokar lachte höhnisch: „Ihr seid vielleicht ein guter Diplomat und habt den Kurfürsten schon so manche fragwürdige Gefälligkeiten erweisen. Doch dieses Schlachtfeld gehört mir und Gott wird mir auch dieses Mal auf diesem Feld geben, was mir zusteht!"

„Dann soll es so sein." Ohne ein weiteres Wort wendete Rudolf von Habsburg sein Pferd und galoppierte mit seinem Gefolge zurück zum Heer. Die Edelleute teilten sich wieder auf und kehrten zu ihren jeweiligen Scharen zurück, um sich neben ihre Männer zu stellen, bereit für die Schlacht.

Rudolf hatte kaum die Kuppe des Haspelberges erreicht, als sich auf der gegnerischen Seite die feindlichen, schwer gepanzerten Ritter in Bewegung setzten. „Ottokar scheint keine Zeit verlieren zu wollen", stellte er überrascht an Hartmann gewandt fest.

Aus dem feindlichen Heer stiegen Staubwolken vom trockenen Boden auf und über die Ebene erklang ein tiefes Grollen, eine Mischung aus Schlachtrufen und dem Getrampel tausender Pferdehufe.

Rudolf sah zum schmalen Auenwald an der March. Dort im Verborgenen wartete König Ladislaus mit seinen kumanischen Horden. Rudolfs Herz begann, heftig zu hämmern. Er setzte darauf, dass sie rechtzeitig zur Stelle sein würden.

König Rudolf erhob seine Hand und zeigte Richtung Himmel. Drehte sich mit seinem Pferd einmal im Kreise, um dann mit weiterhin ausgestrecktem Arm kraftvoll nach vorne in Richtung des Feindes zu zeigen. Das war das Zeichen!

Gleich darauf ertönte aus dem Auenwald der dumpfe Klang Dutzender Hörner. Viertausend kumanische Reiter und Reiterinnen preschten mit lautem Geschrei aus dem Wald hervor. Alle hielten mehrere Pfeile und einen Bogen in der linken Hand. In der Rechten lagen die Zügel ihres Pferdes. Die wilden Horden aus den Steppen schossen ohne Pause ihre Pfeile von den Rücken der dahin jagenden Pferde auf die feindliche, böhmische Reiterei. In vollem Galopp stürmten die kumanischen Reiter auf die gegnerischen Truppen zu. Die Reiter ließen die Zügel los und lenkten ihre Pferde geschickt mit den Beinen und durch das Verlagern ihres Gewichts. Routiniert nockten sie einen Pfeil auf die Sehne, spannten den Bogen, zielten, schossen und nahmen sich sofort ein neues Ziel vor. Tausende von Pfeilen ließen die flinken Kumanen auf das anrückende Heer Ottokars niederregnen. Kettenhemden wurden durchschlagen, Schlachtrösser umgerissen, Fleisch und Knochen durchbohrt.

Hunderte böhmischer Ritter fielen im ersten Pfeilhagel. Die Scharen Ottokars wichen der unerwarteten Gewalt, die sie aus dem Auenwald traf, nach Westen aus. Vergeblich versuchten sie, sich mit ihren Schilden vor dem wieder und wieder niederprasselnden Pfeilhagel zu schützen. Entgegen Ottokars Anweisungen, befahl der Landgraf zu Thüringen einem Teil seiner schweren Reiterei, die Schlachtordnung zu verlassen, um die kumanischen Horden anzugreifen und zu verfolgen. Doch die gepanzerten Thüringer Ritter konnten die wendigen Kumanen nicht erreichen. Schnell wichen diese aus, wendeten sich geschickt auf dem Pferderücken nach hinten und liessen weitere Pfeilkaskaden auf die Thüringer und das gesamte Heer der Böhmen niederregnen. In den schweren Rüstungen war es den Rittern unmöglich, den Kumanen schnell genug durch den Wald zu folgen. Als die Ritter beabsichtigten, sich wieder in ihrem Heer einzureihen, wendeten die Kumanen und griffen erneut an. Mehrmals konnten die Steppenreiter ihre ungestümen Angriffe ungehindert durchführen. In kürzester Zeit verloren hunderte Ritter ihr Leben durch Pfeilgeschosse, ohne auch nur ihr Schwert gezogen zu haben. Gespickt mit Pfeilen lagen die Körper der Toten am Boden.

Erneut erklangen die kumanischen Hörner, die Reiterhorden zogen ab und gaben Rudolfs Männern den Platz auf dem Schlachtfeld frei.

Rudolf verschaffte sich einen Überblick und war zufrieden. In Ottokars Heer hatten sich die Reihen durch die Angriffe der Kumanenhorden bereits stark gelichtet. Zudem waren Ottokars vordersten beiden Scharen weit nach Westen ausgewichen, ihre Formation war unwiederbringlich dahin.

König Rudolf beobachtete vom Haspelberg aus mit seinem Gefolge das Geschehen auf dem Feld, als der Earl of Pembroke sein Pferd neben den König lenkte. Rudolf schmunzelte den Engländer an: „Auch Lust bekommen, mit zumachen?"

„Ihr seid mutig und listenreich ohne Zweifel, doch dies ist euer Krieg nicht unserer", entgegnete der Earl gelassen.

Rudolf blickte hinunter auf das Schlachtfeld. „Dann seht zu, wie ein habsburgisches Heer zu kämpfen vermag." Rudolf legte kurz seine Hand auf die seines Sohnes Hartmann neben sich, drückte sie fest und nickte ihm wohlwollend und beruhigend zu. Gleich darauf liess er mit erhobener Hand das Signal für den Angriff des Hauptheeres geben.

István Gutkelet, an vorderster Front, hob seine Hand. Maté Csák sah hinüber zu István und hob ebenfalls abwartend die Hand. Heinrich von Isny, der Bischof von Basel, ritt vor die Truppen, sein Pferd bäumte sich auf und er stimmte lauthals ein Lied an: „Heilige Maria, Mutter und Magd, all unser Leid sei dir geklagt. Für Rom!"

Seine Männer setzten sich in Bewegung, bereit dem erklärten Feind entgegenzutreten. Die tausendfünfhundert leichten Reiter der ersten beiden Scharen stimmten ein. Ein Wald aus Speeren neigte sich nach vorne. In diesem Augenblick liessen István und Maté energisch ihre Hände nach vorne fallen. Mit lautem Getöse jagte die leichte ungarische Reiterei den Hang des Haspelbergs hinunter und stürmte direkt auf die stark gelichteten böhmischen Truppen Ottokars zu.

***

Ottokars Scharen im Westen des Marchfeldes, auf der Seite der Weingärten, waren von den Kumanenangriffen weniger betroffen gewesen. Der erfahrene Befehlshaber Milota von Dědice deutete den langsam reitenden, schwer gepanzerten böhmischen Rittern sich für den Angriff bereit zu machen.

Milota trieb sein Pferd an, unverzüglich folgte ihm seine ganze Reiterei. Die vordersten Reiter senkten ihre Lanzen in die Waagerechte. Ihre blank polierten Brustpanzer glänzten in der höher steigenden Sonne, die erbarmungslos auf die Kämpfenden niederbrannte. Dann erklang Milotas Schlachtruf: „Budějovice Praha!" Das Getöse der Rüstungen, der Donner tausender Pferdehufe und der laute Kampfschrei der Böhmen bildeten eine kompakte Drohkulisse die unerbittlich auf Rudolfs Scharen zurollte.

Dann prallten die beiden Heere aufeinander.

Die Lanzen der übermächtigen, schweren böhmischen Reiterei durchbohrten die Körper der vordersten ungarischen Reihen und walzten Rudolfs Heer Reihe für Reihe nieder, ohne dass dieses merklichen Widerstand leisten konnte.

***

Sofort liess König Rudolf die beiden Schare in der zweiten Reihe, mit der Reiterei aus Ostarrîchi, nachstossen um die schwer getroffenen Ungarn zu unterstützen. Dabei schwenkte eine der beiden Scharen bewusst nach Osten aus und preschte seitlich in Ottokars Heer hinein.

***

Ottokar war erzürnt über den Verlauf der Schlacht. Während seine Scharen unterhalb der Weinberge wie geplant vorstossen konnten, wurden jene im östlichen Teil des Marchfeldes am Auenwald, weiterhin zerrissen und dezimiert. Ottokar entschied sich, seine intakten Scharen auf der Westseite weiter zu stärken.

Mit Genugtuung beobachtete er, wie Rudolfs gesamtes Westheer in erbittert geführtem Nahkampf bis an den Fuss des Haspelberges, zurückgedrängt wurde. Die Frontlinie im Westen bildete ein schmales, in der Sommerhitze fast ausgetrocknetes Bachbett. Sein Mann, Milota von Dědice, sprang gerade mit seinem Pferd über dieses Bachbett.

Auch Milota erkannte, dass das Heer des Habsburgers bereits schwere Verluste erlitten hatten. Er wusste, nun brauchte es nur noch einen Streich, um den Kampfesmut des Feindes ganz zu vernichten. Seine Adleraugen machten sein Ziel schon aus: ein Greis, kaum sechzig Schritt von ihm entfernt, der Träger des rot-weiss-roten Banners von Ostarrîchi. Milota trieb sein Pferd mit einem kräftigen Druck in die Seiten an, ein Schwerthieb nach rechts, ein Schwerthieb nach links. Keiner vermochte Milota aufzuhalten. Dann holte er zu einem weiteren Schlag aus, diesmal auf den alten Mann mit der Standarte. Die Wucht des Hiebes traf auf Haslauers Brustpanzer, die Standarte entglitt ihm und das rot-weiss-rote Banner fiel zu Boden. Haslauers Ross trug seinen schwer verletzten alten Herrn weiter und weiter davon, weg von dem am Boden liegenden Zeichen der Macht Ostarrîchis.

Im böhmischen Heer, auf der Ostseite, inmitten des Schlachtgetümmels, versuchte Henryk von Schlesien, sich einen Überblick zu verschaffen. Er wusste, er hatte versagt. Nicht nur, dass er diese Kumanen massiv unterschätzt und es zugelassen hatte, dass seine Scharen unter deren Pfeilhagel niedergemäht wurden. Nein, er hatte auch nicht verhindern können, dass seine Männer soweit nach Westen abgedrängt wurden, dass sie den eigenen hinteren Scharen den Weg versperrten und diese nicht mehr wie geplant Rudolf Truppen entzweien konnten. Am Herzog von Schlesien nagten die Selbstzweifel, er sah, wie weit Milota bereits in die gegnerischen Gebiete vorgerückt war. Milota würde allen Ruhm ernten, von Ottokar zum Dank mit Gold überschüttet werden und er, er würde in Ungnade fallen und als Versager dieser Schlacht hervorgehen. Er musste etwas unternehmen: es lag jetzt an ihm, sein Schicksal wieder zu wenden. Er sah nur eine einzige Möglichkeit diese Schmach wieder gut zu machen. Er musste die Aufgabe übernehmen, die eigentlich den Rittern der zweiten Schar, den Männern von Meissen, Thüringen, Brandenburg und Bayern zugedacht war: Er musste durch die Gasse zwischen Rudolfs Truppen reiten und so, wie Ottokar es geplant hatte, dessen Heer vollends auseinandertreiben.

„Männer!", wandte er sich an sein Gefolge, „es liegt nun an uns Rudolfs Heerordnung aufzureissen und ihre Kraft zunichte zu machen. Los, folgt mir!" Er hob die grüne böhmische Sturmfahne mit dem weissen Kreuz in die Höhe und ritt nach Süden zum Haspelberg.

***

König Rudolf stand mit seinem Gefolge auf der Kuppe des Haspelbergs. Er beobachtete, wie die heranreitenden feindlichen Ritter mit der grünweissen böhmischen Sturmfahne, in die geplante Gasse zwischen seinen Scharen stürmten. „Etwas spät, aber so, wie ich es erwartet habe", murmelte Rudolf zufrieden. Das war der Moment, seine hinter dem Haspelberg verborgenen, schwer gepanzerten Scharen in die Schlacht zu führen. Ihnen voran er selbst, zusammen mit seinem Sohn Hartmann, seinen engsten Gefährten Hugo von Taufers, Wilhelm Gorkeit, Walter von Ramswag, Friedrich von Nürnberg, dem Kärntner Ulrich von Heunburg und dem Steirer Heinrich von Pfannberg. Mit lautem Getöse setzten sich die beiden verborgenen Scharen hinter der Hügelkuppe in Bewegung.

Wie eine Flut ergossen sie sich den Haspelberg hinunter, den heranstürmenden gegnerischen Reitern entgegen. Ihr plötzliches Auftauchen – scheinbar aus dem Nichts! - zeichnete den böhmischen Rittern die Überraschung ins Gesicht. Im Nu wurden sie von ihnen überrannt.

Walter von Ramswag blieb an der Seite seines Königs, direkt neben sich sein Freund Wilhelm. Fast gleichzeitig warfen die beiden Helveten ihre Speere dem Feind entgegen. Zwei Reiter direkt vor dem König fielen nach hinten von ihren Pferden. Es entstand eine schmale Gasse, durch die der König mitten ins Schlachtgetümmel hineinstürmte.

Die Lanze eines schwer gepanzerten feindlichen Ritters tauchte plötzlich vor Wilhelm auf. Geschickt neigte er sich zur Seite, die Lanze kratzte über seinen Brustpanzer. Wilhelm zog sein Messer und durchtrennte die Lederriemen des Sattels am gegnerischen Pferd. Der Ritter verlor seinen Halt und kippte mitsamt dem Sattel vom Pferd und schlug scheppernd am Boden auf. Erfolglos versuchte er sich mit seiner schweren Rüstung aufzurichten. Kaum hatte sich Wilhelm indes wieder hochgestemmt, musste er nach links ausweichen, um nicht vom Schwert des nächsten Ritters getroffen zu werden. Energisch warf er sein Messer, welches im ungeschützten Hals des Gegners stecken blieb.

Zwei weitere, schwer gerüstete Ritter näherten sich Wilhelm mit vorgestreckten Lanzen. Leichtfüssig sprang Wilhelm auf seinen

Sattel und hüpfte über die Lanze des ersten Ritters. Schwankend landete er wieder stehend auf dem Rücken seines Pferdes. Schon näherte sich der zweite Ritter. Mit einem Satz sprang Wilhelm auf die ausgestreckte Lanze des entgegenkommenden Ritters und rannte darauf auf den Ritter zu. Völlig überrascht neigte sich der Ritter ausweichend nach hinten. Wilhelm versetzte ihm einen Fusstritt auf die Brust, der gepanzerte Ritter verlor sein Gleichgewicht und stürzte armeringend nach hinten vom Pferd. Wilhelm stand auf dem fremden Ross und konnte sich ein abschätziges Grinsen über die schwerfälligen Ritter in ihren Rüstungen nicht verkneifen. Wendig schwang er sich zurück auf sein eigenes Pferd, während das herrenlose gegnerische Tier erschrocken davonpreschte. Wilhelm zog sein Kurzschwert und versetzte mehreren Gegnern empfindliche Stichwunden. Plötzlich stellte sich ihm ein massiger Reiter quer in den Weg. Wilhelm stellte sich in der Hocke auf den Sattel, sprang seitlich weg und landete sitzend hinter seinem Gegner. Noch bevor dieser realisierte wie ihm geschah, hatte Wilhelm in schon seitlich vom Pferd geworfen. Schnell wehrte Wilhelm einen von der Seite kommenden Schwerthieb ab. Flink und geschmeidig schwang er sich wieder zurück auf sein Ross.

Im heillosen Durcheinander versuchte Wilhelm seinen Freund Walter von Ramswag zu finden. Dieser war nicht weit entfernt, nickte ihm zu und rief: „Gut gemacht!" Im selben Augenblick verfinsterte sich Walters Gesicht. Er führte seinen Zweihänder mit einer Hand, holte aus und rief: „Duck dich!" Die massive Klinge sauste über Wilhelm hinweg und enthauptete mit einem Streich einen Gegner der beinahe sein Schwert in Wilhelms Rücken gestossen hätte.

Wilhelm richtete sich wieder auf und blickte auf den Körper des Enthaupteten der langsam von seinem Pferd rutschte, seinem am Boden liegenden Kopf entgegen.

Walter von Ramswag rief ihm grinsend zu: „Du schuldest mir was, mein Freund." Unvermittelt warf Wilhelm sein Kurzschwert auf ein Ziel hinter Walter. Die Klinge blieb in der Schulter eines Reiters stecken, dessen Speer nur knapp Walters Kopf verfehlte. Kraftlos senkte der Speerwerfer seinen schwarz-gelben Schild. Von Schmerzen gepeinigt, versuchte der verletzte Gegner seinen Schildarm zu heben, doch es gelang ihm nicht. Trotz des Messers in seiner Schulter hielt sich der Reiter erstaunlich aufrecht und ritt mit aufgerissenen Augen zwischen Wilhelm und Walter hindurch. Als der Verletzte auf der Höhe von Wilhelm war, packte Wilhelm den Griff seines Messers und zog es ungerührt aus der Schulter des Verletzten.

„Immer gerne, mein Grosser", entgegnete Wilhelm seinem Freund und beide stürzten sich wieder ins Gefecht.

Die Schlacht erreichte ihren Höhepunkt. Tausende von Rittern waren in erbitterte Zweikämpfe zu Ross und am Boden verwickelt. Körper wurden durchbohrt, Gliedmassen abgetrennt. Die Luft war erfüllt mit tosendem Lärm von aufeinanderprallendem Metall, getränkt vom Geruch von Blut und erfüllt mit Schreien, die unkontrolliert aus Kehlen drangen.

Nur wenige Meter von Walter und Wilhelm entfernt hieb König Rudolf gezielt auf seinen Gegner ein. Immer wieder wagten es verwegene, gegnerische Krieger, direkt auf den König loszustürmen, doch allen erging es übel.

Kampfesmutig liess der König sein Pferd auf die andere Seite des halb ausgetrockneten Baches springen. Er entfernte sich dadurch jedoch zu weit von seinem Gefolge und stand auf einmal alleine, umgeben von Feinden.

Herboth von Füllenstein sah seine Chance gekommen. Wendig und schnell kam er König Rudolf gefährlich nahe. Der König erkannte die Gefahr und versuchte, den Angreifer mit der Streitaxt zu treffen. Doch sein Pferd liess sich nicht wenden, es konnte sich kaum noch bewegen, denn die kämpfenden Männer waren plötzlich immer dichter um ihn herum zusammengedrängt. Lauthals brüllend versuchte Herboth, den König vom Pferd zu reissen. Rudolf versetzte dem Angreifer geistesgegenwärtig einen kräftigen Tritt ins Gesicht. Tonlos sackte Herboth zusammen.

Rudolf versuchte, eine Lücke zu finden, um wieder auf die andere Seite des seichten Baches zu kommen. Er sah sich um. Dabei trafen sich für einen kurzen Moment die Blicke der beiden Könige. Der Böhmenkönig, ebenfalls hoch zu Ross, befand sich keine fünfzig Schritte von Rudolf entfernt.

Valens, ein Thüringer Ritter von riesenhafter Statur, kaum zehn Pferdelängen von König Rudolf entfernt, wollte sich dessen missliche Lage ebenfalls zunutze machen. Er trat mit den Fersen in die Seiten seines Rosses und ritt auf König Rudolf zu. Seine Faust umklammerte fest den Speer, den er genau auf den König gerichtet hielt. Doch kurz bevor er König Rudolf mit seinem Speer durchbohren konnte, bäumte sich Rudolfs Pferd auf und Valens Speer durchstach des Königs Ross. Es stürzte schwer verwundet zur Seite. Der König fiel, rutschte rückwärts die Böschung hinunter in den dunklen Schlick des Baches. Durch den Aufprall fiel ihm der Helm vom Haupt. Scheppernd rollte dieser in eine Pfütze.

Rudolf versuchte hektisch, sein Schwert zu fassen, doch er griff ins Leere. Durch den Sturz hatte es sich gelöst und lag nicht weit von ihm am Boden. Er streckte sich danach, berührte es mit den Fingerspitzen, doch er bekam es nicht zu fassen. Es lag knapp ausserhalb seiner Reichweite. Ein Reissen durchzuckte sein linkes Bein. Sein Fuss hatte sich im Lederriemen des Sattels verfangen. Sein mit dem Tode ringendes Pferd, versuchte panisch, wieder auf die Beine zu kommen und schleifte den König immer weiter weg von seinem Schwert.

Mehrere böhmische Kämpfer rannten mit gezogenen Schwertern auf den wehrlos am Boden liegenden König Rudolf zu, um ihm ihre Klingen in den Leib zu rammen.

***

Ottokar hatte beobachtet wie König Rudolfs Pferd sich aufgebäumt hatte und von einer böhmischen Lanze durchbohrt worden war. Er hatte gesehen wie der 60-jährige Habsburger vergebens versucht hatte, das Gleichgewicht wiederzuerlangen und wie er in unmittelbarer Nähe von böhmischen Kämpfern zu Boden gestürzt war. Schnell blickte Ottokar sich um. Euphorie durchströmte seinen Körper. Milota jagte die schwer geschlagenen Ritter Rudolfs den Haspelberg hinauf, von den Kumanen war nichts zu sehen. Bestimmt waren sie auf Beutesuche und hatten sich weit vom Schlachtgeschehen abgewandt. Energisch hob Ottokar sein Schwert, im Bewusstsein, dass sich sein Sieg in greifbarer Nähe befand. An seine Begleiter gewandt erklärte er triumphierend: „Gott hat entschieden, der Sieg ist unser. Mestwin, Bolko, jetzt liegt es an euch, dem Habsburger den Rest zu geben. Befehlt den hintersten Scharen, sich bereit zu halten und auf meinen Befehl zu warten, die Zeit ist gekommen, um die Schlacht zu beenden."

***

Rudolf sah die feindlichen Kämpfer, die mit gezogenen Schwertern auf ihn zu rannten. Aus seinem Stiefel zog er den Dolch, den er an diesem Morgen von seinem Freund Wilhelm geschenkt bekommen hatte. Mit einem schnellen Schnitt durchtrennte er die Riemen, die ihn noch mit seinem sterbenden Pferd verbanden.

„Nicht mit mir!" zischte er kämpferisch zu sich selber. Endlich befreit von den Fesseln, hechtete er zurück zu seinem Schwert, deckte sich mit dem Schild vor dem ersten Schwertschlag und verteidigte sich, noch am Boden liegend, voller Mut gegen die vielen Angreifer.

Wilhelm hatte von der anderen Seite des Bachbettes als erster gesehen, wie Rudolf zu Boden ging. „Der König!", hatte er geschrien, „Schnell, rettet den König!"

Walter hatte den Ruf seines Freundes gehört und sah in die gewiesene Richtung. Mit nach der langen Schlacht ungeahnter Kraft, pflügte sich Walter von Ramswag einen Weg durch die feindlichen Reihen zum König. Dicht gefolgt von Wilhelm Gorkeit, Friedrich von Nürnberg und Hermann von Fürstenberg. Auch Prinz Hartmann bahnte sich mit Bischof Heinrich von Isny kämpfend einen Weg zum stark bedrängten König.

Währenddessen hatte auch der hünenhafte Valens König Rudolf erreicht, breitbeinig stellte er sich über den am Boden liegenden König. Seine böhmischen Freunde griffen den König weiterhin heftig an. Valens umfasste in aller Ruhe den schweren Griff seines Schwertes mit beiden Händen. Kraftvoll hob er die Arme, um dem König den tödlichen Stoss zu versetzen.

Blitzschnell warf sich Wilhelm vor den am Boden liegenden König. Wilhelm hörte ein Knirschen und realisierte wie eine scharfe Klinge sein Kettenhemd durchstiess und ein glühender Schmerz durch seine Schulter jagte. Halb benommen rammte Wilhelm sein Schwert in die ungeschützte Brust des Angreifers. Gleichzeitig sauste Hartmanns Klinge durch den Hals des Gegners, röchelnd kippte dieser nach hinten.

Mit vereinter Kraft schoben die Männer die angreifenden Böhmen von König Rudolf fort und bildeten einen schützenden Ring um ihn. Heinrich von Isny zeichnet ein Kreuz in die Luft. „Gott sei Dank, er lebt." Walter von Ramswag hob den König auf seine Schulter, als habe dieser kein Gewicht, während die anderen, allen voran Hartmann und Wilhelm, ihnen eine Gasse durch die kämpfende Menge schlugen, um den König auf die andere Seite des Baches in Sicherheit bringen. Graf Egino von Hasela, neben sich seine Getreuen Hans Vasant und Töbelin von Vischerbach, stürmte mit etwa fünfzig Mann herbei, sofort bildeten sie hinter dem König und seinen Rettern einen undurchdringlichen Schutzwall.

„Ein Pferd, ein neues Pferd für unseren König", rief Hartmann. Friedrich von Nürnberg sprang von seinem Pferd. „Hier nehmt meines." Walter und Friedrich halfen dem erschöpften König auf das Pferd.

„Euer Helm, mein König!" Ein junger, am frühen Morgen zum Ritter geschlagener Elsässer, der den Helm des Königs im Wasser gefunden hatte, überreichte ihn bewundernd seinem König.

„Vielen Dank, mein Freund." Der König sah dem Jüngling mit wohlwollendem Dank fest in die Augen, hob sein Schwert und rief energisch: „Und nun zurück in die Schlacht, Männer!" Rudolf setzte sich seinen Helm wieder auf, holte tief Atem und stürzte sich erneut in den Kampf.

Wilhelm griff sich an die Schulter, die Wunde war weit mehr als ein Kratzer, er wollte aber auf keinen Fall seine Leute im Kampf alleine lassen. Er riss einen Streifen von seinem Leinenhemd ab, stopfte es unter das Kettenhemd auf die Wunde und brüllte einen Kampfschrei. Genau wie Walter von Ramswag, Hartmann und Heinrich von Isny sprang auch er auf eines der herangeführten Pferde und stürmte zurück ins Schlachtgetümmel.

***

Der polnische Fürst Mestwin ritt zu Ottokar und berichtete: „Die Reservetruppen stehen in Formation und sind bereit zum Angriff, mein König."

Der König lächelte listig. „Bereithalten", dann hob er sein Schwert. Noch einmal sah er, schon innerlich triumphierend, auf das Schlachtgeschehen.

Abrupt versteinerte sich sein siegessicheres Grinsen. Unfähig zu glauben, was er da sah, verzerrten sich seine Gesichtszüge. Der tot geglaubte König Rudolf sass stolz auf einem Pferd und zeigte Ottokar herausfordernd die Klinge seines hocherhobenen, blutgetränkten Schwertes.

Die Mittagsonne brannte erbarmungslos.

***

Rudolf wendete seinen Blick von Ottokar ab und gab dem Mann neben sich ein Zeichen. Ein baumhoher Stab wurde aufgerichtet, an dessen Spitze fünf leuchtend rote Wimpel wehten.

Konrad von Sumerau, verborgen hinter Weinreben, stiess seinen Freund an: „Ulrich, dort das Zeichen."

„Männer macht euch bereit", befahl Ulrich von Kapellen seinen Kämpfern die sich mit ihnen in den Weingärten versteckt hielten.

Kurz darauf schrie er: „Vorwärts!" In Keilformation stürmten seine Männer aus ihrem Hinterhalt die Abhänge aus den Weingärten herab. Mit voller Wucht schlugen sie auf die Scharen der Böhmen.

***

Der Angriff aus dem Hinterhalt traf die Böhmen derart unerwartet, dass die Truppen zersprengt und das Kampffeld entzweigeteil wurde. Den vorgesehenen geordneten Angriff konnte Ottokar nicht mehr ausführen. Ottokars Ritter stiessen in einzelnen Gruppen in das Hauptfeld ohne dort grossen Schaden anrichten zu können. Ottokar, der sich nun selbst inmitten des Schlachtgetümmels befand, erkannte die Situation und versuchte vergebens, seine Truppen zu ordnen.

Beneš fand seinen Bruder Milota im Kampfgetümmel unterhalb der Weingärten. „Milota, hast du gesehen, sie zersprengen unsere Reihen." Milota versuchte, sein Pferd zu beruhigen und seine

Gedanken zu ordnen. „Milota, was sollen wir tun?" drängte Beneš.

Der erfahrene Soldat verschaffte sich einen schnellen Überblick über das Hauptheer im Kampf und die Truppen von Ulrich von Kapellen inmitten seiner zersprengten Scharen.

„Ihr denkt, dass ihr uns aus dem Hinterhalt schlagen könnt?" brüllte Milota in die Richtung von Ulrich. „Was ihr könnt, das können wir schon lange." Milota wandte sich an seine Reiter und jene seines Bruders. „Wir müssen sie stoppen. Wir reiten aussenherum nach oben in die Weingärten und von dort zurück, hinunter ins Schlachtfeld, direkt in den Rücken dieser Schergen. Das wird sie stoppen."

„Los Männer!" Übereifrig ritt Beneš bereits direkt in die Weingärten hinauf.

„Warte! Nicht da lang", doch der Ruf von Milota verhallt im Kampfgeschrei. Sein ungestümer Bruder preschte bereits den Hügel hoch. Milota schüttelte den Kopf, doch es blieb ihm keine andere Wahl, als nun seinem Bruder zu folgen. Schnell sammelte er so viele seiner Männer wie möglich und ritt seinem Bruder nach.

Im Hauptfeld wurde bereits seit drei Stunden unerbittlich gekämpft. Die Kraft der Truppen Ottokars in der Mitte des Schlachtfeldes schwand rapide. Die schweren Rüstungen machten ein ununterbrochenes Kämpfen auf lange Zeit unmöglich.

Die zuvor verborgenen Scharen des Habsburgers waren bereits bis in das Zentrum des Schlachtgeschehens vorgedrungen und fügten den erschöpften Truppen Ottokars vernichtende Schäden zu.

Die Hitze tat ihr Übriges, viele Ritter des böhmischen Königs lagen bewusstlos am Boden oder standen vollkommen geschwächt, benommen und wehrlos auf dem Schlachtfeld, gestützt auf ihre Schwerter oder Standarten.

Der ermattete Thüringer Krieger Albrecht der Entartete schwankte, sein Blick war verschwommen unter dem Einfluss der Strapazen und der unbarmherzig auf seinen metallenen Helm brennenden Sonne. Er blickte um sich, sah die vielen toten Leiber seiner Männer, vergebens suchte er in seiner Nähe nach den Flaggen der befreundeten Kämpfer. Er atmete schwer, die Geräusche um ihn herum klangen gedämpft, als kämen sie von weit her. Mit eisernem Willen wehrte er sich gegen das beginnende Delirium. Schwankend machte er einen Schritt zurück, etwas Weiches, Glitschiges schmatzte unter seinem Fuss, er wagte nicht hinzusehen. Stattdessen schweifte sein Blick zum Horizont, nach Westen zu den Weingärten. Nur langsam nahm das Bild in der Ferne Formen an. Er erkannte die eigenen Truppen, jene von Milota und Beneš die vom Schlachtgeschehen davonritten. „Wir fliehen?" flüsterte er fragend vor sich hin. „Wir fliehen", schrie er dann in Panik laut hinaus. Die Männer in seiner Nähe schauten in die Richtung in die er deutete. Einige rannten bereits los, anderen stimmten in sein Rufen ein. „Wir fliehen!"

Die Truppen des Böhmenkönigs brachen in Panik aus.

König Ottokars Aufmerksamkeit richtete sich auf die Rufe in der Mitte des Schlachtfeldes, wie ein Lauffeuer verbreitete sich die falsche Nachricht. Er sah wie mehr und mehr seiner Männer die Flucht ergriffen.

Im Süden sammelte sich das habsburgische Heer unter der rotweiss-roten Standarte, die zuvor herrenlos am Boden gelegen hatte. Ottokar knirschte mit den Zähnen, seine Männer hatten es nicht geschafft dem Greis die Standarte zu entreissen. Schnaubend musste er mit ansehen, wie Heinrich von Liechtenstein sie jetzt stolz in die Höhe hob und einen erneuten Angriff vorbereitete.

Aus dem Norden hörte Ottokar Hörner dröhnen und markdurchdringendes Angriffsgeschrei. Die Kumanen kehrten wild und entschlossen von den Plünderungen seines Lagers zurück, mitten hinein ins Kampfgeschehen.

Der Böhmenkönig versuchte vergeblich, zusammen mit seinen Getreuen den Flüchtenden Einhalt zu gebieten. Doch immer mehr seiner Männer rannten in alle Richtungen auseinander. Die schnell schwindende Zahl seiner Krieger liess Ottokar nichts Anderes übrig, als selbst den Rückzug anzutreten.

***

In der Mitte des sich lichtenden Schlachtfeldes rief Berthold von Emmerberg die verbliebenen Ritter seiner Schar zusammen, um sie neu zu formieren. Ritter Friedrich von Pettau entdeckte als erster den abziehenden Böhmenkönig, nur einhundert Schritt von ihnen entfernt. „Berthold", rief Friedrich seinen steirischen Freund. „Jetzt ist dein Moment gekommen", und wies auf Ottokar der im heillosen Durcheinander nur von einer Handvoll von Männern begleitet wurde.

Bertholds Augen verfinsterten sich. Die schmerzhafte Erinnerung an die Hinrichtung seines Vetters Seifried flammte erneut auf. Damals hatte er geschworen, seinen Tod eines Tages zu rächen. Dieser Tag war nun gekommen.

Er sah zu seinen Freunden aus Kärnten, Krain und der Steirischen Mark, den Rittern von Heunburg, Pfannberg und Pettau. Ohne ein weiteres Wort zu wechseln, nickten ihm alle drei zu. Bereit ihren Freund zu unterstützen.

Gezielt stellten sich die vier habsburgischen Ritter den Gefolgsleuten um König Ottokar in den Weg und griffen gemeinsam mit ihren Männern an. Mit kraftvollen Hieben schlugen sie eine Gasse durch die feindlichen Kämpfer, direkt auf den Böhmenkönig und seine Begleiter zu.

Ottokar erkannte sofort das Wappen, das ihm bereits kurz vor der Schlacht beim Treffen mit König Rudolf aufgefallen war, und wies drei seiner Ritter an, von Emmerberg anzugreifen.

Während von Emmerberg abgedrängt wurde, ritten seine Freunde weiter auf Ottokar zu.

Der Böhmenkönig flüchtete nicht, nein, er wendete sein Pferd und ritt auf seine Angreifer zu. Sein wutentbrannter Kampfschrei war furchteinflössend. Mit fast übermenschlichen Hieben hob er einen steirischen Ritter nach dem andern aus dem Sattel. Friedrich von Pettau erreichte den Böhmenkönig. Ein kräftiger Schlag des Böhmen und das Schild Friedrichs brach entzwei. Ein weiterer Schlag und Friedrich flog das Schwert aus der Hand. Das Entsetzen in den Augen des habsburgischen Ritters begegnete dem zornigen und entschlossenen Blick Ottokars. Friedrich versuchte, sich mit den Armen über dem Gesicht zu schützen. Der grosse König aus dem Haus der Přemysliden kannte kein Erbarmen, er hob sein Schwert hoch in die Luft. Die gleissende Mittagssonne spiegelte sich in der blutbesudelten Klinge mit dem eingravierten gekrönten Löwen.

Heinrich von Pfannberg schleuderte seine Streitaxt durch die heisse Mittagsluft auf Ottokar zu. Mit voller Wucht durchtrennte sie des Königs Unterarm. Die Hand, welche noch im Metallhandschuh steckte, flog durch die Luft. Ottokars Schwert löste sich von der abgetrennten Hand, wirbelte in hohem Bogen herum und blieb mit der Klinge im Boden stecken. Der Metallhandschuh mit Ottokars Hand landete dicht daneben. Ein schmerzerfüllter Schrei drang aus Ottokars Kehle. Zusammengekauert sass er im Sattel und hielt sich seinem blutenden Armstumpf.

Heinrich von Pfannberg zog sein Schwert, nur noch wenige Meter trennten ihn von dem schwer verwundeten Böhmenkönig. Doch als er Ottokar erreichte und er ihm mit einem Schwertschlag das Leben nehmen wollte, richtete sich Ottokar wieder auf, wehrte Heinrichs Schlag mit seinem Schild ab, wirbelte das

Schild herum und stiess mit dessen Kante wuchtig in den Hals des Ritters aus der Steirischen Mark.

Ulrich von Heunburg sah wie Ottokar sein Schild mit gestrecktem Arm nach Heinrich stiess und nutze den kurzen Moment, in dem Ottokars Arm und Körper ungeschützt waren. Zielsicher warf der Kärntner seinen Speer. Ottokars Schulter wurde durchbohrt, kraftlos liess er sein Schild fallen, verwundert sah er auf seinen Arm. Dunkles Blut quoll aus der Wunde.

Inzwischen hatte es Berthold von Emmerberg geschafft, sich einen Weg freizukämpfen. Sein Schlachtross wieherte, als er ihm die Fersen in die Seiten rammte, um endlich auf Ottokar loszustürmen. Berthold umklammerte seinen Speer und stach ihn in vollem Galopp gnadenlos in Ottokars Körper. Der Speer durchtrennte das Kettenhemd und bohrte sich tief in Ottokars Leib. Schwer verletzt konnte sich Ottokar nicht mehr auf seinem Pferd halten und stürzte krachend zu Boden. Mühsam gelang er auf die Knie, der König versuchte aufzustehen, doch seine Beine versagten. Auf den Fersen sitzend erhob er mit einem röchelnden Stöhnen seinen Oberkörper. Schmerzerfüllt hielt er seine verstümmelte Hand. Die beiden Speere ragten aus seinem Körper. Durch die Öffnung seines Helmes erkannte er, wie Fürst Berthold von Emmerberg mit seinem Pferd kehrtmachte und erneut auf ihn zuritt, in seiner Rechten einen schweren Morgenstern schwingend. Ottokars Atem stockte. Der Fürst von Emmerberg holte mit seiner brachialen Waffe zum letzten und entscheidenden Schlag aus. Die stählerne, mit dicken Eisendornen überzogene, schwere Kugel traf mit voller Wucht den Kopf des grossen Přemysl Ottokar des II.

Der Böhmenkönig, der Löwe aus Prag, war tot.

***

Als sich die Staubwolken des Kampfes allmählich lichteten, lagen tausende tote Körper im Staub des Marchfelds, im dunklen

Morast der March und ihren Bächen. Mehr als zweitausend böhmische Männer waren gefangengenommen worden und lagen in Ketten. Am Abend nach der Schlacht liess Rudolf sich den Gefangenen Herboth von Füllenstein vorführen. Jener, der den Habsburger König im Schlachtgetümmel beinahe getötet hätte.

Herboth, noch immer überrascht, dass er nicht schon auf dem Schlachtfeld von den Getreuen Rudolfs erschlagen worden war, kniete, die Hände auf dem Rücken zusammengebunden, vor König Rudolf. Majestätisch stand Rudolf vor seinem Zelt. Die Müdigkeit, welche ihn nach dem langen Kampf zu übermannen drohte, liess er sich nicht anmerken. Sein Leibarzt und zwei Bader versorgten mit flinken Händen seine Wunden, ohne dass er dabei auch nur mit der Wimper gezuckt hätte. Seine Stimme donnerte: „Wer seid ihr?" Herboth war sich gewiss, dass er nur noch einen kurzen Augenblick zu leben hatte. Er sah den König an, als er erklärte: „Ich bin Herboth von Füllenstein aus Tirol, ein Dienstmann des Erzbischofs von Olmütz."

Rudolf sah den Mann lange an. Keiner der Anwesenden hegte den geringsten Zweifel, dass der König nun das Todesurteil über den Mann verhängen würde. Doch das war ein Irrtum.

„Tollkühner Tiroler", begann der König nachdenklich, „es wäre eine grosse Schande, wenn solch ein tapferer Ritter seines Lebens beraubt würde. Ihr wart ein würdiger Gegner." An die verblüfften Wachen gewandt, fügte der König knapp aber bestimmt hinzu: „Geleitet den Mann aus unserem Lager und lasst ihn in Frieden ziehen."

***

In den darauffolgenden Tagen ehrte und belohnte der König die Anführer der einzelnen Gebiete und ihre tapferen Mitstreiter.

Die sieben Stammesfürsten der Kumanen, wurden von Ladislaus in den Stand von Adligen erhoben. Damit war ein deutliches Zeichen gesetzt, welches alle Kumanen in Ungarn aus ihrem Schattendasein befreien sollte. Als mit dem übrigen magyarischen Adel Gleichwertige kehrten sie stolz heim nach Ungarn.

König Rudolf belohnte ganz besonders die Männer, die ihm mitten im Schlachtgewirr das Leben gerettet hatten. Unter ihnen auch Wilhelm Gorkeit. Auf die Frage hin, was Wilhelm mit dem ganzen Gold machen wolle, antwortete er: „Ich werde es in drei Teile aufteilen. Den ersten Teil werde ich zur Seite legen, den zweiten Teil werde ich investieren und den dritten Teil, ja, den werde ich dazu verwenden, mir meinen grössten Traum zu erfüllen. Ich werde fremde Länder erkunden und mir neues Wissen aneignen." Rudolf gefiel, was er hörte, denn er hielt eine besondere Aufgabe für Wilhelm bereit. „Mein lieber Wilhelm, ich möchte dich hiermit zu meinem Abgesandten ernennen. Bitte begleite in meinem Namen den Earl of Pembroke zum englischen Königshaus und überbringe König Edward diese vollgefüllte Truhe mit Kostbarkeiten als Zeichen meiner Achtung und meines Dankes für die Verlobung seiner Tochter Joan of Acre mit meinem Sohn Hartmann. Nach dieser gewonnenen Schlacht sollte der Verlobung nichts mehr im Wege stehen."

Wilhelm nahm diese ehrenvolle Aufgabe tiefbewegt an. Sein Vorschlag, auch der kleinen Prinzessin seine Aufwartung zu machen und ihr ein Geschenk zu überreichen, erfreute den König. Prinzessin Joan lebte in Ponthieu nahe Calais, an der Küste des Oceanus Britannicus.

Am folgenden Tag erhielt Wilhelm Besuch von einer Kumanin. Zu seiner grossen Überraschung war es Iduna. Die Erinnerung an ihre erste Begegnung hatte ihn seither bei jedem Einschlafen begleitet. Wieder betrachteten sie sich gegenseitig neugierig. Als sich ihre Blicke trafen, ergriff Iduna das Wort: „Auf Bitte eures Königs überbringe ich euch im Namen meines Königs Laszlo eine goldene Kette." Ihre warme Stimme war gefärbt von einem charmanten Akzent. „Mir wurde gesagt, ihr benötigt ein Geschenk, welches einer Prinzessin würdig ist." Ruhig und erhaben stand sie vor ihm, mit Augen so dunkel und von so funkelnder Schönheit wie der Sternenhimmel. Nur ihre Körperspannung und die hellwache Aufmerksamkeit liessen die Kraft und den Mut der Kriegerin in ihr erahnen, die er vor ein paar Tagen in der Dunkelheit kennengelernt hatte. Wilhelm wurde plötzlich peinlich bewusst, dass er etwas sagen sollte: „Ja", fing er an, „so ist es. Es soll ein Verlobungsgeschenk werden."

„Oh", in Idunas erstaunten Blick mischte sich ein Schimmer von Enttäuschung.

„Nein, nicht mein Verlobungsgeschenk", Wilhelm fiel es immer schwerer sich zu konzentrieren, „ich werde nur der Bote sein. Es gilt der Tochter des englischen Königs und ich überbringe es im Namen des Hauses Habsburg."

Iduna lächelte verlegen. Sie fühlte sich ertappt, Gedanken gezeigt zu haben, die sie im Verborgenen lassen wollte. Schnell lenkte sie ab: „Bitte sagt der Prinzessin, dass dieses Schmuckstück ihrer Trägerin Kraft für ihren Lebensweg verleiht. Die Kette ist ein Geschenk, das sonst nur die mutigsten und tapfersten kumanischen Frauen erhalten."

Wilhelm nahm das wundervolle Geschmeide dankend entgegen. Er wollte noch etwas sagen, doch alles, was ihm einfiel, erschien ihm unpassend.

Iduna verabschiedete sich, blickte noch einmal kurz zurück und verliess mit katzengleichem Gang das habsburgische Lager. Wilhelm blickte der zugleich wild und zart anmutenden Schönheit des Ostens noch eine Weile nach, unwissend, ob er es eines Tages bereuen würde, an diesem Abend nicht einen Schritt auf diese ungewöhnliche Frau zugegangen zu sein.

***

Drei Tage und drei Nächte wurde gefeiert. Kriegsbeute wurde verteilt und ungarischer Wein floss in die Kehlen der Sieger. Am vierten Tag versammelten sich die einzelnen Truppen, bevor es auf den langen Marsch zurück in die Heimatländer ging.

Rudolfs Miene war seit Tagen ernst, er trauerte still um die vielen toten Männer, um seine eigenen genauso wie um jene des Gegners. Zudem lasteten auf seinen Schultern hohe Erwartungen, er sollte das neugewonnene, beachtliche Reich befrieden und die zahlreichen Fehden kleiner Gruppen beenden. Nicht nur, dass er sich gegenüber den Kurfürsten verpflichtet hatte, Ruhe in das gigantische Flickwerk von Ländereien zu bringen. Es war auch sein eigener, innigster Wunsch, das Reich in Frieden zusammenzuhalten, über das er nun herrschte. Sein Reich, das vom Rhein im Westen, mit der Donau weit in den Osten und bis in den nördlichen Raum entlang der Elbe und Moldau reichte.

***

Auch ein kleine Gruppe von ein paar Dutzend Männern, an deren Spitze die drei Edelleute aus England zusammen mit Wilhelm Gorkeit ritten, machte sich am vierten Tag nach der Schlacht auf nach Westen. Wilhelm blickte zurück auf das Heerlager, das von Stunde zu Stunde kleiner wurde. Das Lachen der Dirnen, das Singen der Soldaten und all die anderen Klänge, die sich darin vermischt hatten, verhallten langsam.

Ein weiterer Trupp Reiter, der auf Wilhelm und seine Begleiter zuhielt, erweckte seine Aufmerksamkeit. Kurz darauf war ein überschwängliches Rufen zu hören: „Wilhelm, alter Teufelskerl! Sag mal, bei dem Tempo erreicht ihr England, wenn die Prinzessin eine alte Jungfer ist." Ein breites Grinsen legte sich auf Wilhelms Gesicht, als er Ulrich von Kapellen erkannte. Bei ihm Walter von Ramswag, umgeben von deren Freunden und ihrem Gefolge. Der Earl of Pembroke entspannte sich, als er Wilhelms Grinsen sah und quittierte die laute Ankunft lediglich mit dem Hochziehen einer Augenbraue.

Ungewohnt ernsthaft sprach Ulrich weiter, als er nun in gemächlichem Tempo neben Wilhelm herritt „Wilhelm, mein Freund, schön dich noch einmal zu sehen. Unsere Wege werden sich hier vermutlich für immer trennen. Aber du weißt, du bist unter meinem Dach jederzeit willkommen, falls dich dein Weg irgendwann in meine Heimat führen sollte." Doch schnell verfiel er wieder in seine gewohnt schelmische Art und fügte hinzu: "Vergiss auf deiner Reise den Spass nicht und lass deine Seele und die Wunden von einer zarten Hand pflegen. Man sagt, in den Wäldern im Norden Englands gibt es wahrhaftige und äusserst liebliche Elfen und Feen." Zum Gruss hob Ulrich die Hand und preschte mit seinem Gefolge davon.

Walter von Ramswag sah der kleinen Gruppe nach, als er sagte: „Ich werde mit meinen Männern ein paar Tage seine Gastfreundschaft geniessen, bevor wir den Heimweg in Angriff nehmen." Erst nach einer langen Pause sah er Wilhelm an und fügte hinzu: „Pass auf dich auf!" Noch bevor Wilhelm etwas erwidern konnte, nickte Walter ihm wortlos zu, trieb sein Pferd an und verschwand bald darauf wie die anderen hinter einer nahen Hügelkuppe.

Wilhelm griff an seine verletzte Schulter, die Wunde schmerzte. Der König hatte seinen Leibarzt angewiesen die Wunde zu säubern und zu versorgen. Er hörte noch Rudolfs Worte, als der Leibarzt kurz gezögert hatte: „Die Klinge, die sich in diesen Mann bohrte, galt mir, diese Wunde ist wie meine Wunde und so werdet ihr sie auch behandeln!" Nachdenklich schweifte sein Blick zurück nach Osten. Unmengen von schwarzen Vögeln zogen über dem Schlachtfeld ihre Kreise. Schreckliche Bilder verstümmelter Körper und unter Qualen schreiender Münder holten Wilhelm ein, Bilder, die er vergessen wollte, die er lieber nie gesehen hätte.

Bewusst richtete er seinen Blick nach vorne, gradewegs auf seine Zukunft. Wie ruhig und unschuldig sich die Landschaft vor ihm darbot. Es wirkte grotesk, liess nichts von all dem Schrecklichen erahnen, das erst vor Tagen in der Nähe geschehen war. Alles wirkte so friedlich. Zu seiner Rechten erstreckten sich Weinberge, Bauern und Bäuerinnen pflegten zusammen mit ihren Mägden und Knechten die Reben. Nach diesem heissen Sommer würden sie eine süsse Weinernte einfahren können. Auf der bunten Wiese zu seiner Linken sassen zwei kleine Mädchen, die mit grossen Augen den Männern nachsahen, die an ihnen vorüber ritten.

Wilhelm versuchte, seine schweren Gedanken abzuschütteln und Platz zu machen für ein neues Gefühl, für das Gefühl der Vorfreude. Die Vorfreude auf sein Leben, in dem alles möglich war und über all die Dinge, die jetzt vor ihm lagen. Unerschrocken schob er das Kinn nach vorne. Es gab so viel, das noch entdeckt werden wollte.

Guillaume de Lusignan, 1st Earl of Pembrokshire und Abgesandter von Edward I, König von England, unterbrach seine Gedanken. „Wir reisen mit guten Nachrichten und es freut mich, dass ihr uns begleitet." Der Earl sah ihn wohlwollend an, bevor er fortfuhr: „Schon bald geht die Sonne unter, wir sollten uns um ein Nachtlager kümmern." Wilhelm war dankbar, seine Gedanken auf etwas Praktisches richten zu können. „Ich kenne einen Ort, eine Schmiede, sie liegt auf unserem Weg, ganz in der Nähe." Er wies in die Richtung und freute sich darauf, den gastfreundlichen Schmied wiederzusehen. Plötzlich kniff er seine Augen zusammen. Ein mulmiges Gefühl machte sich in seinem Magen breit. Hinter dem Hügel stiegen dicke Rauchschwaden auf. Ohne ein weiteres Wort trieb er sein Pferd an und preschte los. Seine Begleiter sahen sich verdutzt an und ritten ihm nach.

Wilhelm entdeckte die Schmiede, sie stand lichterloh in Flammen. Davor drei Männer, zwei packten Taschen auf die Pferde. Wilhelm erkannte den Sohn des Schmieds, der mit einem Schüreisen in der Hand brüllend auf einen der Männer zu rannte.

Doch dieser wehrte den Schlag mit seinem Schwert ohne Mühe ab und rammte einen kurzen Dolch in den Bauch des Jungen. Als die Schergen die kommenden Ritter sahen, hasteten sie eilig davon.

Wilhelm sprang vom Pferd und rannte zur Schmiede. Der Earl kümmerte sich um den schwerverletzen Jungen. Die Wände und die Decke der Schmiede standen in Flammen. Wilhelm versuchte, sich einen Überblick zu verschaffen. Konzentriert sah er in die knisternden Flammen, wo waren der Schmied und seine Tochter? Ein brennendes Stück Stoff wehte an ihm vorbei, verbranntes Holz rieselte von der Decke, es knackte laut im Gebälk, lange würde das Dach nicht mehr halten. Beissender Rauch brannte in seinen Augen. Auf einmal hörte er ein schwaches Wimmern, er entdeckte das Mädchen. Verzweifelt versuchte das Kind im hinteren Teil der Schmiede ihren verwundeten Vater unter Trümmern hervorzuziehen.

Im Hof stand ein Eimer Wasser, schnell goss Wilhelm diesen über sich, riss eine Decke vom Pferd und rannte in das Feuer. In den hinteren Teil der Schmiede waren die Flammen noch nicht vorgedrungen, doch sie leckten gierig in ihre Richtung. Wilhelm beugte sich zu Juliana, die weiterhin an einem Arm ihres Vaters zerrte und wimmerte. Der Schmied lag in einer grossen Blutlache, das Gesicht schmerzverzerrt. Ein brennender Balken landete krachend neben ihnen auf dem Boden. Hitze wallte ihnen entgegen. Unvermittelt packte der Schmied Wilhelms Arm, mit glasigen Augen bat er: „Bringt meine Tochter in Sicherheit." Wilhelm sah zur brennenden Decke, jeden Moment konnte sie einstürzen. Von draussen hörte er die Rufe des Engländers. Der Schmied klammerte sich an Wilhelms Arm wie ein Ertrinkender, doch nicht um sich zu retten: „Kümmert euch um meine Kinder, versprecht es!" Sein Blick war plötzlich klar und durchdringend.
Das Bersten von Holz war zu hören. Über ihnen löste sich ein brennender Dachbalken. Wilhelm schloss die Augen, gewiss,

dass seine Stunde nun geschlagen hatte. Doch der Fall des Balkens wurde von der steinernen Kochstelle aufgehalten. Glühende Holzteile rieselten auf sie nieder. Schier unerträgliche Hitze schlug ihnen inzwischen aus allen Richtungen entgegen.

„Versprecht es!", wiederholte der Schmied mit letzter Kraft.

„Ich verspreche", antwortete Wilhelm. Der Schmied löste seinen Griff. Wilhelm wickelte die Decke um das Mädchen, packte es und rannte zum Ausgang. Hinter ihnen stürzte ohrenbetäubend das brennende Dach ein. Alles wurde unter den Flammen begraben.

Als Wilhelm das Freie erreichte, klopfte ihm sein englischer Freund auf dem Rücken die Flammen am Hemd aus. Wilhelm atmete schwer, seine Kehle brannte, im Arm hielt er das zitternde Kind, das sich mit Armen und Beinen an ihn klammerte. Er sah sich um. Im Hof lag der leblose Körper des Jungen. Daneben knieten die drei Brandschatzer, die Hände auf dem Rücken zusammengebunden und bewacht von Pembrokes Begleitern. Pembroke selber hielt ihre Pferde. Auf einer der gefüllten Satteltaschen erkannte Wilhelm das Wappen des Böhmenkönigs. „Ihr verdammten Böhmen!", schrie Wilhelm atemlos. Wutentbrannt fuhr seine Hand zum Schwert. Doch bevor er Juliana abstellen und das Schwert ziehen konnte, spürte er ihre kleine Hand auf seinem Gesicht. „Nicht", erklang ihre zerbrechliche Stimme. Wilhelm schaute in die grossen, dunklen Augen, die ihn bittend ansahen. In dem von Tränen und Russ verschmierten Gesicht des Mädchens erkannte er reine Sanftmut und trotz des gerade Erlebten wiederholte sie ruhig: „Bitte, nicht". Wilhelm wandte sich von den Mördern ab und legte schützend seinen Arm um die Kleine.

Der Earl of Pembroke erklärte. „Wilhelm, das sind keine Böhmen, das sind Männer aus Rudolfs Heer." Pembroke riss einem der am Boden knienden Männer den Umhang ab. Dieser versuchte sich zu rechtfertigen: „Das war ein Unfall, ein Missverständnis, wir wollten nur Proviant und Pferde."

„Shut-up, bastard!", Pembroke versetzte dem Mörder einen heftigen Fusstritt in die Seite, schweigend landete dieser hart mit dem Gesicht auf dem steinigen Boden.

„Das war kaltblütiger Mord! Du kannst deine dreisten Lügen den Richtern in St. Pölten erzählen. Mit deiner Tat hast du dein Schicksal besiegelt."

Die Welt um Wilhelm begann sich zu drehen, er sackte in die Knie. So viel Leid, so viel Elend. In welchen Blutrausch hatte die Schlacht diese Männer gebracht, dass sie nicht mehr zwischen Richtig und Falsch unterscheiden konnten? Hatten sie in den vergangenen Tagen nicht genug Tod und Elend gesehen? Juliana stellt sich neben Wilhelm, der sich auf seine Fersen gesetzt hatte. Sie umarmte ihn und streichelte ihm tröstend über den Rücken. Wilhelm hob den Kopf, wieder sah er in ihre grossen, dunklen Augen. Das Grauen der vergangenen Stunden liess sie tonlos weinen. Dicke Tränen rannen ihr über die Wangen, als sie ihm weiterhin über den Rücken streichelte. Wilhelm zerriss es fast das Herz. Hätte nicht er das Kind trösten müssen? Wie stark musste dieses kleine Mädchen sein, dass sie es schaffte, ihm Kraft zu geben. Wortlos schloss er die Kleine in die Arme.

Sie beerdigten den Schmied und seinen Sohn und übergaben die drei Verbrecher dem Verantwortlichen in St. Pölten. Da die drei Brandschatzer auf ihrem Beutezug keine Überlebenden zurück gelassen hatten, ging ihre gesamte Beute an die Waise Juliana, ebenso eines der Pferde, das die vollen Taschen trug.

Juliana klammerte sich Tag und Nacht an Wilhelm. Das Kind hatte keinen einzigen Angehörigen und die Kleine hier ihrem Schicksal zu überlassen, war für Wilhelm undenkbar. Er hatte beschlossen, das Mädchen mitzunehmen, er vertraute darauf, dass sich eine gute Losung finden lassen würde.

Juliana sass bei ihm auf dem Sattel und klammerte sich nach wie vor fest an ihn. So machte sich der ungewöhnliche Trupp auf den Weg weiter nach Westen.

12. Oktober – Nachricht von Wilhelm

Dällikon bei Zürich

„Jakob, komm schnell! Heinrich von Lunkhofen ist hier, er hat Nachricht von unserem Wilhelm." Eilig hastete Elisabeth zurück in die Stube, wo sie den unerwarteten Gast mit einem Becher frischem Most zurückgelassen hatte.

„Lieber Heinrich, Jakob wird gleich hier sein. Mögt ihr noch einen Becher von unserem Most?" Fürsorglich schenkte sie ihm aus dem grossen Krug noch einmal nach, als Jakob Gorkeit mit grossen Schritten in die Stube trat. Mit dem Tuch an seinem Gürtel wischte er sich Schweiss und Schmutz von der Stirn und entschuldigte sich: "Seit vielen Monaten haben wir nichts mehr von unserem Ältesten gehört, ich komme gerade aus der Werkstatt und bin ungewaschen, sei gegrüsst, Heinrich."

Heinrich von Lunkhofen, selber in Eile, sparte sich unnötige Worte und lächelte den älteren verständnisvoll an. „Euer Sohn ist gestern, aus Osten kommend, zusammen mit drei englischen Edelleuten in Zürich eingetroffen. Ich war zu einer Unterredung bei der Äbtissin Elisabeth von Wetzikon und traf ihn per Zufall vor dem Fraumünsterkloster. Er ist gesund und wohlauf. Und viele weitere tapfere Kämpfer aus eurem, unserem und all den angrenzenden Ländern sind auf dem Heimweg, von König Rudolf in Ehren entlassen."

„Ihr sagt, er ist in Zürich?" Elisabeth wäre in der Stube herum gehüpft, hätten es ihre alten Knochen zugelassen, das war ihr deutlich anzusehen. „Jakob, hörst du, hörst du das? Unser Bub ist wieder da."

Der junge von Lunkhofen freute sich sichtlich, der Überbringer dieser guten Nachricht zu sein, grinste breit und fuhr fort: „Und ich bin gekommen, um euch mitzuteilen, dass ich Wilhelm wie auch die drei Edelleute für übermorgen zur Hochzeit meiner

Schwester mit Konrad Biberli eingeladen habe, und sie haben zugesagt. Den Engländern scheint diese Rast von ein paar Tagen eine willkommene Abwechslung zu sein." Lächelnd fügte er hinzu: „Meine Mutter wird vor Stolz platzen, dass Gäste vom englischen Hof an der Hochzeit ihrer Tochter sind. Und Stephania wird sich freuen, dass die vollständige Familie, ihres Taufpatens, anwesend sein kann." Heinrich von Lunkhofen nickte Jakob freundlich zu. „Ausserdem ist bestimmt auch Wilhelm froh um ein paar Tage die er zu Hause verbringen kann, bevor die Reise weitergeht."

„Nur ein paar Tage? Warum nur ein paar Tage? Was für eine Reise? Und weshalb begleiten ihn drei Engländer?" Aufgeregt zupfte Wilhelms Mutter am Saum ihrer Schürze und sah weinerlich zwischen ihrem Mann und dem Gast hin und her.

Von Lunkhofen war leicht irritiert, er erkannte in seinen Worten nichts Beunruhigendes, im Gegenteil, er beneidete Wilhelm. Trotzdem ärgerte er sich über seinen letzten Satz, nun war die ganze Freude aus den Gesichtern der Alten verschwunden. Doch nun blieb ihm nichts anders übrig, als weiterzuerzählen. „Euer Sohn sagte mir, dass er nicht lange verweilen kann und in Richtung England weiterreisen muss."

„England?" Elisabeth hob beide Hände vor ihren Mund. Kaum durfte sie sich freuen, ihren Jungen gesund zurückzuwissen, musste sie sich bereits erneut sorgen. „Herrje, der weite Weg nach England." Trostsuchend ergriff sie Jakobs Hand.

„Ja", knurrte Jakob vor sich hin, „in ferne Länder reisen, das wollte er schon immer. Er hat einen sturen Kopf. Hat er denn im Osten nicht genug gesehen?"

Heinrich von Lunkhofen, zu jung um den Wunsch der Eltern nachvollziehen zu können, den eigenen Sohn in der Nähe und in Sicherheit zu wissen, hoffte, die Eltern von Wilhelm wieder aufzuheitern, wenn er ihnen den Grund für die Weiterreise verriet:

„Wilhelm reist nicht auf eigenen Wunsch, sondern wurde vom König persönlich mit einer wichtigen Aufgabe betraut, die ihn an den Englischen Hof führen wird. Genaueres weiss ich nicht, lasst ihn am besten selbst alles erzählen, wenn er morgen hier eintrifft." Der junge Mann trat unruhig von einem Fuss auf den andern, als er merkte, dass die anfängliche Freude nicht mehr in die Gesichter zurückkehrte. „Ich muss leider schon wieder aufbrechen, in Lunkhofen erwartet mich noch viel Arbeit. Immerhin heiratet meine Schwester und ihr wisst, wie unkonventionell ihre Ideen oft sind. Und da der Bräutigam auch noch der Bruder meiner Frau ist, muss erst recht alles perfekt sein." Lachend verdrehte er die Augen, stand auf und verabschiedete sich: „Einen schönen Tag wünsche ich, wir sehen uns ja bald. Ach ja, ich hab' gehört, ihr habt das besondere Geschenk für euer Patenkind. Stephania wird sich sehr freuen, vergesst es nur nicht mitzubringen." Mit einem Augenzwinkern verliess er die Stube so schnell, wie er gekommen war, und kurz darauf war nur noch sich entfernendes Hufgetrampel zu hören.

„Diese Jugend von heute", brummte Jakob weiter, „sie haben einfach keine Manieren und für nichts haben sie Zeit, alles muss schnell, schnell gehen." Er schüttelte immer noch den Kopf. „Und Stephania, was die jungen eigensinnigen Mädchen von heute für seltsame Wünsche für ihre Hochzeit haben. Zu meiner Zeit war das noch ganz anders."

„Ach Jakob, es ist doch das Recht der Jugend, überschwänglich zu sein und neue Ideen zu haben. Du bist nur mürrisch, weil Wilhelm so lange weg war. Denk daran, wir waren in dem Alter auch nicht viel anders." Sie kicherte leise vor sich hin in der Erinnerung an ihre ungestüme Zeit. Liebevoll legte sie ihre Hand auf Jakobs Arm. „Und wir können glücklich und stolz sein. Wilhelm ist wohlauf, ihm werden wichtige Aufgaben übertragen und er kann die Welt sehen. All das, was unser Sohn sich immer gewünscht hat." Mit diesen Worten tröstete sie eher sich selbst als ihren Mann. Leise fügte sie hinzu: „Obwohl ich ihn auch viel lieber hier bei uns hätte."

„Ja, ich weiss, meine Liebe", zärtlich legte er seine Hand auf die ihre, „ich bin auch sehr stolz auf ihn. Doch auch wenn er mich inzwischen um fast zwei Köpfe überragt, er ist und bleibt mein kleiner Junge, den ich beschützen möchte."

„Ach, mein Liebster", sanft streichelte ihr Daumen seinen Arm, „unser Wilhelm ist ein erwachsener Mann und sicher wird auch er bald eine Familie haben. Dann liegt es an ihm, Schutz und Schirm zu bieten. Und wer weiss, an Stephanias Hochzeit werden viele hübsche junge Mädchen anwesend sein. Denk nur an die anderen reizenden Mädchen der Lunkhofens und die bezaubernden Töchter der Biberlis. Da wären einige gute Partien dabei. Vielleicht verliebt sich unser Sohn und wird sich anders entscheiden und hier bleiben." Entzückt von dem Gedanken strahlte Elisabeth ihren Mann an. Munter tätschelte Jakob die Hand seiner Frau. „Na, dann sollten wir schauen, dass die Hochzeit meiner Patentochter ein grosses Fest der Freude wird". Die Freude, Wilhelm bald zu sehen obsiegte über den leisen Unmut, dass er nicht lange bleiben würde. Gut gelaunt verkündete Jakob in der kleinen Stube: „Und wenn Stephania sich das Gold der Berge zur Hochzeit wünscht, dann soll sie es auch bekommen. Ich werde mich gleich waschen und danach in den Keller steigen, um die grössten und besten drei Laibe Alpenkäse auszuwählen, die wir von meinem Bruder bekommen haben."

„Tu das Jakob, der Käse von den hohen Weiden in Uri, wie ihn dein Bruder herstellt, ist wirklich unvergleichlich schmackhaft. Er ist wahrlich ein Meisterkäser, in seinem Keller reift tatsächlich das Gold der Berge."

„Ja", erwiderte Jakob verschmitzt, „ein Stückchen Alchemie ist wohl in der Käserei dabei."

Elisabeth war glücklich. Zu viele Monate war es her, dass sie das letzte Mal dieses Leuchten in den Augen ihres Mannes gesehen hatte. Dieses Leuchten, das sie so sehr an ihm liebte. Auch wenn Wilhelm bald weiterreisen würde, sie freute sich auf die kommenden Tage. Zur Hochzeit der Lunkhofens mit Biberlis würden all ihre Kinder kommen und jetzt sogar auch ihr ältester Sohn. Mit gespieltem Ernst runzelte sie leicht die Stirn und fügte hinzu: „In einem Punkt muss ich dir recht geben, Jakob. Zu meiner Zeit hat sich ein Mädchen ein teures Tuch oder Geschmeide zur Hochzeit gewünscht und nicht einen Laib Bergkäse aus Uri." Elisabeth klatschte in die Hände. „Typisch Stephania!" Sie blickten sich an und in der Stube war nur noch lautes Lachen zu hören.

Es klopfte an der Tür. Ihr Lachen verstummte. „Wer kann das sein?" fragte Elisabeth neugierig.

„Ach, bestimmt hat der junge Lunkhofen in seiner Eile etwas vergessen." Jakob wollte gerade zur Tür gehen als diese geöffnet wurde. Da stand Wilhelm mit einem breiten Lachen, an seiner Hand ein kleines Mädchen. Seine Mutter schlug die Hände vor den Mund und konnte kaum glauben, was sie sah. Jakob schritt seinem Sohn entgegen: „Junge, was für eine Freude!" Herzlich ergriff er die Hand seines Sohnes. Elisabeth fand aufgeregt ihre Worte wieder: „Du bist schon hier? Es hiess, du seist auf dem Weg. Was für eine Überraschung. Wie ist es dir ergangen? Kommt, kommt in die Stube." Dabei sah sie erstaunt auf das Mädchen und suchte verunsichert nach den richtigen Worten für ihre nächste Frage.

Wilhelm lächelte: „Nein Mutter, sie ist nicht meine Tochter. Gerne erzähle ich euch alles. Es sind jedoch noch weitere Gäste bei mir, Abgesandte aus England. Bestimmt sind auch sie willkommen."

Jakob kam seiner Frau zuvor: „Selbstverständlich, immer herein in die gute Stube!"

Elisabeth fragte an Wilhelm gewandt: „Oh je, aus England, verstehen die Herren mich denn?" Unnötigerweise begann sie nun lauter zu sprechen, als sie fragte: „Sind die Herrschaften durstig?" Der Earl of Pembroke trat schmunzelnd ins Haus und antwortete in fliessendem Deutsch: „Ich freue mich, euch kennenzulernen, sehr gerne nehmen wir nach der langen Reise eure Gastfreundschaft an."

Verdutzt schaute Elisabeth den Fremden an: „Potz Donner, wie gut ihr unsere Sprache sprecht!" Sie beugte sich zum Kind hinunter: „Verstehst du uns auch?"

Juliana sah kichernd zu Wilhelm hoch. Dieser zuckte mit den Schultern, als er lachend sagte: „Ich hatte euch gewarnt."

Das grosse Wiedersehen wurde gefeiert, Speis und Trank wurde reichlich aufgetischt und die Neuigkeiten der vergangenen Monate ausgetauscht. Wilhelm bat seine Mutter, sich Julianas anzunehmen, sobald sie nach England weiterreisen würden. Elisabeth erklärte stolz: „Mein lieber Junge, in dir schlägt wahrlich ein gutes Herz. Ihre Eltern werden beim Herrgott bestimmt gut von dir reden." Dann schlug sie vor: „Unsere lieben Freunde, die Familie Fürst aus Flüelen haben vor kurzem ihre jüngste Tochter durch ein Fieber verloren. Ich werde sie fragen, ob sie Juliana in ihre Obhut nehmen möchten. Die Fürsorge wird ihnen vielleicht helfen, sie über den eigenen Verlust hinwegzutrösten."

„So sei es", erwiderte Wilhelm. Bei der Familie Fürst wusste er Juliana in liebevollen Händen.

Die Tage vergingen wie im Flug, auf einmal fand er sich an der Hochzeit von Stephania Lunkhofen mit Konrad Biberli wieder. Musik hallte durch den grossen Saal, die Menschen lachten, es wurde getanzt. Sein Blick wanderte immer wieder zur selben Frau, die bunten Bänder in ihrem hellen Haar wirbelten im Tanz durch die Luft.

Doch statt sich zu freuen, fand er in seinem Inneren nur eine kalte Leere. Wie konnte er je wieder an dem unbeschwerten Lachen teilhaben? Er war mit schuldig am Tod so vieler Männer. Er beneidete die Unwissenheit der Anwesenden, sie wussten nichts von dem Grauen einer Schlacht, hatten das Gemetzel nicht erlebt, waren nicht Teil dieses verfluchten Elends gewesen. Sein Blick traf sich mit dem des Earl of Pembroke, der grade mit zwei grossen Bechern Bier auf ihn zukam. Wissend fragte er: „Eure Gedanken sind in der Schlacht bei Wien, habe ich recht? Ihr seht aus, als ob ihr dieses Fest der Liebe nicht ertragen würdet. Nehmt einen Schluck und verscheucht die trüben Gedanken. Tanzt und freut euch darüber, dass ihr lebt." In einem Zug leerte der Earl den Becher, wandte sich zur Musik und tanzte mit einer drallen Cousine der Braut davon.

Wilhelm sah in seinen vollen Bierkrug. Er spürte, dass er sich entscheiden konnte, nein musste. Er fragte sich, ob er sich in den zynischen, tristen Mann verwandeln wollte, der irgendwo in ihm schlummerte und seit der Schlacht sein Gemüt verdunkelte. Oder sollte er sich wieder öffnen, um jedem Menschen, jeder Situation und ganz besonders sich selber immer wieder aufs Neue eine Chance zu geben? Eine Chance auf ein Leben, das er freudig umarmen wollte.

Beherzt nahm er einen grossen Schluck aus seinem Krug. Er öffnete sich der Musik, dem Lachen, tauchte ein in die Freude, die ihn umgab. Ihm war bewusst, dass die grauenvollen Bilder der Schlacht ihn nachts in seinen Träumen wieder heimsuchen würden. Doch über die Tage wollte er bestimmen und sie bewusst mit guten Dingen füllen. Gleich jetzt wollte er damit beginnen. Er suchte den Blickkontakt der tanzenden jungen Frau mit den bunten Bändern im hellen Haar. Sein Lächeln wurde erwidert, die bunten Bänder und das blonde Haar flogen neckisch an ihm vorbei, als sie seine Hand ergriff und ihn mit auf die Tanzfläche zog.

7. November – Prinzessin Joan of Acre

Nahe Calais an der Französischen Küste

Über zwei Monate waren bereits vergangen, seit sie das Schlachtfeld an der March verlassen hatten. Frischer Wind blies ihnen entgegen, Wilhelm atmete die salzige Luft tief ein und leckte sich den ungewohnten Geschmack von den Lippen. Die schier unerträgliche Hitze des Sommers erschien wie ein halb vergessener Traum. Seit mehreren Stunden ritten sie schweigend ihrem Ziel entgegen, jeder hing seinen Gedanken nach. Wilhelm machte das nichts aus, denn die seinen schweiften immer wieder zu dem schüchternen, blonden Mädchen, mit dem er an der Hochzeit bei den Lunkhofens fast den ganzen Abend getanzt hatte. Berta Katharina Biberli, dieses zarte liebliche Wesen hatte schnell seine Aufmerksamkeit gewonnen. Als er festgestellt hatte, wie gut sie sich über alles Mögliche unterhalten konnten, war es um ihn geschehen. Der Abschied an jenem Abend war ihm nicht leicht gefallen. Noch weniger, als sie ihn mit ihren tiefblauen Augen fragend ansah. Zärtlich hatte er ihre Finger geküsst und ihr zugeflüstert. ‚Es fällt mir sehr schwer, dich heute Abend nicht um mehr zu bitten. Doch ich bin überzeugt, unsere Wege werden sich wieder kreuzen' Die Worte, die über ihre weichen Lippen kamen, gingen ihm immer und immer wieder durch den Kopf. ‚Ich vertraue ganz auf die Muttergöttin. Ihre drei Helferinnen, Licht, Weisheit und Schicksal, spinnen unseren Lebensfaden und wenn es unsere Bestimmung ist, werden sie uns ein weiteres Mal zusammen führen' Wilhelm schloss die Augen. Deutlich sah er ihr Bild vor sich und meinte, den betörenden Duft ihrer Haare wahrzunehmen. Doch mit jedem Schritt führte ihn seine Reise weiter fort von ihr, die er immer wieder vor seinem inneren Auge lächeln sah.

Bereits einen Tag nach der Feier waren sie Richtung Norden aufgebrochen. Der Weg über Basel hatte sie nach Besançon gebracht und dann weiter durch das Burgund und die Champagne entlang dem Pilgerweg Via Francigena. Sie zogen durch viele schöne Orte mit Namen, die aus romantischen Balladen hätten stammen können: Bar-sur-Aube, Châlons-sur-Marine, Reims, Laon und Arras. Bis sie nach Tagen nun endlich ihr erstes Ziel in Sichtweite hatten, die Grafschaft Ponthieu an der französischen Küste nahe Calais, die im Besitz von König Edward I. war.

Müde aber voller Vorfreude auf eine warme und bestimmt reichliche Mahlzeit, ritten sie in die Stadt Abbey mit der Festung Montreuil ein, in der die kleine Prinzessin Joan of Acre mit ihrer Grossmutter lebte.

Natürlich war Wilhelm die Vorgehensweise der politisch motivierten Verheiratung beim Adel bekannt. Durch Heirat Frieden zu sichern oder neue Gebiete gewaltfrei zu erobern, war sicher sinnvoller, als mit tausenden von Männern blutige Kriege zu führen. Nur, wo blieb die freie Wahl und die Liebe zwischen Mann und Frau, die verheiratet werden sollten? Wilhelm dachte an die unglückliche Katharina von Habsburg mit ihrem niederbayrischen Gemahl. Er hoffte inständig, dass es den anderen habsburgischen Töchtern, die er alle von Kindesbeinen an kannte, besser ergehen möchte. Denn auch die zwanzigjährige Hedwig wurde, unmittelbar nach der Schlacht, Otto von Brandenburg versprochen, der auf der Seite Ottokars gekämpft hatte. Wilhelm war sich allerdings sicher, dass es Hedwig besser ergehen würde. Sie war eine kämpferische junge Frau, die vor Energie nur so sprühte. Auch die kleine quirlige Guta, gerade einmal sieben Jahren und mit blondem Lockenkopf, wurde gleich nach der gewonnenen Schlacht, man könnte sogar sagen, direkt auf dem Schlachtfeld, mit Wenzel, dem Sohn Ottokars, verlobt. Man erzählte sich, dass der Sohn des starken Böhmenkönigs von klein auf schwächelte und sich vor Blitz und Donner fürchtete. Der Junge war ebenfalls erst sieben Jahre alt, so konnte noch viel Zeit ins Land gehen, bis er erwachsen sein musste. Wilhelm lächelte

vor sich hin, soweit er sich erinnerte, teilte Guta die Angst vor
Gewittern mit Wenzel. Dann hatten sie schon einmal etwas gemeinsam. Rudolf, noch keine zehn Jahre alt und jüngster Sohn
des Habsburgers, war ebenfalls noch in Dürnkrut bei Wien mit
Agnes, der Tochter des Böhmenkönigs und Schwester von Wenzel, verlobt worden.

Schmunzelnd stellte er fest, dass beim Adel der Ausdruck - eine
Frau erobern - etwas anders verstanden wurde als in seinen
Kreisen.

Je mehr sie sich der Festung Montreuil näherten umso grösser
wurde das Unbehagen, das Wilhelm beschlich. Was sollte er
einem kleinen Mädchen von sechs Jahren sagen? Sie konnte
doch unmöglich verstehen, was hier vor sich ging. Arrangierte
Ehen widerstrebten seinem ausgeprägten Sinn für Gerechtigkeit.
Sein Verstand aber beruhigte ihn wieder, vielleicht war es genau
das Richtige, und eine andere Art von Schicksal, dass dieses junge Mädchen einst zusammen mit Hartmann von Habsburg den
Königs- oder gar Kaiserthron besteigen sollte. Wilhelm wollte
nicht behaupten, dass er sich auf dem Schlachtfeld wohler ge-
fühlt hätte, doch da wusste er zumindest genau, was von ihm
erwartet wurde und was er zu tun hatte. Das Grübeln änderte
nichts an der Tatsache, dass ihr Weg sie unweigerlich zur jungen
Prinzessin und ihrer Grossmutter, der Comtesse, führte.
***

„Eine Vermählung des Hauses Plantagenêt mit dem Hause
Habsburg, und dem hat mein Schwiegersohn Edward zuge-
stimmt?" Der grossgewachsenen, stolzen Comtesse war die
Verwunderung deutlich anzusehen. Im Anschluss an ein üppi-
ges Mal genossen sie nun alle auf einer grossen, feinsäuberlich
gepflegten Terrasse die kühle Herbstluft. Ausführlich hatte der
Earl der Comtesse die vergangenen Ereignisse berichtet und bis
zu diesem Moment hatte sie schweigend zugehört. Abwartend

sah sie den Earl weiterhin streng und mit unverhohlener Skepsis an.

„Ihr scheint erstaunt zu sein, Comtesse. Woher kommt eure Überraschung?" Guillaume kannte die Antwort, stellte sich jedoch unwissend. Die Comtesse de Ponthieu stand zwischen Wilhelm und Guillaume de Lusignan, dem Earl of Pembroke. Alle drei blickten hinunter in den herbstlichen Garten, in dem Prinzessin Joan spielte.

„Das Haus Habsburg war bisher ohne geschichtlichen oder gesellschaftlichen Belang." Die Comtesse winkte lächelnd hinunter zu Joan. „Edward blickte bisher eher nach bedeutenderen und grösseren Häusern mit einem edlen Stammbaum." Sie sah den Earl mit festem Blick direkt an. „Aus diesem Grund bin ich erstaunt."

„Comtesse, König Edward sandte mich aus, um zu beurteilen, ob das Haus Habsburg würdig ist, ein Mitglied der englischen Krone zu heiraten. Wie ihr wisst ist Rudolf von Habsburg König des Sacrum Imperiums und, wie ich bei der Schlacht auf dem Marchfeld nahe Wien miterleben durfte, ein sehr ideenreicher und starker Heerführer. Ich bin überzeugt, diese Verbindung wird für England, wenn nicht gar für ganz Europa einst von grosser Bedeutung sein." Guillaume de Lusignan lächelte versöhnlich. Die Comtesse blickte den Earl nachdenklich von der Seite an. „Wenn ihr meint." Ihr Blick schweifte zur spielenden Joan, die gerade versuchte, hinter vier Welpen gleichzeitig herzujagen. „Doch sagt, welchem Mann mutet ihr zu, dieses Mädchen im Zaum zu halten?"

„Mylady, she is just six", warf Guillaume de Lusignan beschwichtigend ein.

"Ja eben, das Mädchen benimmt sich mit sechs Jahren schon schlimmer als die meisten Mädchen mit fünfzehn. Einen so stu ren Kopf habe ich kaum jemals erlebt. Man spürt, dass sie während eines Eroberungszuges in der Ferne gezeugt und im wilden Syrien geboren wurde. Kampflustig ist sie und bildet sich ein, immer gewinnen zu können. Ein Mann wird es einmal schwer haben sie zu bändigen."

„Hartmann", sagte der Earl gedankenverloren und mehr damit beschäftigt, dem lachenden Mädchen zuzusehen, das nur so vor Lebensfreude sprühte, als sich voll auf das Gespräch zu konzentrieren.

„Wie meint ihr?" fragte die Comtesse leicht gereizt.

„Hartmann, das ist der Name des Sohnes vom Hause Habsburg, dessen Gemahlin Joan of Acre einst werden wird", führte der Earl, nun der Comtesse zugewandt, aus.

Wilhelm blickte weiter hinunter in den Garten auf das kleine Mädchen, das stürmisch hinter einem kleinen flauschigen Hund her rannte. Wieder empfand er die Situation als grotesk. Hier wurden Pläne geschmiedet, in die sich dieses Kind einfach fügen musste. Mit roten Wangen von der kühlen Novemberluft hob die Kleine den Hund triumphierend hoch, um dann ernst auf das Fellknäuel einzureden.

Als der Earl of Pembroke weitersprach, richtete Wilhelm seine Aufmerksamkeit auf die Erwachsenen: „Hartmann ist ein Diplomat. Es wird nicht sein Ziel sein, dieses Mädchen zu bändigen. Vielmehr wird er ihr Temperament zu nutzen wissen. Ich bin überzeugt, er wird ihr das Umfeld bieten, das ihre positiven Eigenschaften unterstützt und in dem sie gemeinsam glücklich werden können."

„Wie ihr meint", seufzte die Comtesse. „Meinen Segen haben sie. Kommt in acht Jahren wieder, dann ist sie vierzehn und wird bereit sein. Sie wird eine gute Ausbildung geniessen und sie wird bis dann auch wissen, wie sie sich in gehobenen Kreisen zu benehmen hat." Die Worte der Comtesse spiegelten ihre liebevolle Strenge. Müde fügte sie hinzu: „Dass sie dies dann auch tun wird, kann ich allerdings nicht garantieren." Die Comtesse wandte sich an Wilhelm. „Das Geschenk von König Rudolf von Habsburg, die goldene Halskette, die ihr für sie habt, woher stammt sie? Sie erscheint mir so fremdartig."

„Die Halskette wurde von den Kumanen gefertigt, einer unge-zähmten Volksgruppe aus dem Osten, die sich in Ungarn ange-siedelt hat", erklärte Wilhelm höflich. Die Comtesse de Ponthieu schmunzelte. „Eine Kette von Wilden gefertigt, das passt ja aus-gezeichnet zu unserer Kleinen." Anmutig trat sie an die Brüs-tung und rief hinunter in den Garten. „Joan, darling, please come to us."

„Oui, grand-mère, j'arrive." Eine helle klare Stimme ertönte ir-gendwo hinter den Rosmarinbüschen hervor. Doch es dauerte noch eine ganze Weile, bis Joan den Welpen los liess und sich auf den Weg zu ihnen machte. Das kleine Mädchen rannte die Stufen hoch zur Terrasse und begrüsste zuerst ihre Grossmutter mit einer Umarmung. Dann kam Joan zu Wilhelm, machte einen Knicks und fragte rundheraus: „Und ihr seid der Mann, den ich einmal heiraten soll?" Neugierig musterte sie Wilhelm von oben bis unten.

Überrumpelt von der Direktheit antwortete er nur: „Nein, ich bin nur der Bote." Joan stützte die Hände in die Seiten: „Wie jetzt, ich soll einen Mann heiraten, der nicht mal den Mut auf-bringt, selbst um meine Hand anzuhalten?" Wilhelm musste sich ein Lachen verkneifen. Ja, die Comtesse hatte nicht übertrieben. Das Mädchen strahlte mit ihren sechs Jahren eine ungewöhnli-che Reife aus. Sie schien genau zu wissen, was sie wollte und war selbstbewusst genug, ihre Meinung zu sagen.

„Der Prinz wird gewiss noch selbst um eure Hand anhalten, Mylady", fuhr Wilhelm fort. „Doch er sandte mich voraus, um euch bereits jetzt ein kleines Geschenk zu überreichen. Diese Kette aus Gold, sie wird nur den tapfersten kumanischen Krie-gerinnen als Anerkennung ihres Mutes geschenkt. Dieses

Schmuckstück soll ihrer Trägerin Kraft für die Wege geben, die noch vor ihr liegen."

Die Augen der kleinen Joan begannen zu leuchten. Freudig nahm sie das Geschenk entgegen und wollte die Kette, die noch etwas zu gross für ihren zierlichen Hals war, gleich anlegen. Während die Comtesse ihr mit grossmütterlicher Geduld half, erkundigte sich Joan bei Wilhelm: „Ihr reist zu meinem Vater nach London um die Verlobung zu besiegeln? Ihr könnt ihm berichten, dass ich einverstanden bin." Joan drehte sich auf dem Absatz um und rannte wieder hinunter in den Garten zu ihren Welpen. Wilhelm blickte sich etwas verdutzt um. Guillaume de Lusignan, der Joan schon sehr gut kannte, schmunzelte nur amüsiert. Die Comtesse atmete tief durch und schlug dann den Herren vor, sich am Kamin im Haus mit einem Glas Wein von den Strapazen der Reise zu erholen.

21. November – Am Englischen Hofe

Südküste, England

Guillaume de Lusignan hatte Wilhelm vorgewarnt, in dieser Jahreszeit konnte eine Fahrt über das Meer sehr abenteuerlich sein. Es war tatsächlich ein beeindruckendes Erlebnis für einen Mann aus den Bergen gewesen. Wasser soweit das Auge reichte. Von Händlern und zurückkehrenden Kreuzrittern aus Akkon hatte er in Helvetien schon Geschichten von Reisen über das Meer gehört. Doch keine Erzählung konnte das Erlebte aufwiegen. Sie hatten eine wahrlich lebhafte Fahrt durch das aufschäumende tiefschwarze Meer hinter sich gebracht. Doch Wilhelm mochte das Abenteuer und er war stolz darauf, endlich mit eigenen Augen das Meer gesehen und mit eigener Nase den salzigen Duft der aufgepeitschten See gerochen zu haben.

Die aufbrausende See hatte sie gezwungen, sicheres Land aufzusuchen. Anstelle des längeren Seeweges, der sie über die Mündung der Themse direkt nach London gebracht hätte, entschied sich der Skipper für den kürzesten Weg und landete in Dover. Hinter trotzigen Ringanlagen, unterhalb des Bergfrieds fanden sie in der grosszügigen Pilgerherberge von Dover Schutz vor dem Unwetter.

Früh am nächsten Morgen machten sie sich weiter auf den Weg. Seit mehreren Stunden waren sie mit ihren Pferden auf festem Boden unterwegs in die englische Hauptstadt. Der Himmel war grau und wolkenverhangen. Seit dem Anlegen an der englischen Küste begleitete sie ein kräftiger Wind, der unablässig an ihren Kleidern zerrte.

„Guillaume", rief Wilhelm seinem Begleiter gegen den Wind zu, „gehe ich recht in der Annahme, dass London schon sehr nahe ist?"

„Ihr meint wegen den vielen Reitern und Fuhrwerken?" Belustigt sah Guillaume zu Wilhelm.

„Ja, hier scheint jeder unterwegs zu sein. Bezahlt euch euer König für jeden Schritt, den ihr auf dieser Insel tut?" spottete Wilhelm freundschaftlich. Lachend wies Guillaume nach Norden. „Noch zwei Hügel, dann werden wir London sehen."

Wilhelms Begeisterung schien kein Ende zu finden, erst befand er sich auf dem Meer, nun stand er vor der imposantesten Brücke die er je gesehen hatte. Vor ihm erhob sich das Südportal der London Bridge. Erstaunlicherweise war diese Seite des Flusses kaum besiedelt. Die Nordseite jedoch liess eine gigantische Stadt erahnen. Er zählte an die zwanzig massive Steinpfeiler, welche die mächtige Brücke über dem breiten Strom trugen. Wuchtige Aufbauten und Wachtürme dominierten die mehr als dreihundert Schritte lange Brücke, die die Themse überspannte.

„Stell dir vor Wilhelm, die erste Brücke stand hier bereits vor weit über eintausend Jahren", erzählte der Earl seinem staunenden Freund. Er wies mit der Hand flussaufwärts: „Davor benutzte man vermutlich diese Furt, die sich nicht weit von hier befindet. Bei Ebbe, so wie jetzt, kann sie überquert werden. Kaum zu glauben, nicht wahr? Die Gezeiten der Nordsee sind selbst hier noch deutlich sichtbar."

Die lange Reise hatte die beiden freundschaftlich verbunden und der Engländer wusste inzwischen, dass der Helvete immer auf der Suche nach neuem Wissen war. Wann immer Wilhelm jemanden traf, der sich in Dingen auskannte, von denen er nichts wusste, fragte er und fragte und fragte. Sein Wissensdurst schien nie enden zu wollen. Er unterhielt sich mit dem Seemann über das Meer, während der Überfahrt nach England, wollte alles vom Weinbauer in der Champagne wissen, ja sogar den Quacksalber den sie in Bar-sur-Aube trafen, brachte er dazu, ihm seine angeblichen Geheimnisse der Medizinkunst zu verraten. So erzählte der Earl of Pembroke dem Helveten alles, was er über

London und insbesondere über die London Bridge wusste, bis sie von einer Gruppe Soldaten unterbrochen wurden, die sich ihnen in den Weg stellte.

„Das sind Soldaten der Leibwache von König Edward. Ich vermute, sie werden uns zum Palace of Westminster eskortieren", teilte der Earl Wilhelm mit.

Der Hauptmann begrüsste sie und unterhielt sich kurz mit dem Earl. Mit einem Nicken in Wilhelms Richtung bestätigte der Earl seine Vermutung. In Begleitung der Soldaten kamen sie deutlich schneller voran. Alleine durch deren Anwesenheit öffnete sich wie von Geisterhand eine Gasse durch die Menschenmassen, die wie zäher Honig langsam über die Brücke strömten.

Eine Stadt konnte wohl nie genügend Brücken haben, um all die Menschen und Waren, die hinein oder hinaus wollten, aufnehmen zu können, ging es Wilhelm durch den Kopf.

Auf der anderen Seite des Flusses angekommen, bogen sie nach links ab bis sie ein weiteres eindrückliches Bauwerk erreichten, das seine ganze Aufmerksamkeit auf sich zog. Atemberaubend hob sich das mächtige sandfarbene Gebäude vom Himmel ab, der Westminster Palace.

Die solide und hohe Tür zur Westminster Hall, dem Thronsaal Edwards, öffnete sich. Eine Gruppe Männer schritt energisch und mit ernsten Mienen hinaus und an Wilhelm und seinen Begleitern vorbei. Einer aus der Gruppe blieb kurz stehen, nickte zuerst Guillaume und dann Wilhelm zu. Ohne ein Wort zu sagen, eilte er schnellen Schrittes seinen Gefährten nach. Die Kleidung der Männer war in Farbe und Form schlichter als die der vielen anderen Menschen, die vor dem Thronsaal auf eine Audienz warteten. Das einzig Auffällige an ihnen war ein dickes Tuch, das sie über eine Schulter gelegt trugen, welches an Bauch und Rücken hinter dem Gürtel fest gesteckt war. An der Schulter blitzte eine Brosche, die das Tuch am Hemd fixierte.

Der Earl und Wilhelm stellten sich in die Nähe von einem der unzähligen mannshohen Kerzenständer, welche die Halle erhellten. Während Wilhelm den hohen Raum bewunderte und sich über die vielen Leute, die sich in kleinen Gruppen leise in unterschiedlichen Sprachen unterhielten, staunte, erklärte sein Freund der Earl: „Der Mann, der uns zunickte, ist John Balliol, er ist ein guter Freund. Vielleicht treffen wir ihn nachher noch. Ist dir der Mann aufgefallen mit der goldenen Spange an seinem Schultertuch? Das war Alaxandair, der König von Schottland. John fungiert als Vermittler zwischen dem Englischen und Schottischen Königshaus. Seit Edwards Invasion über Wales vom vergangenen Jahr haben sich auch die Beziehungen zu Schottland abgekühlt. Die ganze Insel scheint in Aufruhr zu sein. Hoffen wir für uns, dass das Gespräch für König Edward erfreulicher war als für die Schotten", zwinkerte Guillaume.

König Edward begrüsste seinen Abgesandten sehr herzlich, wobei er Wilhelm komplett ignorierte. So blieb Wilhelm Zeit, seine Umgebung genauer in Augenschein zu nehmen. Die Halle war imposant, grösser als alles, was er je gesehen hatte. Eine massive Holzkonstruktion stützte das mächtige Dach. Von den Dachbalken hingen lange farbenprächtige Banner herunter. König Edwards Thron war dagegen erstaunlich schmucklos. Das dunkle Holz, naturbelassen, wurde nur von wenigen Schnitzarbeiten geziert. Einzig die hohe Rückenlehne und die Füsse, die auf den Rücken von vier prächtig gearbeiteten Löwen endeten, machten den Stuhl zu etwas Besonderem.

„Erzählt", forderte der König den Earl freundlich auf, „wie war es auf dem Festland. Hat dieser, wie heisst er nochmals?" Mit gespieltem Unwissen versuchte der englische König bewusst, das andere gekrönte Haupt in die Bedeutungslosigkeit zu rücken.

„Rudolf von Habsburg", antworte der Earl geduldig.

„Ach ja, genau Rudolf von Habsburg, an diesen Namen kann ich mich einfach nicht gewöhnen." grinste der König schelmisch in die Runde. „Hat er die Schlacht gegen diesen Böhmen verloren?"

„Ist die Kunde noch nicht bis zu Euch gedrungen?" fragte der Earl höflich, im sicheren Wissen, dass der König sehr wohl Nachricht vom Ausgang der Schlacht hatte. Nicht nur dass Händler und Reisende schnell wie ein Lauffeuer Neuigkeiten weitertrugen. Viel wahrscheinlicher war, dass ein mächtiger Mann wie der englische König, der Informationen mehr benötigte als alles andere, überall in Europa seine Quellen und Kuriere hatte. Trotzdem berichtete der Earl in seiner gelassenen Art weiter: „König Rudolf von Habsburg hat trotz massiver zahlenmässiger Unterlegenheit die Schlacht gewonnen."

Gelangweilt meinte der König: „Ach, es kommen so viele Nachrichten bei mir an, der eine erzählt dieses, der andere jenes. Na gut, er kann ein paar hundert Mann gut kommandieren und nun denkt er, dass ihm das irgendwelche Berechtigungen geben würde seinen Sohn mit dem Hause Plantagenêt, meinem Königshaus, zu verheiraten? Will jetzt jeder Möchtegern-Fürst eine meiner Töchter? Euer Schwager John Warenne war heute bereits hier mit einem Sohn des Hauses Aragón, denen habe ich bereits die Hand meiner Tochter Eleanor versprochen. Was ist jetzt mit diesem unbedeutenden Habsburger?" Edward lachte höhnisch und die Männer und Frauen um ihn stimmten in sein Lachen ein.

„Sire", unterbrach der Earl das Lachen mit fester Stimme. „Rudolf von Habsburg stellte ein Heer von über 30'000 Mann auf und gewann die Schlacht durch geschickte taktische Manöver. Und bedenkt Sire, er ist der anerkannte König des Sacrum Romanum Imperium und herrscht über umfangreiche Gebiete. Eine Verbindung des Hauses Plantagenêt mit einem mächtigen Königshaus auf dem Festland könnte uns bei allfälligen Unstimmigkeiten mit Frankreich von grossem Nutzen sein." Mutig, jedoch mit schmeichelnder Stimme, fügte er hinzu: „Ganz so, wie ihr es bereits vor ein paar Wochen erkannt und geplant habt."

Edward hob die Augenbrauen und zeigte nach kurzem Überlegen mit dem Zeigefinger auf den Earl of Pembroke. Laut erwiderte er: „Meine Gedankengänge gefallen mir." Der König schaute in die Runde, darauf wartend, dass man über diesen Ausspruch wohlwollend lachen möge, nur um gleich darauf mit einer knappen Handbewegung alle zum Schweigen zu bringen. „Der Sohn eines deutschen Königs – warum auch nicht, ich habe ja genügend Töchter. Aber ihr könnt ihm ausrichten, nicht mit seinem zweitgeborenen Sohn, sondern wenn, dann nur mit dem Erstgeborenen."

„Mein König, darf ich Euch zu bedenken geben, dass König Rudolf von Habsburg bereits entschieden hat, seinen zweitgeborenen Sohn Hartmann zu seinem Nachfolger zu ernennen und nicht seinen Erstgeborenen. Es wäre..."

„Den Zweitgeborenen sagt ihr?" Edward dachte kurz nach. „Verbündeter gegen Frankreich", murmelte er gedankenverloren und entschied: „Meinetwegen, ich bin einverstanden. Soll er sie bekommen." Wieder lachte Edward lauthals. „Ich sollte noch ein paar weitere Töchter in die Welt setzen. Ein Verbündeter im Süden von Frankreich, sobald Eleanor in Aragón diesen Alfons heiratet, nun noch einer im Osten von Frankreich durch Joan mit der Heirat des Habsburgers. Jetzt brauche ich nur noch eine Tochter mit Neptun zu verheiraten und Frankreich ist eingekesselt."

Der Earl zeigte nur halbherziges Interesse an den Ausführungen des Königs. Viel mehr freute es ihn, dass die Verlobung besiegelt war und er nickte Wilhelm lächelnd zu. Edward folgte dem Blick des Earls und, ohne dass er Wilhelm nun aus den Augen liess, richtete er die Frage an den Earl: „Wollt ihr mir noch jemanden vorstellen?" Hinter vorgehaltener Hand aber genügend laut, dass die Umstehenden es hören konnten, fragte er den Earl weiter: „Was ist denn das für einer?" Während die Arroganz in des Königs Stimme nicht zu überhören war, erkannte Wilhelm in seinen Augen tiefes Misstrauen. Wilhelm empfand Mitleid, dieser König musste ein sehr einsamer König sein.

„Ja Sire, ich möchte euch gerne Wilhelm Gorkeit vorstellen", hörte Wilhelm seinen Freund sagen, während er selbst weiter dem Blick des Königs standhielt. „Er ist Helvete und Abgesandter des Königs Rudolf von Habsburg."

Edward schaute Wilhelm von oben herab mit scharfem Blick tief in die Augen als versuchte er, ihn wie einen Hund, zum Fiepen zu bringen. Doch Wilhelm erwiderte den festen Blick des Königs ohne eine Miene zu verziehen. Als Edwards Lippen sich langsam zusammenzupressen begannen und Wilhelm wahrnahm, dass Misstrauen und Arroganz langsam in Ärger übergingen, besann er sich seiner Aufgabe. Wilhelm verneigte sich höflich mit den Worten: „Eure Majestät, im Namen von meinem König Rudolf von Habsburg überbringe ich Euch Grüsse. Seinen Dank möchte er mit diesen Schätzen unterstreichen. Bitte seht sie als Geschenke zur Verlobung mit Eurer Tochter Joan of Acre und seinem Sohn Hartmann an." Wilhelms Worte hörten sich wie auswendig gelernt an und das waren sie auch. Wirkliche Sympathie konnte Wilhelm für diesen englischen König nicht entwickeln. Zwei Diener stellten eine Truhe zu Füssen von Edward I. und öffneten diese würdevoll. Im Inneren funkelten und glitzerten verschiedene Gegenstände aus Gold und Silber. Edward blieb sitzen und blickte leicht vorgebeugt in die Truhe. „Sehr schön, sehr schön, packt es wieder zusammen und bringt die Kiste in den Tower zu all den anderen Dingen, die da herumliegen." Dann wendete er sich an Wilhelm. „Richtet Eurem König aus, dass ich mit der Verlobung einverstanden bin und im Gegenzug seine Unterstützung erwarte." Edward stand auf, winkte

Guillaume de Lusignan, den Earl of Pembroke zu sich und schritt mit ihm von Wilhelm fort. „Guillaume, behandelt den Mann wie es ihm gebührt, doch geleitet ihn aus meinem Palast. Mir gefallen seine Augen nicht, er strahlt etwas Rebellisches, Aufmüpfiges aus. Er erinnert mich zu sehr an diese Schotten, die vorhin hier waren." Guillaume sah kurz über seine Schulter zurück zu seinem Begleiter Wilhelm Gorkeit und fragte sich, was der König in ihm sah, das er nicht sehen konnte. Um den Besuch zu einem guten Ende zu bringen, schlug der Earl vor: „Ihr erwähntet, dass John Warenne zur Zeit hier in London ist. Mein Schwager besitzt ein kleines Anwesen hier bei London, ich werde Herrn Gorkeit bei ihm unterbringen." Der König nickte. „John Warenne, war mir in Wales immer ein guter Soldat und Heerführer. Er wusste, wie man mit den Rebellen umgeht. Wie immer gefällt mir deine Denkweise, Warenne liebt rebellische Herausforderer." Edward klopfte anerkennend auf die Schulter seines Vasallen und entliess die beiden mit einem Handzeichen, um sich weiteren Geschäften widmen zu können.

Guillaume dachte bei seinem Vorschlag weniger an John Warenne, sondern vielmehr an dessen Tochter Isabella. Isabella war eine Frau, die eine Schwäche für Männer entwickelt hatte, die gleichzeitig Sanftmut und wilde Naturgewalt ausstrahlten und, wie die meisten Frauen, liebte sie geheimnisvolle Männer. Wilhelm, entsprach genau dem Bild seiner Nichte von einem echten Mann. Die beiden würden sich bestimmt sehr gut verstehen. Ausserdem war Isabella bereits fünfundzwanzig Jahre alt. Höchste Zeit, dass sie sich einen Mann suchte.

***

Auf dem grossen Platz vor der Westminster Hall entdeckte Guillaume die Schotten, die mit einer Gruppe von Männern unter einer der alten Eichen zusammenstanden, die den Platz säumten. Er schlug bereits den Weg in ihre Richtung ein, als er Wilhelm erklärte: „Das ist John Warenne, Earl of Surrey, mein

Schwager, der sich dort mit den Schotten unterhält. Lass uns zu ihnen gehen." Als Warenne seinen Schwager erblickte, bat er die Schotten um Entschuldigung für die Unterbrechung und schritt mit ernster Miene auf Guillaume und Wilhelm zu. „Was wagst du es, hier aufzutauchen! Nach allem, was du bei deinem letzten Besuch hier angestellt hast." Warennes Worte donnerten über den Platz. Wilhelm hob die Augenbrauen, als Guillaume de Lusignan Anstalten machte, John Warenne anzugreifen. Warenne konterte den Angriff, ohne dass sich die beiden berührt hätten. Ein paar Drohgebärden flogen hin und her, bis Wilhelm den Schalk in den Augen der beiden Männer erkannte die sich gleich darauf unter lautstarkem Gelächter umarmten. „Guillaume, schön dich zu sehen, du schuldest mir noch ein Dutzend Silberlinge."

„Die habe ich rechtmässig und durch Können gewonnen, mein Freund." Guillaume klopfte seinem Schwager väterlich auf die Schulter, als sie sich zusammen wieder zu der Gruppe der Schotten gesellten.

„Not at all, das war reines Glück und kein Können, und heute Abend machen wir ein weiteres Spiel. Und da werde ich dich ausnehmen, versprochen!" Forderte Warenne ihn heraus.

„Heute Abend?" Guillaume schaute ihn an, als hätte er etwas verpasst.

„Ja heute Abend gebe ich ein grosses Fest. Meine Tochter Isabella feiert ihren fünfundzwanzigsten Geburtstag. Höchste Zeit dass sie unter die Haube kommt. Die Schotten sind eingeladen, ein paar Spanier, einen Dänen haben wir auch noch im Schlepptau und wenn ich richtig sehe, hast du auch einen Mann aus der Ferne dabei, der soll auch gleich mitkommen. Wenn bei der Gruppe nicht einer dabei ist, der Isabella zähmen kann, dann kann es keiner." Warenne lachte, doch man sah ihm an, dass er dahinter die Sorge um die Zukunft seiner Tochter verbarg. „Wir sehen euch dann nach Sonnenuntergang auf meinem Anwesen, wir müssen erst noch unseren Dänen abholen." Sagte er und zog mit der kleinen Gruppe los.

Wilhelm und Guillaume sahen sich mit grossen Augen an. Guillaume zuckte mit den Schultern und stellte fest: „So wissen wir zumindest, wo wir heute Abend essen werden."

***

Wilhelm und Guillaume erreichten das stattliche, zweistöckige Anwesen der Familie Warenne über eine breite Allee. Isabella, von femininer Gestalt, das kastanienfarbene Haar kunstvoll hochgesteckt, rannte ihrem Onkel aufgeregt entgegen und umarmte ihn so stürmisch, dass sich eine Locke ihres langen Haares löste und sich frech in ihren Ausschnitt legte. „Deine Ankunft wurde bereits angekündigt und dass du einen Gast aus Helvetien dabei hast, wie spannend." Isabellas grünen Augen funkelten den Helveten mit unverhohlener Neugier an. Guillaume zog leise einen Mundwinkel hoch. „Als der König mir sagte, dass er diesen Helveten nicht mag, wusste ich sofort, dass er bei dir gut aufgehoben sein würde."

„Ach Onkel", jammerte Isabella gespielt, „warum müssen Vater und du für König Edward arbeiten. Dieser Mann ist Gift für die Seelen seiner Untertanen."

„Isabella, Isabella, was höre ich denn da aus deinem Munde", tadelte Guillaume. „Dank Edward haben dein Vater und ich ein gutes Auskommen und ich weiss, du geniesst die Annehmlichkeiten die sich daraus auch für dich ergeben."

Hufgeklapper mehrerer herangaloppierender Pferde unterbrach sie.

„Das ist Vater, was für ein Tag! Erst kommst du nach langer Reise gesund zurück und bringst einen jungen Mann mit." Isabella drückte ihrem Onkel einen dicken Schmatzer auf die Wange und rannte gleich darauf die wenigen Stufen hinunter in den Hof, während sie rief: „Und nun kommt Vater pünktlich zu meinem Geburtstag und wie immer mit den besten Absichten mich mit irgendeinem Mann zu verheiraten." Amüsiert wartete sie am Tor auf ihren Vater und seine Begleiter.

„Wer weiss, vielleicht ist diesmal einer dabei, der dir gefällt", mutmasste Guillaume hoffnungsvoll. Isabella wirbelte herum und sah hinauf zu ihnen. „Ja, wer weiss, wer weiss." Schelmisch musterte sie dabei Wilhelm von oben bis unten.

Als die Männer auf ihren Pferden näherkamen, wandte sich Isabella von Wilhelm ab und blickte voller Spannung auf die Reiter. Über Isabellas Lippen kamen Laute als ob sie grade etwas Leckeres gegessen hätte. „Wenn hat Vater den da mitgebracht?" Frech musterte sie einen nach dem anderen. Die Männer sprangen von ihren Pferden. John Warenne begrüsste liebevoll seine Tochter und rief die Männer zu sich, um sie ihnen vorzustellen. „Aus Schottland, König Alaxandair und John Balliol mit ihren Vertrauten, vom südlichen Festland, Alfonso III. von Aragón und sein Begleiter Juan Manuel de Borgona y Suabia und ihre Männer, sowie vom nördlichen Festland Fjölnir Joms." Wie selbstverständlich bildeten die Neuankömmlinge einen Kreis um Isabella die es sichtlich genoss im Mittelpunkt zu stehen. Ungezügelte Männlichkeit umspülte die junge Frau wie eine herbe Meeresbrandung. Guillaume beobachtete seine Nichte. Er konnte an Isabellas Augen erahnen, welch unkeusche Gedanken ihr gerade durch den Kopf gehen mussten. Erleichtert vernahm Guillaume das Herannahen weiterer Gäste, was auch Isabella, den ungestümen Wirbelwind, wieder ablenkte.

Im Laufe des frühen Abends füllte sich das Anwesen mit weiteren Freunden und Bekannten der Familie Warenne. Die Feier dauerte bis spät in die Nacht hinein. Die Leute unterhielten sich, tranken und sangen. Isabella wusste die Umwerbungen zu schatzen. Während eines Gespräches schenkte sie jedem Mann ihre volle Aufmerksamkeit und das Gefühl, er sei der Wichtigste und Interessanteste auf der Welt, ohne dass sie dieses Interesse geheuchelt hätte. Sie war gefesselt von neuen Menschen und neuen Geschichten und kostete jeden Moment voll aus. Zwischen zwei Gesprächen stellte sie sich zu ihrem Vater, wohl wissend, dass sie an seiner Seite kaum angesprochen werden würde. Sie nutzte diese Pause, um langsam ihren Blick durch den Raum voller Menschen schweifen zu lassen, bis ihre Augen fanden, wonach sie gesucht hatte. Sie musste schmunzeln. Da standen ihre beiden Favoriten dieses Abends und schienen sich prächtig zu unterhalten. Wilhelm Gorkeit aus dem Land der Alpen und John Balliol, beide übten dieselbe Faszination auf sie aus. Auch im Wesen schienen sie ähnlich zu sein. Nur so konnte sie sich erklären, dass sich die zwei auf Anhieb so gut verstanden. Sie beobachtete verzaubert Gestik und Mimik der beiden und versuchte, von ihren Lippen zu lesen worüber sie sich unterhielten.

John Balliol und Wilhelm Gorkeit hatten sich schon nach wenigen Minuten gefunden und meinten, sich gegenseitig aus der Seele zu sprechen. Gerade erklärte John, dass er den Auftrag hatte, dem dreizehnjährigen Alfons III. von Aragón, dem künftigen Schwiegersohn des englischen Königs, die Heimat seiner Verlobten Eleonore zu zeigen. Bewegt über das schnelle freundschaftliche Verhältnis zu Wilhelm Gorkeit, lud John seinen neuen Freund spontan ein, ihn und seine spanischen Gäste bei der Reise durch das Land zu begleiten.

„Herzlich gerne nehme ich dein Angebot an!" Erfreut besiegelten sie die Abmachung mit einem festen Handschlag. Isabella beobachtete weiter, wie sich ihr Onkel Guillaume zu den beiden gesellte und kurz darauf mit Wilhelm auf den Dänen zusteuerte, der etwas verloren am anderen Ende des Raumes stand.

John Balliol leerte seinen Becher und sah gedankenverloren zum Fenster hinaus, in die schwarze Nacht. Isabella betrachtete John Balliol, jenen, der als einziger den ganzen Abend noch nicht ihre

Gesellschaft gesucht hatte und auch jetzt machte er nicht die Anstalten, sich nach ihr umzusehen. Sie musterte den Mann, der mit dem Rücken zu ihr stand. Wieso kam er nicht zu ihr, um von seinen heroischen Taten zu erzählen oder zu versuchen, sie zum Lachen zu bringen, so wie all die anderen Männer es taten? Sein Desinteresse spornte sie an. Mit einem tiefen Atemzug löste sie sich vom Arm ihres Vaters, ging gradewegs auf John zu und tippte ihm sanft auf die Schulter. John drehte sich langsam um und sah in ihre tiefgrünen Augen, die wie Smaragde auf der seidenweissen Haut lagen, eingerahmt von rot schimmerndem Haar wie kostbarstes Mahagoni. ‚Ein Meisterwerk der Natur', dachte John Balliol, der es nie gewagt hätte, sie anzusprechen.

„Ihr seid John Balliol?" hörte er die lächelnde Schönheit fragen.

***

Vor der Abreise mit John und seinen spanischen Gästen, verfasste Wilhelm einen kurzen Brief an König Rudolf. Hierin informierte er ihn, dass König Edward mit der Verlobung von Hartmann und seiner Tochter Joan of Acre einverstanden war. Wilhelm schrieb weiter, dass er selbst beabsichtigte, noch einige Zeit in Britannia zu verweilen. Wilhelm vertraute seine versiegelte Nachricht einem erfahrenen Boten an, der mehrere Schriftstücke an verschiedene Adelshäuser auf dem Festland überbringen würde.

Zusammen mit John, den Söhnen Aragóns und dem meist schweigsamen aber kampferprobten Dänen verbrachte Wilhelm mehrere Wochen auf der Insel. Wie immer interessierte er sich für alles, doch am meisten faszinierten ihn die alten Legenden. Auch darin war John ein Gleichgesinnter und zudem auch noch ein perfekter Geschichtenerzähler. Bereits kurz nach ihrer Abreise erreichten sie eine alte mächtige Kultstätte, bestehend aus mehreren konzentrischen Steinkreisen. Im äusseren Kreis dienten einige Steine als Pfeiler, auf ihnen ruhten wuchtige Decksteine. Die Männer standen still innerhalb der beeindruckenden

Steinkolosse. Wilhelm berührte die hohen Tragsteine und fragte sich staunend, wie es den Menschen aus alten Tagen gelungen war, diese Steine aufzurichten, geschweige denn, die riesigen Decksteine präzise oben auf zu platzieren. John versuchte das Rätsel mit der Legende zu erklären: „Man erzählt sich, dass der sagenhafte Druide Merlin hier mit seinem Zauber gewirkt haben soll. Mit seiner magischen Kraft soll er dieses Monument errichtet haben." Die Spanier nickten, froh über eine im weitesten Sinne plausible Antwort. Wilhelm legte seine flache Hand auf den Stein vor sich, die raue Oberfläche lag kühl unter seinen Fingern. Er schloss die Augen, feiner Nieselregen setzte ein und legte sich kalt auf sein Gesicht. Ein Kribbeln zog von seiner Hand durch den Arm und er fragte sich, was dieser Stein schon alles gesehen haben mochte. Vor seinem inneren Auge entstanden Bilder, in stiller Prozession zogen Frauen und Männer mit Feuerschalen in den Händen in dunkler Nacht zur Mitte dieses heiligen Ortes. Sechs von ihnen führten mit lockerer Hand einen gigantischen Steinquader, der ohne Gewicht zwischen ihnen zu schweben schien. Leicht benommen öffnete Wilhelm die Augen, als John direkt neben ihm weitererzählte: „Manche sagen auch, Merlin habe die Steine aus Irland vom Berg Killaraus hierhergebracht. Riesen aus einem weit entfernten Land hätten die Steinkreise einst errichtet." Staunend aber auch bedrückt darüber, dass sie das Rätsel der ewigen Steine nicht lösen konnten, verliessen sie den Süden der Insel Richtung Norden. Unter einem Himmel, über den der Wind ohne Unterlass wuchtige Wolkenbilder vorwärtstrieb, führte sie ihr Weg zum Bull Ring, dem Markt von Birmingham, wo sie sich mit allem, was sie benötigten, eindecken konnten, über York bis hoch in den Norden der Insel, nach Schottland.

Für Wilhelm war es ein Glücksfall. John hatte den Auftrag dem jungen Königserben von Aragón die Geografie, Geschichte und Sprache Englands beizubringen. So lernte auch er selbst sehr viel über diese Insel und ihr Volk. Sie standen inmitten einer Landschaft von herber Schönheit, als John leidenschaftlich von der Geschichte seines Landes erzählte. „Der älteste Stamm dieser Region, der Stamm der Pikten lieferte sich hier, vor einigen hundert Jahren, mit den eingewanderten keltischen Skoten aus dem Westen und den Wikingern aus dem Osten erbitterte Kämpfe." Wilhelm hörte den Ausführungen aufmerksam zu. Als Helvete war auch er Nachfahre von einem der ältesten Stämme der Kelten. Er fragte sich, was wohl einige seiner Ahnen dazu veranlasst haben mochte, so weit in den Norden, hier auf diese und die benachbarte Insel zu ziehen. John sprach weiter: „Ein guter Anführer weiss, dass andauernde Kämpfe ein Volk schwächen, und man nur gemeinsam gegen Eindringlinge eine Chance hat. So vereinte Kenneth Mac Alpin die Pikten und Skoten und bildete ein neues Reich, genannt Alba oder wie die Engländer sagen, das Land der Skoten oder auch Scotland." Wilhelm sah über das Land, das Mac Alpin vereint hatte und richtete eine Frage an John: „Wie war es möglich, die verfeindeten Stämme zu einen?"

„Das liegt wohl im Dunkel der Geschichte", meinte John, „allerdings erzählt man sich, dass der Vater von Mac Alpin ein Skote und seine Mutter Piktin war. Was sein Leben unter den Skoten bestimmt nicht einfacher machte. Doch das Blut beider Stämme floss in ihm, was für das Unterfangen sicher von Vorteil gewesen sein muss. Ausserdem hatte er die Kraft des magischen Steins von Scóne auf seiner Seite. Dieser Stein besitzt eine unerklärliche Macht. Jeder unserer Könige, Kenneth Mac Alpin genauso wie auch Alaxandair, wurde auf ihm stehend gekrönt, um den Segen des Steins und unserer Vorfahren zu erhalten."

Auf ihrem Weg nach Inverness kamen sie an mehreren alten Kultstätten, kleinen Steinkreisen, vorbei, die still zwischen sanften Hügeln lagen und dem ständigen Wind während unzähligen Jahrhunderten geduldig trotzten. Wilhelm wunderte sich, wieso in diesem Land Steinen eine so grosse Bedeutung zugemessen wurde und teilte seine Gedanken John mit. Dieser lachte und erwiderte: „Ja, das mag dich wundern, das kann ich verstehen. Ihr mit euren hohen Bergen, da sind Steine vermutlich nichts Besonderes." Amüsiert schwang er sich vom Pferd. „Lasst uns Rast machen, etwas essen und trinken. Ury spendet uns einen erfrischenden Trunk." John wies auf den Fluss und löste den Becher von seinem Gürtel.

„Wie heisst der Fluss, sagst du?" Wilhelm zog verwundert eine Augenbraue hoch. John sah kurz auf, als er den Becher ins kühle Nass eintauchte und antwortete: „Ury, heisst dieser Fluss, wieso?"

„Was für ein Zufall, dieser Fluss trägt einen ähnlichen Namen wie die Heimat meiner Väter." Während sie abstiegen und die Pferde versorgten, hing Wilhelm seinen Gedanken nach. War es wirklich ein Zufall oder waren es auch hier die Kelten, die Wald und Flur die Namen gegeben hatten?

Hier stand er nun, am Rande der Schottischen Highlands am Ufer eines Flusses genannt Ury. Die karge Schönheit dieser einsamen Landschaften mit ihrer rauen Frische erinnerte ihn an seine Heimat. Und zum ersten Mal seit seinem Aufbruch zu dieser langen Reise sehnte er sich zurück nach Hause. Immer noch in Gedanken, tauchte er wie die anderen seinen Becher in den strömenden Fluss.

„Trinkt Freunde! Auf das harte aber freie Leben in Alba und natürlich auch auf eure Heimat!" Er schwenkte seinen Becher zu den beiden Spaniern und zu Wilhelm. „Zu schade, fliesst hier nicht unser goldbraunes Lebenswasser." Lachte er schallend. „Das Wasser dieses Flusses hat leider nicht dieselbe Wirkung wie unser uisge beatha oder wie ihr sagt, Whisky." Dabei klopfte er sich auf seinen Bauch und stürzte den Becher in einem Zug hinunter. Spitzbübisch fügte er hinzu: „Das glaube ich zumindest."

Die Tage im kühlen und windigen schottischen Hochland genoss Wilhelm mehr, als es seine spanischen Mitreisenden taten.
Der Prinz aus Aragón und sein Onkel vermissten die Hitze und
offene Lebensfreude ihres Landes. Ausserdem wussten sie als
strenge Christen nicht genau, wie sie mit dem stark naturver-
bundenen Volk hier im äussersten Norden der Insel umgehen
sollten. Wilhelm hingegen verbrachte gemeinsam mit John
Stunden an den Ufern des Meeres, das wie ein See zwischen geheimnisvollen Mooren und den weitläufigen Hügeln weit ins
Land hineinreichte.

In den Tagen in Schottland lernte Wilhelm nicht nur diese Insel
und die Menschen kennen, er lernte ebenso viel über Macht und
Politik. Bedrückt musste er erkennen, dass das englische Königshaus indirekt versuchte, seine Position gegenüber den unabhängigen Schotten zu stärken. Stirnrunzelnd hörte er seinem
Freund zu, der sorgenvoll berichtete: „Seit dem Feldzug der
Engländer gegen Wales sind die Menschen hier auf der Hut.
Edward erdrückt die Waliser mit seinem unerbittlichen Verwal-
tungssystem und ernennt Wales zum Gebiet in dem das englische Common Law gilt. So kann Edward nach Belieben Sheriffs
und Steuereintreiber einsetzen, die das Land und die Menschen
ausbluten lassen." Aufgebracht redete er weiter: „In den walisi-
schen Dörfern wurden bereits englische Sheriffs eingesetzt.
Nicht nur, dass sich die Sheriffs bei einer Hochzeit eine unge-
rechte Mitgiftsteuer zahlen lassen. Man erzählt sich auch, dass
sich diese Sheriffs das Recht der ius primae noctis nehmen!"

Wilhelm stutzte: „Das Recht der ersten Nacht, was soll das bedeuten?"

„Mein unschuldiger Freund", John klärte den Ahnungslosen auf,
„es bedeutet, dass der Sheriff die erste Nacht nach einer Hochzeit mit der Braut verbringt. Und Edward streckt seine gierige
Hand nun auch nach Schottland aus. Der schottische König ist in
diesen schwierigen Zeiten nicht zu beneiden", beendete John das

Gespräch. Bei den Erzählungen der Schotten kam in Wilhelm eine Unruhe auf. Am liebsten hätte er selbst eine Waffe in die Hand genommen und sich wehrhaft an die Seite der Schotten und Waliser gestellt. Doch das war nicht sein Kampf, das war nicht sein Land.

Egal ob sich am blauen Himmel die weissen Wolken bedrohlich auftürmten oder ob, wie so oft, ein sanfter Regen auf sie nieselte, abends genossen sie zusammen mit den Spaniern in der Wärme einer Pinte das dunkle Bier der Schotten. Auch an diesem Abend sassen sie mit den Spaniern, die sich tagsüber lieber im nahen Dominikanischen Kloster aufgehalten hatten, zusammen. Assen, unterhielten sich und gönnten sich zum Abschluss einen Whisky. John winkte dem Wirt zu, um eine Runde Whisky für sie zu bestellen. Das Lebenswasser, wie die Schotten es nannten, wurde ihnen in einer, aus Horn gefertigten, flachen Trinkschale mit zwei Griffen gereicht.

John wurde von einem Bekannten angesprochen, intensiv tauschten die beiden Neuigkeiten aus und während die Spanier sich angeregt in ihrer Sprache unterhielten, hing Wilhelm seinen Gedanken nach.

Die beiden Häuser Habsburg und Plantagenêt würden sich durch Hartmann und Joan in Zukunft verbinden, Wilhelm war nicht sicher was er davon halten sollte. Rudolf hatte nach der Eroberung der Ländereien im Osten massiv an Macht gewonnen. Wie würde er diesen neugewonnenen Einfluss nutzen? Wenn Wilhelm hörte, wie der Englische König seine Macht missbrauchte und unersättlich nach mehr und mehr gierte, konnte er nur hoffen, dass die Habsburger nicht auch diesem Wahn erliegen würden. Nachdenklich starrte er in das Feuer im Kamin. Würde Rudolf die helvetische Heimat verlassen und in die neu eroberten Länder ziehen? Seine helvetischen Stammländer waren klein im Vergleich zu den neuen Eroberungen. Würde er die alte Heimat nur noch als entfernte Provinz ansehen? Wilhelm schüttelte diesen Gedanken ab. Nein, Rudolf wäre nie dazu fähig. Rudolf war ein guter und gerechter Herrscher und er würde immer seiner Heimat Helvetien tief verbunden bleiben, da war sich Wilhelm sicher. Die Verbindung von Hartmann mit Joan erschien ihm spannend und vielversprechend zu werden. Wilhelm drehte sich den Menschen in der Halle zu, die auch an diesem Abend spontan zu feiern beschlossen hatten. Melancholische Balladen wechselten sich mit schnellen Fiedelstücken ab, deren Melodie und Rhythmus auch einen zurückhaltenden Mann aus den Bergen wie Wilhelm, dazu bewegten, mit dem Fuss zu wippen.

„Wilhelm", Juan Manuel de Borgona rückte seinen Stuhl näher an Wilhelm. „Na, was bedrückt unseren Helveten? Ihr habt eben so konzentriert in das Kaminfeuer gestarrt, dass ich schon dachte, ihr seht im Feuer einen Kobold tanzen. Oder ist euch so weit im Norden das Klima auch zu rau und ihr sehnt euch einfach nach der Wärme des Südens?" Der Spanier liess ihm keine Zeit zum Antworten und fuhr gleich weiter. „Sobald es das Wetter erlaubt, beabsichtige ich mit meinem Neffen aufzubrechen und zurück nach Aragón zu reisen. Wir würden uns freuen wenn ihr uns begleitet. Joms sorgt für eine sichere Überfahrt. Sobald wir jedoch das Festland erreichen, wird er uns verlassen und mit seinen Leuten weiter segeln. Der Weg in unsere Heimat ist sehr weit, er wird uns entlang der Handels- und Pilgerwege durch Frankreich führen. Auf diesen Wegen treibt sich so einiges an Gesindel herum. Mir wäre es wohl und recht ein weiteres Schwert an unserer Seite zu wissen, bis wir unsere Heimat erreicht haben." Wilhelm überlegte nicht lange. Auch wenn er diese Insel ins Herz geschlossen hatte, war es Zeit, weiter zu ziehen. „Euer Angebot ehrt mich. Wenn ich euch und dem Hause Aragón einen Dienst erweisen kann, dann begleite ich euch sehr gerne."

Viele Monde waren über den Himmel gezogen, seit er seinen Fuss auf diese Insel gesetzt hatte. Nun war es an der Zeit, Abschied zu nehmen, denn das Schicksal führte ihn nach Süden.

Auf der Knorr, dem Schiff der Dänen, das sie zurück zum Festland brachte, herrschten raue Sitten. Um die Langeweile zu vertreiben jagte ein derber Spruch den nächsten. Wilhelm war dankbar, als der Wind abflaute und er eines der Ruder packen konnte, um im Gleichschlag mit den Anderen das Schiff über das Wasser zu treiben. Er war froh, seine Muskeln wieder zu spüren und nicht nur untätig herumsitzen zu müssen. Mit voller Kraft legte er sich in die Riemen und stand damit den erfahrenen Seeleuten mit ihren kernigen Oberarmen in nichts nach. Doch die tagelange Untätigkeit auf See war nicht der einzige Grund, der ihn antrieb, hart zu rudern. Vielmehr war es der stechende Geruch, der von den haarigen Achselhöhlen des fetten Ruderers vor ihm ausging. Fies mischten sich diese beissenden Dunstwolken mit den langsam vor sich hin stinkenden Fischen im halboffenen Fass zu seiner Linken. Das setzte in seinem Kopf nur einen Gedanken frei – so schnell wie möglich Land zu erreichen. Doch die Überfahrt hatte auch ihre schönen Seiten. Als der Wind wieder auffrischte und sie Fahrt aufnehmen konnten, lauschte er unter einem funkelnden Sternenhimmel den Erzählungen und dunklen Legenden des Nordens. Er liess sich die Heldengeschichten aus der Edda erzählen. Hörte von Valhall, dem Ruheort in der Schlacht gefallener tapferer Krieger. Erfuhr von Yggdrasil, dem Weltenbaum, einer mächtigen Esche, die den gesamten Kosmos verkörperte. Auch Göttersagen wurden ihm ans Ohr getragen, wie von den Asen, die in Asgaard lebten, einem Platz in den Zweigen von Yggdrasil, weit oberhalb von Midgard dem Menschenreich. Auch von dänischen Helden wurde ihm berichtet, wie in der Legende von Pálna-Tóke und dem Wikingerkönig Blåtand.

„Schliesslich gründete Pálna-Tóke an der Ostseeküste die Festung Jómsborg und nahm sich eine Frau oder zwei", schloss Sveinn, der Kapitän dieses Schiffes mit einem schiefen Grinsen die Geschichte. Ohne Umschweife fragte er den jungen Prinzen von Aragón: „Bist du nicht mit einer der englischen Prinzessinnen verlobt?" Als dieser stumm nickte, fragte er polternd weiter: „Und wieso bist du dann alleine auf dem Weg in dein Land, wollte sie nicht mitkommen?"

„Eleonore ist erst 9 Jahre alt", kam die schüchterne Antwort.

Der Seebär liess nicht locker und wandte sich an den Onkel des Jungen: „Und was ist mit dir, warten auf dich zu Hause Weiber?"

Der spanische Adelige krauste kurz die Stirn bevor er erwiderte: „In Aragonien leben keine Weiber. Unsere Frauen sind kostbare, prächtige Blüten, die das Land erstrahlen lassen. Und ja, mich erwartet eine Blume Castilliens.

„Aha", kommentierte Sveinn das Gehörte mit nichtssagendem Blick. Wilhelm war noch nicht klar, ob der raubeinige Kapitän sich einen Spass daraus machte, seine Passagiere in Verlegenheit zu bringen oder ob das einfach seine schamlose Art war. Noch bevor er zu einem Schluss gekommen war, hörte er den Mann unvermittelt sagen: „Sich den fleischlichen Gelüsten hinzugeben, ist ein schlechtes Geschäft. Als Mann steckst du jedes Mal mehr rein, als du wieder rausholst." Der Nachfahre der Wikinger grinste frech mit seiner breiten Zahnlücke in die Runde, während seine Männer grölten. Derb haute der Kapitän dem jungen Prinzen mit seiner Pranke auf den Oberschenkel und fragte schelmisch: „Weißt du was ich meine, Junge?"

Der junge Prinz von Aragón errötete bis zu den Ohren.

„Was ist mit dir Alpenländer?" Der Haudegen war immer noch in der Laune, die Schamgrenze seiner Gäste auszuloten und fragte unverblümt. „Hat dein Mädchen einen grossen Busen?"

Wilhelm sah die Herausforderung in seinen Augen und war sich bewusst, dass er sich am besten den Sitten dieses Schiffes anpasste. „Die Brüste meines Mädchens, oh ja, die haben genau die richtige Grösse, eine Handvoll und einen Mundvoll", konterte Wilhelm. Der Seemann glotze ihn kurz mit offenem Mund an, bevor er sich auf die Schenkel klopfte und in schallendes Gelächter ausbrach. Anerkennend klopfte er Wilhelm auf die Schulter.

Die Reise ging nur schleppend die französische Küste entlang, endlich aber erreichten sie die Bretagne, wo sie von Bord gingen. Bereits bei der Verabschiedung war ihnen klar, dass sie die herbe Freundlichkeit dieser Seemänner auf seltsame Weise vermissen würden.

Ihr Weg führte sie auf den alten Pilgerwegen weiter nach Süden. Hier begegneten sie den unterschiedlichsten Menschen. Ihre vielfältigen Schicksale liessen sie mal schmunzeln, mal mitfühlend trauern. Prinz Alfons von Aragón äusserte den Wunsch, als Abschluss seiner Reise, bevor die Pflichten zu Hause auf ihn hereinprasseln würden, noch ein Stückchen Freiheit zu geniessen und den Jakobsweg zuendezugehen. Die Pfade der wallfahrenden Christen führten sie bis Santiago de Campus Stellae im nördlichsten Westen Spaniens, dem bedeutendsten Pilgerziel neben Rom und Jerusalem. Der Legende nach befand sich hier das Grab des Apostels Jakobus. Der junge Aragón und sein Onkel verbrachten den ganzen Tag in unmittelbarer Nähe des Grabes, beteten und unterhielten sich leise. Ihnen schienen weder die Hitze noch die Unruhe der vielen Menschen, die kamen und gingen, etwas anhaben zu können. Der Rummel, der tagsüber hier herrschte, war Wilhelm jedoch zuwider. Pilger drängten sich dicht um die geweihte Stelle. Priester, die Verse aus der Bibel zitierten, verwirrte Menschen, die den Untergang der Welt verkündeten, und lamentierende Weiber, die ihre Hände immer wieder zum Himmel warfen, versuchten sich gegenseitig zu übertönen. Händler boten ihre Waren feil, von einer neuen

Schuhsohle bis hin zu heiligem Sand aus Jerusalem im edlen Lederbeutel verwahrt, war alles zu haben. Wilhelm schlenderte zu einem kleinen Stand der etwas abseits lag und Kerzen in verschiedenen Grössen anbot. Hinter dem schiefen Tisch stand ein kleiner schmutziger Junge mit grossen dunklen Augen neben seiner etwas grösseren Schwester, die ihn ebenfalls aus kugelrunden schwarzen Augen schüchtern ansah.

„Guten Tag ihr zwei, verkauft ihr mir eine dieser Kerzen?" fragte Wilhelm mit sanfter Stimme, um die Kinder nicht zu erschrecken, dabei zeigt er auf die Auslagen. Das Mädchen nickte eifrig. Kaum hatte Wilhelm gesprochen, lugte ein versoffenes Gesicht mit halb geschlossenen Augen um die hintere Ecke in den kleinen Stand hinein. Der verlauste Mann lallte etwas vor sich hin, das Wilhelm nicht verstand. Gleich darauf verschwand der Kopf wieder hinter der Ecke. Das Mädchen streckte ihm mit zitternden Händen verschiedene Kerzen entgegen und pries sie überschwänglich in ihrer Muttersprache an, die Wilhelm leider nicht verstand. Wilhelm kaufte drei dicke Kerzen und legte dem Mädchen, aufgeregt über den guten Verkauf, die Münzen dafür in die schmale Hand. Neugierig sah er hinter den Stand, von wo eben der Alte etwas zu ihnen gelallt hatte. Schwaden aus Alkohol und Urin stiegen ihm von der bemitleidenswerten Gestallt entgegen und hüllten Wilhelm gnadenlos ein. Er sah zu den Kindern, die ihre hübschen Augen beschämt auf den Boden vor sich gerichtet hatten. Mit langen Schritten steuerte Wilhelm eine offene Küche an, von wo herrliche Düfte in seine Nase stiegen, bestellte zwei Portionen des eintopfartigen Essens und kehrte zurück zum kleinen Kerzenstand. Mit cincm auffordernden Lächeln übergab er die Schüsseln mit dem herzhaften Essen den beiden staunenden Kindern. Augenzwinkernd legte er den Zeigefinger auf seine Lippen und bedeutete ihnen so, dass sie nichts sagen sollten, um den Trunkenbold hinter dem Stand durch ihre Worte nicht zu wecken. Ohne ein Wort klammerten die beiden

Kinder sich an ihre Schüsseln, kauten ihr Essen und sahen ihn dankbar an.

Auf dem Rückweg blieb Wilhelm bei einem Priester stehen, der etwas über Jakobus zu erzählen wusste. Mit theatralischer Stimme und weit ausgebreiteten Armen sang er förmlich seinen Text: „Als Jakobus kurz nach Christi Himmelfahrt in die römische Provinz Hispania kam, da wandelte er auch auf dem Boden den ihr hier unter euren Füssen habt. Sein Auftrag war es, die Lehren Christi in die Welt zu tragen. Doch der arme Mann hatte mit seiner ungestümen Art nur wenig Erfolg bei der Bekehrung der Heiden die zu jener Zeit hier lebten. Weinend sass er am Ufer des Ebro als er sich zähneknirschend entschloss, wieder zurück zu seinesgleichen ins Heilige Land zu ziehen. Doch dort erwartete ihn ein übles Schicksal." Der lange dünne Priester bekreuzigte sich bevor, er mit seinen Erzählungen fortfuhr. „König Herodes, oh Schreck, liess den in Ungnade Gefallenen köpfen. Sein geschundener Leichnam aber wurde heimlich von Getreuen in ein Boot gelegt. Führerlos und mutterseelenalleine trieb der Tote in seinem nussschalen gleichen Boot auf dem wilden Meer umher." Der Priester breitete die Arme aus und schwankte so sehr, dass Wilhelm schon dachte, er müsse den Darsteller gleich auffangen. Abrupt richtete sich der Priester kerzengrade zu seiner vollen Höhe auf, streckte seine dünnen Arme zum Himmel und sah seine Fingerspitzen an. „Bis gelenkt von Gottes Gnaden das Boot die Küste Galiciens erreichte. Athanasius, der Gute, erkannte den Toten und legte ihn in diesem Steingrab zu seiner letzten Ruhe." Mit erschreckend lauter Stimme führ er fort. „Doch oh weh, das Grab von Jakobus geriet in Vergessenheit. Schande über die Menschen, die dies zuliessen." Mit finsterem Blick sah der Prediger in die Runde. Plötzlich wies sein Finger auf einen imaginären Punkt am Himmel, auf den die meisten Umstehenden nun tatsächlich schauten. „Ein Licht jedoch erlöste uns. Die Lichterscheinung wählte Pelayo den Eremiten dem die Ehre zuteilwurde, das Grab Jakobus wieder zu finden. Und dank

Bischof Teodemir und König Alfons von Asturien", der Priester faltete andächtig die Hände, „wurde diese wundervolle Kirche über dem Grab errichtet und wir dürfen in ihrem Schatten zu Jakobus beten." Ausser Atem und freudestrahlend sah der Mann in die Runde und streckte ihnen seine hohle Hand entgegen.

Wilhelm schmunzelte. So viel Einsatz musste belohnt werden und reichte dem Mann eine Münze.

Je weiter der Tag voranschritt, umso weiter leerte sich der Platz rund um das Grab aus Stein. In der wärmenden spanischen Abendsonne setzte sich Wilhelm tief bewegt in die Nähe dieses heiligen Platzes. Im milden Licht der Abenddämmerung entzündete er hier im Stillen eine Kerze für seine Liebsten weit weg zu Hause. Seit mehreren Wochen fand sein Geist hier endlich die Musse, um zur Ruhe zu kommen und zu spüren, wonach sein Herz sich am meisten sehnte. Er schloss die Augen und mit einer Klarheit, die ihn überraschte, tauchte vor seinem inneren Auge das lächelnde Gesicht von Berta Katharina auf. Sie sah ihn mit ihren grossen liebevollen Augen an und er meinte, darin die Bitte zu erkennen, er möge doch zu ihr zurückkehren. Die Vision war so deutlich, dass er wieder den Duft ihres Haares wahrzunehmen glaubte. Überrascht öffnete er die Augen. Er hoffte, nein, er wusste, dass Katharina trotz der langen Zeit, die er fort war, auf ihn gewartet hatte.

In den darauf folgenden Wochen geleitete er, wie versprochen, die Herren aus Aragonien sicher über die trockenen Ebenen Castillas in ihre Heimat Aragón. Der Onkel des Prinzen hatte nicht übertrieben, die jungen Frauen dieses Landes, wohlgeformt und pure Sinnlichkeit ausstrahlend, schmückten jeden Platz und jedes Haus. Die dunklen Augen, die ihn musterten, die vollen Lippen, die ihn grüssten, langes schweres Haar, das ungezügelt bis auf sich wiegende Hüften fiel, betörten seine Sinne. Nach und nach erkannte er, dass der Vergleich mit erblühenden Blumen treffender nicht hätte sein können. Die jungen zarten Blüten erstrahlten in voller Pracht, einige allerdings verblühten auch leider viel zu früh.

König Pedro III. von Aragón, Vater des jungen Prinzen, zeigte sich Wilhelm gegenüber dankbar für das sichere Geleit seines Sohnes und bot ihm an, in seinem Königshaus zu bleiben. Die eindringliche Vision, die ihm in Santiago de Campus Stellae zuteil geworden war, liess ihn jedoch nur noch ein Ziel vor Augen haben: Er wollte nach Hause, er wollte zurück, um Katharina wieder zu sehen. Zwei Jahre waren seit ihrer ersten Begegnung vergangen. Die Unrast, die er einst verspürt und die ihn quer durch Europa getrieben hatte, war verschwunden. Sein Kopf und seine Seele waren randvoll mit mannigfaltigen Eindrücken aus Begegnungen und Erlebnissen. Die Zeit war nun gekommen dorthin zurückzukehren, wo er sich zuhause fühlte, zurück nach Helvetien, in seine Heimat.

Anno Domini 1281

5 Monate später

16. März – Königliche Trauer

Den Rhein entlang vom Bodensee Richtung Basel

Der König sah auf seine Finger, die er vor Kälte kaum noch spürte. Vom Wind gepeitschte kleine eisige Regentropfen, trafen sein Gesicht. Seit vielen Tagen waren sie schon unterwegs, bald würden sie Säckingen erreichen. Der Wagen neben ihm holperte über die noch halb gefrorene Erde. Der stattliche Wagenaufbau war mit dicken dunklen Tüchern verhangen. Lediglich zwei Schilde schmückten das schlichte Fuhrwerk. Zum einen das Adlerwappen des Königs und der Königin und zum andern der habsburgische Schild mit dem roten Löwen auf gelbem Grund.

Zwei Dominikaner und zwei Minoriten, schwarz gekleidete Franziskaner Brüder, flankierten den Wagen.

Auch der Kutscher war von Kopf bis Fuss in Schwarz gekleidet. Der dunklen Wagen, gezogen von acht Weissfalben, wurde von einem beachtlichen Tross an Edelleuten eskortiert, die still ihre Königin auf ihrem letzten Weg begleiteten.

Vor kaum drei Jahren war er, König Rudolf, mit seiner getreuen Gemahlin Gertrude und den Kindern vom Aargau nach Wien übersiedelt.

Ein Traum hatte sich damals für ihn erfüllt. Nach dem Sieg über Ottokar gehörten ihm die Ländereien im Osten. Um sein neues Reich geschickt lenken zu können, suchte er die Nähe der dort ansässigen Adeligen und natürlich ergab es Sinn, dafür in Wien zu wohnen. Sein Vorhaben, Basel zu seiner Residenz zu machen, gab er deshalb auf.

Gertrude hatte nie gemurrt, auch nicht, als sie mit den sechs noch unverheirateten Kindern in Wien in eine Burg zogen, die noch im Bau stand. Ganz im Gegenteil, sie war immer voller

Güte und Liebe gewesen. Und hatte mit ihrem stillen und wohltätigen Wesen die Herzen der Wiener genauso für sich und das Haus Habsburg gewinnen können, wie sie zuvor von den Baslern ins Herz geschlossen worden war. Das war seine Gertrude und für ihn würde es auch immer seine Gertrude bleiben, obwohl sie sich nach ihrer Krönung in Aachen zur Königin von Habsburg Anna nannte, um eine ihrer Vorfahrinnen zu ehren.

Elf Kinder hatte sie ihm geschenkt und ihn damit in seinen Familienplänen genauso unterstützt wie auch in seiner Reichspolitik. Vier Kinder banden bereits einflussreiche Häuser durch Heirat an das Haus Habsburg.

Das Kindlein, welches vor kurzem von Gertrude geboren das Licht der Welt erblickt hatte, verstarb nach wenigen Atemzügen in ihren Armen. Da es in seiner kurzen Lebenszeit nicht getauft werden konnte, wurde es namenlos bei Wien beerdigt.

Die Geburt war ungewöhnlich schwer gewesen und Gertrude hatte sich nie mehr richtig von dieser Strapaze erholt. Auch die Sorge, ihr Kindlein in ungeweihter Erde zu wissen, raubte ihr die wenige Kraft, die ihr geblieben war. Schwach lag sie in ihren Kissen und wurde immer bleicher und dünner.

Eines Abends, einen Monat war es nun her, fasste sie mit unerwarteter Kraft seine Hand.

«Rudolf, versprich mir eines», hatte sie mit bittendem Blick gesagt, «wenn ich sterbe, dann begrabe mich im Münster zu Basel. Gemeinsam im Grab mit meinem kleinen Karl. Versprich es, Rudolf!» Hatte sie ihn angefleht.

Rudolf hatte es ihr versprochen. Zu bewusst war ihm, wie gross ihr Heimweh nach Helvetien gewesen war. Sie hatte nie geklagt, doch er erkannte immer wieder die Sehnsucht nach den Bergen, den Seen und dem Schnee in ihren Augen. Ganz zu schweigen von Freunden und Familie und der Möglichkeit, das Grab von

Karl zu besuchen, der als Säugling vor fünf Jahren verstorben war.

In jener Nacht, als sie ihm das Versprechen abgenommen hatte, schlief die Königin ruhig ein, um nicht mehr zu erwachen.

Bald würde er also wieder nach Basel zurückkehren. Diesmal mit einem stillen düsteren Tross.

Rudolf grübelte, hätte er vor Jahren doch Basel und nicht Wien zu seinem Wohnsitz und Verwaltungsort machen sollen? Würde seine geliebte Gertrud dann noch leben? Doch Kriege und Fehden mit Basel, viel mehr mit dessen Bischof Heinrich von Neuenburg, liessen ihn damals Basel den Rücken kehren und nach Wien übersiedeln, es hatte sich richtig angefühlt.

Vielleicht war dies Gertruds letzte wohltätige Tat: Basel für die Habsburger gütlich zu stimmen. Denn die Königin hätte genauso gut den Wunsch äussern können, in einem Familiengrab in Muri oder Ottmarsheim beigesetzt zu werden. Auch Speyer als letzte Ruhestätte hätte der Königin zugestanden.

Doch sie hatte Basel gewählt und Rudolf vertraute darauf, dass sie wie immer in solchen Dingen auch hier das richtige Gespür hatte.

Seinem wichtigsten Vertrauensmann, Heinrich von Isny, hatte er durch einen Boten den Auftrag erteilt, für ein würdiges Begräbnis zu sorgen.

Wieder sah er auf den dunklen Wagen neben sich. Die Königin lag in einem Sarg aus Buchenholz der von eisernen Bändern verschlossen wurde. Ihre Arme waren über der Brust gekreuzt. Ihr liebliches Gesicht hatte man mit Wachstüchern genau so hübsch erhalten, wie es immer gewesen war. Ein dünner Schleier bedeckte zart die feinen Züge. Sie war in prächtige seidene Gewänder gekleidet und ihr Haupt schmückte eine goldene Kette. So hatte er sie das letzte Mal vor der Abreise in Wien gesehen.

Kurz vor Säckingen erwartete sie in der Dämmerung ein Meer aus Lichtern. Rudolf war überwältigt, es mussten viele hundert Geistliche sein, jeder mit einer Fackel in der Hand, die sie hier empfingen. Mit dieser feierlichen Prozession erhielt die Königin ein unvergleichliches Geleit auf dem letzten Stück ihres Weges von Wien nach Basel.

Wenige Tage später wurde sie im Beisein ihres königlichen Gemahls mit allen königlichen Ehren und ihrem Wunsch entsprechend im Dom zu Basel beigesetzt.

13. Juni – Juliana in Uri

Flüelen am Waldstättersee in Uri

Die unteren Äste eines kleinen Baumes dienten Juliana schon seit Jahren als Versteck. Hier kletterte die Siebenjährige regelmässig hoch und verbarg sich zwischen den Zweigen. Hier konnte sie ungestört ihren Gedanken nachhängen, an ihren ersten Vater und ihren Bruder die fern von hier ermordet worden waren. Die vagen Erinnerungen an sie hütete sie wie einen Schatz. Manchmal beobachtete sie auch einfach nur eine Raupe bei ihrem gemächlichen Gang zum nächsten Blatt, das ihr als Mahl diente. Das Wichtigste an ihrem Versteck war jedoch, nirgendwo sonst hatte sie eine so wunderbare Aussicht auf all die vorbeiziehenden, ankommenden und weiterreisenden Menschen wie von hier oben. Prachtvoll gekleidete Würdenträger zu Pferd oder in Sänften waren genauso dabei wie arme Pilger, die - wie ihr Vater immer sagte - wohlhabend die Reise begannen und meist als Bettler am Stock, wenn überhaupt, wieder zu Hause ankamen.

Obwohl einige Mutige auch im Winter den Pass überquerten, so füllte sich die Gegend erst wieder mit den unzähligen Reisenden, sobald der Schnee die Wege frei gegeben hatte. Das war nicht immer so gewesen, hatte ihr neuer Vater sie belehrt. Erst seitdem die Schöllenenschlucht ungehindert passierbar war, erlebte der Pass Sankt Gotthard eine Zeit als überaus beliebte Route zwischen Nord und Süd.
Immer öfter zogen Fürsten und gekrönte Häupter, fremde Boten und Gesandte durch dieses Tal. Auch fahrendes Volk, Vertriebene und lichtscheues Gesindel suchten in Nord oder Süd ihr Glück.
Am meisten faszinierten sie die Händler. Vor dem beschwerlichen Marsch über den Sankt Gotthard ruhten sich die Reisenden hier nochmals aus oder sie erholten sich nach dem anstrengen-

den Überqueren des Berges. Juliana sah verträumt zum kleinen Tross, der gerade von Süden her ankam. Müde Reisende schleppten sich langsam die letzten Schritte bis zur Sust, einer einfachen Unterkunft, wo sie sich erholen konnten. Die kräftigen Säumer, Einheimische, die ihre Lasttiere zur Verfügung stellten, die Reisenden auf schmalen Pfaden sicher über die Alpen führten und gleichzeitig Menschen und Wege schützten, befreiten bereits die Tiere von ihrer Last. Viele Güter, die gut verpackt und verschnürt schwer auf den Rücken der geduldigen Saumtiere lagen, wurden in der Scheune neben der Sust gestapelt. Zwei Männer scheuchten ungeduldig ihre zehn langhaarigen Ziegen vor sich her in eine kleine Umzäunung.

Julianas Gedanken schweiften ab, wo wollten all diese Menschen nur hin und wieso nahmen sie Ziegen mit, gab es da wo sie hin wollten keine Ziegen, wunderte sie sich. Doch sie musste gestehen, solche Ziegen hatte sie noch nie gesehen, sie mussten etwas Besonderes sein.

Plötzliches Mitleid mit den Ziegen überkam sie, die armen Tiere, wenn sie wüssten was sie noch vor sich hatten. Juliana erinnerte sich an die Erzählungen ihres Vaters. Hier in Flüelen, am südlichsten Ufer des Waldstättersees, hatte er gesagt, wurden all die Güter, die von Italien kamen und für die Städte im Norden bestimmt waren, auf Schiffe verladen. Ihre Weiterreise führte sie auf dem verwinkelten See fort von der imposanten Bergwelt. Juliana bestieg in ihrer Fantasie zusammen mit diesen Tieren und all den Waren ein Schiff und sah sich über das ruhige Wasser zwischen den dicht bewaldeten, steil in den See abfallenden Bergen dahingleiten. Welchen Weg sollte sie jetzt wählen, den nach Luzern, an das entfernteste Ende des Sees, um von dort auf dem Fluss die nördlichen Städte zu erreichen? Oder sollte sie den Weg nach Zürich nehmen? Juliana versuchte sich an die Worte ihres Vaters zu erinnern. Zürich lag ebenfalls an einem See, doch das musste ein anderer sein. Auf einmal fiel es ihr wieder ein. Um nach Zürich zu gelangen, mussten die Waren mehrfach auf Fuhrwerke und dann wieder auf Schiffe umgeladen werden. Leise formte ihr Mund die Namen der Orte die sie schon gehört hatte, der Hafen in Brunnen, die Ortschaft Schwyz und Arth, Zug und Horgen.

Aufladen, abladen, aufladen, abladen, Juliana schaukelte ihren Kopf im Takt der Worte hin und her, dass ihr fast schwindlig wurde. Die armen Tiere, dachte sie sich und kam zum Schluss, wenn sie Händler wäre, würde sie den Weg nach Luzern wählen. Gleich darauf huschte ein Lächeln über ihr Gesicht. In Gedanken gratulierte sie den hübschen Ziegen die dort im Schatten eines Baumes friedlich weideten. Denn das Schlimmste hatten die Tiere ihrer Ansicht nach bereits hinter sich, die gefährliche Schöllenenschlucht.

Der blosse Gedanke an die wilde Schlucht liess ihr Gänsehaut über den Rücken fahren. Einmal hatte sie ihren Vater dorthin begleiten dürfen und ganz bestimmt wollte sie dort nie mehr hin. Die steilen Felswände mit dem unglaublich laut tosenden Fluss, der über die riesigen Steine im Flussbett ins Tal hinunterdonnerte, hatte sie geängstigt. Aber richtig gefürchtet hatte sie sich über die Geschichte, die Walter Fürst, ihr Vater, vom Bau der Brücke über diesen reissenden Fluss erzählt hatte.

Schon von alters her hatten erfinderische Menschen versucht, den Weg über den Fluss sicher zu machen. Doch erst vor einigen Jahrzehnten war dieses Unterfangen gelungen. Kaum ein Reisender konnte glauben, dass die spektakuläre Brücke über den reissenden und schäumenden Fluss von Menschenhand erbaut worden war und so hielt sich eine Geschichte hartnäckig. Der Bau der Brücke sei den Leuten aus dem Tal nur mit einer List gelungen, hatte ihr Vater augenzwinkernd berichtet. Weil niemand es bisher geschafft hatte eine sichere Brücke zu bauen, riefen die Bewohner dieses Tales den Teufel zu Hilfe. Dieser habe einen Handel vorgeschlagen. Er würde einen stabilen Übergang schaffen, wenn er dafür die Seele des Ersten bekäme, der über diese Brücke gehen würde.

Die Bewohner seien auf den Handel eingegangen, hiess es. Nachdem der Teufel die Brücke errichtet habe, schickten die schlauen Talbewohner einen Ziegenbock über die neue Brücke.

Über diese List habe sich der Teufel so sehr geärgert, dass er einen mächtigen Stein gepackt habe, um diesen auf die Brücke zu schleudern und sie zu zerstören. Doch eine alte Frau, die in der Nähe des gewaltigen Steinbrockens gestanden sei, malte schnell ein Kreuz auf den riesigen Granitblock und so verfehlte der Wurf knapp die Brücke. Noch heute ragte der wuchtige Granitblock als Mahnmal genau dort auf, wo der Teufel ihn hingeworfen hatte.

Juliana hatte den Teufelsstein gesehen und sich gefragt, wie all die Menschen so freimütig über diese Brücke gehen konnten. Vielleicht tauchte der Teufel ja plötzlich wieder auf, um eine oder gar mehrere Seelen einzufordern. Sie schüttelte sich, um den gruseligen Gedanken wieder loszuwerden.

Laute Stimmen erregten ihre Aufmerksamkeit. Drüben bei der Sust polterten einige Männer mit aufgebrachten Stimmen. Die beachtliche Ladung an Waren wurde gerade feinsäuberlich getrennt von den Gütern anderer Reisender in der grossen Scheune untergestellt. Fluchend hievten die Männer die schweren Körbe, Kisten und Ballen in den Lagerraum und wetterten ihrem Kameraden hinterher, der sich in Richtung der angebauten Abortanlage davon machte.

„Das kommt davon, wenn man zu gierig ist!", rief ein kleiner untersetzter Arbeiter hinter ihm her. „Jetzt trägt er weg, was er zuvor zu viel getrunken hat."

„Er kennt die Regeln genau so gut wie wir", brummte ein zweiter mürrisch, während er einen dicken Ballen auf eine Kiste wuchtete, „aus den Weinfässern unserer Kundschaft dürfen wir zur Not trinken, bevor wir vor Durst umkommen. Doch er schien das Fass leeren zu wollen. Ich nehme ihn nicht mehr mit, er vergrault uns so nur die Kundschaft. Soll er doch ins Kloster gehen, da ist er in guter Gesellschaft, die Brüder sind alle dem Rebensaft zugetan." Beide brummten sie noch Unverständliches vor sich hin, während sie mit dem Abladen und Umschichten fortfuhren.

Ein Junge führte die müden Lasttiere zur kleinen Kapelle, welche sich in der Nähe der Sust und der Taverne befand, dort liess er die Tiere vom Pfarrer kurz mit Weihwasser besprtzen, auf dass sie noch viele Male schwere Ladungen sicher über den hohen Pass tragen konnten. Anschliessend führte er die Tiere zum nahen Stall, wo er sie ruhig mit ihrem wohlverdienten Futter versorgte.

Juliana freute sich. All die Kisten, die Tiere, der Wein, es musste ein reicher Händler angekommen sein, er würde bestimmt bei ihnen im Haus übernachten und nicht in den einfachen Schlafkammern der Sust. Sie freute sich darauf, beim Essen wieder spannenden Geschichten lauschen zu können, um dann von weit entfernten Ländern zu träumen.

Als es langsam Abend wurde und die Dämmerung die Menschen zum Essen in die Häuser scheuchte, kletterte auch Juliana müde von ihrem Versteck hinunter. Sorgsam fädelte sie den Korb mit Eiern von einem Ast, den sie hier am Morgen sicher deponiert und am Mittag vergessen hatte. Fast den ganzen Nachmittag hatte sie wieder hier verbracht, bestimmt würde ihre Pflegmutter sie schelten, dass sie ihre Pflichten nicht erledigt hatte. Schnell rannte sie zum Hühnerstall, um noch rasch die Hühner zu füttern. Um die Hasen würde sie sich heute erst später kümmern. Die anderen Arbeiten im Haus waren ihr eh ein Gräuel und konnten deshalb auch bis morgen warten. Viel lieber unternahm sie noch einen Streifzug durch die grosse Scheune, in der all die Güter aufbewahrt und bewacht wurden, bevor die Reise weiterging. Tobias, ein junger Mann aus der Nachbarschaft, übernahm heute den ersten Teil der Nachtwache.

„Na, du kleines Nachtgespenst", begrüsste er sie liebevoll, „musst du nicht nach Hause?"

„Nein", antwortete sie wichtig, „ich muss erst noch zählen, wie viele Kisten da sind, Vater will es wissen."

„Ah ja, natürlich, aber du weißt, beim Zählen bleiben alle Kisten zu. Und die Eier bleiben so lange bei mir." Grinsend nahm er ihr den Korb mit den Eiern ab und lies sie in die Halle schlüpfen. Wie immer spielte er ihr Spiel mit. Vermutlich würde dieses Lausemädchen eh einen Weg in die Scheune finden, wenn er sie nicht rein liess. Dann war es ihm lieber, er wusste, wann sie rein und wieder rausging. Ausserdem kannte er die Kleine und vertraute darauf, dass sie damit zufrieden war, sich auf verbotenem Boden zu bewegen, ohne etwas anzufassen.

In der Scheune war nur noch fahles Licht, vorsichtig tastete sich Juliana durch die Gänge aus aufgestapelten Kisten. Aus einer stiegen geheimnisvolle Düfte auf. Sie blieb stehen und schnupperte bis sie niesen musste. Ihre Finger tasteten über einen dicken, fest zusammengezurrten Ballen aus Jute. Die kleinen Finger fanden eine Falte, aus der ein Stücken zu hastig eingerolltes Tuch hervorlugte. Bewundernd strich sie über den luftig zarten Stoff und versuchte, die Färbung im Dunkeln zu erkennen. Bestimmt leuchtete er bei Tag in den wundervollsten Farben.
Aus dem hinteren Teil der Scheune hörte sie plötzlich ein Trillern, leise schlich sie in diese Richtung, während sich ihre Augen langsam an das trübe Licht im Raum gewöhnten. In einem kleinen Holzverschlag sassen bunte Vögelchen auf einer dünnen Stange und pfiffen im letzten Tageslicht ihr Liedchen. Irgendwo wartete vermutlich eine Prinzessin auf die kleinen Geschöpfe, um sich von dem lieblichen Gesang die Langeweile vertreiben zu lassen. Neugierig drückte sie die Nase an einen etwas grösseren Holzverschlag um besser hinein sehen zu können. Erschro-

cken fuhr sie zurück als sie in die kalten, starrenden Augen eines jungen Falken blickte, der bestimmt bald für einen Adligen jagen würde. Schnell wandte sie sich ab und stiess dabei den Deckel eines Fasses halb zur Seite. Neugierig wie sie war, griff sie vorsichtig in das Fass. Ihre Finger stiessen auf etwas Sandiges. Zögernd leckte sie den Finger ab, schüttelt sich und spuckte die Salzkörner wieder aus.

„Na, schmeckt's?", erklang hinter ihr die Stimme von Tobias der auf sie zukam.

Juliana fühlte sich ertappt und konterte sofort: „Ich muss noch den Reinheitsgehalt der Ware prüfen." Sie hatte zwar keine Ahnung, was dieses Wort bedeutete, weil sie es jedoch schon oft von den Händlern gehört hatte, musste es etwas Wichtiges sein. Schnell wischte sie sich den salzigen Finger ab und schob den Deckel wieder an seinen Platz.

Tobias zog amüsiert eine Augenbraue hoch. „Dann lass uns gemeinsam den Reinheitsgehalt der Waren prüfen", schlug er vor, denn die Neugier der kleinen Juliana hatte ihn angesteckt. Juliana nahm Tobias an der Hand und zog ihn hinter sich her, während sie erwartungsvoll meinte: „Ich bin sicher, in den Kisten, Fässer und Ballen sind viele kostbare Schätze." Mitten im Raum blieb sie stehen und lugte von Neugier erfüllt um sich. Tobias erklärte: „In den Kisten befindet sich oft Seife, Wachs oder Honig. Schau hier", er legte seine Hand auf eine stabile Holzkiste, „hier drin ist Seife, riechst du sie?" Juliana schnupperte an der Kiste und schloss geniesserisch die Augen.

„Gut, nicht wahr? Das ist der Duft von Jasmin", klärte er sie auf. „Dort drüben", fuhr er fort, „in den Säcken sind Gewürze mit geheimnisvollen Heilkräften und dies hier", er tätschelte einen prallen Sack, „ist Reis." Überwältigt von den Eindrücken setzte sich Juliana auf eine kleine Truhe.

„Und in der Truhe, auf die du dich grade gesetzt hast, sind Wetzsteine", referierte Tobias unermüdlich. Sofort sprang Juliana wieder hoch. „Keine Angst, die tun dir nichts. Komm, das muss ich dir zeigen." Tobias schob ein Tuch zur Seite, darunter erschien etwas, das im fahlen Licht milchigweiss aussah. Juliana hielt sich die Hand vor den Mund, um einen Schrei zu unterdrücken. Dann fragte sie ehrfürchtig flüsternd: „Sind das Hörner von Riesensteinböcken?"

Tobias musste laut heraus lachen. „Du bist süss. Nein, das sind keine Hörner, so grosse Steinböcke gibt es nicht. Das ist Elfenbein."

Eben noch erleichtert, dass es keine riesenhaften Steinböcke gab, schaute sie jetzt Tobias verdutzt an. Kurz darauf schüttelte sie energisch den Kopf und erwiderte spöttisch: „Für wie dumm hältst du mich? Diese Beine sind viel zu gross für Elfen. Ausserdem wären die bestimmt nicht so krumm."

„Nein, nein", Tobias konnte sich das Lachen kaum verkneifen, „das sind nicht die Beine von Elfen, man nennt sie nur so. Das sind Zähne von Elefanten. Das sind Tiere die in einem sehr weit entfernten Land leben."

„Zähne?", Juliana sah Tobias ungläubig an. In ihrer Fantasie erschien ein monströses Wesen, den ganzen Mund voll mit diesen riesigen weissen Zähnen. Schaudernd hielt sie Tobias` Hand fester.

„Komm, lass uns wieder nach draussen gehen", forderte dieser sie auf, als er das Tuch behutsam zurück über das Elfenbein legte.

Gedankenversunken trottete Juliana hinter ihm her, immer noch hin und herüberlegend, ob Tobias sich mit ihr einen Scherz erlaubt hatte oder ob es wirklich solche Tiere gab.

Gemeinsam schritten sie durch das Scheunentor hinaus in den frühen Abend. Tobias drehte den grossen metallenen Schlüssel und Juliana hörte, wie der Riegel mit einem Klack das Tor verschloss und die Schätze sicherte.

„Siebenachtundzwanzighundert", informierte sie Tobias unvermittelt.

„Wie, was?" Er sah die Kleine irritiert an.

„Die Anzahl der Kisten", kam ungeduldig Julianas Antwort.

„Aha, dann ist ja alles noch da", spielte Tobias vor sich hinlächelnd mit.

„Ich muss jetzt gehen." Ungestüm nahm Juliana den Korb mit Eiern und rannte zum Haus.

Im Haus herrschte rege Betriebsamkeit wie immer, wenn jemand zu Gast war. Juliana rannte in die Küche und stellte mit Schwung den Korb mit den Eiern auf den Küchentisch.

„Immer langsam meine Kleine, heute soll es kein Rührei geben." Die alte Martha schnitt gerade Käse von einem grossen Laib. Lächelnd streckte sie Juliana ein kleines Stück des herzhaften Alpkäses entgegen und mahnte: „Geh, wasch dir Gesicht und Hände, bald geht's zu Tisch."

Martha und die junge Magd Vreni waren weiter damit beschäftigt, alles für das Abendessen vorzubereiten. Die gedörrten Birnen die über Nacht im Wasser gelegen hatten, zerkleinerte Vreni mit dem Wiegemesser in feine Stückchen.

Juliana verzog das Gesicht. „Gibt es heute etwa Birnenmus?"

„Ja", Vreni wischte sich mit dem Handrücken über die Stirn, „und weil heut so viele hungrige Bäuche hier sind, kommen wir aus der Arbeit nicht heraus. Eben erst habe ich die Kirschen fertig entsteint." Dabei wies sie auf eine grosse Schale frisch geernteter Kirschen, die von der alten Martha gerade in eine schwere

Pfanne mit zerlassener Butter geschüttete wurden. Juliana strahlte wieder: „Mmmmhh, Kirschen."

„Ja, ich hoffe es schmeckt auch den feinen Herren", Vrenis Hände waren genauso fleissig wie ihr Mund, „Gleich zwei Herren aus Zürich sind angekommen. Der eine mit seinem Sohn. Wusstest du, dass der Herr Jeckel einen Sohn hat und uuh, wie lecker der aussieht" Ihre Augen leuchteten. „Denkt man gar nicht bei dem Vater, er muss eindeutig nach seiner Mutter kommen, anders kann´s nicht sein."

„Vreni du plapperst wieder, geh und bring die Eier in die Speisekammer." Wies Martha die Magd ungeduldig an.

Juliana schnappt sich beim Gehen noch ein Stück Käse, eilte nach draussen zum Brunnen um sich zu waschen und stürmte gleich darauf in den Speisesaal, um sich erwartungsvoll an den grossen Tisch zu setzten.
Ungeduldig rutschte Juliana auf ihrem Stuhl hin und her. Wann gab es denn nun endlich Essen? Sie sog den warmen, süssen Duft von Butter, Milch und Kirschen ein. Voller Vorfreude leckte sie sich über die Lippen. Martha liess die süssen Früchte zu einem leckeren Kirschsturm köcheln.

Während Juliana ihren Löffel quer über ihren Zeigefinger legte und versuchte, ihn zu balancieren, betrat Judith, die einige Jahre älter als Juliana war, den Saal. Liebevoll strich sie der Jüngeren übers Haar, die den Löffel schnell wieder ordentlich neben ihren Teller legte.

„Juliana, dich sieht man heute auch nur, wenn es zu essen gibt. Wo hast du denn wieder gesteckt?" Sie beugte sich lächelnd zu ihr und sprach im Flüsterton weiter. „Sei froh, hatte Mutter heute so viel zu tun. Sie würde schimpfen, wenn sie wüsste, dass du dich wieder irgendwo auf einem Baum herumgetrieben hast." Dabei zwickte Judith der Jüngeren sanft in die Wange. Juliana lächelte die Ältere an. Egal was sie angestellt hatte, sie konnte sich der Hilfe von Judith immer sicher sein.

„Sag mal, Juliana", fragte Judith ernst, „hast du auf deinen Streifzügen Vater gesehen?"

Die Kleine schüttelte den Kopf.

„Er ist noch immer nicht zurück", erklärte Judith nachdenklich, „Mutter meint, wir sollen trotzdem mit dem Essen beginnen." Sie machte sich auf, um beim Hereintragen der Speisen zu helfen.

Die beiden Mädchen konnten unterschiedlicher nicht sein. Juliana hatte selbst im Winter immer eine gesunde Hautfarbe, flocht ihr dunkles schweres Haar zu zwei dicken Zöpfe und kletterte nicht nur auf Bäume, sondern war auch sonst bei jedem Unfug der Nachbarsbuben mit dabei.

Judith sah mit ihrem langen goldblonden Zopf eher wie die Tochter eines nordischen Wikingervolkes aus. Ihre klaren blassen Gesichtszüge wirkten nur wegen ein paar frechen Sommersprossen über der Nase nicht so streng. Sie war die Ruhige und handelte stets mit Bedacht.
Walter Fürst und seine Frau hatten Juliana wie ihr eigenes Kind in die Familie aufgenommen. So wuchsen die beiden Mädchen wie Schwestern heran.

Das Essen zog sich in die Länge, doch das störte Juliana heute nicht. Sie lauschte gespannt den Gesprächen der Erwachsenen. Denn nur bei Tisch oder heimlich auf ihrem Baum hatte sie die Möglichkeit dazu. Sonst wurde sie immer aus dem Zimmer geschickt, wenn es interessant wurde. Ausserdem hatte sie ausreichend Zeit, den Sohn von Herrn Jeckel zu betrachten. Als Audemar wurde er vorgestellt und Juliana fand, dass er wunderschöne Augen hatte. Als sich ihre Blicke trafen, lächelte er sie an. Juliana errötete über die unerwartete Aufmerksamkeit und war froh, dass Herr Jeckel von tapferen Rittern und Kämpfen im Osten erzählte und ihm alle Anwesenden gebannt zuhörten und so niemandem ihre roten Wagen auffielen.

„Mit dem Sieg von König Rudolf über Ottokar, wurde die Familie Habsburg mit einem Schlag um Ländereien wie Böhmen und Mähren und", Herr Jeckel hielt inne und überlegte, um dann ungeduldig fortzufahren, „und um mindestens fünf weitere grosse Herzogtümer um Wien gelegen reicher. Donnerwetter, das muss der Neid ihm lassen, das hat er geschickt eingefädelt." Zwischen zwei Bissen leckte er sich über die Lippen bevor er fortfuhr: „Viele aus diesem Tal waren mit dabei und einer soll sogar dem König in der grossen Schlacht das Leben gerettet haben? Na, wie auch immer. Man erzählt sich, das Bischof Heinrich von Neuenburg bei der Krönung von Rudolf in Aachen gesagt haben soll: Mein Herr, unser Gott, höret meine Worte, haltet euch an eurem Thron im Himmel fest, sonst macht ihn euch der Habsburger streitig." Der Händler lachte laut und fuhr ernst fort, „den Habsburgern gehört nun ein mächtiges Reich und sie scheinen noch nicht satt zu sein."

„Doch man erzählt sich auch", wandte die Hausherrin, Margarete Fürst, ruhig ein, „dass der Habsburger ein gutherziger Mann sei."

„Ja, er ist ein schlauer Fuchs mit einer mildtätigen Ader. Was bestimmt von seiner Frau kam. Möge Gott ihrer Seele gnädig sein", fügte der geschwätzige Kaufmann schnell hinzu, „Da ihm nun ein so grosses Reich im Osten gehört, lebt er mit seiner Familie jetzt in Wien und wird seine Heimat Helvetien bestimmt bald vergessen haben. Was kümmern ihn da diese Täler? Könnt ihr ohne seine Hilfe die Handelsstrassen überhaupt instandhalten und schützen?" Herausfordernd sah Herr Jeckel zu Margarete Fürst, besorgt um seine kostbaren Waren.

„Sorgt euch nicht, die Wege sind sicher, darum kümmern wir uns schon selbst. Ausserdem, die Passstrasse über den Sankt Gotthard ist dem König zu wichtig. Ein Wort von den Waldstätten und er wird den Ländern hier Unterstützung gewähren. Da bin ich mir ganz sicher", erklärte Margarete beschwichtigend.

„Na ja, wer weiss, der König kämpft an hundert Fronten, wie man so schön sagt. Und anscheinend kann er sich nicht einmal auf seine Söhne verlassen. Habt ihr denn das Neuste noch nicht gehört?" Fragend sah er in die Runde und witterte bereits die Chance, wieder das Wort an sich reissen zu können. „Seine Söhne hatten eine Doppelregierung über das Gebiet Ostarrîchi und die Ländereien im Osten inne. Doch anscheinend hat das nur Ärger gegeben. Der dortige Adel hat sich heftig beklagt. Als wäre so etwas nicht absehbar gewesen, zwei an der Spitze, so ein Unsinn kann ja nicht gut gehen. Das hat nun auch König Rudolf erkennen müssen und festgelegt, dass die Herrschaft des habsburgischen Stammlandes - Breisgau, Oberelsass und das Land an der Aare - von den grossen, neuen Ländereien im Osten getrennt werden. Der Ältere der beiden Brüder, Albrecht schaut nun im Osten nach dem Rechten. Der Jüngere kommt zurück nach Helvetien ins Stammland."

Herr Jeckel grinste breit: „Ich bin sicher der Jüngere wird ein hübsches Sümmchen als Abfindung erhalten haben. Albrecht ist nun mächtig und sein jüngerer Bruder vermutlich sehr reich, das wäre doch eine gute Partie für eine eurer Töchter." Bei diesen Worten klopfte sich der Kaufmann auf den Schenkel und lachte laut.

Schritte waren zu hören und Männerstimmen, dann ein Lachen. Judith und Juliana sahen sich erleichtert an, das war ihr Vater. Ebenfalls erleichtert, ihren Mann gesund wiederzusehen und froh um dessen Unterstützung im Gespräch mit dem vorlauten Händler, rief Margarete in die Küche: „Vreni, es kommt noch ein Gast. Bring ein weiteres Gedeck!" Sanft legte sie eine Hand auf Judiths Schulter. „Lauf schnell und hol noch einen Stuhl."

Als Walter Fürst, gefolgt von seinem Gast, die geräumige Stube betrat, schaffte es sogar der gesprächige Kaufmann, still zu sein und dem gutgelaunten Gastgeber das Wort zu überlassen. „Guten Abend die Herrschaften! Was für ein Abend, auf halbem Rückweg von Seppis Alp ist doch tatsächlich das Wagenrad gebrochen." Ohne ein Wort stürmte Juliana auf den Gast zu, drückt sich an ihn und schlang ihre Arme um seine Taille. Freudestrahlend hob Wilhelm die Kleine hoch und setzte sich mit ihr auf dem Arm an ihren Platz am Tisch. Fürst sah lächelnd zu Wilhelm während er weiter erzählte: „Und das mit all den vielen Laiben Alpkäse, Honig, und Fellen auf dem alten Karren. Doch der Himmel meinte es gut mit mir und schickte mir einen verschollen geglaubten Freund zu Rettung. Dem Himmel und ihm verdanke ich einen unbeschwerten Abend mit einem gefüllten Bauch und einer Nacht in meinem warmen Bett. Darf ich vorstellen?", sprach Walter Fürst die ganze Runde an, "das ist Wilhelm Gorkeit, ein guter Freund unserer Familie. Ohne ihn sässe ich jetzt hungrig am Feuer in der dunklen Nacht. Den Wagen abzuladen, das Rad zu reparieren und wieder alles aufzuladen, hätte ich alleine heute nicht mehr geschafft." Dankbar klopfte Fürst seinem Retter auf den Rücken.

Wilhelm war der Rummel um seine Person zwar unangenehm, doch er verstand Walters Freude und ergänzte lachend: „Als ich dieses nichtendenwollende Fluchen eines Urners hörte, wusste ich, jetzt bin ich wieder zu Hause in Helvetien."

Margarete Fürst sah streng zu ihrem Mann. Wenn sie eines nicht leiden konnte, war es Fluchen. Der drückte ihr jedoch nur einen dicken Kuss auf die Wange und bat sie, dem Gast zu schöpfen, was immer er haben mochte. Als die Erwachsenen weitersprachen, blieb Judith Zeit, sich den stattlichen, gutaussehenden Freund der Familie genauer zu betrachten. Er hielt Juliana liebevoll im Arm. Ja, so müsste er sein, der Mann, den sie einmal heiraten wollte, ging es ihr durch den Kopf.

Wilhelm spürte die neugierigen Blicke des Mädchens auf sich, tat aber so, als würde er es nicht bemerken, um sie nicht in Verlegenheit zu bringen und sah weiterhin zu seinem Gastgeber.

Walter Fürst nahm das Gespräch wieder auf, das sie draussen begonnen hatten: „Ja, es ist leider so. Viele der tatkräftigen Männer hier haben kein Geld, um sich Saumtiere zu kaufen oder grosse stabile Nauen, die die Lasten über den See transportieren könnten. Der Strom von Händlern nimmt jedoch von Jahr zu Jahr zu, es wäre für viele eine sichere Einkommensquelle, könnten sie etwas anbieten, das die Händler brauchen. Herr Jeckel weiss, wovon ich spreche, oft müssen die Händler warten, bevor eins der Schiffe zurück ist, um die nächste Fracht aufzunehmen und überzusetzen."

Jeckel nickte schmatzend.

„Gibt es denn für all die Reisenden genügend Schlafunterkünfte und die Möglichkeit sich zu verpflegen?", erkundigte sich Wilhelm.

Fürst sah kurz zum Himmel. „Da triffst du einen wunden Punkt. Vor bald fünf Jahren bauten wir eine grössere Unterkunft, bisher hat sie ausreichend Platz geboten. Doch bereits jetzt wird es eng und der Sommer hat erst begonnen. Es ist einfach unberechenbar, manchmal ist es ruhig hier, wie in alten Tagen und plötzlich scheinen alle auf den Beinen zu sein."

Der Kaufmann schluckte hastig und mischte sich ins Gespräch.

So blieb Wilhelm Zeit, freundlich zu Judith hinüberzusehen, die ihn immer noch unverblümt anstarrte. Höflich fragte er: „Judith, kann ich dir etwas Gutes tun, möchtest du noch von diesem köstlichen Kirschsturm?" Wilhelm fasste zur Schüssel und wie er vermutet hatte, senkte sie schüttelnd den Kopf, und sah mit roten Wangen in den Teller vor sich.

Herr Jeckel war wieder in seinem Element und liess kaum jemanden zu Wort kommen.

Wilhelm war es gerade recht, er hing lieber seinen Gedanken nach. Er hatte vor, ein Drittel seines Geldes, das er von König Rudolf erhalten hatte, zu investieren. Der Gedanke, sein Vorhaben hier in dieser Region und in den Gebieten bis Zürich umzusetzen, gefiel ihm. Auf seinen Reisen hatte er erfahren, wie wichtig die noch neue Nord-Süd Verbindung war, es brauchte für die Zukunft mit Sicherheit mehr Schiffe, Unterkünfte, sichere Wege und Ortskundige, welche Mensch und Tier sicher über die rauen Alpen führten.

Wieder spürte er neugierige Blicke auf sich. Unvermittelt sah er auf und zwinkerte Judith schelmisch zu.

Erschrocken sah sie sofort weg. Belustigt bemerkte er, wie Juliana den Kaufmannssohn fixierte und sich durch seine Aufmerksamkeit plötzlich ertappt fühlte. Fast zeitgleich baten die beiden Mädchen ihre Mutter, sich vom Tisch entfernen zu dürfen. Während Judith auf ihr Zimmer ging, küsste Juliana Wilhelm auf die Wange und stürmte nach draussen.

Wie jeden Abend in der warmen Zeit spielte sie nach dem Essen im Freien mit den anderen Kindern vom Dorf. Sie lachten und tobten bis die Nacht langsam über die Berge kroch und der Mond das Tal in schläfrige Grautöne tauchte.

„Kommt, wir holen noch schnell ein paar Beeren für den Heimweg!", schlug Juliana vor. Wohl wissend, dass sie wenn es dunkel wurde eigentlich ins Haus mussten, rannte eine Handvoll Kinder das kurze Stück zum Waldrand, an dem die süssen Beeren wuchsen. Die Bäume bildeten bereits eine dunkle Wand, die undurchdringlich schien.

Schnell pflückten sie im Halbdunkeln die Leckereien, welche sie den Mädchen in die aufgehaltenen Schürzen füllten oder sofort naschten. Plötzlich schrie Mechthild auf und starrte in den Wald. Mehrere Dutzend winzigkleiner grünlicher Lichter schwebten lautlos auf die kleine Gruppe Kinder zu. Fasziniert schauten alle dem lustigen Lichtertanz zu. Mechthild riss sie alle abrupt aus der Verzauberung, als sie rief: „Schnell weg, das sind Irrlichter, sie kommen um uns zu holen." Alle bis auf Juliana brachten mehrere Schritte Abstand zwischen sich und die Irrlichter.

„Ach, Unsinn!", Juliana lachte spöttisch auf.

„Wie kannst du nur lachen? Mechthild hat recht, die Lichter sind verstorbene Kinderseelen, verärgere sie nicht!", warnte ein älterer Junge ernst.

Juliana schüttelte den Kopf und griff schnell in den Schwarm aus grünen Lichtern und rannte zusammen mit den anderen zurück. Sie stellte sich unter ein Fenster aus dem genügend Licht drang, welches die zunehmende Dunkelheit verdrängte. Die anderen versammelten sich neugierig um Julianas ausgestreckte Faust.

„Schaut!", Juliana öffnete langsam ihre Hand.

Ein kleiner grauer, unscheinbarer Käfer kam zum Vorschein der still auf ihrer Handfläche sass.

„Was ist das?" Interessiert drängten sich die Kinder um ihre offene Hand.

„Das ist der Käfer, der Licht macht", erklärte Juliana wichtig.

„Blödsinn", lachte der Kreis aus Kindern um sie.

„Doch, ganz sicher, ich hab` ihn eben gefangen, ich weiss nicht warum er nun nicht mehr leuchtet." Trotz und Enttäuschung waren in Julianas Stimme zu hören.

„Wieso sollte ein Käfer leuchten, er hat ja keine Kerze in der Hand", verhöhnte Mechthild sie.

Mit grossen Augen sah die kleine Helena in Julianas Hand, ihre Nasenspitze reicht gerade knapp über die ausgestreckte Handfläche von Juliana. „Vielleicht ist er zur Sonne geflogen und hat von ihr gegessen", meinte sie in kindlicher Bewunderung. In dem Moment löschte jemand im Haus die Kerze und die Kinder standen im Dunklen. Im selben Augenblick erschien dort, wo eben noch Julianas Hand war, ein kleines grünes Lichtlein, das sich erhob und in den dunklen Himmel flog.

Schreiend stoben die Kinder auseinander, die süssen Beeren flogen in hohem Bogen aus den Schürzen der Mädchen. Nun wollte jeder nur noch schnell zu sich nach Hause in die sichere Stube. Ausser Atem huschte auch Juliana ins Haus und schlug hinter sich schnell die Türe zu, um gleich darauf wie angewurzelt stehen zu bleiben.

Die Mutter stand im Gang, die Hände auf die Hüften gestützt und mit vorwurfsvollem Blick. Aber egal, auch wenn die Mutter jetzt schimpfen würde, es war viel besser in dieser vertrauten Umgebung zu sein, als von gespenstischen Irrlichtern verfolgt zu werden.

„Juliana, du siehst aus wie ein Ferkelchen." Kopfschüttelnd scheuchte sie das Kind in die Küche, um wenigsten den schlimmsten Schmutz aus dem Gesicht der Kleineren zu waschen. „So, und jetzt husch, husch, ab mit dir ins Bett", Margarete Fürst drückte dem Mädchen liebevoll einen Kuss auf die Stirn, „und dann wird geschlafen!" Müde nach dem langen Tag, schickte Margarete das ungestüme Kind in die Schlafkammer und sehnte sich nach der Ruhe des Abends.

Juliana schlüpfte leise in ihr Nachtgewand, Judith atmete ruhig und gleichmässig, sie schien zu schlafen. Flugs krabbelte auch sie unter die Decke. Noch einmal dachte Juliana an das zu Tisch Gehörte. Mit offenen Augen träumte sie, wie tapfere Männer, wie Wilhelm, den König in einer grossen Schlacht retteten. Sie hörte geradezu das Klirren aufeinanderschlagender Schwerter. Pfade sollte der König bewachen, Adelige beruhigen, Ländereien aufteilen und seine Kinder am Streiten hindern. Ein König zu sein, war bestimmt nicht einfach.

Sie freute sich ihren Helden Wilhelm wieder zu sehen. Aber was sie noch mehr beschäftigte, Audemar Jeckel hatte sie heute Abend mehrmals angelächelt. Und es trieb ihr auch jetzt wieder die Schamröte ins Gesicht, wieso eigentlich? Müde drehte sie sich zur Seite und beschloss, dieses Rätsel morgen zu lösen.

22. Juni - Berta Katharina Biberli

Gutshof Biberli nahe Zürich

„Berta, Berta!", Leonora rannte mit roten Bäckchen und zerzaustem Haar in Bertas Arme. "Da hinten beim Feld kommt Wilhelm. Tanz wieder so schön mit ihm, wie bei Stephanias Hochzeit, ja? Bitte, bitte!", bettelte der kleine Windfang.

Bertas Herz klopfte, war es wirklich möglich, war es Wilhelm, der da kam? Sie stellte die Kleine wieder auf den Boden, beruhigte sie mit ein paar Worten und blickte gespannt in die angezeigte Richtung. Eingebettet zwischen Dinkelfeldern stieg der Weg, gerade so breit, dass ein Fuhrwerk passieren konnte, leicht einen Hügel hinauf. Lauer Sommerwind versetzte den hochstehenden Dinkel in leise raschelnde Bewegung. Berta Katharina konnte weder erkennen noch hören, was sich hinter der Kuppe tat.

„Lauf schnell Leonora", Berta Katharina konnte ihre Aufregung kaum verbergen, „und sag den anderen, dass Besuch kommt." Schon rannte die Kleine den Weg hinunter zum Weiler, dass die Zöpfe nur so flogen.

Nervös zupfte sich Berta Katharina ihr Kleid zurecht und strich sich die blonden Locken aus dem Gesicht. Es war so viel Zeit vergangen seit sie Wilhelm an der Hochzeit ihrer neuen Schwägerin Stephania Lunkhofen kennengelernt hatte. Sie hatte viel an diesen grossen, ruhigen Mann mit den gütigen Augen denken müssen. Verlegen und mit klopfendem Herzen sah sie auf ihre Hände herab. Liebevoll hatte er an jenem Abend mit seinen kräftigen Händen ihre schmalen Finger umfasst und zärtlich geküsst. Schnell sah sie wieder auf, gespannt, ob er schon die Anhöhe erreicht hatte. Der warme Wind wehte durch ihr Haar. Nichts deutete darauf hin, dass das Schicksal im nächsten Augenblick ihre Leben ein weiteres Mal miteinander verknüpfen würde. Er war durch halb Europa gereist, während sie hier in dem kleinen Dorf bei Zürich lebte. Vielleicht konnte er sich gar nicht mehr an sie erinnern. Würde er sie überhaupt noch erkennen? Sie hatte sich verändert, das wurde ihr seit ein paar Wochen deutlich bewusst, wenn sie die Blicke der Burschen auf sich spürte.

Plötzlich erspähte sie eine Gestalt, noch zu weit entfernt, um sie wirklich zu erkennen. Dieser aufrechte und kraftvolle Gang, ihr Herz pochte. Am liebsten wäre sie hingelaufen, doch sie zwang ihre Füsse, ruhig stehenzubleiben. Sie schickte ein kurzes Gebet Richtung Himmel, auf dass es Wilhelm sein möge.

Leonora hatte Recht gehabt, es war Wilhelm Gorkeit. Schnell nahm sie wieder ihre Arbeit auf und pflückte mit geschickten Händen Beeren von den dornigen Sträuchern am Wegrand, und tat so, als hätte sie ihn noch gar nicht gesehen.

Schon von weitem rief er ihr zu: „Was für eine wundervolle Fügung, grüss dich Katharina!" Als er näher kam vertraute er ihr seine Gedanken an: „Ich hatte gehofft, dich bald zu sehen, doch hätte ich nie gedacht, dich bereits hier zu treffen. Ich hoffe, es ist dir gut ergangen und deine Familie ist gesund." Die Freude, sie zu sehen, liess ungewöhnliche viele Worte aus ihm sprudeln. „Dein Korb ist voll und schwer, lass mich dir helfen, so können wir den Weg gemeinsam gehen." Sie war noch hübscher, als er sie in Erinnerung hatte. Zur Frau war sie geworden, immer noch zart gebaut, doch das Mädchenhafte war verschwunden. Ihr scheuer Blick traf seine Augen und sie mussten beide lächeln.

„Du bist sicher erschöpft von deiner Reise und ich habe schon schwerere Körbe getragen. Aber gerne gehe ich gemeinsam mit dir den Weg." Selbst überrascht über ihre Worte schauten sie sich fest in die Augen. Ein paar Schritte gingen sie schweigend, dann erzählte sie: „Stephania wird sich freuen, dich zu sehen, sie hat einen Sohn geboren, er heisst Ägidius. Ja, und meine beiden

Brüder haben immer mit ihren Rittergeschäften zu tun", sie lachte, "aber, erzähl wie ist es dir ergangen?"

***

Die Luft war schwül, das leichte Sommergewitter hatte die jungen Leute an diesem Abend früher als üblich nach drinnen ge-
scheucht. Alle sassen sie gemeinsam in der geräumigen Kunkel-
stube auf dem Gutshof der Familie Biberli. Allabendlich trafen
sich die Frauen in der Stube zur ruhigen gleichmässigen Hand-
arbeit. Und im Laufe des Abends stellten sich auch die jungen
Burschen ein. Doch heute schien die Stube aus allen Nähten zu
platzen. Nachbarsleute, Pächter und Bedienstete waren genauso
anwesend wie die Freunde der ganzen Jungmannschaft der Familie Biberli. Üblicherweise durften die Burschen die jungen
Frauen vorerst nicht bei ihrer Tätigkeit stören, wenn diese mit
geschickten Fingern die Handspindel drehten und leise sangen
und summten. Doch heute, so kurz vor dem grossen Johannis-
fest, war die Stimmung so ausgelassen, dass die Älteren die Jungen gewähren liessen. Schon bald hatte sich da und dort eine
Unterhaltung angebahnt. Obwohl Werni, Bertas Bruder, die
Frauen von Kindesbeinen an beim Spinnen gesehen hatte, bewunderte er einmal mehr ihre Fingerfertigkeit. Ganz besonders
die der hübschen Hildegard. Er mochte das bescheidene Mädchen mit seiner vornehmen Haltung. Er sah weiter zu, wie sie
mit kurzen Stössen eines Fingers die frei am Spinnfaden hän-
gende Handspindel in eine rasche Drehbewegung versetzten.
Stetig führten sie neues Material in den verdrillten Faden. Die
ungesponnene Rohfaser aus Wolle oder Flachs steckte auf einem
kurzen Stab, der Kunkel. Je nach gewünschter Fadenstärke zog
sie mehr oder weniger Rohfasern nach, die sofort verdreht wurden. Berührte die Handspindel den Boden, so wie gerade bei
Hildegard, wickelten die Mädchen, in einer unheimlichen Ge-
schwindigkeit, den neu entstandene Faden auf einen Schaft und
die Handspindel drehte sich aufs Neue. Und was Werni am

meisten faszinierte, parallel zu ihrer Tätigkeit unterhielten sich die Frauen und Mädchen, ohne auch nur einmal im Redefluss zu stocken oder mit der Arbeit innezuhalten.

Hildegard, verlegen geworden durch die anerkennenden Blicke des jungen Mannes, fing mit Berta Katharina ein Gespräch an, um sich abzulenken. „Berta wusstest du, dass die Lunkhofens eines dieser komischen Räder haben, um zu spinnen?" Hildegard beugte sich leicht zu ihrer Freundin hinüber, damit nicht jeder ihre Frage hörte. „Ich dachte, es sei nicht erlaubt so ein Gerät zu verwenden?"

„Du kennst sie doch", lächelte Berta Katharina, „Stephania lässt sich nichts verbieten. Ja, sie hat ein Spinnrad und sie ist ganz begeistert. Sie erzählte, dass die Arbeit damit viel schneller vonstattengeht."

Eine alte Magd mischte sich in das Gespräch: „Schnell mag es vielleicht gehen, doch bestimmt ist der Faden schwach und ungleichmässig."

Berta Katharina schüttelte amüsiert den Kopf: „Nein, im Gegenteil, der Faden wird sehr gleichmässig."

So schnell liess sich die Magd nicht überzeugen: „Die pfiffigen Händler wissen schon, wie sie euch jungen Dingern die Vorzüge anpreisen müssen. Der Faden muss genügend gezwirnt sein und darf keine Knötchen haben." Die Alte sträubte sich sichtlich und wie zur Bestätigung fügte sie an: „Dieses neue Teufelszeug kann nichts Gescheites sein."

Berta Katharina und ihre Freundin sahen sich an und kicherten leise, während sie ihre Spindeln weiter am Laufen hielten.

Wilhelm hatte sich so nahe an seine Auserwählte gesetzt, wie es sich für zwei Unverheiratete ziemte. Der Faden schien regelrecht durch ihre geschickten Finger zu fliessen. Ohne viel zu sagen wechselten sie immer wieder Blicke und lächelten sich zu.

Neue Gäste betraten die ohnehin schon zum Bersten volle Stube. Ein weiterer Bruder von Berta Katharina, Ruedi, führte eine Handvoll junger Ritter an. Wilhelm runzelte die Stirn. Zu seinem Leidwesen erkannte er Hermann Gessler in der Gruppe.

„Katharina", sprach Wilhelm sie leise an, „der junge Mann dort links neben deinem Bruder, kennst du ihn? Ist er mit deinem Bruder befreundet?"

Sie streckte ihren Hals um ihn besser sehen zu können und errötete: „Nein, er ist nicht der Freund von Ruedi. Bernhard, der mit den pechschwarzen Haaren, ist sein Freund. Ich glaube, der, den du meinst, ist nur ein Kumpan von ihnen, er hängt sich in letzter Zeit immer an meinen Bruder. Wieso fragst du?"

Wilhelm war ihre Verlegenheit nicht entgangen und sah sie eindringlich an.

Sie hatte Wilhelm viel zu gern, um ein Geheimnis vor ihm zu haben. „Der, den du meinst, heisst Hermann, kennst du ihn etwa?"

Jetzt war Wilhelm verblüfft. „Ja, ich kenn ihn. Und woher kennst du ihn?" Sein Magen zog sich zusammen. Natürlich wollte er die Wahrheit wissen, aber konnte er sie auch ertragen?

Gerade hatten Bertas Wangen wieder ihre normale Farbe angenommen, da legte sich ein weiterer zarter roter Schleier über sie. Sie stoppte ihre Spindel und es dauerte einen Moment, bis sie antwortete. Ein Moment der Wilhelm quälend lange vorkam.

Mit grossen kristallblauen Augen sah sie ihn an. „Ich weiss nicht wie du zu ihm stehst", begann sie zögerlich. „Aber ich will ehrlich zu dir sein." Wilhelm klopfte das Herz bis zum Hals, als er sah, wie sie tief Luft holte, um ihm etwas Wichtiges zu sagen. „Vor einem Jahr wurden wir uns vorgestellt, es war irgendein Anlass meiner Familie in Zürich. Seither versucht er, meine Gunst zu gewinnen. Ich habe ihm niemals, nicht einmal, einen

Anlass gegeben, dass er meinen könnte, er würde mir gefallen. Ganz im Gegenteil, ich mag ihn nicht. Nein, ich finde ihn schrecklich und es läuft mir kalt den Rücken hinunter, wenn er mich ansieht."

Wohlige Erleichterung umspülte Wilhelms Herz als er sagte: „Ich finde ihn auch schrecklich." Katharina sah in Wilhelms Augen eine tiefe Wärme die sie wie eine Decke in Geborgenheit einhüllte.

Die Arbeiten der Frauen wurden nur noch halbherzig erledigt, denn alle sprachen durcheinander von der bevor stehenden Feier. Der Sommer war eigentlich nicht die Zeit der Feste, sondern die Zeit der Arbeit. Doch morgen war Johannistag, an dem die Geburt von Johannes dem Täufer gefeiert wurde. Gleichzeitig feierten die Menschen jedoch noch mehr das tief in der mündlichen Überlieferung verankerte Fest zur Sommersonnenwende.

Geschickt hatte die geistliche Obrigkeit die Geburt ihrer Heiligen und ihre Feste auf die Tage der alten Bräuche gelegt. Ob um den alten Glauben zu ehren oder um diesen in das Dunkel der Vergessenheit zu drängen, wussten wohl nur sie selber.

Mit dem Abbrennen von Sonnenwendfeuern wurde die Zeit der kürzesten Nächte und der längsten Tage gefeiert. Auf den Markt am nächsten Tag, mit seinen bunten Ständen freute sich Gross und Klein, nicht nur wegen der kleinen Leckereien, die es da und dort zu naschen gab. Jede Handwerksgilde war vertreten, so gab es nicht nur viel zu sehen, sondern auch das eine oder andere zu ersetzen, was zuvor kaputt oder ausgegangen war.

In alten Zeiten wurde an diesem Tag die Urmutter um Beistand und Weissagungen für das kommende Jahr angerufen. Tief in ihren Herzen noch immer mit dieser alten Tradition verbunden, trafen sich die Frauen nun heimlich an heiligen Plätzen, um eine Botschaft von Mutter Erde zu empfangen. Der alte Glaube verschwand langsam und ging über in einen anderen, der das Land immer stärker prägte. Das Christentum fasste unaufhaltsam auch in den Tälern mehr und mehr Fuss. So kam es nicht selten vor, dass die jungen Mädchen bei Sommersonnenwende nicht mehr Mutter Erde ehrten, sondern ihre Bitten an die heilige Mutter Maria richteten. Nur was konnte heiliger sein als die Erde, die alle Jahr für Jahr nährte?

Mit dem uralten Brauch der Sonnenwendfeuer hatte sich auch ein anderer Brauch nicht aus den Köpfen vertreiben lassen. In der alten Zeit galt die Nacht der Feuer heilig und Frauen, die den Ruf der Göttin vernahmen, wählten sich einen Mann für diese Nacht. Die Kinder, die aus diesen Verbindungen entstanden, galten als Kinder der Mutter Erde. Es wurde erzählt, dass diese Knaben zu besonders geschickten Jägern und Krieger heranwuchsen und die Mädchen die Gabe der inneren Sicht hatten, mehr fühlten und sahen als andere.

Natürlich sah man dies nun nicht mehr so und viele Eltern fürchteten um ihre Töchter in der Nacht der Sommerfeuer.

Hildegard hatte ihre Freundin eine ganze Weile still beobachtet. Als Wilhelm aufstand um die Becher mit frischem Most zu füllen, neigte sie sich zu Berta und flüsterte: „Kompliment, das ist wirklich eine gute Wahl."

Überrascht sah Berta Katharina von ihrer Spindel auf.

Mit einem kurzen Blick auf Wilhelm flüsterte Hildegard ihrer Freundin neugierig ins Ohr: „Hat nicht dieser gutaussehende Mann deine Zuneigung gewonnen?"

Verlegen schaute sie neben Hildegard auf den Boden, als sie leise erwiderte: „Ich glaube, es ist mehr als Zuneigung. Aber wie weiss ich, ob dem wirklich so ist?"

„Kein Zeitpunkt wäre besser als morgen, um dies herauszufinden", strahlte Hildegard. „Weißt du, was meine Mutter immer sagt? Du wirst mehr in den Wäldern finden, als in den Schriften der Klöster. Nur in den heiligen Hainen lernst du, was dir kein Mensch sagen kann." Verschwörerisch flüsterte sie weiter: „Also ich werde morgen die heilige Quelle bei der alten Eiche aufsuchen und in meine Zukunft schauen. Kommst du mit?"

Berta Katharina nickte aufgeregt und neckte ihre Freundin leise. „Glaub nicht, ich wüsste nicht, wer dein Interesse geweckt hat." Vieldeutig sah sie zu ihrem Bruder Werni. „Es wäre ganz wunderbar, wenn du meine Schwägerin werden würdest." Die beiden jungen Frauen sahen zu ihren stillen Verehrern und konnten die Befragung der heiligen Mutter am nächsten Abend kaum erwarten.

Je später der Abend wurde, umso mehr tuschelten die jungen Frauen, an welchem heiligen Ort sie sich morgen treffen wollten und welchen jungen Mann die Göttin wohl für sie vorgesehen hätte.

Um die Gemüter wieder etwas zu beruhigen, seufzte die älteste Frau in der Stube laut und gedehnt: „So", und wartete geduldig, bis alle verstummten, bevor sie sprach: „Ihr alle habt gesehen, dass Wilhelm Gorkeit von seiner Reise aus den fernen Ländern zurück ist. Bestimmt weiss einer, der eine Reise tut eine Menge zu erzählen." Freundlich aber bestimmt sah sie zu Wilhelm und forderte: „Wilhelm erzähle uns etwas Schauriges, etwas dass das heiss gewordene Blut der jungen Leute gefrieren lässt, damit morgen keiner eine Dummheit begeht." Mit scharfem Blick schaute sie in die Runde.

Wilhelm, dem es unangenehm war, alle Blicke auf sich zu spüren, sah leicht gequält die Alte an. Er war kein Mann der vielen Worte. Nur um Katharina zu sehen, war er hierhergekommen und nun sollte er alle unterhalten. Am liebsten wäre er aufgestanden und gegangen. Die Alte schaute ihn weiter an und machte keine Anstalten, ihn zu erlösen. Er sah zu Katharina und als ihn ihr freundliches Lächeln anstrahlte, begann er langsam zu erzählen: „Es gibt ein Land im Norden, das keine Insel ist und doch fast nur von Meerwasser umspült wird. Es gibt dort keine Berge, nur flache weite Wiesen, die scheinbar ohne Unterbruch ins weite Meer laufen. Immer wieder trifft man auf einzelne, hoch aufrecht stehende Steine mit sonderbaren Zeichen und ineinander verlaufenden, gewundenen Verzierungen. Die Menschen dort nennen ihr Land Danmark. Vor einigen hundert Jahren lebte in diesem Land ein König. Dieser König hiess Harald, Sohn von König Gorm und Königin Thyra Dannebod. Für die Dänen war er ein grosser Häuptling, da er versuchte, das Land zu einen. Selbst die Fürsten im fernen England fürchteten ihn und nannten ihn ehrfurchtsvoll Bluetooth, genannt nach einer Kampfverletzung, einem schwarz blauen verfärbten Zahn, der ihn noch furchterregender aussehen liess. Und so kam es, dass man ihn bald nicht nur bei den Feinden unter diesem Namen fürchtete, sondern auch in seinem eigenen Lande nur noch als der grosse Wikingerkönig Blåtands kannte." Wilhelm blickte in die Runde und in die schon von Angst erfüllten Augen der Kinder. „Oder was denkt ihr Kinder, vielleicht naschte er auch nur liebend gerne Heidelbeeren und hatte deshalb blaue Zähne." Er konnte sich ein Schmunzeln nicht verkneifen, als er in die staunenden Kinderaugen sah.

„Keiner weiss es so genau", erzählte Wilhelm weiter, „doch eines Tages am Hofe des Königs Blåtand soll sich Folgendes zugetragen haben. Die Wikinger Männer und Frauen, waren beim Feiern, wie es nur die Wikinger konnten. Wild und laut wurde gesungen, Becher um Becher Met getrunken und manch Prügelei ausgetragen. Zu fortgesetzter Stunde stellte sich ein Wikingerkrieger mit Namen Pálna-Tóke angetrunken auf den Tisch und prahlte vor dem König wie treffsicher er mit Pfeil und Bogen umzugehen vermochte und dass er es im Wettstreit mit jedem im Saale aufnehmen könnte, selbst mit dem König. Kaum hatte er gesprochen, verlangte Blåtand, dass der Angeber seinen Worten nun Taten folgen lasse. Doch forderte er nicht einen Wettstreit, nein, er zwang ihn, mit seinem Bogen einen Apfel vom Kopf von Pálna-Tókes eigenem Sohnes zu schiessen."

„Nein, wie schrecklich!", entfuhr es einem Mädchen.

„Was für Barbaren dort lebten!", entrüstete sich ein junger Ritter.

Aus den Augenwinkeln erkannte Wilhelm, wie Gessler mit einem tonlosen fiesen Lachen in die Runde sah. Ob ihn die hinterhältige Idee des Dänenkönigs dazu bewog oder ob er die erschreckten Zuhörer belächelte, konnte Wilhelm nicht ergründen.

Die Alte grinste zufrieden vor sich hin, sie hatte erreicht, was sie wollte. Mit der Geschichte war die knisternde Leidenschaft aus der Luft verschwunden.

„Und, überlebte das Kind?", Katharina hatte ihre Arbeit unterbrochen und hielt ihre Spindel fest in der Hand.

„Ja, Pálna-Tóke gelang der Schuss und sein Sohn überlebte", beschwichtigte er die zarteren Gemüter.

„Wilhelm, erzähl uns von der grossen Schlacht gegen Ottokar! Du warst dabei, bist einer der Helden aus den Tälern", bat der jüngste Bruder von Berta Katharina ungeduldig und voller Bewunderung. Er war zu jung gewesen, um dabei zu sein.

„Sehne dich nicht nach Krieg und Schlachten, mein Kleiner." Wilhelm wuschelte dem Jungen durch das Haar. „Du verlierst den besten Freund und siehst schlimme Dinge, die du dir nicht vorstellen kannst und die ich vor den Frauen niemals erzählen würde."

Hermann Gessler machte einen Schritt vor, seine Augen glänzten angriffslustig. Ihm waren die Blicke zwischen Berta und Wilhelm nicht entgangen. Ihm gefiel Berta, seit er sie vor einem Jahre kennengelernt hatte. Sie liess ihn aber nur kalte Freundlichkeit spüren. Da kam dieser Hinterwäldler, war gerade mal einen Tag hier und stand schon in ihrer Gunst. Jetzt prahlte er auch noch mit seinen Geschichten aus fernen Ländern. Wütend ballte er seine Fäuste. „Pah! Helden willst du sehen Kleiner, hier in diesem Raum sehe ich keinen!"

Es war still in der Stube und als Wilhelm darauf nicht reagierte, änderte Gessler seine Taktik. Er schaute erst zu Berta, dann wieder zu Wilhelm. Seine Lippen bildeten einen dünnen Strich, als er rief: „Du glaubst wohl, du kannst einfach hierherkommen und deine Geschichten erzählen, nur damit du es morgen bei den Feuern einfacher hast, eine der Weiber zu besteigen!"

Gemurmel entstand unter den Umstehenden. Die beiden älteren Brüder von Berta Katharina wandten sich energisch Gessler zu, während Berta verlegen den Kopf senkte.

„Versuchst du, mich zu provozieren?", fragte Wilhelm ruhig, „es wird dir nicht gelingen. Du beleidigst die Frauen, um mich zu kränken? Du schadest dir nur selbst. Einer, der so wenig Anstand wie ein kläffender Köter besitzt, sollte auch wie dieser vor der Tür bleiben." Bertas Brüder packten Gessler und stellten ihn unsanft vor die Tür.

Einer klopfte Wilhelm auf die Schulter und meinte entschuldigend: „Vielleicht hat er nur zu viel vom Falschen getrunken."

„Ich verachte Männer, die in friedlichen Zeiten nicht wissen, wann sie genug Wein getrunken haben", brummte Wilhelm.

***

Der nächste Morgen begrüsste sie mit wundervollem Sonnenschein. Die Gespenster der Nacht hatten sich zurückgezogen und jeder freute sich auf das bevorstehende Fest. Die Kinder sammelten eifrig zusätzliches Holz, das sie zu den jungen Burschen trugen. In gekonnter Technik türmten diese das vorbereitete Holz zu riesigen Haufen, die nicht selten eine Höhe von drei Männern und mehr erreichten.

Überall war seit dem frühen Morgen geschäftiges Treiben. Als die Sonne für heute ihren höchsten Stand erreicht hatte, begannen die Festlichkeiten. Musikanten spielten auf, Kinder rannten übermütig durch die Gassen der Marktstände, ein Gaukler brachte die Umstehenden zum Lachen und überall duftete es verführerisch nach gebratenen Leckerbissen. Die Stimmung war ausgelassen und als die Sonne sich tieforange dem Horizont näherte, wurden die Feuer entfacht. Die Mädchen verschwanden, meist Hand in Hand in kleinen Gruppen, um sich an einem mystischen Ort mitten im nahen Buchenwald zu treffen. Die knorrigen Wurzeln tief in der Erde verankert, reckte sich dort eine einsame majestätische Eiche seit Menschengedenken von diesem Platz dem Himmel entgegen. Die jungen Frauen hielten sich bei den Händen und bildeten einen Kreis um den massiven Eichenstamm. Fünf erwachsene Frauen, die sich knapp an ihren Fingerspitzen berührten, waren nötig um den alten Baum in einem geschlossenen Kreis in ihre Mitte zu nehmen. Bevor die Mädchen sich wieder aus dem Kreis lösten und andere ihren Platz einnahmen, umarmten sie mit ausgestreckten Armen die mächtige Eiche, um ihre Kraft in sich aufzunehmen und mit vielen Kindern gesegnet zu werden. Anschliessend setzten sich die Mädchen und jungen Frauen still auf den moosigen Boden an den Rand der Quelle, die hier neben dem heiligen Baum entsprang, und blickten in das klare Wasser, das Werk der Urmutter selbst. Erst sahen sie im schwachen Licht unter dem Laubdach nur ihr Spiegelbild. Doch wer lange genug ausharrte, erblickte nicht nur seine äussere Gestalt, sondern erkannte auch Dinge, die zwischen dem Heute und dem Morgen schwebten.

Nur wenige hatten die Geduld, in die Stille und Klarheit des reinen Wassers zu schauen, ohne sich ablenken zu lassen. Die meisten kamen, tuschelten, schauten in die reine Quelle und rannten zurück zu den Feuern, um nichts zu verpassen.

Die Geduldigen aber wurden beschenkt mit einer tiefen Erkenntnis oder der Antwort auf eine gestellte Frage.

Auch Berta Katharina und Hildegard hatten sich gemeinsam in den Kreis um die beständige Eiche begeben und ihn zum Abschluss innig umarmt. Mutmachend drückte Hildegard kurz Bertas Finger. Denn an die Quelle setzte sich jede für sich alleine. Berta Katharina blieb lange, in sich ruhend, am Ufer des kleinen Quellenteiches sitzen. Sie sprach zur heiligen Mutter Maria und der weisen Muttergöttin. Es konnte nicht schaden, dachte sie, die alten und neuen Bräuche gemeinsam zu pflegen. Still blickte sie in ihr Spiegelbild im Wasser.

Seit gestern war ihr Herz aufgewühlt. Wilhelm brachte ihre kleine, heile Welt komplett durcheinander, obwohl er nichts tat, als einfach nur dazusein. Was war es, was sie da empfand? Woher kam das flaue aber angenehme Gefühl im Bauch, wenn sie ihn sah? War das Liebe oder war sie einfach nur verliebt? Begann jede Liebe mit dem Verliebtsein? Wurde aus jeder Verliebtheit auch Liebe? War es reine Liebe, auch wenn sie am liebsten immer Wilhelms Hand in die ihre nehmen wollte? Sie bat Mutter Erde und Mutter Maria um Rat, schliesslich mussten sie sich damit auskennen. Maria war die Mutter eines Sohnes, der die Liebe predigte. Und Mutter Erde war neben ihrer leiblichen Mutter immer für sie da und versorgte die Menschen mit allem, was sie benötigten, was tiefer Liebe entsprechen musste. Als sich ihre Gedanken am meisten drehten und sie keins der anderen Mädchen um sich herum mehr wahrnahm, da sah sie ihr Spiegelbild im Wasser auf einmal geschmückt. Ein prächtiger Blumenkranz zierte ihr helles Haar. In ihrem Arm lag ein Wickelkind, das vertrauensvoll sein Köpfchen an ihre Schulter legte. Neben ihr stand ein Mädchen, genauso blond, wie sie selbst, welches ihre Hand hielt. In der Reflexion des Wassers lichtete sich langsam der helle Nebel hinter ihr und sie erkannte Wilhelm, der sie zärtlich ansah und sich dann liebevoll zu ihr beugte, um ihr einen Kuss zu geben. Doch noch bevor er sie in ihrer Vision berühren konnte, schlug ihr Feuer entgegen. Erschrocken zuckte Berta Katharina zusammen, blinzelnd sah sie auf. Das wabernde Bild im Teich rückte in eine unbekannte Ferne. Unsanft ins Hier und Jetzt zurückgerissen, sass sie mit rasendem Herzen am Wasser. Um sie herum waren mehr Mädchen und Frauen als zuvor, nichts davon hatte sie mitbekommen. Ein kleines Mädchen, an der Hand ihrer grossen Schwester hüpfte auf die Quelle zu. Und obwohl die Grosse versuchte, der Kleinen Einhalt zu gebieten, sang diese munter weiter: „Feuer, Feuer überall ist heute Feuer."

Sie schmunzelte erleichtert. Da hatte sich wohl der Gesang der Kleinen in ihre Vision geschlichen. Noch immer pochte es heftig in ihrer Brust. Sie hatte Wilhelm in ihrer Vision gesehen und zwei süsse Kinder. Das Gesehene hatte sich tief in ihr Innerstes eingeprägt. Mit einer unumstösslichen Sicherheit wusste sie einfach, dass das Gesehene ihre gemeinsame Zukunft war. Es fühlte sich rundum richtig und stimmig an. Hastig sprang sie auf und rannte aus dem lichten Wald zurück zu den hohen Feuern.

Die jungen Leute tanzten um die Johannisfeuer. Die übermütigen Burschen wagten sich immer näher an die lodernde Hitze und sprangen dicht an den Flammen vorbei, um die Mädchen, die kichernd und flüsternd ihren ruhigen Tanz vollführten, zu beeindrucken.
Bei Musik und Tanz wurde die kommende Nacht gefeiert. Die Dämmerung war schon weit fortgeschritten. Wer nicht nahe am Feuer stand, war nur als dunkle Silhouette zu erkennen.

Berta Katharina hielt sich etwas abseits und suchte Wilhelms grosse Gestalt. Das Herz klopfte ihr bis zum Hals.

„Nach wem hältst du denn so gebannt Ausschau?" Die tiefe warme Stimme dicht hinter ihr liess sie augenblicklich ruhig werden. Am liebsten hätte sie sich einfach nach hinten in seine Arme fallen lassen. Doch sie besann sich schnell eines Besseren, er wusste ja nicht, was sie bereits geschaut hatte. Sie drehte sich um, strahlte ihn an und antwortete: „Ich suche einen Helden, der sich mit mir ans Feuer setzt."

„Ist es in Ordnung, wenn ich mich solange zu dir setzte, bis du deinen Helden gefunden hast?" Schelmisch sah er sie mit seinem feinen männlichen Lächeln an.

Auf einer kleinen Anhöhe setzten sie sich nebeneinander ins Gras und bestaunten das eindrückliche Spiel des Feuers. Orangerot vor dem dunklen Himmel, schien es ihnen seinen eigenen Tanz darzubieten. Hunderte von Glutfunken sprühten unablässig hoch in den klaren Sternenhimmel.

„Katharina, ich habe hier etwas für dich." Wilhelm nahm all seinen Mut zusammen.

Im Schein des Feuers reichte er ihr einen wundervollen Sonnenwendkranz. Geflochten aus neun Pflanzen, dem unscheinbaren Sonnwendkraut mit seinen weissgrauen Blütenkörbchen, der Feuerblume mit ihren dünnen, fragilen Blütenblättern, der leuchtend gelben Pracht des Johanniskrauts und dem blauvioletten imposanten Rittersporn. Gespickt war der Kranz mit stark duftendem Bärlauch und ein wenig Eichenlaub. Die auffallend hellblauen Kornblumen sowie die vor Reinheit strahlenden weissen Lilien rundeten das Bild ab. Den Rand des Blumenkranzes schmückten zarte Buschwindröschen, eingerahmt von den gefiederten Blättern des Farnkrauts.

Berta Katharina nahm den Kranz freudestrahlend entgegen und berührte dabei zärtlich seine Finger. Während sie sich die Blütenpracht auf das blonde Haar legte, sah sie ihn an und fragte mit leiser Stimme: „Soll ich ihn nach dieser Nacht unter mein Kissen betten?"

Lag der Sonnenwendkranz unter dem Kopfkissen der Person die man liebte, sollte das Glück für die gemeinsame Zukunft bringen.

Wilhelm nickte still und fuhr fort: „Das Feuer dort ist wie die Sonne. Sie ist das Elixier des Lebens; ohne sie würde es nur Dunkelheit geben." Nach einer Pause nahm er ihre Hände in seine. „So dunkel wäre es für mich, wenn ich mir vorstelle, mein weiteres Leben ohne dich als meine strahlende und wärmende Sonne verbringen zu müssen."

Den Tränen nahe brachte sie keinen Ton über die Lippen. Er sah sie an, wie wunderschön sie war. Eingetaucht in den rötlichen Feuerschein wirkte sie noch sanfter als sonst.

Leise fuhr er fort: „Ich möchte mit dir zusammensein, kann dir aber kein Schloss bieten." Damit spielte er auf die Avancen von Hermann Gessler an, der durch Geburt und Verwandtschaft bestimmt eines Tages Burgherr werden würde.

Seine Auserwählte lächelte ihn überglücklich an: „Deine Arme sind das schönste Schloss, das du mir schenken kannst, Wilhelm."

Zärtlich legt er seinen Arm um ihre Schultern und zog sie dicht an sich heran.

Die Alten sagten, dass die Feuer allein beim bloßen Hineinschauen eine Segenswirkung für den Betrachter hatten und reiches Glück bringen würden. Die Glut und die laue Sommernacht spendeten bis in den Morgen hinein angenehme Wärme für eine gemeinsame Nacht unter den Sternen.

27. August – Hochzeit

Am Seeufer nahe Luzern

Sie hatten vereinbart, sich am Seeufer unterhalb des Hügels Hombrig zu treffen, noch bevor die ersten Gäste eintreffen würden. Kastanienbäume breiteten ihr Blätterdach am Ufer entlang aus und in der morgendlichen Stille lag das Versprechen auf einen wundervollen Tag. Wilhelms Herz sprang beinahe aus seiner Brust, es würde nicht nur ein wundervoller Tag, heute würde der Beginn eines wundervollen Lebens werden. Er stieg von seinem Pferd und sah sich um.

Da stand sie, im schlichten dunkelblauen, bodenlangen Kleid welches ihre zarte Figur betonte. Saum und Ärmelenden zierten eine dezente Stickerei aus Goldfaden. Am linken Handgelenk wehte ein hauchdünnes, weisses Seidentuch, als Zeichen ihrer Jungfräulichkeit. Das leuchtend, goldblonde Haar floss wie ein Wasserfall über ihre Schultern bis zu den Hüften. Auf ihrem Haupt lag ein Blütenkranz, in den bunte lange Bänder geflochten waren, die in wunderbarem Kontrast zu ihren Haaren ebenfalls bis zu den Hüften reichten. Hinter ihr lag der See ruhig wie ein Spiegel, eingerahmt von hochaufragenden, schneebedeckten Bergen.

Langsam ging er auf sie zu und sog mit jedem Schritt, dieses Bild in sich auf. Freudestrahlend sah sie ihm entgegen. Als er vor ihr stand, nahm er zärtlich ihre Hände, doch bevor er etwas sagen konnte, versank er ein weiteres Mal in ihren blauen Augen, die so tief waren wie ein geheimnisvoller Bergsee.

Sie blickte lächelnd zu ihm auf, zu diesem grossen Mann mit seinem energischen Kinn und den sanften brauen Augen. Wie immer sah er durch seine aufrechte Haltung und die geraden Schultern sehr stattlich aus. Die dunkle Hose aus weichem Leder, das helle Hemd, welches über der Brust locker geschnürt war, und die breiten Ledermanschetten, die seine Unterarme betonten, taten ihr Übriges. Sie fühlte sich in seiner Nähe augenblicklich wohl und beschützt. Bei ihm, das wusste sie, konnte sie sich fallen lassen und einfach sie selbst sein.

Der Wirt und seine Bediensteten trafen ein und fingen an, für das grosse Fest Tische und Bänke herzurichten und taten so, als würden sie die beiden nicht sehen.

Wilhelm hatte seine Sprache noch nicht wiedergefunden, also deutet er zu einer kleinen blumengeschmückten Naue, die unweit von ihnen, halb an Land gezogen, auf sie wartete.

„Du warst das?" fragte Katharina erfreut.

Ein stummes Nicken, gefolgt von einem breiten Grinsen, liess ihn schliesslich die Worte wieder finden: „Lass uns rausfahren zur Insel, nur wir zwei." Sie nickte und entdeckte beim Einsteigen einen Korb mit Brot, Käse, Trauben und einem Krug, aus dem ein tiefroter Tropfen schwappte, als Wilhelm die Naue ins Wasser schob. Gemeinsam fuhren sie hinaus, zu einer winzigen Insel, die mit zwanzig Schritten zu umrunden gewesen wäre, hätten hier nicht all die Bäume und Büsche auf dem kargen Grund Wurzeln geschlagen. An einer Stelle jedoch gaben die Büsche einen schmalen Weg frei, der ins Innere der Insel führte. Was man von aussen nicht ahnte, die Mitte der Insel war frei von Büschen und Sträuchern, Gras und Moos luden hier unter einem prächtigen Laubdach zu Tagträumen ein. Hellgrüne Blätter tanzten in der Morgensonne und schützten sie vor neugierigen Blicken.

Wilhelm hatte an alles gedacht und breitete eine dicke Wolldecke über dem natürlichen Lager aus, stellte den Korb mit den Leckereien hin und bat seine Liebste zu sich. Erwartungsvoll setzte sie sich ihm gegenüber. Wilhelm hätte sie an diesem verschwiegenen Ort am liebsten auf der Stelle in die Arme geschlossen, innig geküsst und ihrer beider Leidenschaft freien

Lauf gelassen. Stattdessen nahm er ihre Hände in seine, ohne Umschweife erklärte er: „Katharina, du bist der wundervollste Mensch, den ich kenne. Du vereinst alles, was ich mir von Herzen von einer echten Partnerin wünsche. Hier im Schoss der Natur, unter dem freien Himmel versichere ich dir meine tiefe Liebe und verspreche, dir immer in Achtsamkeit und Respekt zu begegnen."

„Wilhelm, ich liebe dich. Ich liebe dich, weil wir gemeinsam lachen und auch ernsthaft reden können. Weil du mich als ganzen Menschen wahrnimmst und ich bei dir so sein darf, wie ich bin. Hier im Schoss der Natur, unter dem freien Himmel versichere ich dir meine tiefe Liebe." Sie blickten sich lange in die Augen, es war ein heiliger Bund der sich über Zeit und Raum hinwegsetzte. Zärtlich küssten sie sich. Sanft löste sich Katharina von Wilhelm, sah ihm lächelnd in die Augen und streifte sich langsam das Kleid von der Schulter. Zärtlich nahm sie seine Hand küsste sie und legte sie auf eine ihrer festen Brüste. Mit beiden Händen umfasste sie sanft sein Gesicht, neigte sich zu ihm hin und küsste ihn leidenschaftlich.
Sie liebten sich innig und lange.
Die Mittagssonne wärmte ihre erschöpften, nackten Körper, als sie sich selig in den Armen lagen. Das Laub leuchtet golden im Sonnenschein, gerade so, als ob dieser Ort ihre Liebe mit feiern würde.

Vom Ufer drangen Laute von Kutschen und Menschen zu ihnen, die Gäste trafen ein. Es wurde Zeit aufzubrechen. Noch einmal umarmten sie sich lange, bevor sie in ihre Kleider schlüpfen und sich gegenseitig lachend die Haare richteten. Bevor sie aufbrachen, streifte sich Katharina das weisse Seidentuch vom Handgelenk. Mit einem glückstrahlenden Lächeln liess sie es auf der kleinen Insel zurück. Wilhelm hatte den Korb und die Decke bereits in der Naue verstaut und bot seiner Liebsten die Hand an. Gerne nahm sie diese an, um sicher in die Naue zu steigen.

Sie sahen sich an und erkannten in den Augen des anderen das eigene Glück. In stiller Verbundenheit machten sie sich auf den Weg zurück ans Ufer.

Hier hatte sich einiges verändert. Aus der Ferne sahen sie bunt geschmückte Kastanienbäume, Öllampen hingen in den Ästen, um abends Licht zu spenden. Fackeln steckten im Boden, Musik spielte, an mehreren Spiessen wurden saftige Spanferkel über dem Feuer gedreht, unzählige Leckereien standen auf langen Tischreihen bereit und die grosse Schar der Gäste plapperte vergnügt. Als die Gesellschaft Wilhelm und Katharina auf dem Wasser entdeckte, versammelten sie sich an der Anlegestelle. Katharina fragte sich, ob man ihr ansah, was sie grade getan hatten. Wilhelm schien ihre Gedanken zu spüren, er sah sie schelmisch grinsend an, ihre Wangen erröteten. Hilfsbereit reichte er ihr die Hand, um sicher an Land zu kommen.

Kaum waren sie aus der Naue gestiegen, wurden die beiden getrennt. Freunde und Verwandte führten sie auf unterschiedlichen Wegen, begleitet von guten Wünschen und Ratschlägen, zum Ort der Zeremonie. Der Platz für die Zeremonie war aus mehreren Kreisen gebildet. Der äussere grosse Kreis bestand aus Fackeln. Bevor die Anwesenden jedoch diesen Platz betreten durften, mussten sie an drei Maiden vorbei. Die jungen Frauen hatten um die Hüften eine Kordel gelegt, an der mehrere Kräuterbündel hingen. Eines dieser Bündel aus getrocknetem Wiesensalbei hielten sie in der Hand und entzündeten die Spitze des Bündels am Feuer der Fackel. Sachte bliesen sie die Flammen am Kräuterbündel aus so, dass nur eine leichte Glut übrigblieb. Den Rauch und intensiven Duft des Salbeis, der sich durch das Verglimmen entwickelte, fächelten sie mit langen Federn von Kopf bis Fuss um die Anwesenden.

Im Innern des Platzes teilten sich die Sippen auf und stellten sich um einen grossen, aus Ästen und Blumen angelegten Spiralweg. Von sanften Flötenklängen begleitet ging Katharina schweigend den Spiralweg bis zum Zentrum, wo sie von ihrer Schwester erwartet wurde. Wilhelm legte sein Schwert ab und folgte ebenfalls andächtig dem Spiralweg, obwohl er am liebsten zu Katharina gerannt wäre. Sein Freund Walter Ramswag hiess ihn mit einem stummen Nicken und einem breiten Lachen im Gesicht im Zentrum der Spirale willkommen. Die Oberhäupter der anwesenden Sippen stellten ihre Familien sowie die Verbindung zu Braut und Bräutigam vor. Feierlich wurde erwähnt, dass sich aus dem Hause Biberli und Ramswag die Zeugen für diese Verbindung zur Verfügung gestellt hatten. Katharinas Schwester reichte den Brautleuten ein grünes Tuch, auf dem mit weissem Seidenfloss, reich verziert, die Namen von Braut und Bräutigam eingestickt waren. Katharina legte ihre Hand auf die von Wilhelm. Gemeinsam umschlangen sie ihre Hände mit dem Tuch. Für alle sichtbar festigten sie so symbolisch das Band zwischen ihnen für die gemeinsame Zukunft.

Walter fragte: „Ist es euer beider Wunsch, gemeinsam alle Freuden und Widrigkeiten des Lebens zu teilen und immer füreinander da zu sein?" Wie aus einem Munde erklärten Wilhelm und Katharina: „Ja, das ist mein Wunsch."

Mit tiefer Stimme erklärte Walter: „Wir, die beiden Zeugen sowie alle Anwesenden, haben euren Wunsch gehört und respektieren euren Entscheid, gemeinsam durch's Leben zu gehen. Wir segnen diese Verbindungen und begleiten euch mit Taten und mit unseren guten Gedanken."

Kinder mit Körben rannten herbei und streuten Blumen für das Brautpaar auf den Spiralweg, um mit ihrem lieblichen Duft die Fruchtbarkeitsgöttinnen anzulocken, die dem Brautpaar reichlich Nachwuchs bescheren sollten. Hand in Hand gingen Wilhelm und Katharina nun gemeinsam den Weg zurück. Am Ende des Spiralweges angekommen, hob Katharina Wilhelms Schwert auf und überreichte es ihm, auf dass er ihre Liebe beschützen und verteidigen möge.

Ältere Frauen spannten singend ein rotes Band vor Katharina über den Weg. Elegant hüpfte sie darüber. Mit diesem Sprung verliess sie die Mädchenzeit und beschritt nun den Weg vor ihr als kraftvolle Frau.

Katharina bekam von ihrer Schwester einen Laib Dinkelbrot gereicht. Sie brach das Brot und reichte Wilhelm ein Stück. Er tat es ihr gleich. Gemeinsam verteilten sie anschliessend das Brot Stück für Stück an ihre Gäste.

Zum Abschluss der Zeremonie erhielt jeder Gast ein schönes Band, welches mit einem wohlgemeinten Segenswunsch für das Paar an eine Weide am Seeufer gebunden wurde.

Als alle den Fackelkreis verlassen hatten und die vielen bunten Segensbänder im leichten Wind flatterten, setzten sich Wilhelm und Katharina ans Ufer. Eingewickelt in ein Tuch, hatten beide ein Geschenk für den anderen mitgebracht. Wilhelm überreichte seiner Frau das Geschenk. Behutsam öffnete Katharina das eingeschlagene Tuch. Zum Vorschein kam eine filigrane Goldkette mit einem Lapislazuli als Anhänger. Bewegt und angefüllt von den vielen schönen Eindrücken dieses Tages konnte sie ihre Freudentränen nicht mehr zurückhalten. Wilhelm nahm ihr die Kette ab und legte sie ihr um. Der blaue Stein mit seinen fein verteilten goldfarbenen Punkten funkelte mit ihren Augen um die Wette. Während sie lächelnd den Anhänger berührte, übergab sie Wilhelm ihr Geschenk. Gespannt faltete er das Tuch auseinander. Eine Tabula cerata. Auf dem Deckel des zweiteiligen Wachstafelbuches waren kunstvoll sein Name und das Wappen der Gorkeits eingebrannt. Der Stilus dazu hatte eine schlichte Form, war jedoch aus Bronze gefertigt und leuchtete rotgolden. Sie küssten sich und genossen noch eine Weile die Zweisamkeit bevor sie sich zurück zur Feier und ihren Gästen begaben.

Es wurde ausgelassen gefeiert, getrunken und gegessen, bis die Sterne sich am dunklen Himmel zeigten und der Mond bereits wieder hinter den Bergen unterging.

20. Dezember – Schlechte Nachrichten

Auf Burg Habsburg ob der Aare

„Schon bald wird Hartmann hier sein, ich freue mich auf seine Anwesenheit und seine Nachrichten aus dem Norden." König Rudolf sprach mit sichtlicher Begeisterung und sah erwartungsvoll durch eine kleine Fensternische in die kalte Winterlandschaft hinaus. Guta lächelte ihren Vater an, auch sie war aufgeregt ihren grossen Bruder wieder zu sehen. Viel zu lange war er in der Ferne gewesen. In Gedanken schloss sie ihn in ihre Arme, wohl wissend dass er dies in Wirklichkeit nur ungern zulassen würde. Bei diesem Gedanken erschien ein Bild vor ihrem inneren Auge, sie sah ihren Bruder lächelnd vor sich, wie er ihre Hände nahm und sich von ihr verabschiedete. Irritiert blickte sie zu ihrem Vater. „Vater, hast du vor, Hartmann bald wieder auf Reisen zu schicken?"

„Nein, er soll die nächste Zeit hier bei uns auf der Habsburg bleiben und mit mir an Gesprächen teilnehmen, damit ihn die Leute besser kennenlernen." Gedankenverloren sah er in das prasselnde Feuer im Kamin.

„Und Albrecht? Tust du ihm nicht Unrecht, Vater? Er kämpft um deine Liebe und versucht alles, damit du ihn wahrnimmst." Guta, noch jung an Jahren, hatte ein fast unheimliches Gespür für die Empfindungen ihrer Mitmenschen.

Energisch schüttelt der König den Kopf. „Albrecht will immer und überall der Beste sein ohne Rücksicht auf Verluste. Ausserdem lässt er sich beeinflussen und merkt nicht, wer ihm wohl gesonnen ist und wer ihn nur ausnutzt." Mit ruhiger Stimme fuhr er fort: „Ich bin sicher, ich werde stolz auf Hartmann sein. Mit der Verlobung von ihm mit Joan of Acre, der Tochter von König Edward, stehen dem Jungen alle Türen offen. Bestimmt wird er diese Chance ausgezeichnet zu nutzen wissen ohne sie zu missbrauchen."

„Ja Vater, Johanna ist eine gute Wahl, sie ist nicht nur von königlichem Geblüt, sie hat auch ein sehr offenes, liebenswertes Wesen, wie man erzählt. Nur hast du mit dieser Verlobung Albrecht sehr verletzt, als dein ältester Sohn hätte sie seine Braut sein müssen." Gutas Gedanken schweiften ab zu ihrem gleichaltrigen Verlobten, dem böhmischen König Wenzel, der bei seinem Vormund in Brandenburg lebte. Nur ein kleines Gemälde hatte sie bisher von Wenzel gesehen, das ihn als kleinen Jungen von sieben Jahren zeigte. Das Bild hatte ihr Vater mitgebracht, als er ruhmreich aus der Schlacht gegen Wenzels Vater auf dem Marchfeld zurückgekehrt war. Hin und hergerissen zwischen der Treue zu ihrem Vater und dem bitteren Gefühl, dass ihr Schicksal zum Wohle des Reiches allein durch ihren Vater bestimmt wurde, fühlte sie mit Albrecht. Mit vierzehn, also in vier Jahren, sollte sie Wenzel heiraten, ihr Vater hoffte durch diese Verbindung einen ehemaligen Feind zum Verbündeten zu machen. Guta fragte sich, ob Wenzel sie je gern haben konnte, wo doch wegen ihres Vaters der seinige ums Leben gekommen war. Sie tröstete sich mit dem Gedanken, dass es nicht klar war, ob es je zu einer Heirat zwischen ihnen kommen würde, denn Otto von Brandenburg hielt den jungen Wenzel wie einen Gefangenen immer in seiner Nähe. Keiner wusste, welche Pläne er für den Jungen mit der Königswürde im Schilde führte. Sollte es doch zur Hochzeit kommen, hoffte sie inständig, dass Wenzel wenigstens ein kleinwenig wie ihr geliebter Bruder Hartmann war. Was sie allerdings bisher gehört hatte, passte mehr zu dem Bild mit dem kindlichen Gesicht. Man hatte ihr erzählt, dass Wenzel eine unerklärliche Angst vor Katzen und deren Miauen hatte. Guta wunderte sich, wie konnte man Angst vor Katzen haben? Doch dann lief ihr unvermittelt ein Schaudern über den Rücken als sie sich vorstellte, alleine in einer düsteren Burgkammer zu sein und das langgezogene Klagen einer Katze zu hören.

Ihr Vater riss sie aus ihren Träumereien als er ungerührt erklärte: „Trotzdem, wenn ich zum Kaiser gewählt werde, und davon gehe ich aus, habe ich das Recht die Kaiserwürde an meine Kinder zu vererben, dann werde ich sie Hartmann geben und nicht Albrecht." Nach einer kurzen Pause fügte er hinzu: „Ich sehe nicht ein, wieso der erstgeborene dieses Recht haben soll. Es ist viel vernünftiger, die Zukunft eines Landes in die Hände des Fähigsten einer Familie zu legen."

„Da hast du sicher recht, Vater." Guta beugte sich wieder über ihre Stickerei und versetzte den runden Rahmen, der das Tuch spannte. Sie war dabei, den Bezug für ein Kissen zu gestalten. Das würde sie Hartmann und Joan zur Hochzeit schenken. Darauf stand in bunten Lettern gestickt Hartmanns Wahlspruch. Vires acquirit eundo, was zu Deutsch so viel bedeutete wie: Weit fortgeführt, er stärker wird. Sie schmückte den Stoff um die Schrift mit einem blauen Seidenband, das erst schmal begann und dann immer breiter wurde. Hartmann hatte ihr erklärt, dass der Spruch vom Bild eines Flusses lebt. Er beginnt an der Quelle, der Geburt, klein und zart, doch je weiter er fortführt, umso mächtiger und stärker wird er. So wie zum Beispiel der Rhein oder die Donau, hatte er ihr vorgeschwärmt. Und genau wie ein Fluss wächst auch ein Mensch mit dem Älterwerden und den Erfahrungen, die er auf diesem Weg macht. Freudig setzte sie ihre Arbeit an dem Geschenk fort, als plötzlich aufgeregte Rufe vor dem Burgtor zu hören waren. Der dichte Schneefall, der vor kurzem eingesetzt hatte, liess wie aus dem Nichts einen Boten auf seinem müden Pferd erscheinen.

Atemlos stürmt der Mann in die Haupthalle, zusammen mit einem Stoss kalter Luft und wirbelnden Schneeflocken. „König Rudolf, verehrte Guta, es ist leider meine Pflicht, euch traurige Nachricht zu bringen." Der Bote versuchte seinen Atem zu beruhigen. „Auf der Fahrt den Rhein hinauf, zwischen Breisach und Strassburg, ist das Boot von Hartmann und seinem Gefolge in Brand geraten. Das Boot ist gekentert und alle dreizehn Mann sind ertrunken. Unter ihnen leider auch Hartmann, euer Sohn, Majestät."

Die Stille nach diesen Worten legte sich wie zentnerschweres Blei auf die Brust des Königs. Unfähig, das Gehörte in sich aufzunehmen vernahm er nur ein Rauschen in seinem Kopf. Die Farbe wich aus seinem Gesicht. Er musste sich an einer Stuhllehne festhalten, um wenigsten einen ruhigen Punkt im Zimmer zu haben, in dem sich alles zu drehen begann. Etwas fiel polternd zu Boden. Die Stickerei war Guta aus den Händen geglitten. Kraftlos führte sie eine Hand zum Mund, ein leises Wimmern entrang sich ihren zitternden Lippen. Dann vergrub sie ihr Gesicht in beiden Händen und schluchzte unaufhörlich. Schreckliche Bilder begannen, sie zu martern. Immer wieder drängte sich das schmerzverzerrte Gesicht ihres brennenden Bruders auf dem eisigen und ebenso todbringen Wasser vor ihr inneres Auge. Das Weinen drang von weit her langsam zu Rudolf vor. Unfähig, etwas zu sagen, legte er seine Hand fest auf Gutas bebende Schulter. Eine Träne rann aus seinem Augenwinkel und suchte sich still ihren Weg über seine schmale Wange. Bewegungslos stand er im Raum und weigerte sich zu weinen. Den mit den Tränen würde auch die schmerzhafte Endgültigkeit dieser Nachricht Wirklichkeit werden. Guta fiel vor ihrem Vater auf die Knie, umschlang seine Beine und drückte ihr tränenüberströmtes Gesicht in den weichen Stoff seines Gewandes.

***

Von diesem schweren Schlag, dem Verlust seines geliebten Sohnes Hartmann und seiner treuen Gemahlin, erholte sich Rudolf nie. Das Jahr hatte mit Gertruds Tod schlimm begonnen und endete mit Hartmanns Tod noch schlimmer. Seit Tagen war er nicht mehr draussen gewesen, hatte keinen Appetit, keine Lust auf nichts, noch nicht einmal sich zu bewegen. Wo waren die Tage geblieben, in denen Kinderlachen jeden Raum in der Habsburg erfüllte und Hartmann, wissbegierig wie er war, ihm tausend Fragen gestellt hatte? Wo war die sanfte Hand von Gertrud, die sich immer genau im richtigen Moment auf seine Schultern legte, was ihm so viel Kraft spendete?

Es war bereits wieder dunkle Nacht, die wievielte seit der schrecklichen Nachricht? Er wusste es nicht. Auch heute fand der König keinen Schlaf. Die Kälte der Winternacht kroch in sein Gemach und suchte sich ihren Weg in seine müden Glieder. Rudolf zurrte die Decke enger um seine Schulter. Doch das half nichts, gegen die Kälte in seinem Innern. Müde lehnte er sich in seinem Sessel zurück. Das fahle Licht der wenigen Kerzen zitterte an der Wand, als würden auch sie die Kälte spüren. Irgendwo schrie ein Steinkauz.

„Ob das der gleiche Vogel war wie vor Jahren?", ging es ihm durch den Kopf. Damals hatte er viele Schlachten zu schlagen und sah in der Zukunft ein unermessliches Potential. Heute, so schien es ihm, lag alles in Scherben. Er hatte so viel erreicht, doch noch viel mehr verloren. Ohne zu zögern, wäre er in eine Schlacht gezogen, wenn er sich dadurch seine liebsten Menschen zurück erkämpft hätte können. Wäre es möglich, er würde sofort seine Krone für das Leben seiner Frau und seines Sohnes tauschen, nur um sie wieder um sich haben zu können. Rudolf fühlte sich zum ersten Mal in seinem Leben alt.

Bedächtig nippte er an einem heissen Becher Glühwein und seine Gedanken glitten langsam hinüber, in längst vergangene Tage.

***

„Gertrud, Wilhelm wird heute Nacht unser Gast sein und bei Tisch bestimmt noch mehr wunderliche Dinge aus den Tälern der Alpen berichten."

Gertrud blickte kurz von ihrer Arbeit auf und lächelte. „Du weißt, Wilhelm ist immer ein gern gesehener Gast."

Ein kleiner Junge ging mit wackeligen ersten Schritten tapsig auf Wilhelm zu.

„Schau ihn an Gertrud", Rudolf zeigt freudig auf den Kleinen, „schau, der kleine Hartmann beginnt die Welt zu durchschreiten und weiss bereits, wer sein Freund ist."

Freudig hob Wilhelm den jüngsten Spross des Grafen hoch und stemmte ihn schwungvoll in die Luft, sodass der Kleine vor Vergnügen nur so quietschte. Bald darauf streckte der Sprössling strahlend seine Arme nach dem Vater aus. Liebevoll schloss Rudolf seinen Sohn in die Arme. „Wie er mich anschaut, keins unserer Kinder hat je in dem Alter so wach geschaut. Was wohl in dem kleinen Köpfchen vor sich geht." Stolz wandte er sich an Wilhelm: „Er ist ein hellwacher und munterer kleiner Bursche, das steht fest." Er herzte das Baby, hob es vor sich auf Augenhöhe und sagte: „Möge Gott seine behütenden Hände über dich halten." Dann küsste er seinen Sohn auf die Stirn und stellte ihn wieder behutsam auf den Boden. Vorsichtig ging der Kleine in die Knie und krabbelte schnell zur Mutter, um sich an ihrem Rock erneut hochzuziehen.

Wilhelm sah dem Krabbelkind belustigt nach, als er sagte: „Unten im Wagen sind die Schwerter, die du bestellt hast, Rudolf."

„Prächtig", Rudolf klopfte Wilhelm freundschaftlich auf die Schulter. „Ich bin sicher, es ist wie immer alles in bester Qualität da, was ich bestellt hatte."

„Ausserdem habe ich eine Geschichte für dich von Luzern, die dir gefallen wird", stachelte Wilhelm die Neugier des Grafen an.

„So, sag bloss du hast ein nettes Mädchen aus dem schönen Fischerdorf kennengelernt?" Erwartungsvoll sah Rudolf Wilhelm an. Verlegen schüttelte Wilhelm den Kopf und fuhr schnell fort.

„Es wird erzählt, dass des Nachts wieder Lichter über dem See gesehen worden seien. Ausserdem habe man auch ein Rauschen wie von mächtigen Flügeln gehört. Das Ungetüm kam vom Pilatus her und verschwand Richtung der Rigi. Die Leute sind sich sicher, dass es ein Lindwurm, ein mächtiger Drache war. Ich weiss, Leute die sich spät nachts in den Gassen herumtreiben sehen allerhand wunderliche Dinge. Allerdings war es nicht nur einer, der davon erzählte."

„Fürwahr, eine gute Geschichte", bestätigte Rudolf verwundert. „So, Wilhelm", Rudolf grinste und lies nicht locker", was macht sie den nun, die Liebe in deinem Leben?"

Wilhelm schaute verlegen zu Boden, als er die Blicke der Frauen und Mädchen auf sich spürte, die ruhig auf der anderen Seite des Raumes ihren Arbeiten nachgingen.

„Ach, das hat noch Zeit", erwidert er etwas zu laut, wie er selber fand.

Von draussen ertönten Stimmen, Pferde wieherten, ein lautes Lachen war zu hören.

„Ah, das ist unverkennbar mein Freund aus Basel, der da angekommen ist." Rudolf erhob sich, um draussen in der Abendsonne Peter Reich, den Domherrn zu Basel zu begrüssen. Der Graf schmunzelte, Wilhelm war die Erleichterung über die Ablenkung deutlich anzusehen.

Nach einer herzlichen Begrüssung und einem ersten Austausch von Neuigkeiten, ging es an die grosse Tafel. Aufgetischt wurde ein reichliches Mahl bestehend aus Zwetschgenmus auf frischem Brot mit Rahm sowie Nüssen, gedörrten Birnenscheiben, gedörrte Apfelringe, frischen Heidelbeeren und einem Rehbraten, der einem das Wasser im Munde zusammenlaufen liess.

Die Abende begannen langsam kühl zu werden, alle sassen sie nach dem Essen zusammen am wärmenden Feuer. Rudolf hatte

Wilhelm erneut aufgefordert, die Geschichte vom Lindwurm über dem See von Luzern zu erzählen. Wie gebannt und mit grossen Augen hingen die Kinder an seinen Lippen.

Peter Reich hob das Weinglas: „Die Geschichte vom Drachen ist gut, Wilhelm. Wer weiss schon so genau, was alles Gottes Kreaturen sind."

„Papa, so kann ich aber nicht schlafen", jammerte Hedwig die fünf jährige Tochter von Rudolf und Gertrud, „Erzähl uns bitte eine Geschichte, die nicht so gruslig ist."

Gerne nahm Rudolf erneut die Gelegenheit wahr, den Kindern die Geschichte seiner Familie zu erzählen. Nie wurden sie müde, diese zu hören. Genauso wenig wie er nie müde wurde, sie ihnen vorzutragen.

Die Gäste, Peter Reich und Wilhelm Gorkeit, warteten neugierig. Die jüngeren Kinder sassen gespannt am Boden vor dem gut gelaunten Familienoberhaupt. Hedwig kletterte schnell auf den Schoss ihres Vaters und sah voller Erwartung zu ihm hoch. Der neunjährige Albrecht und sein neuer Freund Hermann Gessler sassen etwas abseits. Hermann Gessler war der Sohn einer betuchten Familie, der gemeinsam mit Albrecht auf Burg Habsburg den Schwertkampf erlernen sollte.

Rudolf begann die Geschichte der Habsburg zu erzählen. „Vor gut zweihundert Jahren hat einer unserer Vorfahren, er hiess Radbot, Sohn des Lanzelin, die Burg hier erbaut. Er wollte kein weitläufiges Schloss mit Palais, Kemenaten und Ringmauern, nein, er wollte einen schlichten Turm. Merkt euch Kinder, Schlichtheit ist immer besser als Prunk und unnützer Tand. Doch sein Bruder, Bischof Werner von Strassburg, hatte ihn deswegen scharf getadelt." Mit einem frechen Blick zu seinem Freund Peter und einem Lächeln auf den Lippen fügte er hinzu. „Bischöfe und Domherren mögen Gold, schöne Gewänder und etwas Tand." Peter Reich quittierte das Ganze nur mit einer hochgezogenen Augenbraue. Die Kinder kicherten und blickten verstohlen zu ihrem Gast in seinem reich bestickten Samtgewand und der schweren Kette aus Gold um seinen Hals.

Rudolf erzählte ernst weiter: „So ein Turm sei zu nichts nütze, meinte der bischöfliche Bruder zu Radbot weiter, und dient auch niemals der Verteidigung. Radbot ging mit dem Bruder eine Wette ein. Radbot versprach, innerhalb einer Nacht das Versäumnis nachzuholen und seine Burg mit einer festen Schutzwehr zu versehen. Leider wissen wir nicht, worum sie wetteten, aber das Folgende wissen wir: Als am nächsten Morgen der Bischof aufwachte und aus dem Fenster sah, traute er seinen Augen nicht! Rings um die Burg waren Radbots Dienstmänner aufgestellt. Sie bildeten eine lebende Schutzwehr und gepanzerte Reiter ragten massiv aus den geschlossenen Reihen. Und was sagt uns das, Kinder?"

Katharina erklärte mit leuchtenden Augen: „Radbot muss ein guter Herr gewesen sein, dass ihm seine Leute so getreu folgten."

Hermann Gessler äffte die Kleinen hinter ihrem Rücken nach. Albrecht entwich ein kurzes Lachen. Die beiden Jungs konnten ein weiteres Lachen nur schwer unterdrücken.

Rudolf beachtete die beiden nicht und bestätigte Katharina: „Ja, da hast du vollkommen recht. Wenn du gut bist zu deinen Mitmenschen, sind sie gut zu dir. Sei gerecht und gib jedem aufs Neue die Möglichkeit, sich zu bewähren."

„Pah! So ein Blödsinn!", entfuhr es dem hitzigen Albrecht. „Dann erklär mir, Vater, wie die Familie von Radbot, Guntram und Lanzelin und wie sie alle hiessen, zu so umfangreichem Grundbesitz kamen? Das waren starke Männer, die sich einfach nahmen, was ihnen zustand."

Gertrud schaute ihren Ältesten scharf an und schüttelte leicht den Kopf. Mit zusammengepressten Lippen schob sich der

Heisssporn wieder zurück an die Wand, an der er zusammen mit Hermann lehnte. Dieser schubste ihn mit dem Ellenbogen in die Seite, um ihn zum Weitersprechen zu ermuntern, doch Albrecht schwieg.

Rudolf schaute bewusst nicht zu Albrecht, unbeeindruckt erzählte er weiter: „Nicht nur als Erbauer der Habsburg hat sich Radbot Verdienste erworben, er ist auch der Gründer des Klosters von Muri. Seine Gemahlin Ita von Lothringen soll ihn darum gebeten haben, als Akt der Sühne. Welche Tat Radbot und Ita sühnen mussten, wissen wir nicht, vielleicht hatten sie einen vorlauten Sohn." Aus den Augenwinkeln sah er, wie sein Sohn Albrecht vor Verlegenheit flammend rot wurde.

„Nein, natürlich war es nicht so", lenkte Rudolf ein, "soweit ich weiss, hatte Radbot einen heftigen Streit mit seinem anderen Bruder. Radbot war ein cleverer Fuchs, mit der Klostergründung gewann er die Unterstützung der kirchlichen Würdenträger und er konnte seinen Anspruch auf das Dorf Muri sichern. Das alles war aber nur möglich, weil er eine wohlhabende Frau hatte", erzählte Rudolf weiter. „Merkt euch, bedeutend wichtiger als Einschüchterung und Gewalt ist die Diplomatie, das Gespräch. Und noch wichtiger ist es, viele Kinder zu haben, das ist der wahre Reichtum. Euer Lachen erfüllt mein Herz mit Stolz und Liebe." Dabei zwinkert er seiner Frau liebevoll zu.

„Papa, erzähl von der Gründung der Burg!", bettelte Agnes.

„Das hab' ich doch, du kleiner Wirbelwind." Der Graf stupste der Kleinen mit seinem Zeigefinger über ihre kecke Nasenspitze. Agnes wich kichernd aus, beharrte aber weiter: „Nein, nein, vom Habicht, bitte, bitte Papa."

„Wenn ihr mir versprecht, danach ohne Widerrede schlafen zu gehen?" Rudolf schaute fragend in die Runde. Heftig nickende Kinderköpfe brachten ihn und seine Gäste zum Schmunzeln.

„Also, die Legende erzählt folgendes. Radbot befand sich auf einem Jagdausflug, das war, bevor er die Burg erbaute. Mit dem Habicht auf der Faust durchstreifte er die umliegenden Wälder und Wiesen. Er liebte die Beizjagd, die Kunst, mit Greifvögeln zu jagen. Sein liebster Vogel stieg auf und drehte erhaben seine Kreise. Doch anstatt eine Beute zu schlagen, flog er auf einen Hügel und setzte sich auf die höchste Rotbuche. Dieser Baum überragte all die anderen Bäume deutlich, der Vogel machte keine Anstalten zurückzukehren. Verärgert über den störrischen Habicht blieb Radbot nichts anderes übrig, als dem kostbaren Tier zu folgen, um es zurückzuholen. Endlich hatte sich Radbot durch den dichten Wald gekämpft und erreichte die Kuppe. Hier tat sich vor ihm eine liebliche kleine Lichtung auf. Auf einem dicken Ast der alten Buche sass der Habicht und schien auf ihn zu warten. Radbot brauchte nur die Faust zu heben und schon flog der treue Vogel auf ihn zu. Tief bewegt über dieses ungewöhnliche Verhalten beschloss er, seine Burg an genau jenem Ort zu bauen und sie die Habichtsburg zu nennen."

Peter Reich fragte mit freundschaftlicher Provokation: „Ist es nicht viel wahrscheinlicher, dass die Burg so heisst wegen der Hab, dem Flussübergang unten am Fusse des Hügels? Oder eher die Haw, der Hafen der ebenfalls zu Füssen der Burg an der Reuss liegt?"

„Lassen wir die Kinder entscheiden, mein lieber Freund. Was würdet ihr sagen, wer gab der Burg den Namen? Der stolze Habicht der durch die Lüfte zieht und sich majestätisch auf den dicken Ast einer mächtigen Rotbuche niederliess, oder so ein grässlicher, nasser Hafen?" Die Erwachsenen lachten, die Kinder riefen wild durcheinander: „Der Habicht, der Habicht, der stolze und gefährliche Raubvogel." Rudolf grinste seinen Freund an, dieser schüttelte nur wohlwollend lachend den Kopf.

***

Rudolf stand auf und fuhr mit der Hand über sein müdes Gesicht. Die Erinnerungen hatten sein Herz gewärmt. Sein Blick wanderte durch die leere Kammer und blieb am Bett hängen. Vor seinem inneren Auge sah der König seine junge Familie von damals so deutlich vor sich, als würden sie vor ihm stehen. Wie der kleine Hartmann friedlich schlafend in den Armen seiner Gertrud lag, obwohl die Kinderbande lautstark und mit ausgebreiteten Armen aus der Kammer hinunter in den Burghof rannte und fliegender Habicht spielte.

Rudolf legte sich hin. Dankbar darüber, eine lange Zeit mit diesen lieben Menschen in Eintracht verbracht haben zu dürfen, um überhaupt im Besitz solcher Erinnerungen zu sein, fiel der König endlich in einen langen traumlosen Schlaf.

Anno Domini 1291

10 Jahre später

12. Mai - Das Angebot

An der Aare nahe Burg Habsburg

Mehrere spitze Schreie des Falken erklangen hoch über ihren Köpfen. Fasziniert blickten die beiden Männer zum Himmel. „Siehst du Wilhelm, wie er sein Ziel anvisiert?" Nach wie vor von schlanker Gestalt und edler Haltung, erkannte man das Alter von König Rudolf nur an seinen stark ergrauten Haaren. Die in Aussicht gestellte Kaiserwürde hatte er noch immer nicht erhalten. Auch seine Vermählung mit einem blutjungen Mädchen aus angesehenem Haus hatte den angestrebten Titel nicht näher gebracht und weitere Kinder blieben ihm verwehrt. Wilhelm beobachtete den Jagdfalken des Königs, wie er einen Hasen auf der Ebene anpeilte und auf einmal steil hinabstach, um sein Ziel mit den Fängen zu ergreifen. Der Hase hatte keine Chance.

Die Jagdgehilfen rannten zum Falken, der ihnen seine Beute freigab. Anmutig kehrte der Falke zurück auf König Rudolfs erhobene Faust. Der lobte das Tier, hielt ihm ein totes Küken entgegen und liess den prächtigen Vogel seine Belohnung fressen. Anschliessend stülpte er dem Falken wieder die Lederhaube über den Kopf und reichte ihn seinem obersten Falkner.

„Komm, Wilhelm, lass uns an diesem herrlichen Frühlingstag noch ein wenig am schönen Auenland entlangreiten." Stark hustend setzte der König langsam sein Pferd in Bewegung.

„Ist der vergangene Winter eurer Gesundheit nicht wohl bekommen?", erkundigte sich Wilhelm besorgt.

„Ach woher, so ein kleiner Husten zwingt doch keinen Rudolf von Habsburg in die Knie", kam die prompte Antwort.

Dieser Husten klang nicht nach einer einfachen Erkältung, doch Wilhelm sagte lieber nichts. Die beiden Männer ritten gemächlich weiter durch die hohen Gräser die sich sanft im Wind der Auenlandschaft wiegten. Sumpfschwertlilien reckten ihre Köpfe zum Himmel, schon bald würden sie in ihrer ganzen Pracht erblühen. Im grünen Schilf huschte ein Rohrsänger geschickt zu seinem Nest, das waghalsig zwischen den Halmen befestigt war. Die Niederung am Fluss, geprägt vom wechselnden Wasserstand, strahlte Ruhe und Frieden aus.

„Wilhelm, du bist sicher neugierig, weshalb ich dich zu mir rufen liess", begann König Rudolf.

„Ja, das ist wahr, mein König. Der Bote, der mir die Nachricht überbrachte, machte ein Gesicht, als ob ich etwas angestellt hätte und verhaftet werden sollte", scherzte Wilhelm.

Rudolf lachte, doch das Lachen wandelte sich in einen weiteren schlimmen Hustenanfall. „Nein, nein, im Gegenteil mein Freund", keuchte er. „Ich reise bald nach Speyer und wollte mit dir sprechen, so lange ich noch hier bin. Ich habe dich aus zwei Gründen hergerufen. Als erstes möchte ich dir zu deiner Wahl in den Zürcher Stadtrat gratulieren. Erfolgreicher Waffenschmied, edler Ritter, hübsche Töchter und nun erfolgreicher Politiker, was wird wohl als nächstes folgen?"

„Ja, da bin ich auch gespannt", antwortete Wilhelm, „mal sehen, was für Aufgaben mich im Sommerrat erwarten."

„Ich hätte da eine Aufgabe für dich Wilhelm." Der König machte ein geheimnisvolles Gesicht. Wilhelm versuchte, sich seine Verwunderung nicht anmerken zu lassen.

„Aber die hat nur indirekt mit deinem neuen Amt zu tun", ergänzte Rudolf nicht weniger geheimnisvoll.

„Ich kann euch nicht folgen, mein König." Wilhelm war tatsächlich ratlos. Rudolf amüsierte sich über die Verwunderung, die er nun in Wilhelms Augen sehen konnte. „Du weist bestimmt, was ich vor kurzem vom Kloster Murbach erworben habe?", fragte der alte König und hielt sich ein Tuch vor den Mund, in das er leise hustete. Wilhelm war froh, in diesem Ratespiel endlich etwas zu wissen. „Ja, ihr habt die Stadt Luzern gekauft."

„Ja, und mit ihr auch alle dazugehörigen Dinghöfe. Und glaub mir, das sind nicht wenige. Zum Beispiel der zu Küssnacht, Adligenswil und Meggen. Auch die Höfe Ruopigen, der Wehrturm Reussbühl und die Brücke über die Emme beim gleichnamigen Hof gehören dazu. Über die strategische Bedeutung dieser Orte muss ich dir nichts erzählen, oder? Sie liegen genau auf der Nord-Süd-Verbindung und nach der Brücke zu Emmen kommt nach Norden lange keine Verbindung mehr über das Wasser. Irgendwann werde ich die Felsnase Krumfluh bei Reussbühl erschliessen, damit würde der Weg von Luzern nach Basel und Bern deutlich vereinfacht." Rudolf war ganz mit seinen Plänen beschäftigt. „Und dazu kommt noch, dass es ein wirklich gutes Geschäft war. Luzern und seine Dinghöfe sind bei weitem wertvoller, als was ich bezahlen musste. Das Benediktinerkloster war massiv verschuldet. So war es ein Einfaches, den Abt Berchtold von Falkenstein zu überzeugen, mir alles zu diesem geringen Preis zu überlassen."

Wilhelm überlegte, was das alles mit ihm zu tun haben könnte.

„Hör zu, Wilhelm", fuhr Rudolf fort, „Hier in Helvetien gehören mir nun mit Küssnacht und Luzern die beiden wichtigsten Handelsstädte an den nördlichen Ufern des Waldstättersees. Zudem die ganzen Ländereien entlang der Reuss und Aare bis hoch nach Basel."

„Ja, wahrlich, neben den Eroberungen in Osten, habt ihr auch eure Besitztümer hier in eurem Stammland über die Jahre ausgebaut." Wilhelm war sich nicht ganz sicher, ob er dafür Bewunderung empfinden sollte.

„Du siehst, dass ich nicht mehr der Jüngste bin und ich brauche jemanden, der für mich die Gebiete und Handelsrouten entlang der Reuss, vom Gotthard über den Waldstättersee, über Luzern und Küssnacht verwaltet. Einen Landvogt, dem ich vertrauen kann und der gute Verbindungen zum Bauernadel in Schwyz und Uri sowie zur Reichsstadt Zürich pflegt. Und da gibt es für mich nur einen."

Wilhelm konnte kaum glauben, was er da hörte.

„Ja, du ahnst das Richtige, es gibt nur einen der hierfür in Frage kommt, du mein lieber Wilhelm – Wilhelm Gorkeit, Sohn von Jakob", lächelte der König.

Wilhelm blieb die Sprache weg, viele Gedanken wollen gleichzeitig gedacht werden. Was sollte er darauf antworten? Eine grosse Ehre zweifelsohne, doch ein Amt das nicht rechtens war.

„Ihr wollt einen Landvogt über Ländereien ernennen, die Kaiser Friedrich vor bald sechzig Jahren als reichsfrei ausgerufen hatte und die ihr selbst als solche anerkannt habt?" Wilhelm blickte in die sich verfinsternden Augen seines Königs. Trotzdem fuhr er bestimmt fort: „Ich fühle mich sehr geehrt ob des Vertrauens das ihr in mich setzt, mein König, doch dies ist ein Amt das ich nicht annehmen kann, denn ein solches Amt gibt es in diesem Land nicht."

„Enttäusche mich jetzt nicht, Wilhelm, du standest immer an meiner Seite und ich brauche dich jetzt hier", bedrängte Rudolf seinen jungen Freund weiter.

„Mein König, ihr wisst, ich würde mein Leben für euch geben, doch das, was ihr von mir erwartet, wäre ein Verrat an meinen Freunden. Eher würde ich mein Hab und Gut hergeben, als meine Freunde aus Uri, Schwyz und auch Luzern zu verraten."

Der König spürte den aufkommenden Zorn in der Stimme seines geschätzten Freundes und versuchte, ihn zu beschwichtigen. „Beruhige dich Wilhelm, so etwas würde ich nie von dir verlangen. Du verstehst hier das Amt eines Vogtes falsch."

Wilhelm konterte: „Ich kenne genug Geschichten von Vögten und ihren Missetaten, nie will ich ein..."

König Rudolf fuhr Wilhelm ins Wort: „Und gerade deshalb sollst du zeigen, dass es auch anders geht." Rudolf atmete langsam und tief durch, um einen nahenden Hustenanfall zu vermeiden, bevor er erklärte: „Ich will dich dort nicht als Richter, sondern als Verwalter. Keiner kennt sich in all diesen Gebieten so gut aus wie du. Du hast dort viele Freunde, viele Fährschiffer fahren Nauen, die von dir bezahlt wurden. Viele der Handelsstrassen wurden von dir gebaut oder mitfinanziert. Du kennst alle wichtigen Leute, nicht nur in den Tälern, sondern auch in Brugg, in Zürich, in Muri, in Küssnacht und Luzern. All diese Leute vertrauen dir." Rudolf brachte sein Pferd zum Stehen. „Und wenn du der Verwalter bist", König Rudolf vermied es, das Wort Vogt nochmals zu verwenden, „dann wäre es deine Aufgabe, die Handelsrouten von Basel und Zürich über die Waldstätten und den Gotthard nach Italien auszubauen und zu sichern. Stell dir vor, was für einen Wohlstand du all deinen Freunden damit sichern könntest."

Wilhelm sah seinen König an und liess den Blick nachdenklich nach Süden in Richtung der Waldstätten schweifen. „Ich habe mein Amt im Züricher Sommerrat noch nicht mal angetreten und nun soll ich bereits eine andere Aufgabe übernehmen. Es wäre möglich, dass wir in irgendeiner Form eine Vereinbarung mit den Waldstätten finden könnten, die euch die Handelsroute über den Gotthard sichert, ohne daraus eine Vogtei zu machen. Die Verwaltung über Luzern und die nördlichen Handelsrouten zu übernehmen, das kann ich mir vorstellen, doch lasst mir bitte Zeit, um mir Gedanken darüber zu machen."

Rudolf wäre es zwar lieber gewesen, wenn er gleich eine Zusage von Wilhelm bekommen hätte. Er spürte, wie ihm die verbleibende Zeit durch die Finger rann wie Sand. Doch er wusste von früher, dass Wilhelm immer sehr bedacht handelte und erst entschied, wenn er sich alle Für und Wider hatte durch den Kopf gehen lassen. „Nun denn, Wilhelm", antwortete Rudolf im sicheren Wissen, dass er für den Moment nicht mehr erreichen konnte, „nimm dir die Zeit, die du brauchst."

Ihren Gedanken nachhängend ritten die beiden Männer zurück zu den Falknern und Rudolfs Knechten.

27. Mai – Der König liegt im Sterben

Burg Habsburg ob der Aare

Kaum hatte Wilhelm die Habsburg erreicht, sprang er vom Pferd, eilte irritiert durch das offene und unbewachte Tor und versuchte, sich einen Überblick zu verschaffen. Ein Händler entlud stumm einen Wagen, während einer der Stallburschen versuchte, die Pferde ruhig zu halten. Eine Gruppe Soldaten sass schweigend an einem Feuer. Über dem sonst so betriebsamen Burghof lag ein bleischweres Tuch, das alle Geräusche zu verschlucken schien. Steffen, ein Getreuer des Königs, kam mit ernster Miene auf ihn zu: „Kommt." Ohne ein weiteres Wort drehte er sich um und ging voraus.

„Was ist passiert?", wollte Wilhelm besorgt wissen. Er hatte vermutet, dass der König ihn zu sich rufen liess, weil er einen endgültigen Entscheid betreffend des Amtes als Landvogt erwartete. Doch nun überkam ihn ein seltsames Gefühl. Noch einmal fragte er: „Sagt, was ist passiert?"

Als Antwort bekam er nur Steffens traurigen Blick. Langsam ahnte Wilhelm, was los war. Vor Rudolfs Gemach standen Soldaten. Daneben zwei Mägde, die sich im Flüsterton unterhielten. Einer der Soldaten öffnete die Tür zu Rudolfs verdunkeltem Zimmer. Dort lag der schmale König in seinem grossen Bett. Neben ihm stand murmelnd ein Priester. Rudolfs Leibarzt, den Wilhelm schon seit der Schlacht bei Dürnkrut kannte, kam auf ihn zu, blickte ihn an und schüttelte langsam den Kopf. Wilhelm kniete auf einem Bein neben Rudolfs Bett nieder.

Langsam drehte der König sein Haupt. Die Wangen waren eingefallen und die Augen ohne den sprühenden Glanz, den Wilhelm sonst von seinem König kannte.

„Mein lieber Wilhelm", begann Rudolf leise zu sprechen. „Du warst es immer und bist es immer noch, ein Mann reinsten Herzens. Das hast du mir vor kurzem wieder bewiesen als du nicht gierig nach dem Amt als Vogt gegriffen hast. Ich habe dich immer geliebt wie einen eigenen Sohn." Der König atmete schwer. „Du warst dabei und hast mir bei der Schlacht auf dem Marchfeld das Leben gerettet. Doch ich befürchte, dass dir das heute nicht mehr gelingen wird." Rudolf wurde geschüttelt durch einen nicht enden wollenden Husten. „Ich spüre, mein Ende naht", flüsterte er schwer atmend.

Hauptmann Drakkelm, immer noch getreu an der Seite Albrechts, hatte Wilhelms Ankunft beobachtet und war ihm gefolgt. Er schickte die beiden Soldaten fort, wandte sich an die Mägde und wetterte: „Habt ihr nichts Wichtigeres zu tun, als hier herumzulungern, ihr törichtes Weibervolk?" Die beiden Frauen, sichtlich verängstigt, eilten schnell davon. Hauptmann Drakkelm schaute sich um, er war alleine. Vorsichtig öffnete er die Tür einen kleinen Spalt weit und lauschte.

„Hör mir zu Wilhelm", fuhr Rudolf gerade fort, „ich fühle, nein ich weiss, dass du diese Ländereien hier zu ewigem Frieden und Fruchtbarkeit führen wirst. Auf deinen Entscheid kann ich nicht länger warten. Ich werde deshalb einen letzten Befehl an meine Männer richten und die Familie Gorkeit und namentlich dich Wilhelm zum Vogt über alle Waldstätten und weiteren Gebiete entlang der Handelsroute von Süd nach Nord ernennen."

Wilhelm kannte Rudolf lange genug und wusste, dass er ein Nein nicht akzeptieren würde. Trotzdem versuchte er es. „Ich habe keine solche Ehre verdient." Wilhelm zog es den Magen zusammen. Ausserdem war es gegen seine Überzeugung. Die Waldstätten brauchten keinen Vogt. Was sie brauchten, war ein Herrscher wie Friederich, der sie als das anerkannte, was sie waren. Freie, in Eigenverantwortung handelnde Menschen die, wie es das Schicksal ergeben hatte, an der wichtigsten Handelsstrasse lebten die es zurzeit über die Alpen gab.

„Ihr Gorkeits seid eine mächtige Familie. Aber was wichtiger ist, ihr seid weise, ihr führt mit Bedacht. Und ausser dir, mein lieber Wilhelm, schafft es kein anderer meinem hitzköpfigen Sohn Albrecht die Stirn zu bieten. Und glaub mir das ist für die Zukunft dieses Landes von grosser Wichtigkeit." Leise fuhr er fort: „Albrecht ist mit seinen neuen Ländereien im Osten beschäftigt, er ist zwar machthungrig, aber er wird meinen Entscheid respektieren."

„Steffen", Rudolfs Getreuer, der an einem Tisch auf der anderen Seite der Kammer sass, kam einem schwachen Wink seines Königs folgend an dessen Bett. „Steffen, bring diese Schriftrolle nach Speyer zu Lynhardt", der König atmete schwer, „dem Archidiakonus des Bischofs von Speyer." Wieder dauerte es zwei lange Atemzüge bevor er weitersprach, „er weiss was damit zu tun ist. Er soll alles Erforderliche veranlassen, damit der Familie Gorkeit das Vogtrecht übertragen wird. Tue es schnell und sei auf der Hut."

„Zu Befehl, mein König." Steffen, dem König treu ergeben, machte sich sofort auf den Weg. Ohne eine Frage verliess er Rudolfs Gemach. Kaum draussen auf dem Gang hielt er inne und blickte nach rechts. Eben noch dachte er, einen Schatten gesehen zu haben, doch da war nichts. Zügig eilte er weiter in den Hof und befahl dem Stallburschen, sein Pferd zu satteln. Die Zeit nutzte er für den Weg in die Küche und verlangte: „Schnell, macht mir einen Proviantbeutel für ein paar Tage." In der Zwischenzeit kleidete er sich für die bevorstehende Reise.

Bald darauf stand Steffens Pferd im Hof bereit, den Proviantbeutel bereits aufgebunden. Eilig schwang er sich auf sein Pferd und ritt davon, hinunter zur Fähre über die Aare. Auf der anderen Seite angekommen, führte ihn der Pfad in ein dunkles Waldstück. Unter dem dichten Blätterdach war es kühl, der feuchte Boden dämpfte das Geräusch der Huftritte. Das kräftige Atmen des Rosses und sein eigener Herzschlag waren das einzige, was er wahrnahm. Ein Knacken aus dem Unterholz und der Hengst scheute, Steffen blickte sich um, stiess mit den Fersen in die Seiten seines Pferdes, worauf es unverzüglich losgaloppierte. Ein schauriges Kribbeln im Nacken, das weiter über seine Kopfhaut lief, liess ihn nichts Gutes ahnen. Mit einem Frösteln, das nicht nur von der Kälte kam, versuchte er, zwischen den dunklen Schatten der Bäume etwa zu erkennen. Er trieb den Hengst noch stärker an. Auf keinen Fall verlangte es ihn nach einer unheimlichen Begegnung mit einer der seltsamen Kreaturen, die in der Zwischenwelt neben der der Menschen lebten.

Jäh wurde er kopfüber aus dem Sattel geworfen. Der Aufprall war schmerzhaft hart, verschwommene Blätter tanzten weit über ihm, Steffen rang nach Atem. Ein dunkler Schatten schob sich vor die tanzenden Blätter, das Letzte, was Steffen in dieser Welt spürte, war ein gleissender Schmerz in seiner Brust.

„Gut gemacht, Seumas, such nach der Schriftrolle." Hinter einem Baum kam Hauptmann Drakkelm hervor und klopfte langsam seinem Getreuen auf die Schulter, der soeben sein Schwert aus der Brust des Boten zog und die blutige Klinge an seiner Hose abstreifte. Seumas liess sein Schwert in die Lederscheide gleiten, ging zu Steffens Pferd und durchsuchte die Satteltaschen, doch da war nichts. Zurück beim Leichnam griff er ohne zu zögern in dessen Jackentaschen. „Hier!", Seumas übergab die Rolle seinem Herrn.

„Sehr gut", lobte Drakkelm mit einem breiten Grinsen. „Los, verscharr die Leiche im Wald", befahl er, „ich kümmere mich persönlich darum, dass Rudolfs letzter Befehl in die richtigen Hände gelangt."

Hauptmann Drakkelm erstellte sofort eine Depesche an Albrecht nach Wien und informierte ihn, dass sein Vater im Sterben lag, sowie über seinen letzten Willen, die Gorkeits in den Stand eines Vogtes zu erheben und bat um Anweisung.

Nach zwei Wochen kam Albrechts Antwort aus Ostarrîchi. Der Kurier überbrachte Hauptmann Drakkelm die Depesche.

„Ich danke Dir mein getreuer Freund, es war weise von Dir, die Nachricht abzufangen. Ich werde bald König sein, doch müssen wir jetzt Vorbereitungen treffen.

Meines Vaters Plan, die Nord-Süd Route durch eine neue Vogtei zu kontrollieren und sein schriftlicher Befehl hierzu, sind ein willkommener Glücksfall. Doch brauche ich dort jemanden, der mir gehorcht, und keinen aufmüpfigen Gorkeit. Es kann keinen Monat dauern bis zu meiner Krönung, wir müssen die Waldstätten und die Habsburgischen-Stammländer jetzt unter unsere Kontrolle bringen. Ich muss mich um die Geschäfte hier in Ostarrîchi kümmern, doch ich weiss jemanden, der ein Landvogt nach meinem Geschmack ist.

Drakkelm, unter Euren Freunden befindet sich einer, der sich einen Namen in der Kunst der Dokumentfälschung gemacht hatte. Er soll Rudolfs Befehl neu schreiben und ein klein wenig abändern. Anstelle von Wilhelm Gorkeit, soll der Name Hermann Gessler eingetragen werden. Den Rest kann er so belassen.

Mein Vater wird von der kleinen Änderung kaum noch etwas mitbekommen, aber so wird meine Kontrolle legitimiert.

A.

3. Juli – Das Treffen der Drei

Auf dem Gutshof Stauffacher in Schwyz

Walter Fürst traf auf dem Gutshof Stauffacher in der Ebene von Schwyz ein. Seine Freunde und Amtskollegen die Schwyzer Ammänner Werner Stauffacher und Wernher von Sewa sowie Arnold von Melchtal, der Ammann aus Unterwalden, warteten bestimmt bereits auf ihn. Er blickte noch kurz hoch zu den beiden Gipfeln der grossen und kleinen Mythe, die majestätisch über dem Tal thronten, dann klopfte er an die Tür.

In der kleinen Runde ging es lebhaft zu. „Gessler ist eindeutig zu weit gegangen. Ihm muss Einhalt geboten werden", wetterte Werner Stauffacher und stellte mit Schwung seinen Becher auf den Tisch, dass es knallte und der Wein überschwappte. „Wenige Tage nachdem die Habsburger ihn zum Vogt ernannten, liess er in unserem Tal den Hof von Burkart am Bühl niederbrennen, seinen jüngeren Bruder Hans, dessen Frau und zwei Bedienstete wurden vor Ort verurteilt und gehängt. Burkarts Frau und Kinder wurden der Mittäterschaft angeklagt und eingekerkert und was seine Schergen mit den Mägden angestellt haben, daran will ich gar nicht erst denken." Stauffacher legte die Stirn in tiefe Falten und hielt kurz inne, bevor er weitererzählte: „Einzig Burkart am Bühl, den Bauer selbst, erwischten sie nicht. Als Gesslers Schergen zuschlugen, war er gerade in Schwyz am Markt, um eines seiner Kälber zu verkaufen. Ich hab' den armen Mann gesehen, er ist am Boden zerstört und man lässt ihn im Ungewissen, was mit seiner Frau und den Kindern geschieht."

„Was masst sich dieser Gessler an und was hat er der Familie Bühl überhaupt vorzuwerfen?", wollte Arnold von Melchtal wissen.

„Angeblich", begann Stauffacher, „fand man in der Nähe vom Bühler Hof die Leiche eines Händlers und dessen Waren entdeckte man in der Scheune von Burkarts Bruder."

„Doch das Seltsamste am Ganzen ist, dass Hans am Bühl selbst den Fund der Waren in seiner Scheune gemeldet hatte", ergänzte Wernher von Sewa. „Das alles war ein abgekartetes Spiel von diesem Gessler, da könnt ich drauf wetten. Dreimal könnt ihr raten, wer die ganzen Besitztümer der am Bühls und die Waren des Händlers nun sein Eigen nennt."

„Wie kommt Gessler nur auf eine solche Niedertracht?", wollte Arnold von Melchtal wissen.

„Genaues weiss ich nicht, doch man erzählt sich, dass Gessler in jungen Jahren Streit mit Hans wegen eines Mädchens hatte. Gessler stieg angeblich jedem Rock nach, doch hatte er kaum Erfolge bei den Frauen. Auch in diesem Fall war es so; das Mädchen hatte sich für Hans entschieden."

„Und deshalb lässt er sie alle hinrichten und den Hof niederbrennen? Das ist doch absurd!" Kopfschüttelnd bekundete Arnold sein Unverständnis. „Wie nachtragend und blind vor Wut kann ein Mensch nur sein, um so zu handeln? Und wie ich gehört habe, gab es noch weitere ähnliche Fälle."

„Das alles hier ist falsch, ich kann es immer noch nicht glauben." Werner Stauffacher sah ratlos in die Runde. „Rudolf selbst hat vor bald zwanzig Jahren unsere Reichsfreiheit bekräftigt. Wie kann er sie jetzt auf einmal nicht mehr anerkennen und die Waldstätten in eine Vogtei umwandeln?"

„Es ist schlicht unverständlich, dass er dann auch noch jemand so Unfähiges wie Hermann Gessler zum Vogt ernennt. Und dass dieser das Recht der Blutgerichtsbarkeit erhält, ist unverzeihlich", ergänzte Walter Fürst kopfschüttelnd. „Dies widerspricht allem, was ich von König Rudolf kenne. Das ist unbegreiflich!", Fürst verstand die Welt nicht mehr und suchte nach einer Erklärung: „Da steckt irgendetwas anderes dahinter. Meiner Ansicht nach kam das nicht von Rudolf. Das ist eher die Handschrift von Rudolfs Sohn Albrecht."

Arnold von Melchtal widersprach: „Handschrift von Albrecht? Hermann Gessler hat mir den Befehl vom König, ihn zum Landvogt zu ernennen, persönlich gezeigt. Jedem hat er ihn unter die Nase gehalten, egal ob es einer sehen wollte oder nicht. Und darauf waren Rudolfs Unterschrift sowie dessen königliches Siegel eindeutig zu sehen."

Walter schlug mit beiden Händen auf den Tisch. „Rudolf war immer einer unserer wichtigsten Fürsprecher. Und Gessler ist ein Freund von Albrecht, nicht von Rudolf."

Werner Stauffacher schäumte fast vor Wut ob der Ungerechtigkeit. „Rudolf, Albrecht, wieder Rudolf, was sprecht ihr da von diesen Herren, die weit weg von uns sind. Gessler ist unser Problem und er treibt sein Unwesen hier und jetzt. Und deshalb müssen wir hier und jetzt etwas dagegen unternehmen."

„Das wäre Unsinn, jetzt gegen Gessler vorzugehen." Walter Fürst versuchte, seinen Freund zu beruhigen. „Werner ich weiss, du bist aufgebracht wegen der Ermordung und der Verschleppung der Familie deines Freundes, aber hier dürfen wir nicht kopflos das Schwert in die Hand nehmen, sonst wird sich alles gegen uns wenden. Wir müssen gelassen und mit Verstand vorgehen."

Arnold von Melchtal ging unruhig auf und ab und entgegnete: „Das dauert zu lange, wir müssen Gessler jetzt in die Schranken weisen."

Stauffacher wandte sich mahnend an seinen Freund: „Walter, noch ist Gessler neu hier und hat nicht ausreichend Verbündete. Noch getraut er sich nur, gegen einzelne Bürger vorzugehen, aber früher oder später wird er sich gegen alle wenden, auch gegen uns." Energisch fuhr er fort: „Wir müssen gegen Gessler vorrücken und ihm Einhalt bieten, bevor er noch mehr Unheil anrichtet."

„Und wie willst du vorgehen?", fragte Arnold von Melchtal händeringend. „Wir haben keine Soldaten und Gessler hat die Unterstützung der Habsburger. Ich sehe nur einen Weg: Ihm auflauern, ihn töten und das Problem Gessler ist Geschichte."

Stauffacher schüttelt den Kopf: „Nein, wir brauchen mehr Männer, bewaffnete Männer. Und dann ... ."

„Hier geht es ja zu wie bei einer Schar Kinder", erklang scharf aus einer Ecke des Raumes die Stimme von Gertrud Stauffacher, die im Hintergrund der Diskussion gelauscht hatte. Ihre kleine, stämmige Gestalt wurde sichtbar, als sie ins Licht der Laterne trat, die über dem Tisch hing, und sich zu den Männern stellte. Gertruds Stimme wurde wieder sanft. „Ihr streitet euch, obwohl ihr alle dasselbe wollt, ihr tüftelt Ideen aus, obwohl ihr nicht alle Hintergründe kennt und plant Schritte, ohne deren Folgen zu bedenken." Einen nach dem anderen sah sie eindringlich an. Keiner wagte es, als nächster das Wort zu ergreifen.

„Wer seid ihr?", rief sie den Männern unvermittelt entgegen.

Arnold wich verblüfft zurück.

Beharrlich sah sie jeden an, als sie fragte: „Wisst ihr eigentlich nicht einmal selbst, wer ihr seid? Ihr seid die Ammänner dieser Täler, die bedeutendsten Männer der Waldstätten, ihr seid diejenigen, auf die hier alle zählen, deshalb hat das Volk euch in dieses Amt gewählt. Wer ausser euch könnte eine Lösung für das Volk der Waldstätten finden? Findet heraus, warum es so ist wie es ist. Wenn ihr denkt, dass euch Rudolf das eingebrockt hat, dann sprecht mit ihm. Denkt immer an das, was für uns alle das Beste ist, doch seid vorbereitet, falls das Schlimmste eintritt." Gertrud warf ihre Arme zum Himmel, als sie das Zimmer verliess. „Warum muss man euch Männern immer erst alles vorkochen?" Von draussen vernahm man noch deutlich die Worte: „Immer dasselbe mit euch Mannsbildern."

Absolute Stille herrschte im Raum.

Nach einer Weile durchbrach Walter Fürst als erster das angespannte Schweigen. „Noch ist Rudolf König und unser Herrscher. Und er ist unser Freund. Er erholt sich nach langer Krankheit in Speyer. Wenn ihr einverstanden seid, reise ich gleich morgen nach Speyer und bitte um eine Unterredung mit dem König. Er wird das alles klären."

Werner Stauffacher kannte das Temperament seiner Frau, doch wo sie Recht hatte, da hatte sie Recht. Und es war weiss Gott nicht das erste Mal, dass seine Frau ihn auf den rechten Gedanken gebracht hatte. Trotzdem war Werner froh, dass die anderen das Gespräch wieder sachlich weiterführten, ohne ihn auf seine Frau anzusprechen. Dankbar nahm er Walter Fürsts Vorschlag auf und ergänzte: „Walter, du hast Recht. Geh du nach Speyer und sprich bei Rudolf vor. Auch wenn er schwer krank ist, wir brauchen nur einen Befehl von ihm und hier kehrt wieder Ruhe ein."

„Arnold, Wernher", ergänzte Werner Stauffacher, „lasst uns in der Zwischenzeit unsere Getreuen versammeln. Lasst uns auch unsere Waffenkammern aufrüsten, über den Brünig können wir von Bern unbemerkt genügend Speere und Stangenbeile beschaffen. Und bei den Gorkeits Armbrüste und Bögen."

Fürst unterbrach: "Nein, mit einer Bestellung bei den Gorkeits in Zürich gefährden wir deren Sicherheit. Gessler hat in dieser Stadt Freunde die alles verraten könnten. Doch bei Luzern gibt es einen guten Schwertschmied aus der Familie Gorkeit namens Heinrich. Über ihn kommen wir an das was wir benötigen. Gleich morgen werde ich ihn aufsuchen. In spätestens zwei Monaten sollten wir so viele Waffen zusammen gebracht haben, dass wir genügend Männer ausrüsten können."

„Ich hoffe, das wird nicht nötig sein", entgegnet Fürst, „ich hoffe es so sehr."

„Und ich werd' versuchen herauszufinden, wohin sie die Familie von Burkart verschleppt haben." Froh über die nun klaren Aufgaben, die vor ihnen lagen, nahm Werner Stauffacher einen grossen Schluck aus seinem Becher.

„Freunde, wir treffen uns am sechsundzwanzigsten dieses Monats wieder, am besten auf Burg Attinghausen. Das ist weiter weg von Gesslers Einfluss. Bis dahin wissen wir mehr." Damit verliess Walter Fürst die Runde, um Vorbereitungen zu treffen für seine Reise nach Speyer.

12. Juli – Fürst in Speyer

Speyer, freie Reichsstadt am Oberrhein

Laut war es. Von überall drangen unzählige und zuweilen undefinierbare Geräusche an sein Ohr. Ebenso verhielt es sich mit den Gerüchen, die seiner Nase mal schmeichelten, um sie bald darauf zu beleidigen. Mehrstöckige Häuser, dicht an dicht gebaut, bildeten schmale, verwinkelte Gassen und überall waren Menschen. Erleichtert sah er zum Himmel, als er auf einen grossen Platz trat der von einem ansehnlichen Brunnen geziert wurde. In der Mitte des achteckigen, grossen Steinbeckens ragte eine Säule empor aus der über vier metallene Ausflüsse das kühle Nass floss. Walter Fürst gönnte sich eine Pause, trank aus der hohlen Hand ein paar Schluck Wasser und benetzte sich die Stirn.

Leute gingen geschäftig ihren Verrichtungen nach. So viele an der Zahl, die scheinbar kreuz und quer über den Platz schritten, dass er sich fragte, ob diese Leute nicht arbeiten mussten. Er war aus Flüelen mit all seinen Durchreisenden einiges gewohnt, aber so ein Getümmel wie in dieser Stadt und auf diesem Platz hatte er noch nie erlebt. Seine Augen versuchten, einen ruhigen Punkt zu finden. Nicht weit von ihm, in der Nische zwischen zwei Häusern, stand ein Mann, der langsam und bedächtig in einem grossen Bottich rührte. Walter Fürst bahnte sich einen Weg durch die Menschenmenge auf den Mann zu.
Neugierig sah Walter in den Topf, in dem eine trübe Brühe köchelte und winzige helle Teile obenauf schwammen. Walter sah den Mann fragend an. „Was für eine Suppe köchelt ihr da?"

Genau so ruhig wie die Bewegungen des Mannes war auch seine Sprache. Nur eine hochgezogene Augenbraue verriet seine Verwunderung über die Frage. „Ihr seid wohl hungrig von einer langen Reise, dass ihr hier eine Suppe vermutet. Euer Hunger muss immens sein, dass euch der Geruch nicht abschreckt", stellt der Mann verwundert fest, während er nach wie vor langsam in seinem Bottich weiterrührte. Fürsts neugieriger Blick in den Bottich veranlasste den Mann zur Frage: „Ihr wisst nicht, was ich hier tue?"

Walter Fürst betrachtete nun die Arbeitsstätte genauer. Verschiedene kleinere Töpfe standen am Boden. In einem befanden sich viele alte Nägel und Eisenbeschläge, die in einer gelblichen Flüssigkeit lagen. Fürst roch vorsichtig an dem Topf. „Essig?" fragte er den Mann, der ihn amüsiert beobachtete und nun schmunzelnd nickte.

Unablässig stiegen kleine Blasen von den Eisenteilen am Grund an die Oberfläche. In einem grossen Zuber entdeckte er unzählige kleine Teile einer Pflanze, die im Wasser lagen. Der Inhalt eines tiefen Troges ganz hinten in der Nische lüftete das Geheimnis. Fürsts Gesicht erhellte sich, als er dort unzählige, rotbraune etwa kirschgrosse Galläpfel entdeckte: „Ihr stellt Tinte her, Galltinte, nicht wahr? Natürlich benutze auch ich Galltinte, allerdings habe ich noch nie gesehen, wie sie hergestellt wird." Seine Neugier war geweckt: „Erzählt mir von eurer Kunst."

Der Mann war überrascht, danach wurde er selten gefragt. Stolz begann er zu erklären: „Alles beginnt mit den Galläpfeln die es nur an Eichen gibt."

„Ja", bestätigte Fürst, „doch was hat es mit dieser sonderbaren Frucht auf sich?"

Gelassen drehte sich der Tintenmacher zum Trog, nahm daraus einen Gallapfel und hielt ihn Walter Fürst entgegen. „Der Gallapfel wächst zwar an der Eiche, meist an der Unterseite eines Blattes, doch er ist keine Frucht, wie man vielleicht meinen könnte." Geschickt liess er den runden Gallapfel auf seiner Handfläche kreisen. „Eine Wespe auf der Suche nach einem geschützten Platz für ihre Brut verletzt ein Eichenblatt und legt ihr Ei hinein. Der Baum wehrt sich, umhüllt das Ei und stösst es mit einem wuchernden Auswuchs aus sich heraus und wir haben unseren Gallapfel." Wieder hielt er die kleine Kugel zwischen Daumen und Zeigefinger.

Fürst sah den Mann skeptisch an und erklärte: „Lieber Mann, ich bin zu alt für solche Märchen."

Doch der Mann hinter dem Bottich lächelte nur milde, liess die Kugel in seine Handfläche kullern, griff nach einem scharfen Messer auf der Lade neben sich und schnitt den Gallapfel vorsichtig in zwei Hälften, um das Ergebnis stolz zu präsentieren. „Der Gallapfel dient auch als Schutz für die heranwachsende Wespe."

Fürst traute seinen Augen kaum, im Innern des Gallapfels lag ein kleines totes Insekt. Verdutzt sah er den Mann an: „Das wusste ich nicht."

Der Tintenmacher liess die Pflanzengalle unbeachtet zu Boden fallen. „Wie gesagt, alles beginnt mit dem Gallapfel. Am besten sammelt man ihn in den Tagen vor Neumond von den Eichen. Die zerkleinerten Galläpfel werden drei Tagen lang in Regenwasser eingeweicht." Seine Hand wies auf den grossen Zuber. „Dann kocht man das Ganze und nimmt es erst vom Feuer, wenn das Wasser zur Hälfte verdampft ist." Stumm und bedächtig rührte er wieder in der köchelnden Brühe vor sich, bevor er weiter ausführte. „Zeitgleich gilt es, Eisensalz herzustellen, Essig löst von den Eisenteilen, was ich für mein Süppchen benötige." Er zwinkerte Fürst zu und zeigte auf die blasenbildende Flüssigkeit mit den Nägeln und Beschlägen. „Durch ein Tuch gesiebt erhalte ich grün schimmerndes Eisensalz." Mit einem geheimnisvollen Grinsen klopfte er leicht auf einen verschlossenen Tiegel. „Nichts aber geht ohne Kirschbaumgummi. Kirschbaumgummi, Gallapfelsud und Eisensalz, in einem Verhältnis, das mein Geheimnis bleibt, gut verrührt und fertig ist die Tinte." Erwartungsvoll sah er in das aufmerksame Gesicht seines Zuhörers.

„Interessant", quittierte Fürst die Ausführungen gedankenversunken, „Ich kannte bisher nur die Herstellung von Tinte aus den Dornenzweigen der Schlehen, was ein viel einfacheres Verfahren ist." Fürst rieb sich das Kinn: „Ich frage mich gerade, wer um Himmelswillen auf die Idee kam, diese Prozedur mit den Galläpfeln auszuprobieren, um Tinte herzustellen." Fürst sah in das verdutzte Gesicht seines Gegenübers, der so verblüfft über den Gedankengang war, dass er tatsächlich aufgehört hatte in seinem Bottich zu rühren. Gemeinsam begannen sie kopfschüttelnd zu lachen über den Einfallsreichtum der Menschen aus längst vergangenen Tagen.

„Guter Mann", begann Fürst, „habt ihr fertige Tinte, die ich bei euch erwerben kann?"

„Selbstverständlich. Wie ihr sicher wisst, sollte man die Tinte gut verschlossen an einem kalten, feuchten Ort aufbewahren." Mit diesen Worten bückte er sich, schob drei Bretter zur Seite, die ein kühles Erdloch nahe der Hauswand bedeckten und holte eines der kleinen Gefässe zum Vorschein, die darin aufbewahrt wurden. „Bei dieser Sommerhitze ist das allerdings leichter gesagt als getan."

Die Männer wickelten den Handel ab, wobei der Tintenhersteller in seine gewohnte Rolle verfiel und die üblichen Informationen zu seinem Produkt aufsagte: „Sollte die Tinte eindicken, könnt ihr sie mit Wasser oder Wein wieder lösen und beachtet, dass sie nach etwa drei Wochen schlecht wird, besonders bei der Wärme." Fürst band sich das Gefäss mit einem dünnen Lederband, das an der dafür vorgesehenen Öse angebracht war, an seinen Gürtel.

„Guter Mann", fragte Walter weiter, „darf ich euch um eine weitere Auskunft bitten? Könnt ihr mir einen Gasthof empfehlen?"

***

Fürst stand an der Nikolaibrücke, als er den Gasthof zum Schwarzen Eber entdeckte der ihm empfohlen worden war. Interessiert bewunderte er die Architektur dieses Fachwerkhauses. Ein dicklicher Mann stampfte schnaubend wie ein Pferd die Tränkgasse hinunter. Sichtlich von den Strapazen gekennzeichnet trug er, halb auf seiner Wampe abgestützt, ein Fass. Fürst war die Sommerhitze im Rheintal nicht gewohnt, doch diesen Mann schien die Hitze noch mehr zu plagen. Der keuchende Mann blieb stehen, wohl um zu verschnaufen. Ein dicker Schweisstropfen nach dem anderen rann von seiner Stirn, über den schiefen, breiten Nasenrücken und tropfte von dort hinunter auf das Fass in seinen Händen. Fürst überlegte. Diesem Mann muss wohl vor vielen Jahren das Nasenbein gebrochen worden sein. War es ein Unfall oder vielleicht eine Schlägerei gewesen?

„Friiiitcheeee!"

Fürsts Gedanken wurden jäh von dem krächzenden Rufen des schnaufenden Dicken unterbrochen. Er schien zwar wieder zu Atem gekommen zu sein, doch bei jedem Atemzug pfiff es aus dessen Innerem, müde lehnte er sich an die Hauswand neben der Türe des Gasthauses und krächzte wieder in Richtung Haus.

„Friiiitcheeee!"

Im selben Moment öffnete sich mit einem Schlag die Seitentür. Die Holztür knallte mit voller Wucht gegen die Schulter des Dicken. Er torkelte, das Fass glitt ihm beinahe aus den Händen. Wütend stiess er die Türe kraftvoll zurück. Der schmächtige Jüngling, der in der Hast so heftig die Türe von innen aufgestossen hatte, wurde von der zurückprallenden Tür auf den Boden geworfen und landete hart mit seinem Hinterteil auf dem steinigen Boden.

Als die Tür nach dem Aufprall langsam wieder aufschwang, lief das fette Gesicht des Mannes mit dem schweren Fass rot an, sein Kopf schien gleich zu platzen. „Friiitschee, du warzengesichtiger

Sohn eines schleimigen Sumpftrolls! Wo warst du, du nichtsnutziger Mistkäfer. Verdammt noch mal, möge deinesgleichen an der Krätze krepieren! Ich muss hier Nachschub für unsere Gäste holen und du sitzt hier nur faul rum!"

Als der junge Knecht aufstand, warf der Mann, der wie es schien der Wirt des Gasthauses war, das Fass in die Arme des Jungen, woraufhin dieser wieder ins Schwanken geriet und mit dem für ihn viel zu schweren Fass sofort zu Boden sank. Nicht wagend seinem Meister nochmals in die Augen zu sehen, rollte er ohne Zeit zu verlieren das Fass in das Gasthaus, begleitet von einem Fusstritt des Wirtes.

Der Wirt wischte sich schwer atmend mit einem Ärmel den Schweiss von der Stirn. Erst jetzt entdeckte er den wenige Meter neben sich stehenden Fremden, der ihn ansah. „Oh, ein Gast, ein Gast", überfreundlich, mit gespielt demütiger Stimme und gebückter Haltung sprach er Walter Fürst an. „Ihr seht durstig aus, kommt! In meiner Schenke gibt es kühles Wasser und würzigen Wein." Der Wirt streckte Fürst seine Hand entgegen. Fürst noch sichtlich verwundert von dem eben Miterlebten, blickte angeekelt auf die ihm entgegen gestreckte schweisstriefende Hand.

Der Wirt bemühte sich einen einladenderen Eindruck zu erwecken, wischte sich die rechte Hand an der umgebundenen schmutzigen Schürze ab und streckte sie erneut dem Fremden entgegen.

Als Fürst noch immer nicht die Hand ergriff, ging der Wirt in die Offensive. „Was hab' ich auch nur für Manieren, edler Herr, edler Herr!"

‚Na so edel sehe ich nun auch nicht aus', dachte Fürst, während der Wirt munter weiterschwatzte und ihn in Richtung Eingang drängte. „Willkommen im Gasthof zum Schwarzen Eber, sie haben sich richtig, richtig entschieden. Ihr habt sofort die beste Schenke von Speyer gefunden. Ich habe gleich gesehen, dass ihr ein geübtes Auge für Qualität und Gastfreundschaft habt. Bei uns gibt es den exquisitesten Wein von den Hängen des Rheins und einen Wildschweinbraten, der euch auf der Zunge zergehen wird, auf der Zunge."

Fürst kniff die Augen zusammen und versuchte, sein Gegenüber nicht allzu angewidert anzusehen, indem er sich auf Tatsachen besann. „Ich suche nach einer Bleibe für ein paar Tage." Doch kaum hatte er die Worte gesprochen, bereute er sie auch schon.

Händereibend fuhr der schmierige Wirt fort: „Oh, oh, oh, dann kommt rein, dann kommt rein. Wir haben ein wunderschönes Zimmer." Weitschweifig ergänzt er, „das Bischofszimmer, wundervoll, wundervoll, mit Blick auf den Dom und einem verzierten Erker."

„Danke das ist sehr nett, aber ich begnüge mich mit etwas Einfacherem." Walter Fürst versuchte, an dem aufdringlichen Menschen vorbeizukommen, doch dieser drehte ihm seine dicke Wampe geschickt in den Weg. „Gewiss doch, gewiss doch, jetzt sehe ich es genau, ihr seid ein Mann der Weisheit, ja man soll auf sein Geld achten. Dann habe ich genau das Richtige für Euch. Ein schönes kleines Zimmer auf der Rückseite des Hauses, mit Blick auf den Speyerbach." Der Wirt zog mit seinem Zeigefinger das Unterlied seines Auges herunter, so dass die blutunterlaufene Innenseite zum Vorschein kam. „Hehe, und wenn ihr Glück habt, könnt ihr vom Fenster aus ein paar Waschfrauen am Bach beobachten, in der Hitze dieser Jahreszeit haben sie fast nichts mehr an." Der Wirt saugte bei den Worten den Sabber aus seinen Mundwinkeln wieder ein. „Kommt herein, ich zeige euch das Zimmer. Kommt, kommt, folgt mir, folgt mir." Der Wirt ging mit leicht gesenktem Haupt und einem Lächeln über die Silberlinge, die er an dem Fremden verdienen würde, vor und winkte seinem möglichen Gast zu.

Fürst überlegte noch, ob er sich nicht besser für ein anderes Gasthaus entscheiden sollte, doch er war in Eile. Er wollte noch heute um eine Audienz beim König bitten.

‚Die Schenke ist sicher recht, und mit dem Wirt brauch ich keine Freundschaft zu schliessen', entschied sich Fürst und betrat den Gasthof.

Beim Zimmer angekommen öffnete der Wirt die Tür mit einem grossen metallenen Schlüssel. Ein Knattern begleitete das Öffnen. Das Zimmer war einfach aber zweckmässig eingerichtet.

„Ich nehme es, für drei Nächte", erklärte Fürst schnell, um einem weiteren Redeschwall des Wirtes zu entgehen.

„Welchen Namen darf ich eintragen?" fragte der Wirt nicht ohne Neugier.

Fürst überlegt kurz. Die Zeiten waren unsicher, es wäre vermutlich klüger, hier niemandem seinen wahren Namen zu nennen. „Mein Name ist Guntram von Muri", antwortete er selbstsicher.

Mit schmeichelnder Stimme lächelte der Wirt: „Ein edler Mann wie ihr wird sicher die Nächte im Voraus bezahlen wollen?" Dabei blinzelte er erwartungsvoll auf die Geldkatze die am Gürtel von Walter Fürst hing.

Fürst bezahlte kopfschüttelnd, begab sich umgehend in sein Zimmer und schloss die Tür. Draussen rief ihm der Wirt etwas von einem bald fertigen, saftigen Wildschweinbraten nach.

Kurz darauf verliess Walter Fürst alias Guntram von Muri seine Kammer und eilte die Treppe hinunter. Unten war der junge Fritche gerade damit beschäftigt, die Treppe zu kehren. Der unsichere Knecht wollte Walter eilig den Weg freimachen und stiess dabei mit dem Besenstiel an einen Tonkrug, der neben ihm auf einem Sims stand. Der Krug fiel zu Boden und zerbarst mit einem lauten Krachen in hundert Stücke. Eilig kam der Wirt um die Ecke und wollte gerade losschimpfen, da stellte sich Walter dem Wirt entgegen. „Verzeiht mein Herr mein Ungeschick, ich habe mit meiner Tasche beim Vorbeigehen den Krug umgestossen. Selbstverständlich komme ich für den entstandenen Schaden auf."

Die Miene des Wirtes erhellte sich, „Ja das war ein sehr wertvoller Krug..."

Noch bevor der Wirt weiterreden konnte, streckte ihm Fürst ein paar Münzen entgegen. „Ist dies ausreichend?"

„Ja gewiss doch, mein Herr, gewiss." Der Wirt verneigte sich, nahm das Geld gierig entgegen und schimpfte gleich darauf in Richtung des Jungen. „Und du Fritsche, bist du endlich mit der Treppe fertig? Dann wisch das gleich auch mit auf!"

Der Junge noch ganz erstarrt vor Angst, hatte erwartet die nächste Tracht Prügel einzufangen. Fürst lächelte ihm aufmunternd zu, verabschiedete sich von den beiden und eilte aus der Schenke.

Fürst erreichte den Sitz von Friedrich von Bolanden, dem Bischof von Speyer. Nachdem ihm die Wachen heute Früh am Palast, in dem Rudolf weilte, keinen Einlass gewährt hatten, empfahl ihm ein Geistlicher sein Glück beim Bischof zu versuchen. Denn dieser hatte die Möglichkeit eine Audienz beim König zu erwirken. Der Bischof empfing jeweils am Nachmittag gewöhnliche Bittsteller. Fürst war zuversichtlich. Doch was könnte er als Gegenleistung anbieten? Er griff in seine Tasche, in der sich ein kleines jedoch prächtiges Votivbild befand, das er einst vom Kloster Muri erhalten hatte und das er als Schutzbringer immer bei sich trug. Mit etwas Glück würde dies hilfreich sein, um den Bischof für sein Anliegen zu gewinnen.

***

Der Archidiakonus, der oberste Diener des Bischofs, schritt durch das Audienzzimmer seines Herrn und flüsterte dem Würdenträger etwas ins Ohr. Dieser zog die Augenbrauen hoch, blickte seinen Diener an und antwortet ihm wortlos mit einem langsamen Kopfschütteln. Wieder flüsterte der Archidiakonus dem Bischof etwas zu und legte ihm dabei das wundervolle Votivbild in die Hand. Der Bischof betrachtete das kleine Gemälde und überlegte kurz. Dann wies er mit einer Geste die Wache an, den Gast einzulassen.

„Er möge eintreten!", hallte es durch den hohen Raum.

Walter Fürst schritt eilig durch das Audienzzimmer und wollte sofort anfangen zu sprechen, doch der neben dem Bischof stehende Archidiakonus brachte ihn mit einer Handbewegung und erzürntem Blick zum Stehen und Schweigen. Ungeduldig liess sich der Helvete auf ein Knie fallen. Nachdem er bereits eine gefühlte Ewigkeit in den Vorräumen des Bischofsitzes gewartet hatte, musste er sich nun ein weiteres Mal gedulden, bis der Bischof sich nach seinem Begehren erkundigte, und der Bischof liess sich Zeit.

Endlich begann er gemächlich zu sprechen: „Ihr wünscht, König Rudolf zu sprechen? Welche Angelegenheiten führen euch so viele Tagesreisen bis hier her nach Speyer?"

„Hochwürdiger Herr", begann Fürst, wie ihn der Archidiakonus angewiesen hatte, „unser Volk war einst eng verbunden mit unserem König Rudolf, doch seit der König krank ist, wurden unrechtmässig Vögte eingesetzt, die damit begonnen haben, das Volk zu knechten und zu ihrem persönlichen Profit auszubeuten. Unsere Ländereien der Waldstätten sind seit Kaiser Friedrich reichsfrei. Diese vom Kaiser erteilte und von König Rudolf bestätigte Reichsfreiheit wird von der Raffgier einzelner untergraben, die im Dienste von Rudolfs Sohn Albrecht stehen. Und ich bin hier, um unseren König um Hilfe zu ersuchen." Fürst ahnte, dass er sich auf dünnem Eis bewegte, denn er wusste nicht, ob des Bischofs Gunst mehr dem König oder dessen Sohn Albrecht galt. Es folgte eine endlos scheinende Zeitspanne des Schweigens.

Endlich sagte der Bischof mit bedrohlich ruhiger Stimme. „Erst vor kurzem habe ich mich mit dem Kurfürsten und Erzbischof von Köln, Siegfried von Westerburg, über Albrecht, den Sohn des Königs unterhalten." Der Bischof machte eine unnötige Pause bevor er weitersprach. „Der Erzbischof von Köln traut Albrecht nicht und ich bin sicher, er würde sich freuen, eure Worte zu hören." Die nächsten Worte dehnte der Bischof von Speyer in die Länge, um sich Zeit zum Überlegen zu verschaffen: „So so, es dünkt euch, dass Albrecht bereits jetzt so handelt, als ob er König sei."

Fürst atmete auf, endlich, er schien einen Fürsprecher gefunden zu haben.

„Doch ich teile diese Befürchtung des Erzbischofs nicht." Ohne Fürst aus den Augen zu lassen, sprach der Bischof weiter. „Albrecht ist nicht so schlimm, wie einige meinen."

Gerade noch wähnte sich Fürst in Sicherheit, um im nächsten Moment zu spüren, wie sich eine Schlinge um seinen Hals zusammenzog. Mit klopfendem Herzen wartete er auf die nächsten Worte des Würdenträgers.

„Immer wieder diese kurzsichtigen, gierigen Vögte", als würde er ein Insekt vertreiben wollen wedelte der Bischof müde mit zwei Fingern durch die Luft, „die glauben wohl im Ernst, dass Albrecht so dumm ist und ihnen Narrenfreiheit gewähren wird."

Fürst rang nach Worten. Der Versuch, den möglichen Thronfolger zu verunglimpfen, konnte für ihn hier und jetzt Kerker und Folter bedeuten.

„Andererseits", fuhr der Bischof langsam fort, „werden sich vielleicht alle noch wundern, allen voran Albrecht. Denn wenn es nach dem Erzbischof von Köln geht, muss ein König gewählt werden. Blutsverwandtschaft legitimiert in keinster Weise eine Königsnachfolge – bisher zumindest."

Nun wusste Fürst nicht mehr, was er denken sollte.

Friedrich von Bolanden, seit Jahren darin geübt, sich auf dem glatten Parkett der Politik zu bewegen, um Bischof von Speyer zu werden und auch zu bleiben, verbarg seine Meinung hinter geschickten Formulierungen und einem versteinerten Gesicht.

Der Bischof sah auf das Votiv in seinen Händen und erklärte unvermittelt. „Ich werde Eurem Wunsch entsprechen."

„Ihr ermöglicht mir eine Audienz beim König?", fragte Fürst überrascht.

„Nein, das nicht", der Bischof sprach wie zu einem unwissenden Kind, „Rudolf ist zu krank, er gibt zurzeit keine Audienzen. Aber ihr könnt eure Bitte aufschreiben und ich werde sicherstellen, dass dem König eure Bitte zugestellt wird."

„Ich danke euch", Fürst verneigte sich kurz. Es war zwar nicht, was er sich erhofft hatte, doch er wusste, dass dies im Moment das Bestmögliche war, was er erreichen konnte. „Ich wohne im Gasthof zum Schwarzen Eber unten am Speyerbach, dort werde ich auf eine Antwort warten."

„Dann hoffe ich, ihr müsst nicht zu lange warten. Und ich danke euch für das Votivbild vom Kloster Muri, das fehlte mir noch in meiner Sammlung." Friedrich von Bolanden, Bischof von Speyer, wandte sich ab als Zeichen für das Ende der Unterredung.

Nachdem Walter Fürst ein Gebet im Dom von Speyer gesprochen hatte, verliess er das Gebäude durch das imposante Portal und trat gut gelaunt hinaus in die Sommersonne. Das Gespräch beim Bischof war nicht ganz so verlaufen, wie er es sich gewünscht hatte, doch zumindest würde Rudolf ihre Bitte erhalten und bestimmt würde alles wieder gut werden.

15. Juli – Der König ist tot

Speyer, freie Reichsstadt am Oberrhein

Der Archidiakonus, der Diener des Bischofs von Speyer, überbrachte dem stark geschwächten Rudolf eine Nachricht von einem gewissen Guntram von Muri. Rudolf konnte sich kaum noch bewegen, er bat den Bediensteten, ihm das Schreiben vorzulesen.

In dem Schreiben stand, dass die Landvögte, allen voran der Vogt Hermann Gessler, die Völker in Helvetien aufs Übelste unterdrückten und insbesondere in den Waldstätten wüteten. Und dass die Helveten ihn um Hilfe ersuchten.

„Gessler?", stammelte Rudolf, „nein, Wilhelm Gorkeit ist Vogt." Der Archidiakonus entgegnete ihm im Flüsterton: „Wisst ihr nicht mehr, ihr selbst hattet den Befehl gegeben."

Rudolf verdrehte seine Augen. „Nein das ist nicht richtig", Rudolfs Stimme war schwach, als er vergeblich versuchte sich aufzurichten. „Nein, das kann nicht sein."

Verunsichert wandte sich der Archidiakonus Richtung Tür: „Euer Sohn Albrecht ist heute angekommen, ich lasse besser nach ihm rufen. Er wird euch helfen."
Als Albrecht, Drakkelm und Seumas in Rudolfs Kammer traten, hielt dieser zitternd das soeben überbrachte Schriftstück in der Hand.
Albrecht stellte sich an das hohe prächtige Bett, auf dem sein Vater von vielen Kissen gestützt lag, nahm ihm das Schreiben ab, las es kurz und lächelte. „Das braucht dich jetzt nicht mehr zu kümmern."

„Gorkeit", stammelt Rudolf wieder und sah hilfesuchend zu seinem Sohn. „Nicht Gessler!", klagte Rudolf nach Luft ringend und voll seelischer Pein flehte er: „Bring das wieder in Ordnung.".

Albrecht flüsterte nahe an Rudolfs Ohr. „Alles ist in Ordnung, es ist so wie es sein soll."

„Nein! Wie konnte das…? Nicht du..!" Mit letzter Kraft versuchte der König sich aufzurichten doch er schaffte es nicht. Albrecht blickte kalt auf seinen sterbenden Vater. Rudolf versuchte, nach seinem Sohn zu greifen, schwach hob er den Arm, für mehr hatte er keine Kraft.

„Was, alter Mann?" Unbeeindruckt stand Albrecht am Sterbebett seines Vaters.

Rudolf hob zitternd den Kopf und als sein Mund versuchte, ein Wort zu formen, verliessen ihn die Lebensgeister. Sein Arm fiel kraftlos aufs Bett, sein Kopf kippte leicht zur Seite, ein letzter gehauchter Atemstoss war noch zu hören, als er in die Kissen sank.

Rudolf, der König des Sacrum Imperium Romanum, war tot.

Ohne eine Spur von Trauer wandte sich Albrecht an seine beiden Gefolgsleute. „Der König ist tot – lang lebe der König."
Seumas und Drakkelm stimmten grinsend ein: „Lang lebe der König."
Albrecht blickte zum Priester und zur Magd, die neben dem Bett standen und ihn mit Entsetzen ansahen.
„Und ihr beiden", Albrecht blickte sie mit finsterer Miene an, dann verzog sich sein Gesicht zu einem Grinsen, „ach, euch wird man sowieso nichts glauben."

In dem Moment öffnete sich knarrend die Tür zum Gemach. Der Bischof zu Speyer, Friedrich von Bolanden betrat würdevoll das dunkle Zimmer. Weinend fiel Albrecht vor dem Bischof auf die Knie, krallte sich in dessen Gewand und jammerte mit weinerlicher Stimme: „Bischof, mein Vater, mein Vater, er ist tot."

Während Albrecht sein Gesicht in den schweren Stoff drückte, legte der Bischof sanft seine Hand auf Albrechts Haar. „Ihr müsst jetzt stark sein, mein Sohn, in dieser schweren Stunde."

Der Bischof schaute sorgenvoll auf Albrecht herab, doch sein Gesicht verdunkelte sich noch mehr als er hinüber zum Bett blickte, auf dem der tote König lag.

Drakkelm liess den Priester auf der anderen Seite des Raumes nicht aus den Augen, die Hand am Heft seines halb gezogenen Schwertes.

Der Bischof wandte sich an Drakkelm und Seumas. „Kümmert euch um euren Herrn, wir sorgen für die Beisetzung des Königs."

Drakkelm und Seumas hoben Albrecht hoch, stützten den scheinbar Kraftlosen und begleiteten ihn nach draussen. Auf dem Weg durch die Tür streckte Albrecht seine Hand zurück in Richtung von Rudolf und flehte traurig: „Vater!"

Drakkelm und Seumas wechselten einen kurzen Blick über die theatralische Einlage ihres Herrn und schoben Albrecht hinaus aus der Kammer. Als die Türe geschlossen war, richtete sich Albrecht auf, wischt seine Hose sauber und wandte sich mit fester Stimme an seine beiden Getreuen. „Ihr wisst, was ihr zu tun habt. Der Priester und die Magd…, es darf keine Zeugen geben. Lasst es wie einen Unfall aussehen."

„Ihr könnt euch auf uns verlassen, mein Herr", kam es wie aus einem Mund.

Gereizt fuhr Albrecht fort: „Und tötet diesen Guntram von Muri, wer auch immer das ist." Ärgerlich drückte er Seumas den Brief vor die Brust, den er bei seinem Vater gefunden hatte. „Ihr findet ihn im Gasthof zum Schwarzen Eber."

***

Walter Fürst ging durch den Markt von Speyer und sah sich die angebotenen Waren aus fernen Ländern an. Gewürze die er noch nie gerochen, Stoffe, so fein, wie er sie noch nie angefasst hatte.

Fürst fragte sich, welche dieser Waren über den Gotthard an seiner Türe vorbei transportiert worden waren. Anderes mochte über den Seeweg und dann den Rhein hinauf bis nach Speyer gelangt sein.

Auf einmal hörte er einen Tumult. Laute Stimmen kamen vom Brunnen in der Mitte des Marktplatzes. Ein Knappe prallte, vom Brunnen herkommend, mit Walter Fürst zusammen. Walter hielt ihn mit beiden Händen fest. „Was ist los, Junge?"

„König Rudolf ist tot, ich muss meinen Herrn benachrichtigen." Ausser Atem hetzte der Junge weiter.

Fürst erstarrte, tausend Dinge gingen ihm gleichzeitig durch den Kopf. Doch ein Gedanke schob sich ganz nach vorne. Er befand sich in Gefahr. Schnell eilte er zurück zum Gasthof zum Schwarzen Eber, er musste sofort abreisen.

Endlich in seiner Kammer angekommen, packte er hastig seine wenigen Habseligkeiten zusammen.

Währenddessen trat Seumas mit einem Begleiter in die Schenke. „Wirt!", Seumas drückte dem Wirt einen Silberling in die Hand, „wo finden wir Guntram von Muri?"

Den Blick fest auf den Silberling gehaftet erklärte dieser: „Er kam vorhin eilig zurück." Neugierig geworden fragte er: „Hat er was ausgefressen?"

„Das hat euch nicht zu kümmern, wo finden wir ihn?" Seumas stellte sich dicht vor den dicken Wirt.

„Lasst mich schnell nachsehen." Der Wirt drehte sich unerwartet schnell zum kleinen Ecktisch hinter sich und tummelte fluchend zwischen allerlei Krimskrams herum. „Ach, da ist es ja!", strahlend hob er eine kleine Wachstafel hoch. „Er ist in Kammer Nummer fünf, mein Herr – hehe, wusste gleich dass der was ausgefressen hat."

Seumas packte den Wirt am Kittel. „Ihr strapaziert meine Geduld. Wo ist diese Kammer?"

„Ja ja!" Der Wirt schien sich keiner Gefahr bewusst. Aufgebracht wies er nach oben. „Dort oben ist sie, die Gästekammer gleich gegenüber der Treppe."

Seumas und sein Begleiter rannten polternd die Treppe hoch, blieben vor der Tür stehen, zogen ihre Schwerter und brachen mit einem gemeinsamen Fusstritt die Türe zu Walter Fürsts Kammer auf.

26. Juli – Der Plan

Burg zu Attinghausen in Uri

Die Herren Wilhelm Gorkeit, Burkart am Bühl, Werner Stauffacher, Wernher von Sewa und Arnold von Melchtal waren zu Gast auf der Burg des Freiherrn von Attinghausen. Alle ausser Wilhelm sassen am Feuer in der Hauptkammer der Burg. Wilhelm stand am Fenster und blickte in den strömenden Regen.

Burkart am Bühl stand abrupt auf, begann, nervös im Raum auf und ab zu wandern und klagte: „Rudolf ist tot, meine Familie ist tot und Walter Fürst sicher ebenso und bald werden wir alle auch tot sein!" Um irgendetwas zu tun warf er mit zitternden Händen ein Scheit Holz ins Feuer.

Mit ruhiger Stimme entgegnete ihm Wilhelm: „Nein, Walter Fürst lebt und deine Frau und Kinder leben ebenfalls, ich fühle es."

„Und auch wir werden nicht sterben", ergänzte Arnold laut.

„Ach so, du fühlst es", äffte Burkart Wilhelm gereizt nach. „Haben es dir etwa die Engelchen im Schlaf zugeflüstert? Oder woher hast du diese Gewissheit?" Burkart war mit den Nerven sichtlich am Ende.

„Das Gefühl gaben mir vielleicht die Engel", entgegnete ihm Wilhelm, „aber die Gewissheit habe ich gerade erhalten, weil ein völlig durchnässter Walter Fürst soeben zum Burgtor herein spaziert." Lächelnd drehte sich Wilhelm zu Burkhart.
Die Männer sprangen von ihren Stühlen auf. Werner von Attinghausen schritt zur Tür, öffnete sie und Walter Fürst kam triefend nass und müde die Treppe hoch zu seinen Freunden in die warme Halle. „Bin ich froh, euch wieder zu sehen, meine Freunde!"

„Walter, wir sind froh, dich heil wieder zu sehen. Wir vermuteten schon das Schlimmste!", entgegnete ihm Werner Stauffacher erleichtert und half ihm aus dem schweren, tropfenden Mantel. Fürst stellte sich an den Kamin, um sich am wohlig knisternden Feuer zu trocknen und die klammen Finger zu wärmen. Erst jetzt bemerkte er Wilhelm, der noch immer drüben am Fenster stand. „Wilhelm? Welch freudige Überraschung, dich hier zu sehen. Wie kommt es, dass du ausgerechnet heute hier bist?", wollte Fürst wissen.

„Wilhelm hat uns vor zwei Tagen die Nachricht von Rudolfs Tod überbracht und wollte in dieser ungewöhnlichen Zeit hier mit uns auf dich warten, um deine Neuigkeiten zu hören", erklärte von Attinghausen.

„Ja, so ist es. Nachdem mir vor ein paar Tagen in Zürich die traurige Nachricht von Rudolfs Tod überbracht wurde, musste ich hierher zu euch kommen. Nicht nur im Auftrag des Züricher Stadtrates wollte ich euch treffen, sondern auch aus meinem eigenen Interesse. Doch sag, konntest du noch mit dem König sprechen, bevor er starb?"

„Nein, sie liessen mich nicht zu ihm. Und am Tag, als er starb versuchte man, mich zu töten." Walter Fürst nahm dankbar eine Schüssel warme Suppe entgegen.

„Was zum Glück, wie wir sehen, nicht gelungen ist. Erzähl, was ist passiert, wie bist du entkommen?" Arnold von Melchtal platzte fast vor Neugier.

„Ich war auf dem Marktplatz, als ich die Nachricht von Rudolfs Tod hörte. Sofort eilte ich zurück ins Gasthaus und packte geschwind meine Sachen zusammen. Auf einmal klopfte es an meine Tür, mein Atem stockte. Doch dann erkannte ich die Stimme von Fritsche, einem Jüngling, der im Gasthof arbeitet. Dank ihm bin ich überhaupt noch am Leben. Er sagte nur, dass ich sofort mitkommen solle. Eilig führte er mich eine Treppe hinunter zum Hinterausgang und erzählte mir, dass zwei zwielichtige Männer beim Wirt nach mir gefragt hatten. Als ich auf die Gasse hinaus trat, hörte ich noch, wie eine Tür aufgebrochen wurde. Ich sah hoch und erkannte, wie einer der Schergen suchend aus dem Fenster meiner ehemaligen Kammer schaute. Unsere Blicke trafen sich kurz, dann bog ich um eine Ecke. Erst wollte ich den üblichen Weg über die Nikolaibrücke gehen, doch da standen Soldaten und da ich nicht wusste, wem ich trauen konnte, rannte ich dem Ufer des Speyerbaches entlang, versteckte mich in einem Kanal und eilte dann weiter zum Marktplatz. Dort konnte ich mich unter die Menge mischen und fliehen." Fürst erzählte seinen Freunden weiter, wie er sich nach Norden in Richtung Worms absetzte und dann einen Umweg über die Grafschaft Burgund wählte, um unbemerkt zurück nach Uri reisen zu können.

„Das hört sich sehr abenteuerlich an. Wisst ihr, wer euch töten wollte? Vielleicht dieser Gessler?", wollte Wernher von Sewa wissen.

„Ich glaube kaum, dass Gessler so weit im Norden Leute hat. Eher vermute ich, dass Albrecht etwas damit zu tun hat. Wie ich hörte, kam er kurz vor Rudolfs Tod ebenfalls in Speyer an. Und möglicherweise ist meine Bitte an Rudolf in seine Hände gelangt."

„Ein Glück, dass ihr überlebt habt. Ich hoffe inständig, dass mein jüngster Bruder, Arnoldus, auch überleben wird", ergänzte Wernher von Sewa bedrückt.

„Ja, seid ihr nur froh, dass ihr noch lebt. Meine Familie ist inzwischen bestimmt schon tot", warf Burkart am Bühl ärgerlich und voller Kummer ein.

Fürsts Blick wanderte zu Burkart und weiter zu Werner Stauffacher. „Ihr habt seine Familie noch immer nicht gefunden?"

„Nein", antwortet Stauffacher mit gesenktem Haupt. „Und inzwischen liess Gessler Wernhers Bruder Arnoldus unter fadenscheinigen Anschuldigungen verhaften. Ein Glück, konnte wenigstens Johans entkommen." Stauffacher sah beschämt zu Wernher von Sewa.

Wilhelm setzte sich und legte sein Gesicht in die Hände.

„Was ist Wilhelm, weisst du etwas?" Burkart sah Wilhelm mit furchterfüllten Augen an.

„Über den Verbleib deiner Familie? Nein, darüber weiss ich leider nichts." Wilhelm schüttelt langsam den Kopf und schluckte leer, er musste etwas, das ihn die ganze Zeit schon belastete, loswerden. „Meine Freunde", fing er stockend an, „ich befürchte, das alles hier ist meine Schuld. Ich bin schuld daran, dass Hermann Gessler Landvogt über die Waldstätten wurde."

Die Männer verstanden nicht, was er ihnen sagen wollte und sahen ihn fragend an.

Wilhelm erzählte ihnen von der Falkenjagd mit Rudolf entlang dem Auenland, als der König ihm den Vorschlag unterbreitet hatte, ihn zum Vogt über die Ländereien entlang der Handelsrouten nach Süden zu ernennen. Und dass er es abgelehnt hatte, Vogt über ein reichsfreies Land zu werden.

„Dein Entscheid war vollkommen richtig. Es ist doch nicht deine Schuld, dass diesem Gessler das Amt übertragen wurde", beschwichtigte Stauffacher. „Ausserdem", fuhr er grimmig fort, „dürfte es dieses Amt gar nicht geben, es ist unrecht."

„Ich kann mir nicht vorstellen, dass Rudolf diesen nichtsnutzigen Gessler an deiner Stelle ernannt hat. Gessler ist ein enger Freund von Albrecht. Ich bin mir sicher, da steckt Albrecht dahinter und nicht Rudolf", ergänzte Walter Fürst und legte beruhigend eine Hand auf die Schulter des aufgewühlten Wilhelm.

„Albrecht, Rudolf, das sind Habsburger, alles dieselben macht-hungrigen Tyrannen!", keifte Burkart immer noch angriffslustig.

„Nein, Burkart, sprich nicht so vom König, Gott möge seiner Seele gnädig sein. Er war immer auf unserer Seite, er war immer ein Freund der Waldstätter", beschwichtigte ihn Walter Fürst.

„Und das absolute Gegenteil ist sein Sohne Albrecht", ergänzte Wilhelm. „Aber du hast Recht, Walter. Warum bin ich selbst nicht darauf gekommen? Albrecht nutzte die Gunst der Stunde und setzte Gessler ein. Rudolf hatte zwar den Plan für eine Vogtei Waldstätten, aber aus ganz anderen Gründen. Albrecht strebt nach uneingeschränkter Macht und Reichtum. Er will die-sen beliebten Handelsweg kontrollieren und bei all den wertvol-len Waren, die täglich die Gotthardroute passieren, kann er sich durch hohe Zölle bereichern und damit seine Kriegspläne finan-zieren. Und Gessler ist Albrecht absolut gehorsam und zudem ergötzt Gessler sich an jeder Art von Macht, die er ausüben kann."

„Das passt", Werner Stauffacher ging zur Feuerstelle und blickte in die Flammen. „Gessler liess gestern verlauten, dass die Wa-renzölle erhöht werden. Zudem schart er Söldner um sich. Und jetzt da Rudolf tot ist, wird Albrecht noch mächtiger. Womöglich wird er König und Gessler denkt, er könne machen was er will." Werner griff sich an die Stirn. „Albrecht will uns die seit über einem halben Jahrhundert bestätigte Reichsfreiheit absprechen. Und uns gehen die Verbündeten aus."

„Da muss ich dir leider zustimmen, Werner. Wir können nicht mehr auf Hilfe von aussen hoffen. Es liegt nun an uns, es liegt in unseren Händen, Gessler und Albrecht Einhalt zu gebieten und für unsere Freiheit zusammenzustehen!" Voller Tatendrang sprach Walter Fürst weiter: „Arnold, geh du zurück nach Un-terwalden und ruf alle zusammen, auf die du vertrauen kannst."

„Werner?", Walter Fürst sah fragend zu Stauffacher.

„Die Schwyzer sind dabei, das kann ich dir versichern." Werner Stauffacher blickte zu Wernher von Sewa der ihm zunickte.

„Von Attinghausen und ich werden hier in Uri alles vorbereiten." Der Freiherr von Attinghausen nickte ebenfalls stumm aber bestimmt Walter Fürst zu.

„Wir brauchen einen sicheren Ort, an dem wir uns treffen können", wandte Arnold ein.

„Da weiss ich einen Ort", antwortet Werner Stauffacher. „Gegenüber von Brunnen, auf der anderen Seeseite gibt es eine verborgene Wiese, die nur vom See her zugänglich ist oder über steile Pfade von Seelisberg."

Arnold von Melchtal ergänzte: „Am Seeli vorbei wo der Elbst, der unheimliche Wassergeist haust, von da trauen sich nur die Mutigsten zu den steilen Wegen hinunter zum Ufer. Einfach so kommt aus der Richtung keiner, das weiss ich bestimmt."

„Du meinst das Rütli?", vergewisserte sich Walter Fürst an Stauffacher gewandt.

„Ja, das Rütli!", bestätigte Stauffacher. „Und wann wollen wir uns dort treffen, wie viel Zeit braucht ihr?"

„Ein paar Tage, mehr nicht", antwortet Arnold von Melchtal.

„Dann ist es beschlossen, wir treffen uns am frühen Morgen des ersten Tages vom August auf der Rütliwiese."

Wilhelm hatte sich angesichts von so viel Tatkraft erhoben und stand ruhig neben den Männern und freute sich, die Entschlossenheit zu spüren, die aus ihnen sprühte.

„Wilhelm", Walter Fürst wandte sich an Wilhelm Gorkeit. „Auch wenn du in Zürich wohnst, deine Wurzeln sind hier in Uri. Wie dein Vater Jakob und dein Grossvater Hugo kamst auch du in Bürgeln zur Welt. Es wäre mir eine grosse Freude, wenn du bei dem Treffen mit dabeisein könntest."

Alle nickten zustimmend.

„Ja", ergänzte Attinghausen, „sei bis dahin mein Gast!"

Wilhelm nickte jedem der Männer zu. „Ein Wunsch, meine Freunde, dem ich sehr gerne entspreche."

1. August – Der Schwur auf der Rütliwiese

Rodung Rütli in Uri am Waldstättersee

Immer mehr Männer trafen auf der sonst so stillen Wiese am Urnersee ein.

Aus Unterwalden war Arnold vom Melchtal mit gut zwei Dutzend Männern gekommen. Aus Uri, Werner von Attinghausen und Walter Fürst zusammen mit Wilhelm Gorkeit sowie Arnold von Silenen mit ebenfalls an die dreissig Männern. Leise Ruderschläge waren vom Wasser her zu hören. Mehrere kleinere Nauen teilten sanft den leichten Morgennebel, der still über dem Wasser stand. Auch das Ziel der Männer aus Schwyz war die grüne Matte, genannt Rütli.

Werner Stauffacher und die Brüder Wernher und Johanns von Sewa brachten neben den etwa dreissig Männern auch einen jungen Schreiber mit, der schüchtern zwischen den Männern stand. Nach mehreren Jahren Lehrzeit der Schreiberkunst in einem Kloster in der Toskana war er auf dem Weg zurück in das Kloster im Hof bei Luzern, um dort mit schöner Schrift wichtige Texte zu übertragen und zu verfassen. Unglücklicherweise, wie es ihm schien, war er zur falschen Zeit am falschen Ort gewesen, als er bei seiner letzten Rast in Schwyz von seinem Können erzählte.

Als die Schwyzer auf der Rütliwiese ankamen, klopfte Werner Stauffacher dem Jüngling aufmunternd auf die Schulter und erklärte: „Da wir eine Schrift auf dem amtlichen Weg nicht verfassen lassen können, dachte ich, der Bursche kann uns nützlich sein und das Gesagte auf Pergament bringen."

Fürst löste das Lederband, an dem das Tintengefäss aus Speyer hing von seinem Gurt und warf es dem Jungen zu. „Hier, schreib damit, das ist Tinte von einem besonderen Tag und Ort. Rühr das Pulver mit dem Wasser aus unserem See an. Ich bin sicher, damit geschrieben wird der Text weder in den Köpfen und Herzen, noch auf dem Pergament je verblassen."

Der magere Bursche fühlte sich unwohl. Was war das hier für eine Versammlung? Verstiess er mit seiner blossen Anwesenheit gegen irgendein Gesetz?

„Schreib, was du hörst", Stauffacher legte seine Hand diesmal beruhigend auf die Schulter des Jungen, „doch erwähne keine Namen. Namen sind heute unwichtig. Das Gesagte hat Gültigkeit für alle in den drei Ständen Uri, Schwyz und Unterwalden."

Der letzte Satz wirkte nicht sonderlich beruhigend auf den blassen Schreiber. Doch wie immer nahm er seine Aufgabe sehr ernst und bei der wilden Diskussion die nun unter den Männern entbrannte hatte er keine Zeit mehr, sich Sorgen zu machen. Worte, mal eindringlich mal bestimmt gesprochen, flogen an seine Ohren.

„Wir behalten unsere bestehende Ordnung, die einwandfrei unser tägliches Leben regelt. Wir brauchen keine Feudalherren."

„Diese Herren haben in den vergangenen Jahren noch nie in geringster Weise ein Interesse an den schroffen Wänden und den engen und kargen Talböden gezeigt. Doch jetzt wo wir ein Durchgangsland zu den begehrten Orten und Gütern im Süden sind, jetzt unterwandern sie unsere Strukturen mit Richter, Beamten und Vögten, um für sich Zölle erheben zu können, und wollen uns sagen, was wir tun und lassen dürfen."

„Wir waren immer schon frei im Handeln und frei auf unseren Strassen, die wir sehr gut selbst zu sichern im Stande sind."

„Freiheit heisst auch, die Früchte seiner Arbeit selbst ernten zu können. Vögte verstehen sich nur darauf, überrissene Zölle und zu hohe Steuern zu erheben, sonst können die nichts."

„Ja, wir wurden von den gutbetuchten Herren stets uns selbst überlassen. Hat sich bisher jemand um uns gekümmert? Nein!

Doch wir die wir hier stehen kämpften gemeinsam gegen Lawinen und den Hunger."

„Und wenn wir uns unter freiem Himmel an den Landsgemeinden versammeln, entscheiden wir selbst über unsere Belange, es gilt die Stimme aller freien Talbewohner und so soll es auch bleiben!"

„Ich höre, wir sind alle grundsätzlich derselben Meinung. Lasst uns also bewusst und überlegt handeln. Gemeinsam, mit der Kraft aller Einwohner der Täler, können wir uns gegen die Einmischung fremder Vögte wehren."

„Keine Gefahr von aussen soll uns trennen, wir stehen zusammen wie einer."

„Lasst uns diese Einigkeit in der Unabhängigkeit durch einen Eid festigen."

„Ja genau, denn wir wollen frei und selbstbestimmt bleiben, eher in den Tod gehen als in die Knechtschaft."

„Wir fürchten uns nicht vor der Macht der Menschen, denn Freiheit und Selbstbestimmung sind Werte, die uns keiner nehmen kann. Sie kommen zum Ausdruck in unserem Denken und Handeln, sie sind in unseren Herzen."

Der Schreiber war vollauf damit beschäftigt, dem zu folgen, was er hörte, und sich das Wichtige, die Entscheide und Beschlüsse, die nun folgten, zu merken, um sie dann in logischer Abfolge aufzuschreiben. Ein flacher Stein auf seinen Knien bildete die Unterlage, auf der das Pergament lag. Hastig und doch bemüht, seine schöne Schrift zu wahren, brachte er die Worte in kleinen säuberlichen Buchstaben aufs Pergament. Zu seinem Leidwesen kam er nicht umhin, viele der Worte abzukürzen, um dem Gesprochenen überhaupt folgen zu können.

Die Sonne stand bereits hoch am Sommerhimmel, als Walter Fürst das Wort ergriff: „Wir setzen die Siegel unserer drei Stände darunter, das soll die einzige Signatur sein. Die drei Siegel widerspiegeln, dass nicht Einzelne ihr Einverständnis zu diesem Bund gaben, sondern dass alle Bewohner der Täler für diese Worte einstehen."

„Ja", bestätigte Werner Stauffacher, „lasst uns auf diesen Brief des Bundes von den drei Ständen schwören, dass wir zusammenhalten und uns in Not beistehen."

Der Schreiberling, vertieft in seine Arbeit, bemerkte nicht, wie jeder Mann die rechte Hand hob und feierlich schwor, sich an diese Abmachung zu halten. Er war damit beschäftigt, seinen Text noch einmal durchzulesen.

In Gottes Namen. Das öffentliche Ansehen und Wohl erfordert, dass Friedensordnungen dauernde Geltung gegeben werde.— Darum haben alle Leute der Talschaft Uri, die Gesamtheit des Tales Schwyz und die Gemeinde der Leute der unteren Talschaft von Unterwalden im Hinblick auf die Arglist der Zeit zu ihrem besseren Schutz und zu ihrer Erhaltung einander Beistand, Rat und Förderung mit Leib und Gut innerhalb ihrer Täler und ausserhalb nach ihrem ganzen Vermögen zugesagt gegen alle und jeden, die ihnen oder jemand aus ihnen Gewalt oder Unrecht an Leib oder Gut antun.— Und auf jeden Fall hat jede Gemeinde der andern Beistand auf eigene Kosten zur Abwehr und Vergeltung von böswilligem Angriff und Unrecht eidlich gelobt in Erneuerung des alten, eidlich bekräftigten Bundes, — jedoch in der Weise, dass jeder nach seinem Stand seinem Herren geziemend dienen soll. —.

Wir haben auch einhellig gelobt und festgesetzt, dass wir in den Tälern durchaus keinen Richter, der das Amt irgendwie um Geld oder Geldeswert erworben hat oder nicht unser Einwohner oder Landmann ist, annehmen sollen. — Entsteht Streit unter Eidgenossen, so sollen die Einsichtigsten unter ihnen vermitteln und dem Teil, der den Spruch zurückweist, die anderen entgegentreten. — Vor allem ist bestimmt, dass, wer einen andern böswillig, ohne Schuld, tötet, wenn er nicht seine Unschuld erweisen kann, darum sein Leben verlieren soll und, falls er entwichen ist, niemals zurückkehren darf. Wer ihn aufnimmt und schützt, ist aus dem Land zu verweisen, bis ihn die Eidgenossen zurückrufen. — Schädigt einer einen Eidgenossen durch Brand, so darf er nimmermehr als Landmann geachtet werden, und wer ihn in den Tälern hegt und schützt, ist dem Geschädigten ersatzpflichtig. — Wer einen der Eidgenossen beraubt oder irgendwie schädigt, dessen Gut in den Tälern soll für den Schadenersatz haften. — Niemand soll einen andern, ausser einen anerkannten Schuldner oder Bürgen, pfänden und auch dann nur mit Erlaubnis seines Richters. — Im Übrigen soll jeder seinem Richter gehorchen und, wo nötig, den Richter im Tal, vor dem er zu antworten hat, bezeichnen. — Gehorcht einer dem Gericht nicht und es kommt ein Eidgenosse dadurch zu Schaden, so habe alle andern jenen zur Genugtuung anzuhalten. — Entsteht Krieg oder Zwietracht zwischen Eidgenossen und will ein Teil sich dem Rechtspruch oder der Gutmachung entziehen, so sind die Eidgenossen gehalten, den andern zu schützen. — Diese Ordnungen sollen, so Gott will, dauernden Bestand haben. Zu Urkunde dessen ist auf Verlangen der Vorgenannten diese Urkunde gefertigt und mit den Siegeln der drei vorgenannten Gemeinden und Täler bekräftigt worden. Geschehen im Jahre des Herrn 1291 zu Anfang des Monats August.

8. August - Aufstand gegen Gessler

Flüelen am Waldstättersee in Uri

Mit seinem Schiff, gefolgt von fünf leeren Nauen, erreichte Gessler nichtsahnend Flüelen. Zielsicher schritt er zusammen mit drei Wachen und fünf Handlangern zum Lagerhaus bei der Sust. Gessler war verwundert. Es standen keine Wachen vor dem Lagerhaus, in dem die Gelder und Zollwaren, so wie er befohlen hatte, gelagert werden sollten.

Die Tür zum Lagerhaus war verschlossen, ebenso der Eingang zur Sust. Erst jetzt fiel ihm auf, wie leer der Platz vor der Sust war, auf dem sonst immer so geschäftiges Treiben herrschte.

„Du", rief er einen seiner Wachen zu sich, „brich die Tür zum Lagerhaus auf." Ein kräftiger Fusstritt des Wachmannes liess das Holz krachen und die Tür brach entzwei.

„Ihr da, geht rein und bringt alles hinüber zu den Nauen!", befahl er grimmig weiter. „Ich suche inzwischen den Hafenmeister."

Die Handlanger trotteten in das Lagerhaus. Nach einer Weile kam einer der Männer in gebückter Haltung wieder heraus. Zwei weitere streckten zögerlich ihre Köpfe neben der Türzarge hervor.

„Mein Herr", begann derjenige, der wohl von seinen Kollegen als Freiwilliger bestimmt worden war, „da ist nichts."

„Da ist nichts?" Die Ungeduld in Gesslers Stimme war deutlich zu hören. „Sprich deutlicher, was meinst du mit – da ist nichts?"

„Die Lagerhalle ist leer." Vorsorglich wich der Handlanger einen Schritt zurück. „Da ist nichts, was wir aufladen könnten."

Gessler schubste den Mann ungeduldig zur Seite und ging selbst hinein. Es dauert einen Moment, bis sich seine Augen an das düstere Licht in der Halle gewöhnt hatten. Die Lagerhalle war tatsächlich leer. Ausser ein paar Strohballen und alten Leinentüchern, die am Boden lagen, befand sich nichts in dem grossen Raum. Gessler fluchte und kickte Staub vom Boden auf. Die vier Männer, die gerade eben noch mit ihm in der Lagerhalle gewesen waren, schlichen schnell zur Tür hinaus. Nur zu gut kannten sie Gesslers Wutanfälle, deren Auswirkungen jeden treffen konnte, der sich unglücklicherweise gerade in seiner Nähe befand.

Gessler beruhigte sich nur langsam und trat, immer noch fluchend, aus der Halle ans Tageslicht.

Umringt von einem Dutzend Speerspitzen und Stangenbeilen blieb er abrupt stehen. Seine Wachen sassen entwaffnet auf seinem Schiff, von den Handlangern war keiner mehr zu sehen.

„Seid gegrüsst! Schön, euch wieder zu sehen, mein Herr von und zu Landvogt", stichelte der Hafenmeister und deutete ironisch eine Verneigung an. „Hier sind die gesammelten Zölle, die wir euch abliefern sollen." Der Hafenmeister warf Gessler einen Leinenbeutel zu. Überrumpelt fing Gessler im Reflex den leichten Beutel auf. Die Schnur, mit der der Beutel leicht zugebunden gewesen war, hatte sich im Flug gelöst und mehrere dutzend Käfer und Kakerlaken krabbelten aus dem offenen Beutel über Gesslers Hand. Schnell liess er alles fallen und versuchte, umringt von schallendem Gelächter, eilig, die ganzen Käfer von seinen Händen, seinem Gewand und Schuhwerk zu schlagen.

„Ihr...!", begann Gessler und griff nach seinem Schwert, doch im selben Moment zog sich der Ring von Speeren enger um ihn zusammen, so dass einige der Speerspitzen bereits seinen Körper berührten. Der Hafenmeister wies seine Leute an, eine Gasse zu bilden, so dass Gessler zurück zu seinem Schiff konnte.

„Ihr", nahm der Hafenmeister das Wort auf, „ihr dürft unser Land jetzt verlassen."

21. August – Gesslers Tobsucht

Burg zu Küssnacht am Waldstättersee

„**W**as tut er da?" Eppo, der Burgherr kam soeben hoch auf die Burgmauer und blickte hinunter auf die Wiese vor der Burg zu Küssnacht.

„Gessler macht bereits seit einer Stunde eine Runde nach der anderen um die Burg und führt Selbstgespräche", antwortete ihm der Wachmann. „Er spricht zwar sehr laut, doch versteht man nur einzelne Worte wie Waldstätter und Albrecht. Auch klaubt er dauernd Steine vom Boden und schmeisst diese gegen unsere Burgwand."

„Ach, das ist es, was ich dauernd hörte. Hatte mich schon gewundert, wer da versucht, unsere Burg anzugreifen", grinste Eppo. „Seit dem Vorfall in Flüelen ist er komplett durchgedreht. Was hat er denn heute wieder?"

„Wer weiss das schon." Der Wachmann zuckte mit den Schultern, bis ihm einfiel: „Heute kam ein Schreiben, es war mit dem Siegel von Albrecht verschlossen. Es stand wohl nicht drin, was er sich erhofft hatte."

„Gessler hat kein Geld", stellte Eppo fest, „und vermutlich gibt ihm auch Albrecht keines. Vor ein paar Tagen wollte er, dass ich für ihn neue Soldaten rekrutiere, damit er mit ihnen gegen Schwyz und Uri vorrücken kann. Das hatte ich abgelehnt, soll er doch selbst schauen, woher er seine Soldaten bekommt. Und solange sein Freund Albrecht nicht zum König gewählt ist, hat er hier auch keine offiziellen Befugnisse, auch wenn er sich das dauernd einredet. Und wenn ich den Habsburgern nicht einen Gefallen schuldete, dann hätte ich diesen Volldeppen schon längst aus der Burg geworfen." Der Wachmann und Eppo blickten hinunter und beobachteten, wie Hermann Gessler ein weiteres Mal unter ihnen vorbeiwanderte und hinter dem Burgfried wieder verschwand.

„Was war eigentlich mit dem Mann, den er einkerkern liess?" fragte der Wachmann.

„Arnoldus von Sewa? Das ist der Bruder des Ammans Wernher von Sewa. Da ist Gessler eindeutig zu weit gegangen. Nicht nur, dass dieser schwer krank war. Gessler hatte nichts in der Hand gegen ihn. Er liess ihn nur deshalb einkerkern, um dem Bruder Wernher, mit dem er angeblich früher mal einen privaten Zwist hatte, eins auszuwischen. Ich habe Arnoldus auf Antrag von Werner Stauffacher wieder freigelassen, ebenso die Familie von Burkart am Bühl. Sowas ist einfach unsinnig", Eppo schüttelte den Kopf. „Eine unschuldige Frau mit ihren kleinen Kindern in einem feuchten, dreckigen Kerker."

„Ah, das war der Abend, an dem Gessler wieder einen seiner Schreianfälle hatte", erinnerte sich der Wachmann.

„Und vor zwei Wochen", fuhr Eppo fort, „als Gessler in Flüelen und Brunnen die erhobenen Zölle abholen wollte, wurde er verhöhnt und vertrieben. In Brunnen liessen sie ihn nicht mal mit seinem Boot anlegen. Irgendwie kann er einem schon fast leidtun." Die beiden Männer sahen sich an und schüttelten grinsend den Kopf. „Leid? Nein, wer sich so aufführt muss sich nicht wundern." Hermann Gessler kam ein weiteres Mal um die Burgecke. Eppo konnte es sich nicht verkneifen und rief provozierend zu Gessler hinunter. „Na, Hermann, Ärger mit den Urnern?"

Gessler blieb stehen und sah grimmig die Burgmauer hoch. „Verflucht seien alle! Geduld soll ich haben, Geduld? Was glaubt der eigentlich, dauernd vertröstet er mich. Ich habe hier Aufgaben zu erledigen und so kann ich nicht arbeiten."

„Albrecht hat wohl zurzeit Wichtigeres zu tun?", rief Eppo fragend. Es bereitete ihm sichtlich Vergnügen weiter Öl ins Feuer zu giessen.

„Ich habe hier auch Wichtiges zu tun. Wie soll ich hier meine Arbeit verrichten, wenn er mir kein Geld und keine Soldaten schickt?", fluchte Gessler vor sich hin.

„Wie wär's mit Verhandlungen und Gesprächen mit dem Waldstätter Bauernadel? Wie wäre es mit Diplomatie?", schlug Eppo vor, wohlwissend, dass Diplomatie bei weitem nicht zu Gesslers Tugenden gehörte, falls er überhaupt welche vorzuweisen hatte. Kurz hörte man noch ein lautes Fluchen und schon flog ein weiterer Stein die Burgwand hoch, ohne dass er die beiden Männer hätte erreichen können. Eppo zog die Augenbrauen hoch und sagte zum Wachmann: „Ich hab' wohl ins Schwarze getroffen."

Gessler wusste, dass ihm dieses Gespräch nicht weiterhelfen würde und führte gereizt seine Wanderung um die Burg fort, in der Hoffnung auf eine Eingebung.

18. Oktober – Das Züricher Bündnis

An den Ufern des Zugersees

Wilhelm sprang von der angelegten Fähre auf den schmalen Landungssteg in Immensee. Er bezahlte den Fährmann und blickte sich um. Es war ein angenehmer Herbstmorgen. Die über dem Rossberg stehende Sonne wärmte ihn, so dass der kalte Wind, der ihn auf dem Zugersee hatte frösteln lassen, schnell vergessen war.

Wilhelm bemerkte allerdings nicht, dass hinter ihm ein Soldat mit dem Fährmann sprach und auf ihn deutete, um gleich darauf eilig sein Pferd von der Fähre zu führen. Rücksichtslos jagte der Soldat an Wilhelm vorbei den nahen Hügel hoch.

Wilhelm liess sich von der rüden Art jedoch nicht die Laune verderben. Frohen Mutes schritt er den Hügel vom Seeufer hoch in Richtung Küssnacht am Waldstättersee. Seine Gedanken waren bei seiner Familie, bei seiner geliebten Katharina und den beiden aufgeweckten Töchtern, Elisabeth und Willebrig. Die ausserordentlich frohe Kunde in seiner Tasche für seine Freunde in Brunnen und Altdorf beschwingte ihn zusätzlich. Er sog die kühle würzige Herbstluft ein und erfreute sich an der farbigen Pracht der Bäume, die sich allmählich vom sommerlichen Grün in herbstliches Rot und Gelb färbten. Die Wälder zeichneten ein farbenfrohes Bild an die unteren Hänge der Nordflanke der Rigi. Wilhelm war sehr zufrieden. Es hat einiger Überredungskünste bedurft um den Zürcher Stadtrat zu überzeugen. Doch nachdem Rüdiger Manesse und Rudolf Mülner seinen Antrag unterstützt hatten, war es ein Leichtes gewesen, die anderen Ratskollegen zu gewinnen. Und vorgestern konnten sie sich endlich auf den von Werner von Attinghausen, Arnold von Silenen und Wernher von Sewa vorgeschlagenen Bündnisvertrag mit Uri und Schwyz einigen. Auch die Zürcher mochten Albrecht nicht, doch ein Bündnis mit den Waldstätten, wer hätte das gedacht?

‚Nun gut', dachte Wilhelm, ‚der Bündnisvertrag ist nur auf drei Jahre ausgelegt, aber immerhin.' Seine Gedanken wurden vom dumpfen Ton mehrerer, sich schnell nähernder Pferde unterbrochen. Eine Reiterei von sechs Männern näherte sich ihm aus Küssnacht. An der Spitze ein Mann, der auf seiner Brust ein Wappen mit einer Pfauenfeder trug. Wilhelm fluchte innerlich. ‚Nicht schon wieder dieser Gessler!' Die Reiterei hielt kurz vor Wilhelm, Hermann Gessler umrundete mit seinem Pferd zweimal den Reisenden. „Es ist also wahr, die Kunde, die mir zugetragen wurde, stimmt. Ja wie kommen wir denn zur Ehre, den grossen Herrn Stadtrat Gorkeit persönlich hier in meinem Lande anzutreffen?"

‚Deinem Lande? Dass ich nicht lache!', dachte Wilhelm, doch er wusste, es war in diesem Moment besser, diese Worte nicht laut auszusprechen. Wilhelm rang nach einer plausiblen Erklärung. Zu sagen, dass er unterwegs nach Uri sei, um die Herren der Waldstätten über den Bündnisvertrag mit Zürich zu unterrichten, wäre wohl nicht geschickt gewesen. „Ich bin im Auftrag der Äbtissin Elisabeth von Wetzikon unterwegs nach Luzern ans Kloster zum Hof. Sie möchte gerne den dortigen Abt zum Allerheiligenfest nach Zürich einladen."

„Soso, den Abt, die Äbtissin." In Gesslers Stimme verspürte man die Enttäuschung über die für ihn so langweilig klingende Kunde. „Und da sendet sie ein Mitglied des Zürcher Sommerrates? Welch seltsame Gepflogenheiten ihr in Zürich habt, ihr lasst euch von einer Frau Befehle erteilen und als Botenjunge gebrauchen. Was seid ihr doch für ein jämmerlicher Waschlappen!"

Wilhelm ging nicht auf dieses Spiel ein. „Ich tue der Äbtissin gerne einen Gefallen und ein Besuch bei meinem Onkel in Luzern ist auch schon seit Langem fällig."

Gessler jedoch liess nicht locker: „Botengänge für den Klerus, Verwandtenbesuche, ach wie niedlich. Habt ihr Zürcher nichts Wichtigeres zu tun?" Gessler sprang sichtlich gereizt von seinem

Pferd. „Ich will wissen, was du hier zu suchen hast!", schrie er Wilhelm unvermittelt an. Doch als Gessler sein Schwert zückte und auf Wilhelm zuschritt, erklang die Stimme von Eppo, dem Burgherrn von Küssnacht: „Gessler haltet ein!" Zu Eppos Leidwesen wohnte Gessler immer noch bei ihm. Knurrend schob Gessler sein Schwert zurück in die Scheide. „Ich will wissen, wo das Gold ist?"

Wilhelm, wie alle anderen auch, war sichtlich überrascht. „Das Gold? Welches Gold?"

„Stell dich nicht dümmer, als du bist! Das Gold, das du nach der Schlacht auf dem Marchfeld von König Rudolf erhalten hast. Mir wurde aus sicherer Quelle zugetragen, dass du es hier irgendwo versteckt hast. Und jetzt bist du sicher hier, um es wieder auszugraben."

‚Du geldgieriger kleiner Bastard, um Gold geht es dir also. Nicht mehr als ein einfacher Dieb und Wegelagerer bist du', dachte Wilhelm und antwortete stattdessen: „Ja, es ist hier."

Gessler blickte erstaunt zurück zu seinen Begleitern und breitete seine Arme aus, überrascht, dass ihm Wilhelm so einfach sein Geheimnis verraten hatte.

„Na ja, zumindest ein Teil davon", ergänzte Wilhelm.

„Wenn dir dein Leben lieb ist, dann sag mir sofort wo, wo hast du es versteckt?" Gessler wurde unruhig in der Hoffnung, gleich an das Gold zu kommen, von dem ihm Albrecht erzählt hatte.

„Ihr steht darauf", antwortet ihm Wilhelm mit ruhigen Worten.

„Wie jetzt?" Gessler schaute auf seine Füsse. „Du hast es hier unter dieser Strasse vergraben, gleich hier?", Gessler glotzte Wilhelm ungläubig an.

„Nein", erwiderte Wilhelm geduldig wie zu einem Kind, „falsch, die Strasse selbst ist es."

Begriffsstutzig schrie Gessler: „Was? Ihr habt das Geld auf der ganzen Strasse verteilt?" Nun verdrehte im Hintergrund auch Eppo die Augen über die Dummheit Gesslers.

„Nein, Hermann", fuhr Wilhelm mit gespielt freundlicher und väterlicher Stimme fort. „Es ist die Strasse von Immensee nach Küssnacht. Sie wurde unter anderem mit den Geldern ausgebaut und instand gehalten, die ich von Rudolf erhalten und hierfür gespendet hatte. Ihr solltet wissen, Handelsstrassen sind bei weitem wertvoller als ein vergrabener Sack voll Gold."

Gessler war wütend und sprachlos, unschlüssig ob er schreien oder weinen soll keifte er. „Ihr lügt!"

Wilhelm belehrte ihn: „Ihr hättet besser nachforschen und nicht einfach jedem Gerücht Glauben schenken sollen. Es ist alles niedergeschrieben, ihr könnt es in den Archiven von Küssnacht nachlesen, wenn ihr mir nicht glaubt." Er musste einfach noch eins draufsetzten: „Aber ich hab' nichts dagegen, wenn ihr wollt, könnt ihr die ganze Strasse haben. Soll ich euch beim Einpacken helfen?"
Eppo und seine Soldaten konnten sich das Lachen nicht verkneifen.

Gessler blickte wütend zurück zum Burgherrn von Küssnacht und wieder zu Wilhelm. „Eines Tages, Wilhelm", Gessler deutete mit seinem Zeigefinger auf Wilhelm. „Eines Tages, werde ich dich... Eines Tages zahle ich dir alles heim, alles!"
Gessler sprang wieder auf sein Pferd und ritt wutentbrannt davon.

Eppo näherte sich Wilhelm. „Verzeiht mein Herr, wir wünschen euch eine gute Reise." Gleich darauf ritten auch Eppo und seine Wachen wieder zurück.

‚Uh, das war knapp', dachte Wilhelm und klopfte auf seine Tasche mit der Abschrift des Bündnisvertrages. Schnellen Schrittes eilte er weiter nach Küssnacht. Er musste so schnell wie möglich ein Schiff erreichen, damit er es bis zum Abend nach Uri schaffte. ‚Hoffentlich haben Fürst und Stauffacher meine Nachricht für ein Treffen erhalten.'

16. November - Fürstenallianz gegen Albrecht

Brühl im Rheinland nahe Köln

Am Sitz von Siegfried von Westerburg dem Erzbischof von Köln, trat Friedrich von Bolanden der Bischof zu Speyer, vor den Erzbischof.

„Was führt euch in dieser unwirtlichen Jahreszeit von Speyer den weiten Weg hierher, mein lieber Friedrich?" Erhaben stand der Erzbischof im trüben Herbstlicht der hohen Fenster. Er wusste, dass der Bischof von Speyer das Reisen vermied, so musste es etwas von Wichtigkeit sein, das ihn bewog, einen der Kurfürsten aufzusuchen. Zudem sah der Erzbischof die Sorge die Friedrich ins Gesicht geschrieben stand. „Komm, Friedrich, beim Gehen redet und, vor allem, denkt es sich besser."

Der Bischof von Speyer war dankbar über den Vorschlag und begann: „Siegfried, ich hätte schon längst in dieser Angelegenheit zu Euch reisen sollen, doch bisher schien es mir nicht so wichtig."

„Und nun tut es das?" Siegfried formulierte seine Frage eher als Aussage.

„Ja, denn die seit Kaiser Friedrichs Zeiten offene, direkte Route von hier über den Gotthard nach Rom wird von Tag zu Tag unsicherer. Unruhen sind in Helvetien ausgebrochen, präziser gesagt im Raume der Waldstätten", erklärte der Bischof von Speyer selbst fassungslos.

„Das friedliebende Volk der Waldstätten rebelliert? Was für eine ungewöhnliche Kunde ihr mir da bringt. Welcher Anlass bewegt dieses Volk zum Aufstand?", wollte Siegfried in ruhigem Ton wissen.

Friedrich von Bolanden war erstaunt über die besonnene Reaktion des Kölner Erzbischofs. „Auslöser sind die Habsburger, sie untergraben die von Kaiser Friedrich diesem Gebiet zugesicherte Reichsfreiheit. Sie haben die freien Länder entlang der Handelsrouten durch die Alpen zur Vogtei erklärt und dort einen Vogt namens Gessler eingesetzt. Nicht nur, dass Albrecht diesem Volk seine Freiheiten und Privilegien entzieht, er hat es auch auf sein Hab und Gut abgesehen."

Siegfried stellte gelassen fest: „Die Waldstätten unterstehen direkt dem König, nur ein König hat das Recht, solche Änderungen zu veranlassen. Und wir Kurfürsten haben noch keinen neuen König gewählt." Er erkundigte sich weiter: „Wer hat es gewagt, Änderungen in diesen für uns so wichtigen Gebieten zu erlassen?"

Der Bischof zu Speyer blieb stehen: „Angeblich bereits Rudolf und zwar kurz vor seinem Tode."

„Rudolf von Habsburg?" Siegfried war die Überraschung deutlich anzusehen. „Das kann ich kaum glauben." Der Erzbischof nahm den Spaziergang wieder auf. „Ihr erwähntet, dass ihr schon früher in dieser Angelegenheit hättet zu mir kommen sollen. Ist schon früher etwas geschehen?"

„Ja", Friedrich wand sich innerlich, wieso hatte er sich nicht schon damals mit dem Erzbischof in Verbindung gesetzt, im Sommer wäre die Reise zudem weitaus angenehmer gewesen. „Wenige Tage vor Rudolfs Tod bekam ich einen ungewöhnlichen Besuch. Ein Mann mit Namen Guntram von Muri ersuchte um eine Audienz bei mir und bat mich, sein Anliegen an Rudolf weiterzuleiten. Es ging um die Taten eines unrechtmässig eingesetzten Vogtes in den Waldstätten, dieser Gesslers. Und er berichtete ausserdem von dessen Willkür, dass er sich das Recht des Schwertes herausnähme und Todesurteile aussprräche und vollstrecken liesse. Rudolf war zu krank und so gab ich die Angelegenheit weiter an seinen Sohn Albrecht." Erleichterung machte sich in seiner Brust breit, endlich war er die Last los.

Diesmal blieb der Erzbischof stehen, seine volltönende Stimme wurde laut: „Ein Vogt in einem reichsfreien Gebiet, der sich erdreistet das ius gladii auszuüben? Weshalb um Himmelswillen gab man ihm das Recht dazu?" Der Erzbischof versuchte, seine Fassung zu wahren. „Erzählt weiter!"

„Bis zum Tage von Rudolfs Tod hielt ich Albrecht für einen guten Menschen", führte Friedrich aus, „doch lieferte mir Albrecht am Todestag von Rudolf das schlechteste Laienschauspiel, das ich je gesehen hatte. Mir schien, dass Albrecht sehr glücklich über das Ableben seines Vaters war." Der Bischof aus Speyer schüttelte traurig den Kopf.

„Albrecht ist sich wohl sicher, dass er einfach so seinem Vater auf den Thron folgen wird", stellte der Erzbischof geringschätzig fest.

„Ja, und mir scheint", fuhr der Bischof fort, „dass er derjenige ist, der Gessler als Vogt über die Waldstätten einsetzte, nicht Rudolf. Als ich Albrecht das Begehren der Waldstätter überreichte, zeigte er in keinster Weise Interesse daran. Gessler scheint, verzeiht mir den Ausdruck, Albrechts speichelleckender Befehlsempfänger zu sein, dem sein bisschen Macht zu Kopfe gestiegen ist."

Allmählich wich die Ruhe aus der Stimme des Erzbischofs. „Dieses Vorgehen entspricht Albrechts Charakter, er glaubt im Ernst, dass er König wird und versucht bereits jetzt, seine Netze zu spinnen."

„Ist das nicht schon entschieden, dass er König wird?", fragte der Bischof überrascht.

„Nein, keineswegs." Der Erzbischof und Kurfürst führte den Bischof an die kühle Luft des Innenhofes. „Und das, was ihr mir da erzählt, beweist, dass wir Albrecht auf keinen Fall zum König ernennen dürfen. Er überschreitet seine Befugnisse. Wer weiss, wozu er fähig ist, wenn er noch mehr Macht bekommt?"

„Seid ihr euch sicher, dass ihr bei den Kurfürsten eine Mehrheit gegen Albrecht finden werdet?", wollte der Bischof von Speyer wissen und genoss den kalten Wind auf seinem Gesicht.

„Ja, da bin ich mir sicher." Diese Aussage des Erzbischofs liess keinen Zweifel zu. „Da ist zum einen der Kurfürst König Wenzel von Böhmen, Ottokars Sohn. Die Habsburger liessen auf dem Marchfeld seinen Vater töten. Dann der Erzbischof von Mainz, Gerhard von Eppstein, wir sind gut befreundet, er ist auf meiner Seite und teilt meine Meinung, dass ein von uns gewählter König in erster Linie unsere Ansichten vertreten soll." Der Erzbischof fuhr in seiner gelassenen Art fort: „Zudem treffe ich mich noch diesen Monat mit den Kurfürsten von Sachsen und Brandenburg. Ich bin mir sicher, dass ich auch sie überzeugen kann." Siegfried von Westerburg, Erzbischof von Köln, blieb stehen und blickte hoch zur Sonne, die durch einen dicken weissen Nebel als helle Scheibe zu sehen war. „Schwieriger wird es beim Pfalzgraf und beim Erzbischof von Trier. Der Erzbischof Bohemond von Warnesberg sagte mir bereits, dass er Rudolf vor seinem Tode versprochen hatte, Albrecht zum König zu ernennen und der Pfalzgraf Ludwig der Strenge ist mit Albrechts Schwester Mathilde von Habsburg verheiratet und pflegt gute Beziehungen zum Hause Habsburg, sie beide stimmen sicher für Albrecht."

„Denkt ihr, dass ihr die anderen überzeugen könnt und ihr eine Mehrheit findet? Werden nicht die meisten dafür sein, dass der Sohn seinem Vater auf den Thron folgt?" Der Bischof liess nicht locker. Zu wichtig schien ihm das Ergebnis der kommenden Wahlen.

Ausweichend und mehr zu sich selber sprechend fuhr der Erzbischof fort, als sie die letzten Schritte gingen: „Diese ganzen Diskussionen sind mir so zuwider. Es ist einfach nicht rechtens, dass ein Sohn dem Vater auf den Thron folgt. König zu werden ist keine Frage der Erbfolge, sondern muss davon abhängen, ob sich jemand für dieses Amt als würdig erweist. Und Albrecht ist alles andere als würdig."

Die beiden Männer erreichten ihren Ausgangspunkt und blieben stehen. Erzbischof Siegfried von Westerburg wandte sich zum Bischof. „Friedrich, ist Lynhardt immer noch dein Archidiakonus?"

„Ja, das ist er. Warum fragt ihr?", stutzte der Bischof, irritiert über den plötzlichen Themenwechsel.

„Auf ihn ist Verlass." Der Erzbischof sah zur Decke und überlegte. „Entsende ihn in die Waldstätten, er soll sich dort mit dem ansässigen Bauernadel treffen und ihnen versichern, dass wir auf ihrer Seite sind und dass das Problem bald gelöst sein wird. Sie sollen Ruhe bewahren. Wenn jetzt in Helvetien und insbesondere auf der Route nach Rom Krieg ausbricht, dann würde Albrecht dies für sich nutzen", mahnte er. „Dann würde Albrechts Rechnung aufgehen, man würde ihn darum bitten, mit eiserner Faust die Handelsrouten zu sichern. Dabei war er es selbst, der die Unruhen ausgelöst hatte." Nachdenklich ergänzte er: „Die Niederschlagung eines Aufstands in den Waldstätten würde ihm zum jetzigen Zeitpunkt so viele Sympathien beim hiesigen Adel einbringen, dass er ohne Weiteres eine Mehrheit für seine Wahl zum König erlangen könnte." Der Erzbischof legte ruhig eine Hand auf Friedrichs Schulter. „Wir müssen handeln und zwar jetzt. Beruhigt die Waldstätter, spielt dort auf Zeit. Ich werde währenddessen die Kurfürsten dazu drängen, die Wahl des neuen Königs voranzutreiben. Spätestens im Frühling muss ein definitiver Entscheid gefallen sein."

„Gibt es denn einen Gegenkandidaten?", erkundigte sich der Bischof von Speyer neugierig.

„Ja, den gibt es." Die Ruhe in Siegfrieds Stimme zeigte, wie sicher er sich des Gegenkandidaten war. „Was ich euch sage, ist im Vertrauen, ihr dürft es vor der offiziellen Verkündung nicht preisgeben, habe ich euer Wort?" Der Erzbischof sah Friedrich eindringlich an. Als der Bischof eifrig nickte fuhr er fort: „Unser Gegenkandidat ist Graf Adolf von Nassau. Er lässt sich leicht steuern und um die Königswürde zu erlangen, würde er fast alles tun. Wir werden Adolf von Nassau zum König ernennen und damit Albrecht und diesem Vogt Gessler Einhalt gebieten."

Anno Domini 1292

8 Monate später

15. Juli - Albrechts Niederlage

Burg Greifenstein nahe Wien

„Haltet eure Zunge im Zaume, Gessler!" Der Becher Wein, den Albrecht eben noch in seiner Hand gehalten hatte, flog quer durch den Raum und zerschellte an der Wand neben dem Kamin. „Ihr sprecht von Schmach? Weil ihr anstelle der Waldstätten nun eine kleine Vogtei bei Zürich erhalten habt?"

Das Gesicht rot vor Zorn packte Albrecht seinen Besucher auf der anderen Seite des Tisches am Wams. Abrupt hob er den schmächtigen Gessler hoch, zog ihn über den Tisch und zerrte ihn quer durch den Raum zum offenen Turmfenster. Gessler krallte sich wimmernd links und rechts der Fensteröffnung in den kalten schroffen Mauerstein, bis die Fingerkuppen bluteten. Das Sohlenleder seiner Schuhe hatte sich beim rüden Schleifen über den Steinboden schon fast abgelöst. Ungeschickt stemmte Gessler sich mit den Füssen gegen die Wand und versuchte, sich vor dem drohenden Sturz aus dem Fenster zu bewahren.

Vom Lärm aufgeschreckt wanderte ein Dutzend Augenpaare von Bediensteten und Soldaten vom Burghof die Turmmauer hinauf, bis zu dem kleinen Fenster, aus dem Kopf und Schulter eines schreienden Mannes ragten.

Albrecht brüllte: „Diese verdammten Kurfürsten haben mich meines Erbes beraubt. Wie konnten sie es wagen, diesen nichtssagenden Grafen von Nassau zum König zu ernennen? Sogar mein Schwager Ludwig hat sich am Ende gegen mich gewendet. Wer bist du, dass du es wagst, in meiner Anwesenheit das Wort Schmach nur in den Mund zu nehmen."

„Bitte, bitte, verzeiht mir mein törichtes Klagen!", erklang Gesslers weinerliche Stimme. „Zieht mich wieder hinein, tötet andere aber nicht mich."

Albrecht von Habsburg zog Gessler wieder in die Kammer und liess ihn angewidert auf den Boden fallen. Immer noch ausser sich vor Zorn, schlug er mit beiden Fäusten auf den Wandteppich mit den königlichen Insignien seines Vaters. „Und der Schmach nicht genug. Könnt ihr euch die unermessliche Frechheit dieses neuen Königs vorstellen? Erst wenige Wochen im Amt lud er mich vor Gericht. Mich! Albrecht, Sohn des Rudolf von Habsburg." Mit einem lauten Schrei riss er den Wandteppich von der Halterung.

Gessler, immer noch am Boden liegend, wagte es nicht, seine Frage nach dem Grund der Gerichtsvorladung zu stellen. Doch das brauchte er gar nicht.

„Wenzel, der Sohn von Ottokar." Der Name klang aus Albrechts Mund wie ein Fluch.

Vorsichtig fragte Hermann Gessler nach: „Der Sohn des Böhmenkönigs, gegen den euer Vater bei der Schlacht auf dem Marchfeld gewonnen hatte?"

„Ja, genau der", Albrecht beachtete den am Boden liegenden Gessler nicht weiter, als er mit gepresster Stimme fortfuhr, „er will mir die von meinem Vater rechtmässig eroberten Gebiete wegnehmen. Und dieser hinterlistige Adolf von Nassau scheint Wenzel versprochen zu haben, mich zu Fall zu bringen, wenn Wenzel ihm bei der Wahl zum König seine Stimme gibt. Aber diesem Wenzel werde ich in die Suppe spucken!" Albrecht schritt ans Fenster, blickte in die Ferne und wetterte mit eisiger Stimme Richtung Osten: „Wenzel, wenn du glaubst, dich mir in den Weg stellen zu können, dann wirst du ein weiteres Mal erleben, wozu ein Habsburger fähig ist. Niemand, niemand verfügt über die Kraft, einen Habsburger aufzuhalten!", tobte Albrecht weiter.

„Ihr werdet Wenzel töten, so wie euer Vater es mit seinem Vater getan hat." Gessler stand wieder auf seinen Füssen und rieb sich die Händen, während er zu Albrecht blickte.

Albrecht drehte sich abrupt zu Gessler um. „Ihr seid so was von töricht! Kein Wunder, dass ihr nie mehr als ein gemeiner Vogt sein werdet."

Albrecht setzte sich wieder an den Tisch und winkte Gessler zu sich. Zögerlich schlich Gessler wieder zu dem Stuhl, von dem er zuvor weggeschleppt wurde.

„Setz dich schon hin, ich tue dir nichts." Albrecht beruhigte sich allmählich. Nachdem Gessler sich wieder gesetzt hatte, fuhr er fort: „Dieser Adolf von Nassau ist zwar leichtgläubig aber nicht dumm. Freimütig machte er allen und jedem Versprechungen, um die Krone zu bekommen. Ich muss ihn nur davon überzeugen, dass es nicht vonnöten ist, all diesen Versprechen sofort Taten folgen zu lassen. Er ist ja jetzt König und als König muss man nach vorn blicken und was war, das ist Vergangenheit, auch alle Versprechen."

Auf Albrechts Gesicht zeichnet sich ein breites Grinsen. „In meinem Besitz befinden sich noch die Reichskleinodien. Was ist ein König ohne Reichskleinodien, das wird Adolf sicher einsehen. Und als untertäniger Diener überbringe ich ihm die Reichskrone, das Reichsschwert sowie die heilige Lanze als Geschenk und Zeichen meiner Wertschätzung. Natürlich werden damit ein paar Bedingungen verknüpft sein, doch die haben für ihn kaum Bedeutung. Was soll er sich Gedanken über Herzogtümer wie Ostarrîchi und Steiermark machen. Es ist doch viel einfacher alles so zu belassen wie es ist. Und dieser Wenzel bekommt nichts zurück, gar nichts!"

„Und was ist mit den Waldstätten?", wollte Gessler gierig wissen.

Albrecht blickte Gessler kopfschüttelnd an. „Ach, Hermann, hab Geduld. Wie ich gehört habe, gelang es Wilhelm Gorkeit bereits zusammen mit dem Waldstätter Bauernadel, dem König die Bestätigung ihrer törichten Reichsunmittelbarkeit abzuringen. Ich muss in Ostarrîchi bleiben und sicherstellen, dass mir diese Ländereien nicht genommen werden. Begib du dich zurück auf deine Burg in deiner neuen Vogtei bei Zürich und warte. Es wird sich alles so ergeben, wie ich es plane. Und dann, früher als du denkst, werde ich dich wieder als meinen Vogt über das grosse Gebiet von Uri, Schwyz und Unterwalden einsetzen."

„Das ist ein Wort", erschallte lachend die Stimme Gesslers, der seinen Becher zum Toast anhob. Albrecht bedeckte gereizt seine Augen mit der Hand. In dem Moment bemerkte Gessler, dass sein Becher leer war, der Becher Albrechts in vielen Einzelteilen am Boden lag und der Krug Wein höchstens noch einen halben Tropfen in sich trug. Eine denkbar schlechte Ausgangslage für einen Toast. Verlegen stotterte Gessler: "Ich geh... Ich hol schnell... Wein und so."

Albrecht bewegte nur zwei Finger und wies Gessler damit zur Tür. Dieser schlich eiligst hinaus, um in der Speisekammer das Fehlende zu holen.

27. Juli – Julianas Entscheidung

Flüelen am Waldstättersee in Uri

„**B**leib hier Juliana", Judith versuchte, die Jüngere zur Vernunft zu bringen. Juliana war zu einer jungen Frau herangewachsen und doch noch so ungestüm wie als Kind.

„Wie kann ich hierbleiben, zweimal im Jahr kommt er hier vorbei", hastig band sich Juliana ein buntes Band in ihr Haar, „diesmal sind sie sogar etwas früher hier als sonst, da werd' ich auf keinen Fall hier in der Kammer bleiben." Seit einigen Jahren begleitete Audemar seinen Vater auf allen Handelsreisen nach Venedig. Jedes Mal, wenn er hier war, klopfte Julianas Herz wie wild.

„Juliana, sie reisen bestimmt morgen oder übermorgen weiter. Händler führen ein unstetes Leben, mach dich nicht unglücklich."

„Ich weiss, dass du dieses Land liebst, Judith. Aber mich zieht es in die Welt, es gibt so viel zu entdecken. Händler sehen die halbe Welt, vielleicht werde ich Audemars Frau, dann kann ich immer mit ihm reisen."

„Ach Juliana, hast du schon mal eine Frau eines Händlers hier bei uns gesehen? Die sitzen brav zu Hause und denken nicht einmal daran, sich auf gefährliche Reisen zu begeben, du fantasierst dir etwas zusammen. Ausserdem weisst du ja nicht, ob er dich wirklich mag und dich je heiraten will."

„Er mag mich und ob er mich liebt und zur Frau nehmen möchte, das hab' ich vor, heute herauszufinden." Noch bevor Judith etwas sagen konnte, stürmte Juliana aus der Kammer die Treppen hinunter und hinaus.

‚Hoffentlich läuft sie nicht in ihr Unglück', dachte Judith besorgt. Juliana sprühte vor Energie, sie war nicht nur neugierig sie war auch intelligent, das wusste Judith. Doch ohne eine konkrete Aufgabe, in die sie ihre stürmische Begeisterung lenken konnte, würde Juliana bestimmt direkt in ihr Verderben rennen. Sie musste unbedingt mit ihrer Mutter darüber sprechen.

Juliana hatte schon bald Vater und Sohn Jeckel entdeckt. Sie strich ihr Kleid glatt, streifte sich eine dicke dunkle Locke hinter das Ohr und spazierte lächelnd auf Audemar zu.

„Juliana, schön dich zu sehen." Audemar lud gerade eine weitere Kiste auf einen der Handkarren, um die Waren in den Unterstand für die Nacht zu bringen. „Ich hab' hier noch eine Weile zu tun, aber ich wollte dich gerne sprechen", fuhr er mit verlegenem Blick fort.

Juliana hielt sich an einer der Kisten, alles drehte sich. „Wie wundervoll!", hätte sie am liebsten gesagt. Stattdessen nickte sie nur und fügte lächelnd hinzu: „Ich warte auf dich dort beim Brunnen." Dabei wies sie hinter sich auf den Platz vor der Scheune.

„Audemar, komm, hilf mal deinem alten Vater. Was haben wir hier geladen, doch nicht etwa Steine, oder?" Audemar wandte sich seinem Vater zu, der versuchte, eine Kiste anzuheben. Juliana sah aus der Ferne zu, wie Audemar noch weitere Kisten und Ballen stapelte. Es musste ein spannendes Leben sein als Frau eines Händlers, dabei interessierten sie nicht die kostbaren Sachen die er kaufte und verkaufte. Sie träumte von den Abenteuern auf den langen Reisen, fragte sich wie wohl das Meer roch und ob es stimmte, dass in Rom so unglaublich viele Menschen alle dicht beieinander lebten. Immer wieder sah sie dabei hinüber zu Audemar, der sich gerade mit dem Handrücken den Schweiss von der Stirn wischte. Sie betrachtete ihn von Kopf bis Fuss. Stellte sich vor, wie es sich anfühlen mochte, wenn seine kräftigen Hände sie berühren würden. Als hätte er ihre Gedanken gespürt, sah Audemar zu ihr hinüber und lächelte ihr zu. Verlegen lächelte sie kurz zurück und sah schnell zu Boden, als sie spürte wie sich ihre Wangen röteten. Er wollte ihr etwas sagen, was mochte das sein? Nervös knickte sie einen Strohhalm in viele Einzelteile.

Bald darauf kam Audemar hinüber zu Juliana, die am Brunnen stand und schnell den zerknickten Strohhalm fallen liess.

„Wie hübsch du heute aussiehst, Juliana." Er zog einen Eimer Wasser aus dem Brunnen hoch und wusch sein Gesicht. „Ich muss dir etwas sagen, Juliana." Audemar suchte nach den richtigen Worten. „Wir sehen uns nun schon seit ein paar Jahren, immer wenn wir hier durchreisen auf unserem Weg nach Italien und wieder zurück. Ich weiss nicht, wie es dir geht, Juliana", Audemar blickte auf den Boden und sah seiner Schuhspitze zu, wie sie versuchte ein Loch in den Boden zu kratzen.

Juliana hielt es kaum noch aus still zu sein, am liebsten wäre sie ihm sofort um den Hals gefallen. Audemar sammelte sich, blickte Juliana in die dunklen Augen und fuhr fort: „Also ich weiss nicht, wie es dir geht, aber ich mag dich sehr."

Jetzt sofort wollte sie seine Hände auf ihrem Körper spüren, sich ihm einfach hingeben. Sie versuchte sich zu beruhigen, langsamer zu atmen. Was würde er denken, wenn sie sich ihm so anbot, nein das schickte sich nicht. Verlegen senkte sie ihren Blick, fixierte den zerknickten Strohhalm, der am Boden lag, und versuchte jedes Detail darin zu erkennen, nur um sich von ihren wilden Phantasien abzulenken.

Audemar legte seine Hand sanft unter ihr Kinn, suchte ihren Blick und flüsterte: „Du bist meine wunderschöne, frisch erblühte Alpenrose. Immer schon liebte ich es, nach Flüelen zu kommen, weil du hier bist."

Nicht so sehr die Worte, als vielmehr seine Berührung und die Nähe zu seinem Körper liessen ihr Blut wieder in Wallung geraten. Sie hörte ihn leise weitersprechen.

„Und deswegen Juliana, finde ich, musst du wissen…"

Ohne nachzudenken, wie im Rausch, nahm Juliana seine Hand und zog ihn schnell mit sich in die Scheune. Raffte den Rock und kletterte die steile Leiter zur Tenne hinauf. Audemar folgte ihr, sein Herz pochte, oben angekommen verharrte er mitten in der Bewegung. Nur zwei Armlängen von ihm entfernt stand Juliana. Ein warmer Lichtschein fiel durch eine offene Luke und tauchte sie in goldenes Licht, das zarte weisse Gewand leuchtete, als wäre sie ein Engel. Mit ihren dunklen Augen sah sie ihn erwartungsvoll an. Wortlos löste sie das Band, welches ihr Kleid über der Schulter zusammen hielt. Langsam glitt der dünne Stoff über ihre nackte Haut nach unten, gab ihre Brüste frei, verweilte kurz auf ihren Hüften, um dann still auf den Boden zu fallen. Warme und kalte Schauer liefen Audemar durch den Körper, während er Julianas nackten Körper von oben bis unten betrachtete. So viel Anmut, so viel Sinnlichkeit, er war unfähig, einen klaren Gedanken zu fassen. Er wusste nicht wie lange er da gestanden und sie betrachtet hatte. Raum und Zeit schienen nicht mehr zu existieren. Ihre weichen Lippen formten Worte, die voll Verlangen an sein Ohr tanzten. „Komm zu mir!", hatte sie gehaucht. Ohne zu zögern, fasste er die Hand, die sie ihm entgegen streckte und beide liessen sich in einen Berg aus Heu fallen. Audemar wusste kaum, wie ihm geschah. Er sah in die Augen dieses hübschen, ungezähmten Mädchens, das ihn zu sich zog. Leidenschaftlich waren Julianas Küsse und Berührungen, die er ebenso leidenschaftlich erwiderte. Ihre Hände glitten über den Körper des anderen. Leises Stöhnen fachte sein Feuer noch mehr an. Sie liebten sich stürmisch.

∗∗∗

Das Abendessen im Hause Fürst hatte gerade begonnen und wie immer zu dieser Jahreszeit herrschte im und um das Haus reges Treiben. Walter Fürst genoss es nach wie vor, die Geschichten aus ganz Europa zu hören.

Normalerweise lauschte auch Juliana den verschiedenen Gästen nur zu gerne. Doch heute waren ihre Gedanken ganz wo anders. Sie hatten sich geliebt, glühend und innig. Immer noch schwebte sie auf Wolken. Ob die anderen ihr etwas ansahen, ging es ihr durch den Kopf. Audemar war so lieb gewesen, doch danach verhielt er sich auf einmal ganz eigenartig. Er hätte ihr eigentlich etwas sagen wollen, hatte er gestammelt und er müsse jetzt gehen.

Jetzt sass Juliana vor ihrem Teller und hatte noch keinen Bissen angerührt. Besorgt hatte Judith schon mehrfach zu ihr hinüber gesehen. Doch Juliana stocherte weiterhin abwesend in ihrem Essen herum.

Herr Jeckel, Audemars Vater, war wie immer, wenn er hier durchreiste, Gast zu Tisch. Sein Sohn sei heute leider verhindert, er müssen noch etwas für die Reise erledigen, hatte er Audemar vorhin entschuldigt.

Gerade ergriff Herr Jeckel wieder das Wort: „Wie man hört, scheint endlich etwas Ruhe in den Waldstätten einzukehren. Das freut uns, die wir hier durchreisen, natürlich ganz besonders."

„Ja, Herr Jeckel, die Wahl von Adolf von Nassau zum König bringt Frieden in die Alpen", bestätigte Walter Fürst zufrieden.

„Der Handel läuft über den Gotthard", fuhr der Händler fort, „egal ob weiter nach Luzern, Basel oder Zürich, alle kommen durch dieses Tal und müssen erst einmal auf den Waldstättersee. Das Land blüht regelrecht auf. Ihr werdet hier alle noch zu viel Wohlstand kommen. Ich hab' eine Nase dafür." Herr Jeckel grinste und tippte mit dem Zeigefinger an seine Nase.

„Dann hoffen wir alle, dass der Friede von Dauer sein wird", erwiderte Walter Fürst freundlich.

„Seid ihr wieder auf dem Weg nach Venedig, Herr Jeckel oder folgt ihr dem Ruf einer anderen grossen Stadt im Süden?", wollte ein grosser hagerer Mann der Kirche wissen.

„Venedig ist das Ziel, und diesmal sogar aus einem ganz besonderen Grund. Über die Jahre habe ich dort gute Verbindungen aufbauen können, die sehr fruchtbar gediehen", er lachte glucksend vor sich hin. „In Zukunft werden sie wohl noch fruchtbarer werden. Mein Sohn Audemar ist ein glücklicher junger Mann." Herr Jeckel hatte plötzlich Julianas ungeteilte Aufmerksamkeit. Der Kaufmann blähte sich auf wie ein stolzer Hahn: „Audemar wird in ein paar Tagen die hübsche Tochter einer einflussreichen venezianischen Kaufmannsfamilie heiraten." Er lachte und langte genüsslich in seinen Teller: „Ach, wäre ich doch noch mal achtzehn."

Juliana sass wie versteinert am Tisch und starrte auf ihren Teller. Obwohl sie nichts gegessen hatte, lag ein grosser, schwerer Klumpen in ihrem Magen. Tausend Gedanken purzelten in ihrem Kopf wild durcheinander. Sie sah in die Gesichter um sich herum, die assen, lachten, dem Kaufmann zu seinem Glück gratulierten und weitersprachen, als wäre nichts geschehen. Der Klumpen in ihrem Magen schien auf einmal zu hüpfen. Abrupt stand sie auf, flüsterte: „Darf ich mich bitte zurückziehen?" Und war auch schon draussen. In der kühlen Abendluft rannte sie in Richtung der Unterkünfte der Reisenden. Mit rasendem Herzen stand sie vor dem Gebäude. Ein Wort marterte ihr Gehirn, wieso, wieso? Wieso hatte er nichts gesagt? Wieso hatte er sie so zärtlich geliebt? Wieso kam er jetzt nicht zu ihr? Wieso wollte er eine Frau aus Venedig heiraten? Wieso war das Schicksal so ungerecht? Sie drehte auf dem Absatz um und rannte zum See der still und schwarz am Ende des Tales lag.

***

Der Morgen war noch jung, Tau lag auf allen Blättern und Gräsern und erstes zartes Licht dämmerte blass über den Bergen.

Unterdrücktes Schluchzen weckte Judith aus einem leichten Schlaf. Sie blinzelte schlaftrunken und sah zum Bett von Juliana. Das Mädchen kniete auf dem Boden, das Gesicht ins Betttuch gedrückt und weinte bitterlich.

„Juliana, was hast du? Was ist geschehen?" Judith war plötzlich hellwach. „Dein Kleid ist ja ganz schmutzig und nass? Was ist dir passiert?"

„Ich wollte mich ins Wasser stürzen", schluchzte Juliana und war kaum zu beruhigen. Leise fügte sie hinzu: „Und das Kind, das ich vielleicht in mir trage." Juliana zitterte am ganzen Körper.

„Juliana, nein!" Judith kniete zu dem Mädchen, das ihr wie eine Schwester war, auf den Boden und zog sie zu sich in die Arme. „Ein Glück, bist du wieder hier", Judith wiegte die Jüngere beruhigend hin und her und strich ihr über das zerzauste Haar. „Danken wir deinem Schutzengel."

„Es war kein Engel", widersprach Juliana zwischen zwei Schluchzern. „Da waren plötzlich kleine Irrlichter, unzählige. Die Leuchtkäfer schwirrten um mich herum und versperrten mir den Weg in den See."

„Irrlichter? Das sind die Seelen ungetaufter verstorbener Kinder. Du weißt, sie zeigen uns Lebenden gegen eine kleine Gabe den Weg, wenn wir ihn nicht mehr sehen. "

„Es sind eigentlich Leuchtkäfer, ich habe als Kind selber welche gefangen", schluchzte Juliana trotzig. Judith musste schmunzeln. Trotz des Schrecks regte sich in Juliana wieder der Widerstand, das war ein gutes Zeichen.

„Ob Irrlichter oder Leuchtkäfer, sie haben dir den Weg nach Hause gezeigt. Was für ein Glück liebste Juliana."

„Es war tatsächlich ein Zeichen in meiner Not. Ich bin ihnen gefolgt und plötzlich fand ich mich im Wald an der heiligen Quelle wieder. Es war kaum Licht, der Mondschein drang nur leicht durch die Wipfel, das Wasser plätscherte leise aus der Felsspalte in den kleinen klaren Teich. Ich musste einfach in das Wasser sehen, es war wie ein Ruf." Julianas Tränen versiegten, sie sah an Judith vorbei und schwieg.

„Was hast du dort gesehen, sag es mir Juliana", hauchte Judith ängstlich.

Nach einer ganzen Weile begann die Jüngere zu erzählen: „Ich sah leuchtende Frauen im Wald. Sie pflegten und heilten. Ein Mädchen in meinem Alter drehte sich um und sah mich an, sie lächelte so gütig und winkte mir zu, ich solle kommen."

Bereits als kleines Mädchen hatte Juliana ihre Träume und Visionen Judith anvertraut. Judith die sehr verbunden war mit den alten Bräuchen, erschreckte sich nicht. Im Gegenteil, sie wusste, dass es in besonderen Situationen möglich war, den Schleier zu heben und sich ausserhalb der Zeit zu bewegen. Sie wusste aber auch, dass es viele Menschen gab, die Julianas Visionen nicht so leicht hinnehmen würden wie sie. Deshalb hatte sie Juliana schon von klein auf eingeprägt, niemandem etwas davon zu erzählen, denn nur wenn es ein Geheimnis bliebe, konnte sie Juliana beschützen.

Juliana erzählte weiter: „Ein alter Habicht ist gestorben, ein junger grosser Habicht breitet seine Flügel aus und überschattet unser ganzes Land. Ein Junge ist in grosser Gefahr", Juliana schaute Judith mit grossen Augen an. „Dein Junge, Judith. Der Habicht will ihm etwas anhaben." Jetzt lief Judith doch ein kalter Schauer über den Rücken. Juliana erzählte unbeirrt weiter. „Der Habicht wird von Tieren vertrieben, wilden Waldtieren. Ihnen voran stampft ein schnaubender Stier." Juliana, von den Erlebnissen der letzten Nacht vollkommen erschöpft, fiel mit den letzten Worten in Judiths Armen in einen traumlosen Schlaf. Judith zog ihr vorsichtig die nassen Sachen aus, bettete sie warm, legte sich neben das Mädchen und hielt sie wieder fest im Arm. Sie überlegte noch, was das wohl alles zu bedeuten hatte, was Juliana da gesehen hatte und freute sich gleichzeitig, dass sie wohl eines Tages einen Jungen haben würde. Mit einem Lächeln auf den Lippen schlief sie noch einmal ein.

***

„Judith, Judith wach auf!" Juliana rüttelte am Arm der älteren. Müde blinzelte Judith gegen das helle Licht. Die Sonne stand schon hoch. Judith blickte in ein strahlendes Gesicht, das sich über sie beugte. Von der Sorge und Trauer der letzten Nacht war Juliana nichts mehr anzumerken.

Auch Judith waren am Abend schon oft die Sorgen riesig wie die Berge erschienen, so als wären sie unüberwindbar. Doch am nächsten Morgen waren sie auf einmal nur noch kleine Hügel, die mit etwas Mut in Angriff genommen werden konnten. Aber über Julianas unerwartet heftige Veränderung war Judith nun doch verblüfft.

Euphorisch erklärte Juliana: „Judith, ich habe mich entschieden! Ich weiss endlich, was ich will. Ich werde zu den Frauen im Wald gehen, ich weiss es! Ich sah sie letzte Nacht an der Quelle als wären sie direkt vor mir. Ich spür' den Ruf so deutlich, jede Faser meines Körpers zieht mich dahin."

„Wohin?" Judith war noch zu müde, um dem Redeschwall folgen zu können.

„Judith, du warst mir immer eine liebe Schwester. Auf dich konnte ich immer zählen."

„Das kannst du immer noch", Judith setzte sich im Bett auf.

„Ich bin auch deiner Mutter dankbar, dass sie mich nach dem Tod meiner Familie aufgenommen und wie ihre eigene Tochter aufgezogen hat. Aber ich weiss jetzt, ich gehöre zu den heilenden Waldschwestern, mein Weg führt mich fort von hier."

„Du machst mir Angst, Juliana. Was ist los mit dir?"

Juliana ergriff Judiths Hände. „Es macht mir auch Angst", erklärte sie lachend, „aber ich bin sicher, dort finde ich meine Bestimmung." Abrupt stand sie auf und hüpfte durch das Zimmer. „Ich bin so glücklich, endlich weiss ich, wo ich hingehöre. Ich muss sofort Vater sprechen, er kennt viele Menschen und weiss bestimmt von den heilenden Frauen im Wald. Ich werde ihn sofort fragen." Sagte es, rannte aus der Tür und hinterliess eine verdutzte Judith.

Kaum hatte sie sich für den Tag bereitgemacht, stürmte Juliana wieder ins Zimmer: „Stell dir vor, es gibt tatsächlich kräuterkundige Waldfrauen nicht weit von Luzern. Domus Concilii heisst es, was so viel bedeutet wie der Ort des guten Rates. Und stell dir vor, Vater ist einverstanden, dass ich es mit ihm ansehen darf."

Judith schwirrte der Kopf: „Sind das nicht Klosterfrauen? Passt das zu dir, bist du sicher, dass es das ist, was du willst?"

„Papperlapapp! Es ist natürlich kein Kloster. Diese Frauen leben zusammen, pflegen alte Bräuche und Wissen um die Heilkunst. Kommst du mit, Judith?"

Judith schüttelt den Kopf und hörte Julianas Ausführungen nur noch halb zu. Sie beneidete die Jüngere, zu gerne hätte auch sie mit dieser Inbrunst gewusst, wo ihr Platz im Leben war.

10. Oktober – Der Schotte

Auf dem Waldstättersee nahe Luzern

Lautlos glitt die Naue über den Waldstättersee auf das Luzerner Seebecken zu. Die Stille wurde einzig vom Geräusch des gelegentlich ins Wasser eintauchenden Ruders unterbrochen. Ein junger Reisender, stolz, gross und von kräftiger Statur, stand vorne am Bug der Naue. Er wischte sich die Gischt aus dem Gesicht, die der Abendwind über den See blies. Beim Blick auf die Wassertropfen in seiner Hand begann sein Herz schneller zu schlagen, sehnsüchtig wünschte er sich nach all den Jahren in der Fremde zurück in seine Heimat Schottland. Sein Blick schweifte hoch bis zu den Gipfeln der umliegenden Berge. Alles, das Wasser, der Wind, der aufziehende Nebel über dem See und die Berge, zwischen denen der See eingebettet lag, alles erinnerte ihn an seine Kindheit, in der er viele Sommer auf Inveruglas Isle am Ufer des Loch Lomond verbracht hatte.

Er beobachtete, wie die Sonne hinter den schneebedeckten Berggipfeln herabsank und ihre geteilten Lichtstrahlen goldene Streifen an den Himmel zeichneten. Er drehte sich nach Backbord und sein Blick wanderte in ein Tal, das nach Südwesten führte. Diese Landschaft! In den Berggipfeln zur Linken meinte er, die Gipfel von Beinn Ime und Ben Vane zu erkennen und ihr Anblick liess ihn noch tiefer in die vagen Erinnerungen seiner Kindheit eintauchen. Für einen Moment glaubte er, vom Ufer die Klänge der Musik seiner Heimat zu hören, doch es war nur ein Streich seiner Phantasie, seiner Sehnsucht nach Schottland.

Er hoffte, für die Nacht noch eine Unterkunft in dieser Stadt namens Luzern zu bekommen. Denn morgen würde er schon früh weiterreisen, weiter nach Norden in Richtung Heimat.

Der Nebel über dem See verdichtete sich. Er blickte nach oben, die Nebelschleier begannen, den Blick zum blauvioletten Himmel zu verdecken, der noch leicht von der Sonne erhellt wurde. Ein erster Stern trat am eindunkelnden Firmament hervor. Langsam brach die Nacht herein, das fahle Glimmen der Laterne, die neben dem Fährmann an einem Pfahl hing, liess ein paar Schatten über die Bündel und Fässer tanzen, die in der Naue lagen. Schon bald verschwanden alle Konturen ausserhalb des Bootes im Nebel und in der Dämmerung des Abends. Wie wusste der Fährmann, in welche Richtung er fahren muss, ging es ihm durch den Kopf. Beunruhigt blickte er nach hinten zum Fährmann, suchte in seinem Gesichtsausdruck ein Zeichen, dass er wusste, was er tat. Dieser erhob nur seine Hand und deutet mit einem Finger nach vorn.

Jetzt sah er es auch, ein Licht, vielleicht ein weiteres Boot? Da ein weiteres, und noch eines. Langsam reihte sich ein Licht neben das andere und bildete eine lange Lichterkette. Die Ufer von Luzern, sie hatten es bald geschafft.

Der Nebel löste sich langsam auf. Rechts tauchten im fahlen Licht zwei Türme einer Kirche auf, auch an deren Fuss waren Lichter zu sehen. Ja, diese Stadt hatte sich ihren Namen verdient, Luzern die Leuchtenstadt, Luzern – die Stadt der vielen Lichter.

Eine Geräuschkulisse brandete auf, je näher sie sich der Anlegestelle der minderen Stadt am linken Seeufer näherten. Wagenräder, die über das Pflaster polterten, die Stimmen von hunderten von Männern und Frauen. Hundegebell in einer Seitengasse, dort eine streitende Gruppe, da Gelächter und direkt vor ihm einer, der mit lauten Rufen ein paar Männern Anweisungen für das Entladen einer zuvor angelegten Naue gab.

Ein Holpern unter seinen Füssen, die Naue hatte das Ufer berührt. Es fiel ihm schwer, seine stolze Haltung zu wahren, doch dann kam die Naue zum Stillstand. Ein Arbeiter an der Anlegestelle warf dem Fährmann ein Tau zu.

Der Reisende nickte dem Fährmann zu: „Thanks", und sprang vom Boot an Land.

Zu dieser Zeit ein so reges Treiben hier in dieser Stadt vorzufinden, überraschte ihn. Staunend blieb er stehen und sah sich um, diese Nord-Süd Route brachte wahrlich viele Menschen nach Luzern. Bei all den Reisenden würde es vermutlich an ein Wunder grenzen, noch eine Bettstatt für die Nacht zu finden, ging es ihm durch den Kopf.

Der Hüne blickte sich weiter um und entdeckte hinter einem Baugerüst erst vor kurzem fertiggestellte Klostermauern. In der Hoffnung, dort eine Bleibe zu finden, schritt der Reisende zielstrebig darauf zu. Ein Franziskanermönch, der gerade das grosse Tor zuzog, gab ihm jedoch schon von weitem mit Handzeichen zu verstehen, dass sie keinen Platz mehr hatten und verschloss den Eingang. Unschlüssig drehte er sich um und blickte auf die andere Seite des Flusses. Dort waren viel mehr Häuser, vielleicht würde er dort mehr Glück haben.

„Hey, du", ein alter Mann mit rauer Stimme, der in einem dunklen Winkel auf einem Fass sass, stupste ihn mit seinem Stock in die Seite, „ja, dich meine ich, reisender Riese. Wenn ihr einen Gasthof sucht, dann geht hinüber in die innere Stadt. Sobald ihr auf der anderen Seite seid, haltet euch links, dort findet ihr die Mühlenschenke, da werdet ihr sicher etwas finden."

Noch bevor er einen Schritt in die angegebene Richtung machen konnte, spürte er den Stock ein zweites Mal in seiner Seite, diesmal heftiger. Der Alte, in Lumpen gekleidet, hielt ihm auffordernd seine hohle Hand entgegen.

Gutmütig nahm er einen Taler aus seiner Tasche und liess ihn in die schwielige Hand des Alten fallen. Dieser nahm das Geldstück entgegen, prüfte es im Schein einer Laterne, holte dann einen prallen Beutel aus seiner Tasche, der mit Münzen vollgefüllt war und warf die neu erworbene Münze dazu. Zufrieden nickte er dem Fremden zu und entliess ihn damit in die Nacht.

Mit der Aussicht auf ein Essen und ein Bett machte sich der Schotte auf den Weg.

Die einzige Brücke über den Fluss war hoffnungslos verstopft. Ein breiter Karren, gezogen von einem gewaltigen Ochsen und ein Wagen mit Pferdegespann aus der Gegenrichtung versuchten gleichzeitig, die Brücke zu überqueren. Eine Henne sprang mit lautem Gegacker vom Karren. Der Schotte versucht den scharfen Krallen der Henne auszuweichen, die geradewegs auf sein Gesicht zuflatterte. Dabei schlug er aus Versehen mit seiner Faust auf die Brust eines Mannes, der so gross war wie er und ebenfalls versuchte die Brücke zu überqueren.

„Beg your pardon", entfuhr es im reflexartig. Auf keinen Fall wollte er hier einen Streit vom Zaun brechen.

„No problem", antwortete der Mann unerwartet und fragte gleich darauf: „Ihr seid Engländer?"

Vehement kam die Berichtigung: „No I'm from Scotland."

Im selben Moment wurden die beiden Männer vom Ochsen mit seinem schweren Karren, zur Seite geschoben.

„Willkommen in Luzern", spottete die neue Bekanntschaft. Die beiden Männer konnten sich ein Lachen nicht verkneifen.

Beide überragten mit ihrer Grösse alle anderen auf der Brücke und erkannten schnell, welcher Weg sie am direktesten aus diesem Gerangel führte. Nach einigen Schritten schafften sie es, die verstopfte Brücke zu verlassen.

„Schotte, ich wünsche euch eine schöne Zeit hier in unserer Stadt!" Mit diesen Worten verabschiedete sich der Einheimische.

„Wait, please", rief der Schotte. Mit seinem starken Akzent fragte er: „Wisst Ihr, wie ich die Mühlenschenke finde?"

„Junger Schotte, das muss Euer Glückstag sein. Ich bin gerade unterwegs dahin, folgt mir." Eine einladende Handbewegung unterstrich seine Worte.

Ein paar schnelle Schritte und der Schotte war wieder auf gleicher Höhe wie der Helvete. „By the way, my name is William Wallace."

„Oh, ein Namensvetter – Freut mich euch kennen zu lernen, mein Name ist Gorkeit, Wilhelm Gorkeit."

Tatsächlich erhielt der Schotte in der Mühlenschenke einen behaglichen Schlafplatz. Hungrig suchte er jedoch erst einmal in der Schenke einen Platz. Wilhelm Gorkeit deutete ihm, sich zu ihm an den Tisch zu setzten. Als der Wirt ihnen eine stärkende Mahlzeit brachte, betrat Kuoni, ein Bediensteter von Werner Stauffacher den niedrigen Raum und liess seinen Blick suchend durch den Saal wandern. Als er Wilhelm entdeckte, kam er zu ihm und informierte ihn, dass sich sein Herr, mit dem Wilhelm sich hier treffen wollte, verspäten würde. Wilhelm freute sich über diese Fügung und sagte an William gewandt: „Wunderbar, das gibt uns Zeit für eine Unterhaltung, sofern Ihr meine Gesellschaft möchtet."

Der Schotte nickte erfreut.

„Seid ihr auf der Heimreise?", fragte Wilhelm, „Was führte euch so weit weg von Schottland?"

William Wallace begann zu erzählen: „Nachdem mein Vater vor zwölf Jahren starb zog ich zu meinem Onkel. Mein Onkel ist Kleriker in der Cambuskenneth Abbey bei Stirling. Vor fünf Jahren entsandte er mich nach Ponthieu im Norden Frankreichs und nach Florenz in Italien, um mich weiterzubilden und unter anderem die Sprache der Kirche, das Latein, zu erlernen. Doch jetzt ist es Zeit für mich, zurück nach Schottland zu reisen, zu viele schlechte Nachrichten sind mir zugetragen worden, als dass ich es weiter verantworten könnte, so fern der Heimat zu bleiben."

„Was für schlechte Nachrichten?", wollte Wilhelm wissen.

„Ich sage nur, Longshanks", kam grimmig die Antwort.

„König Edward?", fragte Wilhelm überrascht.

„Ja, er versucht mit allen Mitteln, die Herrschaft über Schottland an sich zu reissen. Vor einigen Jahren hat er bereits die freien Völker von Wales unterjocht und jetzt greift er mehr und mehr nach Schottland. Die Jahre nach Alaxandairs Tod ohne eine schottische Krone waren viel zu lange. Wir brauchen dringend einen König, um unsere Kräfte zu vereinen. Ich ertrage den Gedanken nicht, dass Edward, wie in Wales, auch in Schottland seine Sheriffs einsetzt, die dann das Land in seinem Sinne verwalten. Er wird ihnen mehr und mehr Befugnisse zugestehen und sie werden unter dem Schutzschirm des Königs das Volk ausbeuten." William beruhigte sich langsam wieder: „Es zeichnet sich ab, dass von den dreizehn Anwärtern, die sich um die Krone streiten, John Balliol unser neuer König wird. Seine Familie blickt auf eine lange Tradition zurück und wie ich höre ist er sehr gebildet, das kann nicht schaden."

Wilhelm kam aus dem Staunen nicht mehr raus: „John Balliol soll König von Schottland werden?" Er konnte es kaum fassen und genehmigte sich einen langen Schluck aus seinem Becher. In knappen Worten schilderte er William, wie er vor vielen Jahren John kennengelernt und auch Schottland bereiste hatte. „Eines weiss ich mit Sicherheit", schloss er seine Ausführungen, „John liebt sein Land und hat ein gutmütiges Wesen."
„Betreffend eurer Sheriffs", nahm Wilhelm den Gesprächsfaden wieder auf, „solche Sheriffs gab, beziehungsweise gibt es auch bei uns. Bei uns nennt man sie Vögte. Oft sehr üble Gesellen, denen nur das Geld heilig ist. Und immer geht es nach demselben Muster. Zuerst erhöhen sie die Steuern und Zölle, doch

schon bald reicht ihnen auch das nicht mehr und dann geht es an die Gerichtsbarkeit. Vögte oder wie ihr sagt, Sheriffs, verfügen üblicherweise nur über die niedere Gerichtsbarkeit. Sie können nur bei Straftaten wie Beleidigungen oder Raufereien urteilen und nur mit Gefängnis oder Verbannung strafen. Doch dann auf einmal, unter irgendeinem Vorwand, aus Gründen der Sicherheit für die Bevölkerung oder zur Aufrechterhaltung von Ruhe und Ordnung, erheischen sie sich vom König das Recht der hohen Gerichtsbarkeit, der Blutgerichtsbarkeit und somit das Recht, Menschen zum Tode zu verurteilen. Und seitdem bestimmt wurde, dass der Richter die Hälfte des Vermögens eines Verurteilten erhält, wurde Justizwillkür Tür und Tor geöffnet."

Aufmerksam hörte Wallace zu, er spürte wie der Verfall der Gesetze den Helveten erzürnte. Obwohl er nicht wirklich an der hiesigen Gerichtsbarkeit interessiert war, zeigte er sich freundlich und fragte nach. „Und was passiert mit der anderen Hälfte?"

„Gute Frage, denn dies setzt dem Ganzen die Krone der Dummheit auf. Die andere Hälfte wird an das Volk verteilt. Und was daraus resultiert, ist klar; willkürliche Anschuldigungen, die zu Verhaftungen und Verurteilungen führen. Auch unbescholtene Bürger, Kaufleute und Gutsherren werden so verhaftet, unter Folter gezwungen, was auch immer zu gestehen oder jemand anderen anzuschwärzen. Dieses Land wurde vor etwas mehr als einem Jahr von diesem Übel heimgesucht. Ein schlimmer Zeitgenosse namens Gessler hat hier über Monate sein Unwesen getrieben." Wilhelms Gedanken drifteten ab, er blickte in sein Glas und musste an jenen Tag denken, als er mit Rudolf auf der Falkenjagd war.

„Wie ist es dazu gekommen?", wollte der Schotte wissen.

Wilhelm überlegt. Hatte er nicht schon zuviel erzählt? Dieser fremde Mann aus einem fernen Land, was durfte er wissen, was sollte er wissen, weshalb hatte das Schicksal diesen Mann zu ihm geführt?

In dem Moment wurde er unterbrochen, Kuoni, Werner Stauffachers Diener kam erneut herein. „Herr Gorkeit, mein Herr lässt mit grösstem Bedauern ausrichten, dass er es heute nicht mehr schaffen wird, zu euch zu stossen. Er fragt an, ob es euch auch morgen ginge."

Nickend bestätigte Wilhelm: „Gebt eurem Herrn Bescheid, dass ich ihn morgen zur Mittagszeit hier erwarte."

Kuoni verneigte sich: „Habt Dank, ich werde es meinem Herrn ausrichten."

Wilhelm wandte sich wieder dem Schotten zu. Da er nun viel Zeit hatte, der Schotte ihm sympathisch war, entschied er sich, ihm die ganze Geschichte zu erzählen. Beginnend mit der Schlacht auf dem Marchfeld, von seiner Freundschaft zum alten König, seiner Ablehnung des Vogtsamtes und den Geschehnissen nach dem Tod von König Rudolf sowie vom Schwur der Volksvertreter aus den Waldstätten.

Wallace lauschte Wilhelms Worten aufmerksam und meinte dann: „Unsere Völker scheinen nicht nur durch die Ähnlichkeiten unserer Landschaft verbunden zu sein, sondern wir teilen auch ein ähnliches Schicksal. Egal was die Zukunft unseren Völkern noch bringen wird, wir werden immer darum kämpfen müssen, dass uns unsere Rechte und unsere Freiheiten auf Selbstbestimmung bewahrt bleiben."

„Ja, es braucht Mut, Zusammenhalt und Entschlossenheit. Und manchmal auch etwas Glück", bestätigte Wilhelm und hob den Becher.

„Fortune!" bekräftigte Wallace.

„Ja, die Göttin Fortuna sollte einem wohl gesonnen sein und das war sie uns diesen Sommer", fuhr Wilhelm fort. „Diesen Sommer haben die Kurfürsten eine sehr weise Entscheidung getroffen und Adolf von Nassau zum König gewählt. Das kam für Albrecht bestimmt vollkommen unerwartet." Wilhelm war die Genugtuung anzusehen, bevor er ernst fortfuhr. „Er wird jetzt erst einmal damit beschäftig sein, seine Wunden zu lecken. Glücklicherweise wurde uns so Albrechts Rache erspart und ein Kampf konnte verhindert werden."

Wallace schob seinen Becher gedankenversunken von einer Hand in die andere. „Auf solch ein Glück dürfen wir Schotten nicht hoffen. Longshanks ist König von England und wird es auch bleiben und er denkt doch tatsächlich, dass er entscheidet, wer in Schottland König sein soll. Glaube mir, es wird die Zeit kommen, da werden die Männer aus den Lowlands und Highlands diesem machtgierigen Longshanks die Stirn bieten."

„Seid auf der Hut! Edward Longshanks ist sehr clever und seine Gier nach Macht war bereits damals deutlich in seinen Augen zu erkennen, als ich ihn vor vierzehn Jahren in London traf."

„Ihr habt Longshanks getroffen?", William Wallace konnte kaum glauben was er da hörte. Welche Hand hatte ihn heute geführt, dass er auf der Brücke in Luzern diesen Mann traf?
„Welch finstere Geschäfte führten euch zu Edward?" Der Schotte, der sich bisher mit den Unterarmen auf den Tisch aufgestützt hatte, lehnt sich zurück, um den Helveten aus grösserer Distanz skeptisch betrachten zu können.

„Keine finsteren Geschäfte, im Gegenteil, die Aufgabe war etwas Wundervolles, ich war unterwegs im Auftrag der Liebe." Wilhelm schmunzelte.

Wallace hob die Augenbrauen. „Ihr habt am englischen Hofe nach einer Frau gesucht?"

„Ja, das tat ich. Allerdings nicht für mich. Ich überbrachte im Auftrag meines Königs Rudolf von Habsburg ein Geschenk anlässlich der Verlobung seines Sohnes Hartmann mit Joan of

Acre, der Tochter von König Edward", klärte Wilhelm den Schotten auf.

Wallace Muskeln entspannten sich und er neigte sich wieder nach vorn. „Joan of Acre? Wie klein die Welt doch ist!", fuhr Wallace fort. „Habt ihr die Tochter von Edward kennengelernt?"

„Ja, kurz zuvor. Auf dem Weg zum englischen Hofe besuchte ich sie in Ponthieu und überreichte ihr im Namen des habsburgischen Königshauses ein Geschenk. Es war eine etwas seltsame Begegnung, ein Verlobungsgeschenk einer Braut zu überbringen, die erst sechs Jahre alt war."

Wallace lachte, „Natürlich, damals lebte sie ja bereits in Ponthieu bei ihrer Grossmutter."

Jetzt zog Wilhelm eine Augenbraue hoch.

Der Schotte erzählte: „Während meiner Zeit im Kloster von Montreuil in der Grafschaft Ponthieu, hatten wir immer wieder Besuch von Jeanne de Dammartin der Comtesse von Ponthieu. Ihre Enkelin, Joan of Acre, verbrachte die meiste Zeit ihrer Kindheit und Jugend bei ihr. Zum ersten Mal traf ich Joan of Acre, als sie gerade dreizehn Jahre alt war."
Wallace schenkte sich noch einen Becher ein und fuhr fort. „Schon mit ihren dreizehn Jahren war sie eine liebreizende Persönlichkeit. Bezaubernde Schönheit gepaart mit hoher Intelligenz. Einige meinten, für eine Prinzessin sei sie zu vorlaut, doch das lag an ihrem hohen Sinn für Gerechtigkeit. Man spürte in ihr eine kämpferische Natur, kein Wunder, eine Engländerin, gezeugt auf einem Kreuzzug und geboren in den heissen Ebenen Syriens."

„Wie schade, dass es nie zu dieser Verbindung gekommen ist", bedauerte Wallace und fragt: „Wie ist er eigentlich gestorben?"

Wilhelm versuchte sich nicht den Todeskampf vorzustellen, mit dem Hartmann gerungen haben musste: „Hartmann ertrank vor gut zehn Jahren bei einer Schiffspassage über den Rhein."

„Das tut mir sehr leid, erzählt mir von seinem Leben!" Neugierig geworden wollte Wallace mehr wissen.

„Hartmann war, wie sein Vater, ein gutmütiger und ehrenvoller Mann. König Rudolf hatte sich schon dazu entschieden, Hartmann und nicht seinen älteren Bruder Albrecht zum Königserben zu machen. Die Kurfürsten hätten ihn mit Sicherheit gewählt. Er war das komplette Gegenteil seines Bruders Albrecht."

Wilhelm erinnerte sich an vertrauliche Gespräche, bei denen ihm Hartmann erzählt hatte, was für Frauentypen ihn faszinierten. Sie solle sowohl selbstbewusst als auch feminin sein, stark und sanftmütig zugleich. So wie William Wallace Joan of Acre beschrieben hatte, wäre sie die ideale Frau für ihn gewesen.

„Wenn ich mir vorstelle", sinnierte Wilhelm weiter, „wenn dieser Mann und diese Frau das Sacrum Imperium regiert hätten, die Geschichte unserer Zeit wäre komplett anders verlaufen."

Die beiden Männer unterhielten sich noch lange, während es draussen in den Gassen allmählich ruhig wurde.

***

Am nächsten Morgen trafen sie sich nochmals, Wilhelm kam mit dem Proviant, das er Wallace am Vorabend versprochen hatte. Die beiden Männer standen wieder an der Reussbrücke.

„William, bevor ihr zurück nach Schottland reist, wollte ich euch noch etwas mitgeben, etwas, was mich ein weiser König einmal lehrte. Ein Herrscher, der masslos wütet und sein Volk knechtet, der hat seine Legitimität als Herrscher verwirkt. Das Volk hat das Recht und die von Gott gegebene Pflicht, diesen Herrscher zu stürzen."

William Wallace atmete tief durch. „Bewundernswerte Worte eines Königs, wenn doch alle so denken würden! Wer weiss, vielleicht kreuzen sich unsere Wege wieder. In diesem oder in einem nächsten Leben."

„Das würde mich sehr freuen", antwortete Wilhelm, ohne zu ahnen, dass jeder von ihnen in seiner Heimat schon bald um Freiheit, Recht und Leben kämpfen würde.

Der Schotte blickte nachdenklich über die Brücke.

„Was habt ihr, William?", erkundigte sich Wilhelm, der nichts Aussergewöhnliches erkennen konnte.

Wallace runzelte die Stirn: „Das frage ich mich auch. Jedes Mal, wenn ich eine Brücke überquere, beschleicht mich ein seltsames ungutes Gefühl. Ich kann es nicht erklären. Wie auch immer", leichtfertig schob er den Gedanken beiseite, „Wilhelm, ich danke euch für alles und möge Fortuna euch und euren Liebsten wohlgesonnen sein."

Wilhelm wünschte Wallace einen gesegneten Weg und blickte ihm nach, einem Mann der seinem Schicksal mit grossen Schritten entgegenging.

Anno Domini 1297

5 Jahre später

26. Februar – Giftattentat auf Albrecht

Burg Habsburg ob der Aare

Albrecht verspürte ein starkes Ziehen in der Bauchgegend: „Mehr Met, bringt mir mehr Met!" befahl er seinen Bediensteten.
Der Diener stellte behutsam einen weiteren Krug Met auf den Tisch und verharrte in seiner Bewegung. Erschrocken blickte er den Grafen an. Unzählige Schweissperlen standen auf Albrechts Stirn, sein Gesicht war gerötet und das, obwohl es ein weiterer klirrend kalter Februarabend war.

„Worauf wartest du?" Die glasigen Augen des Grafen sahen voller Zorn auf den Burschen. Ängstlich füllte dieser den Becher seines Herrn mit frischem Met, da entriss ihm der Graf den Krug, setzte ihn sich direkt an die Lippen und trank gierig. Der Honigwein lief ihm über Wangen und Kinn, tropfte auf sein Gewand. Er verschluckte sich, hustete heftig, Met schwappte aus dem Krug. Albrecht stand schwankend auf, heisser Schmerz schoss ihm in Wellen durch den Körper. Der Krug fiel klirrend zu Boden und zerbarst in tausend Stücke. Albrecht kippte nach vorn und übergab sich in einem hohen Schwall über den reichgedeckten Tisch.

Drakkelm trat durch die Tür, eilte herbei und wollte seinem Grafen helfen, doch dieser stiess ihn weg. Albrecht rappelte sich wieder auf und torkelte durch den Raum. Eine weitere Kolik jagte durch seinen Körper, er brach zusammen. Verschwommen sah er, wie Drakkelm versuchte, ihn zu stutzen. Dann verlor er das Bewusstsein.

Mit einem Arm wischte Drakkelm die Tischplatte leer. Essen und Geschirr landete scheppernd am Boden. Mit dem anderen Arm hielt er den bleischweren, erschlafften Grafen. Gekonnt wuchtete er den Bewusstlosen auf den Tisch und liess gleichzeitig in schneidendem Ton nach einem Arzt schicken. Sein Blick fiel auf die Speisen die zwischen den Scherben über dem ganzen Boden verstreut lagen. Kalter Zorn stieg in ihm auf als er die Maden sah die sich langsam aus einem Stück angebissenem Fleisch wanden. Scharf befahl er dem Diener beim Grafen zu bleiben. Wutentbrannt rannte er hinunter in die Küche.

Dort war man bereits darüber informiert, was passiert war. Drakkelm hörte sich eilig entfernende Schritte und eine Tür, die zuschlug. Er entdeckte Pfannen, die vor der Tür zum verschneiten Gemüsegarten am Boden lagen. Jemand hatte es hier wohl sehr eilig gehabt. Drakkelm zückte sein Kurzschwert. In diesem Moment rannte tränenüberströmt die alte Köchin heran und krallte sich in das Wams des Hauptmanns. „Nein, bitte tut ihm nichts, er hat nichts getan, er hat es nicht mit Absicht getan. Bitte verschont ihn!", flehte die dicke Tildi eindringlich. Drakkelm hieb ihr mit dem Knauf seiner Streitaxt auf den Kopf, so dass sie bewusstlos zusammensackte. Hauptmann Drakkelm stürmte zur Tür hinaus in den schneidend kalten Wind. Er entdeckte den davonrennenden Küchenjungen, der rutschend vor dem Burgtor zum Stehen kam und gerade versuchte, den türgrossen Durchgang im Burgtor zu öffnen. Drakkelm eilte ihm mit Riesenschritten hinterher. Der Junge blickte mit angsterfüllten Augen zurück zum nahenden Hauptmann, während seine zitternden Finger versuchten, den Riegel aufzuschieben. Endlich schaffte er es und stolperte hinaus auf den eisigen Pfad. An den Füssen nur mit dünnen Lederschuhen bekleidet, schlidderte und rutschte er immer wieder, bis er schliesslich der Länge nach hinfiel. In Panik rappelte er sich wieder auf, rannte und rutschte weiter. Drakkelm war dicht hinter ihm. Mit stampfenden Schritten kam er dem fliehenden Jüngling immer näher. Ohne ein Wort zu sagen und mit versteinerter Miene, schleuderte Drakkelm seine Streitaxt in Richtung des Jungen.

Genau in diesem Moment rutschte der Küchenjunge wieder aus und landete auf den Knien, die Axt zischte knapp an seinem Kopf vorbei und rammte sich krachend in einen Baum. Schnee fiel von den Ästen auf den Jungen, der sich das blutende Ohr hielt. Umständlich krabbelte er auf einer Hand, Füssen und Knien weiter. Getrieben von der Angst um sein nacktes Leben, hechtete er mit einem gewagten Sprung die steile Böschung in den Wald hinunter. Drakkelm hatte inzwischen den Baum erreicht, zog seine Axt aus dem dicken Stamm und blickte grimmig die Böschung hinunter. Er hörte die dumpfen Schreie des stolpernden und stürzenden Jungen, konnte ihn aber zwischen den dichten Bäumen nicht mehr sehen. Im Schnee zu seinen Füssen leuchteten an mehreren Stellen frische Blutstropfen. Als Drakkelm überlegte, ob er die Bluthunde auf den Fliehenden hetzen sollte, hörte er laute Schreie aus der Burg. Überrascht drehte er sich um und rannte zurück zur Burg. Der Junge würde sowieso im Wald erfrieren.

Hauptmann Drakkelm betrat die Kammer des Grafen, ein Bild des Schreckens bot sich ihm dar. Albrecht hing kopfüber und halbnackt von der Decke. Aus einem kleinen Schnitt am Handgelenk tropfte Blut in eine Schale, die unter ihm am Boden stand. Sein Körper war weiss wie der Schnee, der draussen lag, seine Augen blutunterlaufen. Nur ein leises Wimmern zeigte, dass er noch am Leben war.

„Was tust du da, Quacksalber!", brüllte Drakkelm den Arzt an. Mit grossen Schritten eilte er zu Albrecht, um ihn aus seiner misslichen Lage zu befreien.

Der Arzt liess sich jedoch nicht beeindrucken und trat dem Hauptmann energisch entgegen: „Halt! Nicht, ihr dürft ihn nicht abhängen, ich weiss es sieht fürchterlich aus, doch nur so kann das Gift aus seinem Körper fliessen."

Drakkelm hielt inne, unschlüssig was er tun sollte: „Wehe euch, wenn der Graf stirbt, dann werde ich euch ebenfalls kopfüber aufhängen und euch nicht nur die Handgelenke aufschneiden." Drakkelm verliess fluchend die Kammer, ungläubig, dass die Prozedur des Arztes helfen würde.

***

Zwei Wochen waren vergangen, seit Albrecht beim Abendessen zusammengebrochen war. Wie durch ein Wunder hatte er überlebt. Drakkelm stand auf der Nordmauer, liess sich den eisigen Wind ins Gesicht blasen und sah in die tief verschneite Ebene unter sich. Sein schwerer langer Mantel wölbte sich im eiskalten Wind.

„Hauptmann, bitte kommt", Drakkelm blickte von der Wachmauer herunter auf den Stallburschen, der aufgeregt vom Burghof hinauf rief. „Der Graf, der Graf, er ist aufgewacht und verlangt nach euch." Über Drakkelms grimmiges Gesicht huschte ein kaum merkliches Lächeln als er dem Stallburschen zunickte. Ohne Eile schritt er die schneebedeckte Treppe von der Burgmauer hinunter.

Bei der Kammer angekommen klopfte er an die schwere Holztür, die sofort vom Arzt geöffnet wurde. Drakkelm hatte erwartet, Albrecht im Bett liegend vorzufinden. Doch Albrecht stand auf seinen Füssen, mit dem Rücken zur Tür. Nackt wie er war, schlüpfte er gerade in ein langes Hemd. Neben ihm, in unterwürfiger Haltung, lauerte bereits Hermann Gessler.

„Lasst uns alleine!", befahl Albrecht dem Arzt mit schwacher Stimme. Dieser verliess nur zögerlich den Raum, unentschlossen, ob er den Kranken wirklich alleine lassen sollte.

Drakkelm packte den Arzt an der Schulter und warf ihn in den Gang hinaus. „Hörst du nicht, was dein Herr sagt, Quacksalber?" Dann schloss er die Tür.

Albrecht, nur im Untergewand gekleidet, drehte sich zu Drakkelm um, während er sich ein schwarzes Band über eine leere Augenhöhle legte und den Stoffstreifen energisch an seinem

Hinterkopf zuknotete. Albrechts kantiges Gesicht wirkte mit dem abgedeckten Auge noch düsterer. Er kam gleich zur Sache, als er mit noch brüchiger Stimme fragte: „Mir wurde gesagt, du wisst wer es war?", fragte er seinen Getreuen.

„Ja, so ist es, der Küchenjunge wollte euch ein Leid antun und hat verschiedene verdorbene Speisen unter das Essen gemischt", erklärte Drakkelm.

„Der Küchenjunge?" Albrecht schüttelte ungläubig den Kopf. „Wurde er von jemandem dazu angestiftet?"

„Nein, wenn es jemand auf euer Leben abgesehen hätte, dann hätte er ein Gift genommen und nicht verdorbene Lebensmittel. Es war nur ein böser Streich eines törichten Jungens. Er war sich des Ausmasses seiner Tat kaum bewusst." Die Kälte in seiner Stimme unterstrich die Verachtung für den Jungen.

Ernst befahl Albrecht: „Lasst ihn auspeitschen, er soll für seine Tat büssen."

„Das ist nicht mehr nötig, er liegt irgendwo erfroren im Wald", erklärte Drakkelm teilnahmslos.

Albrechts Gesicht verzerrte sich zu einem höhnischen Grinsen. „Was ist mit der Köchin? Sie leistete bereits meinem Vater sehr gute Dienste, sie ist eine der besten Köchinnen, die ich kenne. Was denkt ihr, was für eine Strafe ist angemessen?"

Drakkelm zuckte mit den Schultern. „Eine gute Köchin ist sie bestimmt, doch der Junge war ihr Enkel. Seine Mutter starb bei seiner Geburt, so hatte sie sich um ihn gekümmert. Es wäre eine zu grosse Gefahr gewesen, sie weiter für euch kochen zu lassen. Ich liess sie aus der Burg werfen."

„Was würde ich nur ohne dich tun, Drakkelm?" Albrecht schüttete einen Becher Wein in sich, um die Schmerzen zu betäuben. „Wisst ihr, wohin sie gegangen ist?"

Der bisher stille Gessler ergriff mit durchtriebener Stimme das Wort: „Aus sicherer Quelle wissen wir, dass sie nach Dällikon flüchtete, auf das Anwesen der Familie Gorkeit. Sie haben sie wohl aufgenommen."

Albrecht nickte kaum merklich, Hass schwang in seiner Stimme als er den Namen langsam wiederholte: „Gorkeit!" Sein Magen zog sich krampfartig zusammen, wie jedes Mal, wenn er diesen Name hörte. Vor Jahren hatte Drakkelm ihm im Vertrauen versichert, er habe den König sagen gehört, er wünschte, nicht Albrecht, sondern Wilhelm Gorkeit sei sein Sohn.
Albrecht ballte seine Hände zu Fäusten, dass die Knöchel weiss hervortraten. Hermann Gessler sah seine Stunde gekommen und flüsterte ihm hastig etwas ins Ohr.
Albrecht erklärte: „Verdorbene Lebensmittel, der Streich eines dummen Jungen? Niemals! Ich habe ein Auge verloren und Höllenqualen durchlitten. Mein Leiden muss zu etwas nütze sein und ich weiss auch schon wofür. Hört mir zu, ich plane Folgendes."

5. April - Gesslers Intrigen

Zürich, freie Reichsstadt am Zürichsee

„**M**eine Dame, meine Herren, herzlichen Dank, dass ihr alle zu so später Stunde der Einladung von unserer geschätzten Fürstabtissin und Richterin Elisabeth von Wetzikon gefolgt seid. Ich heisse euch im Richthus auf der Limmatinsel willkommen. Um es gleich zu Beginn festzuhalten, dies ist keine Gerichtsverhandlung, sondern eine Anhörung." Rüdiger Manesse wies die Gäste des hohen Hauses an, sich zu setzen.

Die Fürstabtissin, seit über zwanzig Jahren in ihrem Amt, nickte Rüdiger Manesse zu, dass er fortfahren möge. „Da die Anklage ein bedeutendes und langjähriges Mitglied unseres Sommer- und Herbstrates betrifft, spreche ich heute als Repräsentant aller drei Züricher Räte. Folgende Ratsherren sind anwesend: Heinrich von Lunkhofen und Rudolf Krieg vom Fastenrat, Hug Biberli, Heinrich von Kloten und Wilhelm Gorkeit vom Sommerrat sowie vom Herbstrat die Herren Johans Brechter und Ulrich von Schönenwerd. Als Vertreterin des Klerus die Fürstäbtissin Elisabeth von Wetzikon, die gleichzeitig als oberste Richterin fungiert." Manesse wendete sich an Hermann Gessler: „Bitte tragt nun vor was ihr vorzuwerfen habt."

„Danke, danke, meine werten Herren." Gessler begann mit seinen Ausführungen und ignorierte mit Absicht die einzige Frau im Raum. Abgesehen davon, dass er mit der Äbtissin schon früher aneinandergeraten war, empfand er es als untragbar, dass eine Frau diesen Raum überhaupt betreten durfte. „Ich muss euch leider eine schlimme Kunde überbringen, es befindet sich unter uns ein hinterhältiger Mörder."

Lautes Gemurmel ging im Raume um, so dass Rüdiger Manesse mit scharfen Worten zur Ruhe mahnen musste. An Hermann

Gessler gerichtet, sprach er streng einen Tadel aus: „Herr Gessler, ihr habt eine Anklage vorzubringen und kein Urteil zu fällen. Bringt vor, was ihr vorzubringen habt, aber seid vorsichtiger in eurer Wortwahl."

„Ja, ja, ist gut, dann fahre ich jetzt fort!", entgegnete Gessler gereizt. „Ich trete vor euch im Namen des ehrenwerten Königs Albrecht von Habsburg, der ..."

„Albrecht von Habsburg ist Graf und nicht König", unterbrach Manesse mit schneidender Bestimmtheit.

Gessler atmete verärgert aus. „Im Namen des ehrenwerten Grafen Albrecht von Habsburg. Dieser wohltätige und bedauernswerte Mann wurde vor einem Monat Opfer eines hinterhältigen Giftanschlags durch einen gemeinen Meuchelmörder. Nur mit viel Glück und dank der schützenden Hand unseres Herrn hat der Graf überlebt." Gessler sah zum Himmel und fuhr fort: „Nur leider wird er für sein restliches Leben schwer davon gekennzeichnet bleiben. Denn der arme Mann hat, nachdem er das vergiftete Mahl zu sich nahm, wochenlang schwer gelitten und am Ende gar ein Auge verloren. Stellt euch vor, wie schlimm es sein muss, nur noch mit einem Auge zu sehen. Und noch schlimmer, zu wissen, dass der, der ihn töten wollte, noch immer auf freiem Fuss ist."

Wieder begann Gemurmel, Worte der Empörung waren zu hören.

„Und ist es nicht in unser aller Interesse, dass dieser hinterhältige Mörder gefasst und für seine Schandtaten bestraft wird?", fragte Gessler beschwörend.

„Herr Gessler", unterbrach ihn Manesse erneut, „plappern sie hier nicht herum, kommen sie endlich zum Ende."

„Ja, ich mach ja schon", keifte Gessler zurück. Er ging zum Stuhl, auf dem Wilhelm Gorkeit sass, und schlich langsam um ihn herum. Dann wurde Gesslers Stimme laut und voller Aggression wetterte er: „Und dieser Mann hier, euer ach so ehrenwerter Ratskollege, ist dieser hinterhältige Mörder!"

Die Ratskollegen wetterten empört gegen Gessler, nur wenige blieben still ob dieser unglaublichen Anschuldigungen. Im allgemeinen Tumult schrie Gessler zurück: „Dieser Mann ist eine Schande für euch alle, dieser Mann muss geächtet werden und noch mehr, die einzige Strafe, die es für ihn gibt, ist dasselbe durchzumachen, was unser geschätzter Albrecht erleiden musste." Flink wie ein Wiesel holte Gessler eine Fackel aus der Wandhalterung, ging mit schnellen Schritten auf Wilhelm zu und hielt ihm die Flammen gefährlich nah entgegen, als er ergänzte: „Um am Ende das zu erfahren, was er verdient, den Tod! Seine finstere Seele soll durch das Feuer geläutert werden."

„Haltet ein!" Richter Manesse stand auf und befahl Gessler, sofort die Fackel zurück in die Wandhalterung zu stecken. Drohend baute er sich vor Gessler auf: „Wenn ihr es noch einmal wagt, eine Person hier im Raum direkt zu bedrohen, lasse ich euch aus diesem Richthus entfernen."

Gessler fuchtelte nochmals kurz mit der Fackel vor den Anwesenden herum und steckte diese dann umständlich zurück an ihren Platz.

Die Fürstäbtissin beobachtete das Schauspiel mit bewegungsloser Miene. Nachdem die Stimmung sich wieder ein wenig beruhigt hatte, ergriff Rüdiger Manesse erneut das Wort. „Das sind sehr schwere Anschuldigungen, die ihr da vorbringt. Habt ihr irgendwelche Beweise, die ihr uns vorlegen könnt? Denn wenn nicht, ist …"

„Ja, selbstverständlich, mein geehrtes Ratsmitglied Manesse", fuhr Gessler speichelleckerisch dazwischen. „Der Mörder hat seine Spuren wohl gekonnt verwischt, aber er war doch auch einfältig. Denn er hat am Ort seiner schändlichen Tat diese Tafel liegengelassen." Gessler zog aus seiner Tasche ein handgrosses, zweiteiliges Wachstafelbuch, welches mit Metallscharnieren zusammengehalten wurde. Auf dem Deckel war ein Wappen eingebrannt und darunter stand in schwungvollen Lettern: Wilhelm Gorkeit.

Wilhelm, bisher still und gefasst, stand empört auf. „Wie kommt ihr an meine Wachstafel?" Sofort hatte er seine Tabula cerata erkannt, seit Tagen hatte er das Hochzeitsgeschenk von Katharina vergeblich gesucht.

„Ja, genau", Gessler triumphierte. „Gerade habt ihr euch selbst verraten, Gorkeit." spottete Gessler abfällig. Er machte ein paar Schritte auf Wilhelm zu und hielt ihm das Beweisstück entgegen. „Dies gehört euch, nicht wahr? Es wurde am Boden der Küche gefunden, in der die Speisen für den Grafen von Habsburg vergiftet wurden. Es muss euch wohl beim Giftmischen aus der Tasche gefallen sein."

Die aufsteigende Wut war Wilhelm deutlich anzusehen. „Diese Tabula wurde mir vor wenigen Tagen entwendet. Ich war nie in der Küche des Grafen und ich habe nichts mit seiner Vergiftung zu tun", konterte Wilhelm energisch.

„Ha! Lügen, Lügen, Lügen, das sagen sie alle. Verehrte Herren", wieder überging er ganz bewusst Elisabeth von Wetzikon, „übergebt Wilhelm Gorkeit in mein Gewahrsam. Ich habe Männer, die geschickt in der Kunst sind, jedem die Wahrheit zu entlocken. Ihr werdet sehen, binnen weniger Tage wird auch dieser Gorkeit seine Schandtaten gestehen."

Mit geschwellter Brust, die Tabula in erhobener Hand, beschritt Gessler einen Halbkreis durch den Raum, sicher, dass er sein Ziel erreicht hatte.

„Diese Wachstafel beweist gar nichts." Elisabeth von Wetzikon stand ruhig von ihrem Stuhl auf. „Und wir werden ganz bestimmt niemanden in die Hand eurer Folterknechte geben. Ich kenne Wilhelm Gorkeit schon genügend lange und ich sage euch, eine solche Tat liegt nicht in seiner Natur. Wie könnt ihr es wagen, einen Mann ohne eindeutige Beweise oder Zeugen so zu beschuldigen."

„Haltet euren Mund, Weib!" keifte Gessler zurück und sah angewidert in die Runde. „Wie könnt ihr es zulassen, dass ein Weib hier in diesen Hallen das Wort ergreift. Weiber haben zu schweigen, ganz besonders wenn wir sprechen."

„Ihr! Ihr habt sofort zu schweigen!" Manesse schlug mit der Faust auf den Tisch, dass es nur so donnerte. „Nicht nur, dass ihr es wagt, einen unserer Ratskollegen mit derart schwachen Beweismitteln einer solchen Schandtat zu bezichtigen. Nun beleidigt ihr auch noch eine Zürcher Richterin und höchste Würdenträgerin der Kirche. Noch ein solches Wort und ihr seid der, der ins Gefängnis wandert." Manesse versuchte sich zu beruhigen.

Heinrich von Lunkhofen stand auf, schritt zu Gessler und entnahm ihm die Tabula. „Wann soll dieses Giftattentat stattgefunden haben, vor sechs Wochen?" Dann erklärt mir doch bitte, wie ist es möglich, dass ich vor zwei Wochen diese Wachstafel bei meiner Schwester sah? Stephania hielt sie in ihren Händen, um die Halterung für den Griffel zu reparieren. Ich glaube, ihr seid hier der Lügner und ich denke, ihr seid nicht nur ein miserabler Schauspieler, sondern auch ein törichter Dieb."

Wie jede Ratte, die in die Ecke gedrängt wird, wurde auch Gessler unberechenbar aggressiv. „Ich anerkenne euch nicht als rechtmässiges Gericht!", schrie Gessler rot vor Zorn, "ihr alle seid eine Bande von untereinander verschwägerten Gaunern. Vermutlich seid ihr alle von ihm bezahlt worden." Dabei wies er mit ausgestrecktem Arm auf Wilhelm Gorkeit und drohte: „Wenn dieser Rat nicht fähig ist, Wilhelm Gorkeit ein Ende zu bereiten, dann werde ich es tun und dafür brauche ich keinen Richter und keine Ratsherren."

Der junge Hug Biberli zückte sein Schwert. „Und ich anerkenne euch weder als Ankläger noch als Vogt oder sonst was." Mit ruhiger Hand hielt er Gessler das Schert zwischen die Beine und fuhr langsam mit der scharfen Klinge nach oben. „Und wenn ihr euch nicht sofort benehmt, dann schwöre ich, wird euch schon bald keine Frau mehr als Mann erkennen."

Gessler stand mit offenem Mund reglos im Raum.

Drei Männer packten ihn an den Schultern. „Werft ihn aus diesem Saal, werft ihn aus diesem Haus und werft ihn aus unserer Stadt!", befahl die Fürstäbtissin.

10. Juni - Das Todeskommando

Luzern am Waldstättersee

Noch nach Tagen schäumte Hermann Gessler vor Wut über diese Schmach und den missglückten Plan. Getrieben von brennenden Rachegefühlen, hetzte er Albrecht von Habsburg weiter gegen den einflussreichen Gorkeit auf. Albrecht willigte schliesslich ein, diesen Dorn im Auge endgültig loszuwerden. Das Todeskommando unter Hauptmann Drakkelm erreichte Luzern. Ihr Ziel: Wilhelm Gorkeit zu töten. Gleichzeitig rückte eine Gruppe von Gesslers Häschern nach Dällikon vor, zum Gutshof der Gorkeits.

Die Schenke an der Reuss in Luzern war bis auf den letzten Platz gefüllt. Neben dem offenen Kamin johlten mehrere Männer und schlugen prostend ihre vollen Becher zusammen. In ihrem Saufgelage kam es immer wieder zu kurzen Handgreiflichkeiten, doch bevor sich die Streithähne ernsthaft zu prügeln begannen, wurden sie von ihren Saufkumpanen zurückgehalten. Das Feuer im Kamin knisterte und vermochte den niedrigen, düsteren Raum kaum zu erhellen. Die Hitze draussen drückte den Rauch zurück in den Kamin, an der Decke schwebten Rauchschwaden. Es roch nach Bier, Schweinebraten und verschwitzten Leibern.

Der Wirt nickte dem Sänger zu und forderte ihn auf, ein weiteres Lied vorzutragen. Er solle die Gäste unterhalten, damit sie weniger sprachen und dafür mehr tranken.

Mit leiser, schüchterner Stimme erklärte der Sänger: „Hier kommt eines der Mädchenlieder von meinem grossen Vorbild Walther von der Vogelweide." Doch begann er zu singen, erfüllte seine Stimme den Raum:

„Unter den Linden
an der Heide,

da wo unser zweier Bette war,
da mögt ihr finden
sorgfältig beide
gebrochen, Blumen sowie Gras.
Vor dem Walde in einem Tal,
tandaradei,
schön sang die Nachtigall.

Ich kam gegangen
zu der Au,
da war mein Friedel gekommen eh.
Dort wurd ich empfangen,
als edle Frau,
das ich bin selig immer mehr.
Küsste er mich? Wohl tausendstund:
tandaradei,
seht, wie rot mir ist der Mund.

Zwei Treppenstufen erhöht sassen kleinere Gruppen an Tischen, die von vielen Kerzen beleuchtet wurden. An einem dieser Tische unterhielt sich Wilhelm mit einigen Freunden und lauschte mit halbem Ohr dem Gesang.

Da hat er gemacht
Ach so prächtig
aus Blumen eine Bettstatt.
Darüber wird noch gelacht
innig,
kommt jemand an denselben Pfad.
Bei den Rosen er wohl mag,
tandaradei,
merken, wo mein Haupte lag.

Dass er bei mir läge,
wüsst es jemand
so schäm ich mich.

Was er mit mir pflege,
da soll niemand
drüber befinden ausser er und ich,
und ein kleines Vögelein
tandaradei,
das mag wohl verschwiegen sein.

Der Gesang drang gedämpft in die Gasse vor der Schenke und wurde vom schwülen Wind weitergetragen. Doch hier war niemand, der sich für den Gesang interessiert hätte.

„Hauptmann Drakkelm, ihr hattet Recht, Wilhelm Gorkeit ist unten in der Schenke an der Reuss", meldete einer der Schergen seinem Hauptmann.

Mit bösartiger Zufriedenheit nickte der Hauptmann. „Ich wusste es." Gleichzeitig zog er sein Messer, presste seinen Untergebenen mit eiserner Hand an die Mauer und hielt ihm die scharfe Klinge drohend an die Kehle. „Wenn du hier noch einmal meinen Namen nennst, dann wirst du diesem Bastard Gorkeit noch heute in die Hölle folgen." Drakkelm liess den Mann angewidert los. Schnell brachte dieser zwei Armlängen zwischen sich und seinen Vorgesetzten und wisperte. „Verzeiht Herr, das wird nicht wieder vorkommen."

„Ja, ganz bestimmt nicht", erwiderte Drakkelm zynisch und schob das Messer wieder hinter seinen Gürtel.

Zu so später Stunde waren die Gassen verwaist. Drakkelm wies seine Leute trotzdem an leise und auf der Hut zu sein: „Ihr beide versteckt euch da drüben, unter den Arkaden und macht eure Armbrust bereit."

„Hör zu", Drakkelm tippte Seumas, seinem Getreusten, an die Brust, „du gehst in die Schenke und gibst mir Bescheid wenn dieser Gorkeit aufbricht."

„Und du, unnützer Tor", wies er den Schergen abfällig an, „geh über die Reussbrücke auf die andere Seite und achte darauf, dass uns niemand stört."

Die Stimmung in der Schenke wurde immer ausgelassener. Die Männer am Kamin grölten derbe Witze über das Mädchen aus dem Lied, das sich wohl gerne unter freiem Himmel vergnügte. Wilhelm war dabei aufzubrechen und verabschiedete sich von seinem Gesprächspartner. Als er sich erhob, lallte einer vom Kamin drüben laut herüber: „Hey Wilhelm, komm sauf mit uns, du alter Haudegen."

Wilhelm sah im Halbdunkeln nur ein vernarbtes Gesicht, die heisere Stimme erkannte er jedoch sofort: Henntz ein Rauf- und Trunkenbold wie er im Buche stand, war auch einer von jenen, die die Schlacht bei Dürnkrut überlebt hatten.

„Los Wilhelm" lallte er weiter, „erzähl uns von der kumanischen Reiterin, bei der du zuerst dachtest, sie wäre ein Jüngling." Der Betrunkene lachte schallend, schüttete sich mit Schwung einen Krug Bier in den Hals, dass die Hälfte übers Kinn lief und sprach kaum verständlich weiter: „Wilhelm kennt nicht mal den Unterschied zwischen einem Jungen und einer Frau." Die Gruppe betrunkener Männer lachten laut mit.

„Kann schon sein, Henntz, dass ich da etwas Mühe hab", rief Wilhelm zurück. Erstaunt drehten sich die Männer in Wilhelms Richtung. „Denn bei dir weiss ich auch nie, ob du ein Mann oder 'ne Sau bist." Henntz prustete das Bier wie ein Sprühregen aus seinem Mund. Die Männer am Tisch grölten weiter, einer klopfte Henntz mit der flachen Hand auf den Rücken, andere verhöhnten ihren Saufkumpanen mit lautem Grunzen. Henntz versuchte aufzustehen, doch seine Beine konnten ihn in seinem Suff nicht mehr tragen und er fiel unter den Tisch. Seine Kumpel packten ihn am Kragen und zogen ihn wieder auf die Holzbank. Der Wirt kam mit mehreren vollen Krügen bei ihnen vorbei, einer nahm ihm einen Krug Bier ab und stellte ihn knallend vor Henntz auf den Tisch.

„Euch noch viel Vergnügen", wandte sich Wilhelm an die betrunkene Horde. Die Männer drehten sich von Wilhelm weg, einer winkte ihm noch zu, doch die anderen hatten nur noch ihr Bier vor sich im Sinn. Wilhelm hüllte sich in seinen Umhang, warf dem Wirt eine Münze zu und wendete sich zur Tür. Ein seltsames Gefühl überkam ihn, er sah zurück in die Schenke und zum Hinterausgang. Dort erkannte er eine dunkle Gestalt, die ihn beobachtete. Instinktiv tastete er nach dem Dolch in seinem Gürtel.

Seumas hatte von einem Tisch, in der Nähe des Hintereinganges das ganze Geschehen beobachtet. Still legte er ein paar Münzen neben den noch halbvollen Bierkrug und verliess die Schenke durch die Hintertür. Eilig gab er Drakkelm das vereinbarte Zeichen, einen Amselpfiff.

Drakkelm hörte den Pfiff und beobachtete, wie sich die Tür der Schenke öffnete. Den beiden Armbrustschützen winkte er mit zwei Fingern zu, sie sollten sich bereitmachen.
Lautlos streifte er die Hauswand entlang, aus dem fahlen Mondlicht zurück in die Dunkelheit.

Wilhelm blieb in der offenen Tür stehen. Nachdenklich sah er noch einmal zurück in die Schenke, doch er erkannte nichts Ungewöhnliches. Sein Blick wanderte zum Hinterausgang, die dunkle Gestalt war verschwunden. Bedächtig trat Wilhelm hinaus in die Nacht. Die Gasse war menschenleer. Unter den Arkaden hörte er das Rauschen des Flusses, er lauschte, doch alles, was er hörte, war das Wasser der Reuss und das gleichmässige Geklapper der Mühlenräder. Mit weitausholenden Schritten schlug er die Richtung zur Reussbrücke ein. Kaum hatte er sich auf den Weg gemacht, erklang von hinten ein zischendes Geräusch. Bevor er reagieren konnte, spürte er einen harten Schlag, gefolgt von einem höllischen Brennen. Ein Armbrustbolzen hatte sich in seinen Rücken gerammt. Wilhelm wankte, stützte sich an einem der Arkadenpfeiler und drehte sich um, damit er den Angreifer ausmachen konnte. Er sah drei Schatten, die sich auf ihn zubewegten, der Schmerz liess seine Sicht verschwimmen. Ein zweites Zischen, das Geschoss traf seine Schulter mit voller Wucht. Er macht ein paar Schritte, um sich zu fangen, doch die Wucht des Geschosses liess ihn taumeln und rückwärts in die Reuss stürzen.

Die Armbrustschützen eilten heran und schossen noch zwei weitere Male auf den Körper, der im dunklen Wasser Richtung Mühlen trieb. Ein dumpfes Geräusch liess vermuten, dass mindestens ein weiterer Bolzen sein Ziel getroffen hatte. Langsam versank der Körper im unruhigen Wasser der Reuss.
Drakkelm blickte flussabwärts. „Die Mühlen werden ihm den Rest geben." Ohne eine Miene zu verziehen, wandte er sich ab.
Ein Warnpfiff ertönte von der anderen Seite des Flusses. „Da kommt jemand", zischte Seumas, der gerade neben seinem Hauptmann eingetroffen war. Hauptmann Drakkelm erwiderte: „Lasst uns gehen, wir haben unser Werk getan, Wilhelm Gorkeit ist tot."

Jede Geschichte hat einen Anfang,
aber keine Geschichte hat ein Ende,
sondern nur einen neuen Anfang.

(Verfasser unbekannt)

Fortsetzung folgt…

…Der Freiheitskämpfer Wilhelm Tell

Karten

Zeichnungen: © 2017 Christian Kravogel

Helvetien

Mitteleuropa

Schlachtverlauf

Schlachtaufstellung

9 Uhr - Angriff

Angriff 3. Schar König Rudolf

Hinterhalt Ulrich v. Kappelen, Umgehung Beneš von Cvilín und Flucht Ottokars Heer

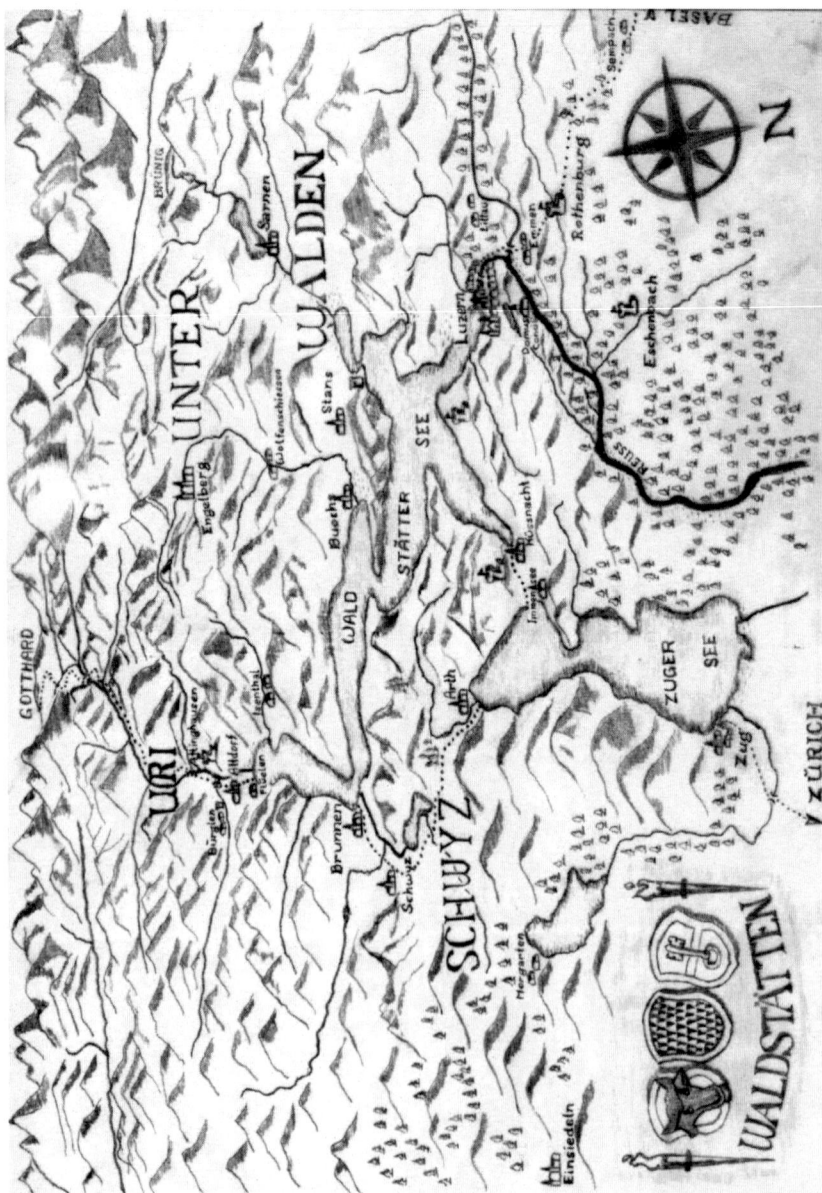

Helvetien

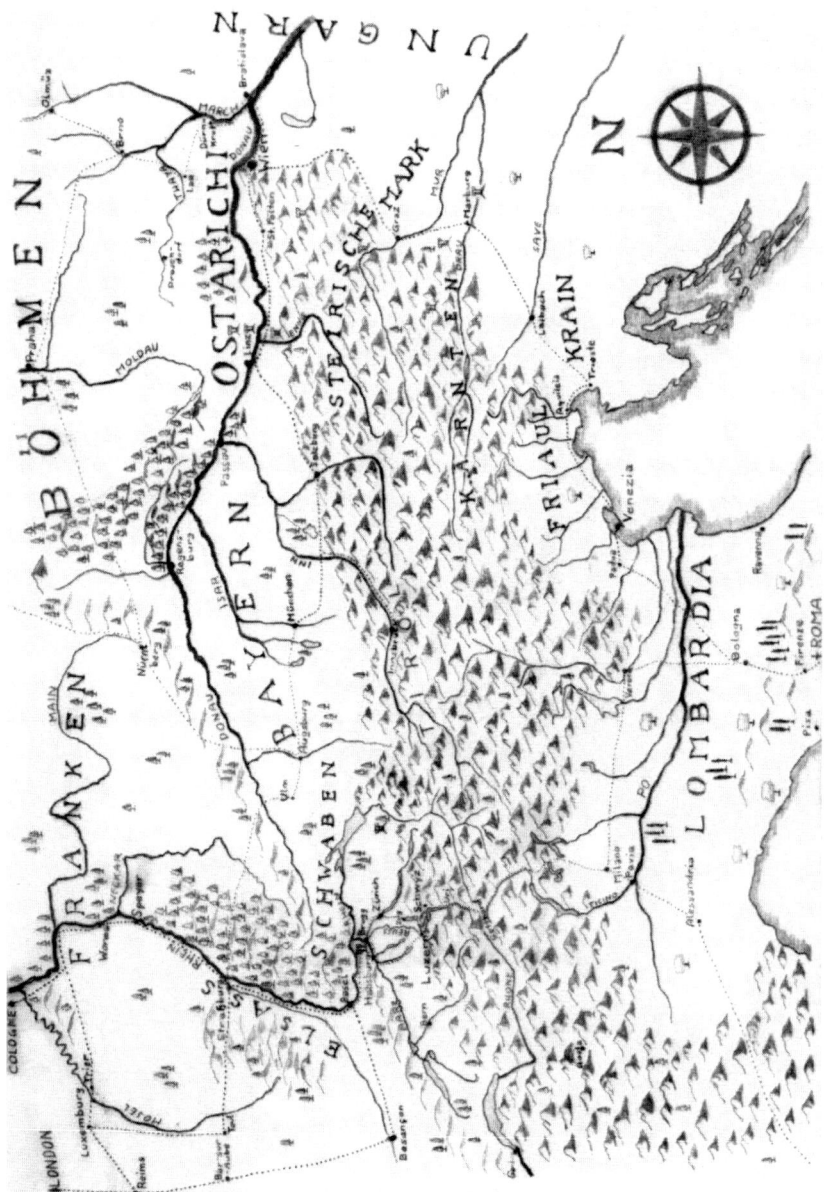

Mitteleuropa

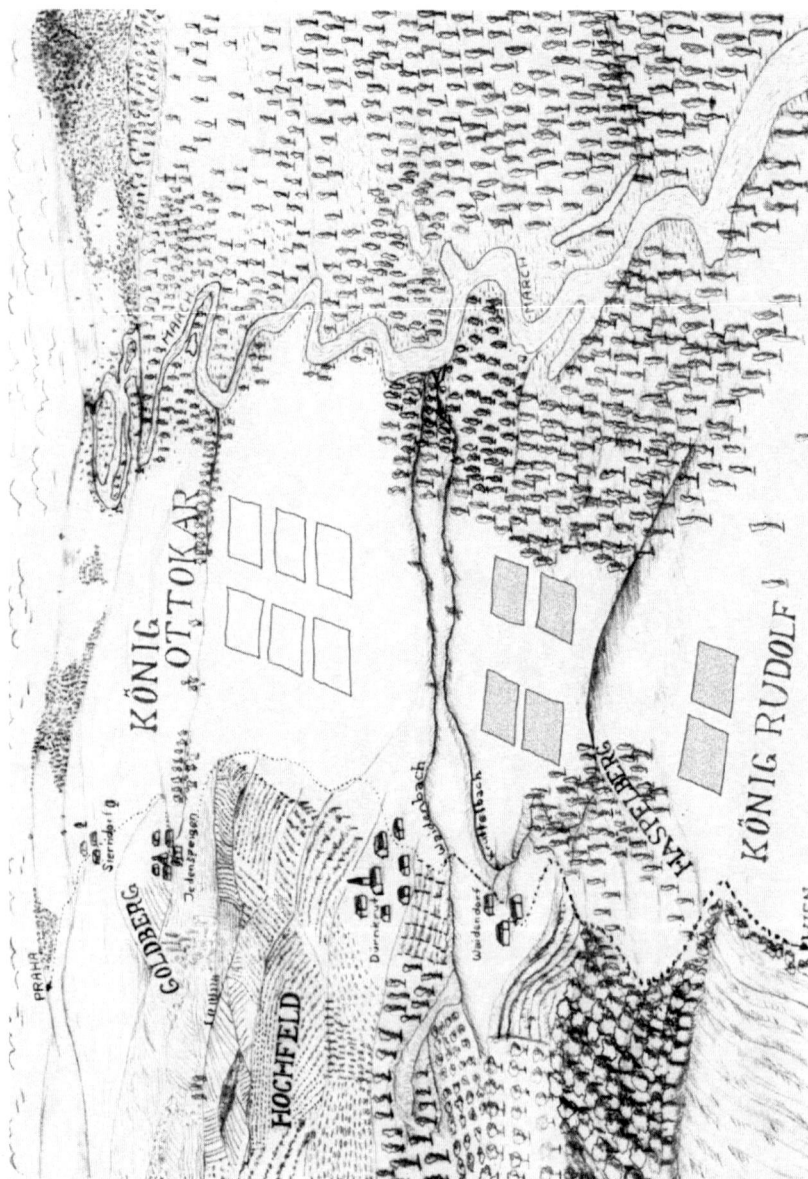

Schlachtaufstellung

330

9 Uhr - Angriff

Angriff 3. Schar König Rudolf

Hinterhalt Ulrich v. Kappelen,
Umgehung Beneš von Cvilín und Flucht Ottokars Heer

Epilog

Im Folgenden ein paar Worte zum historischen Hintergrund, welcher als Bühne und Inspiration für diese Erzählung diente. Um jeder einst wirklich gelebten Person und wahren Begebenheit, die in diesem Roman vorkommt, gerecht zu werden, würde sich mit den gesammelten Daten ein weiteres Buch füllen. Deshalb seien hier nur die wichtigsten Punkte aufgeführt.

Mit der Begehbarmachung der **Schöllenenschlucht** zwischen Göschenen und Andermatt im Kanton Uri, entstand um 1230 eine bis heute wichtige Nord-Süd-Verbindung über die Alpen. Kaiser Friedrich erkannte diese wichtige und schnelle Möglichkeit, Herolde, Truppen und Waren auf diesem neuen Weg über die Alpen senden zu können. Er kaufte der Fraumünsterabtei von Zürich das ‚Ländchen Uri' ab und schenkte den Urnern die **Reichsunmittelbarkeit**. Das hiess, dass sie direkt und unmittelbar dem Kaiser des Sacrum Imperium Romanum unterstellt waren und ausschliesslich ihm Gehorsam schuldeten. Auch die Kantone Schwyz und Unterwalden erhielten kurze Zeit später diesen Status.

Das **Sacrum Imperium Romanum,** auch Heiliges Römisches Reich genannt, entstand im 11. Jahrhundert und endete 1806 mit der Niederlegung der Reichskrone durch Kaiser Franz II. aus dem Hause Habsburg-Lothringen. Das Herrschaftsgebiet verändert sich über die Jahrhunderte natürlich erheblich, umfasste jedoch grob gesagt drei Reichsteile: Den nord- und südalpinen Teil, sowie das Burgund. Von und in die nord- und südalpinen Reichsteile wurden die Waren auf **Saumwegen** über die Alpen transportiert, begleitet von Säumern mit ihren Lasttieren. In einer **Sust** konnte Rast gemacht werden, die Waren wurden hier auf andere Tiere umgeladen oder kurzfristig gelagert. Bereits im Spätmittelalter wählten mehreren tausend Personen pro Jahr diese Route. Verständlich, dass im Gebirge ein Netzwerk an Susten entstand.

Die Zölle, welche erbracht werden mussten, um zum Gotthardpass zu gelangen, waren eine Haupteinnahmequelle der Habsburger. Ihr Stammland ist in der heutigen Schweiz, genauer gesagt im Kanton Aargau. Die Habsburg thront nach wie vor majestätisch über dem Land ob der Aare. Als **Rudolf von Habsburg** 1273 zum König gewählt wurde, konnte er bereits auf eine 300-jährige Familiengeschichte zurückblicken. Die Habsburger hatten ihre Macht vor allem im Elsass und dem Aargau ausgebaut. Details über das Geschlecht der Habsburger, speziell auch zu Rudolf von Habsburg und seiner Familie sind in der klassischen Form des gedruckten Buches oder im Netz gut dokumentiert, wer sich interessiert, findet reichlich Informationen. Unter anderem wurden die folgenden, überlieferten Begebenheiten im Roman aufgenommen.

Hartmann von Habsburg, Rudolfs Sohn, galt als politisch hoch talentiert und war mit der englischen Königstochter Joan verlobt. Daran zeigt sich, dass sein Vater ihm, gegenüber seinem älteren Bruder Albrecht, den Vorzug gab. Doch bevor Hartmann heiraten und sein Erbe antreten konnte, ertrank der damals 18-jährige, zusammen mit 13 anderen Adeligen, im Rhein, als er auf dem Weg zu seinem Vater war.

Gertrud Anna von Habsburg war die Gemahlin von Rudolf von Habsburg und gilt als Stammmutter der Dynastie der Habsburger in Österreich. Sie schenkte 14 Kindern das Leben. Wie zu jener Zeit üblich, wurden die Kinder zur Festigung von Bündnissen mit Freund und Feind verheiratet. Gertrud Anna von Habsburg wurde auf ihren Wunsch hin im Basler Münster beigesetzt, wo auch ihr jüngster Sohn Karl wenige Jahre zuvor bestattet worden war. Ihr letztes Geleit von Wien nach Basel sowie das grosse Begräbnis sind vom Chronist von Colmar ausführlich überliefert.

Albrecht von Habsburg überlebte tatsächlich eine schwere Vergiftung. Die Ursache der Vergiftung blieb ungeklärt. Belegt ist jedoch, dass er durch die raue Prozedur seiner Ärzte ein Auge verlor. 1282 wurde Albrecht zusammen mit seinem Bruder Rudolf als Herzog von Österreich und Steiermark eingesetzt. Doch bereits ein Jahr später erhielt Albrecht alleine diese Würde. Sein Bruder sollte dafür mit Ländereien im heutigen Südwestdeutschland entschädigt werden. Albrecht löste dieses seinem Bruder gegebene Versprechen nie ein, ein Umstand, der für die weitere Geschichte entscheidend ist.

Nach dem Tod von König Rudolf von Habsburg hatten die Kurfürsten weiterhin grosse Bedenken Albrecht zum neuen König zu ernennen. Nur sein Schwager, der Pfalzgraf Ludwig der Strenge, versprach Albrecht, ihn zu wählen. Die Abneigung gegen Albrecht war so gross, dass der Erzbischof von Köln, Siegfried von Westerburg erklärte, es sei Unrecht, wenn der Sohn dem Vater auf den Thron folge. Graf **Adolf von Nassau** wurde am 5. Mai 1292 von den Kurfürsten zum König des Sacrum Imperium Romanum gewählt.

Die grosse **Ritterschlacht auf dem Marchfeld bei Wien** hat 1278 tatsächlich stattgefunden. Hier standen sich zwei Heere gegenüber mit insgesamt geschätzten 60'000 Mann. Der Ablauf der Schlacht und die im Roman genannten Personen sind fast alle historisch belegt. So haben zum Beispiel **Ulrich von Kapellen, Popo von Reichenstein** und **Konrad von Sumerau** tatsächlich die entscheidende Wende in der Schlacht herbeigeführt. Gemeinsam mit sechzig Rittern versteckten sie sich im Hinterhalt zwischen den Weinstöcken an den Abhängen des Hochfeldes und zersprengten auf ein Zeichen von Rudolf das geordnete böhmische Heer. Beschrieben ist auch, wie im Verlauf der Schlacht König Rudolf von einem böhmischen Ritter vom Pferd gestossen wurde. **Walter von Ramswag** aus Thurgau schlug sich daraufhin einen Weg durch die Kämpfenden und half dem König auf ein neues Pferd. Gemäss Erzählungen waren auch die Ritter **Töbelin von Vischerbach, Hans Vasant** und weitere Männer an dieser Rettung beteiligt. Wer sich für weitere Details interessiert, dem empfehle ich von Kurt Peball, *Die Schlacht bei Dürnkrut am 26. August 1278* (Österreichischer Bundesverlag, Wien 1992).

Rudolf von Habsburgs Sieg und der damit verbundene Gewinn grosser Ländereien im Osten legte die Verlegung seines Sitzes nach Wien nahe. Der Ausgang dieser Schlacht prägte die historische und politische Entwicklung Europas. Wie sich ein Sieg von Ottokar auf Europas Geschichte ausgewirkt hätte, bleibt der Fantasie des Lesers überlassen.

Ottokar II. Přemysl war von 1253 bis 1278 König von Böhmen und Herzog von Ostarrîchi, der Steiermark, von Kärnten und Krain. Vor und nach ihm gab es niemanden aus der Dynastie der Přemysliden, der über eine so grosse Macht verfügte. Ob Berthold von Emmerberg, wie in der steirischen Reimchronik berichtet, tatsächlich König Ottokar getötet hat, ist nicht geklärt. Sicher ist, dass Ottokar in dieser Schlacht ums Leben kam.

Die Machtansprüche von Ottokar spalteten Jahre zuvor Ungarn in zwei Lager, was zu blutigen Kämpfen führte. **König Ladislaus IV von Ungarn,** Sohn einer kumanischen Prinzessin und deshalb auch Laszlo der Kumane genannt, war zum Zeitpunkt der Schlacht auf dem Marchfeld 16 Jahre jung. Der junge König entschied sich für ein Bündnis mit König Rudolf von Habsburg. Seine Beteiligung an der Schlacht zusammen mit den Kumanen trug entscheidend zum habsburgischen Erfolg bei. Laszlos Grossvater, **König Béla IV**, hatte die **Kumanen** als Söldnervolk in Ungarn angesiedelt. Das Reitervolk aus den weiten Steppen am Schwarzen Meer, war zuvor von den Mongolen immer weiter nach Westen getrieben worden.

Doch schauen wir noch einmal viel weiter nach Westen und weit zurück in der Zeit: Vor rund 2000 Jahren lebte im hügeligen Ge-

biet des heutigen schweizerischen Mittellandes und in Südwestdeutschland der keltische Volksstamm der Helvetier. Da es meines Wissens im 13. Jahrhundert keine Bezeichnung für das Gebiet der heutigen Schweiz gab, erschien mir der Begriff **Helvetien** als passend. Ganz besonders, da die Schweiz auf Lateinisch
Helvetia bzw. die Schweizerische Eidgenossenschaft Confoeder-
atio Helvetica heisst.

Die Bezeichnung **Eidgenossen** verdeutlicht den Zusammen-
schluss von gleichberechtigten Partnern, verbunden durch einen
geschworenen Eid. Man könnte auch sagen, durch den Eid entsteht eine Selbstverpflichtung zur Selbstbestimmung, eine Haltung, die bis heute in der Schweizer Bevölkerung erkennbar ist.

Der **Bundesbrief** ist in lateinischer Sprache und im Stil und der
Schriftart von Oberitalien geschrieben. Datiert ist er auf Anfang
August 1291. Interessant ist ausserdem, dass rund drei Viertel
der Worte abgekürzt verfasst sind. Musste schnell und vielleicht
im Geheimen geschrieben werden? Wir wissen es nicht.
Nach heutigem Wissensstand gab es im Spätmittelalter zahlrei-
che eidgenössische Bündnisse. Die Eidgenossenschaft ist als ein
Geflecht von Bündnissen zu verstehen. So wurde denn auch
lange Zeit der Bund von Brunnen als Gründung der Eidgenos-
senschaft angesehen, dieser ist datiert auf 1315, nach der
Schlacht bei Morgarten. Jener Bund von Brunnen ist in deutscher
Sprache verfasst, eine Neuartigkeit in der Schweizer Geschichte.
Der Bundesbrief ist erhalten und, neben vielen anderen histori-
schen Bündnisbriefen, im Bundesbriefmuseum zu besichtigen.
Dieses historische Museum im Kanton Schwyz beschäftigt sich
in seiner Ausstellung einerseits mit der Geschichte der alten
Eidgenossenschaft und andererseits mit den zahlreichen My-
then, die mit dieser Geschichte in Verbindung stehen.

Elisabeth von Wetzikon war von 1270 bis 1298 Fürstäbtissin des
Fraumünsterklosters in Zürich und damit die Herrin und oberste
te Richterin der Stadt Zürich. Als Fürstäbtissin war sie die mäch-

tigste Frau der damaligen Zeit auf dem Gebiet der heutigen Schweiz.

Im 13. Jahrhundert lebte eine Person mit dem Namen **Wilhelm Gorkeit** in Zürich und engagierte sich zwischen 1291 und 1296 im Sommer- bzw. im Herbstrat, er verstarb 1297. Seine Taten in diesem Roman sind nicht belegt, sondern entsprangen meiner Fantasie. Inspiriert wurde ich unter anderem auch von Arnold Claudio Schärers Buch *und es gab Tell doch* (Harlekin-Verlag, Luzern 1986).

Ritter Eppo lebte um 1300 in Küssnacht im Kanton Schwyz. Die Ruine seiner Burg wird heute Gesslerburg genannt.

Belegt ist, dass ein **Hermann Gessler** rund 100 Jahre nach unserer Geschichte um Wilhelm Gorkeit das Amt eines Landvogtes innehatte, allerdings im Raum Zürich.

Guillaume de Lusignan, 1st Earl of Pembroke, hatte am englischen Hof eine einflussreiche Position. Die beschriebene Bräutigamschau im Auftrag von Edward I ist jedoch fiktiv. Es ist allerdings anzunehmen, dass König Edward mehr über Rudolf und seinen Sohn erfahren wollte. Ob und wie dies stattgefunden hat, ist nicht bekannt.

König Edward I von England, auch Longshanks genannt, stimmte der Verlobung seiner damals 5-jährigen Tochter Joan of Acre mit dem 9 Jahre älteren Hartmann von Habsburg zu. **Joan of Acre** wurde tatsächlich im syrischen Acre während eines Kreuzzuges geboren und wuchs nach ihrer Rückkehr bei ihrer Grossmutter in Ponthieu in Frankreich auf.

Der schottische **König Alaxandair III** regierte sein Land bis zu seinem Tod 1286.

John Balliol heiratete **Isabella Warenne,** die Nichte von Guillaume de Lusignan, 1st Earl of Pembroke. Aus einem Kreis von dreizehn Anwärtern wurde er 1292 vom englischen König Edward I. auf den schottischen Thron gewählt.

Der schottische Freiheitskämpfer **William Wallace** wurde in London wegen Hochverrats angeklagt und zum Tode durch Hängen, Ausweiden und Vierteilen verurteilt. Sein Kopf wurde auf der London Bridge aufgespiesst.

Der Wikingerführer und König von Dänemark, **Harald Blåtand** zu Deutsch Blauzahn oder, wie die Engländer sagen, Bluetooth, lebte im 10. Jahrhundert. Woher sein Beiname kam ist unklar und lässt Raum für Spekulationen. Der dänische Geschichtsschreiber Saxo Grammaticus verfasste Ende des 12. Jahrhunderts die Gesta Danorum (Taten der Dänen). Es handelt sich hierbei um das früheste und wichtigste dänische Geschichtswerk. Gemäss dieser Schrift zwang König Blauzahn den Helden **Pálna-Tóke,** mit einem Pfeil einen Apfel vom Kopf seines Sohns zu schiessen. Dies ist die älteste schriftliche Version des **Apfelschusses.**

Juliana ist eine fiktive Person. In der weiteren Geschichte repräsentiert sie die unabhängigen Frauen jener Zeit.

Juliana von Lüttich geboren um 1192 in Retinne bei Lüttich, war bekannt für ihre Visionen und erwirkte, dass die katholische Kirche 1264 das *Hochfest der Hochfeste des Leibes und Blutes Christi* einführte, bis heute bekannt als Fronleichnam.

Im grossen Sagenschatz aus Österreich findet sich auch die Sage der **stolzen Föhre im Marchfeld** mit ihren Feen.

Funde von keltischen Schwertern zeigen bereits das Streifenmuster des **Damaszenerstahls.**

Ende des 12. Jahrhunderts fand das **Spinnrad** langsam seinen Weg aus dem Orient nach Europa. In manchen Regionen war die Verwendung des Geräts noch bis ins 15. Jahrhundert für die

Zünfte verboten, vermutlich weil die Qualität des erzeugten Wollgarns mit der Handspindel als besser angesehen wurde.

Der **Glaube** sowie religiöse Rituale nahmen in Europas Mittelalter einen festen Platz ein. Heilige und Schutzheilige wurden um Beistand gebeten. Doch die Sprache der Bibel war Latein und die Auslegung der Heiligen Schrift war allein Sache der Geistlichen. Grosse Teile der Bevölkerung pflegten vielleicht auch deshalb zu jener Zeit noch die alten, magischen Kulte, die sie in verschiedenen Ritualen auch auslebten. Die jahrhundertelange Verehrung von Quellen, aber auch Seen, Flüssen und Brunnen, zeigt sich in den Funden von unzähligen Gaben, die in den Gewässern entdeckt wurden. Von Münzen, kleinen Figürchen und Waffen bis hin zum Goldschmuck ist alles anzutreffen.

An der Reuss bei Luzern lebte zu jener Zeit eine Gemeinschaft der **Beginen**. Diese Waldschwestern legten keine Gelübde ab, sie konnten die Gemeinschaft jederzeit wieder verlassen, heiraten und sich einem bürgerlichen Leben widmen. Vom Beginenhof Domus Concilii, Haus des (guten) Rates, ist bis heute der Name dieser Ortschaft an der Reuss geblieben, Rathausen.

Die Legende von Wilhelm Tell ist in der Schweiz tief verankert, ich möchte sogar sagen, für immer in den Granit unserer Berge gemeisselt. Wie alle Legenden wurde auch diese von Generation zu Generation mündlich überliefert. Ende des 15. Jahrhunderts wird der Freiheitskämpfer Thall zum ersten Mal im Weissen Buch von Sarnen erwähnt. Der Obwaldner Landschreiber Hans Schrieber bezieht sich dabei auf verschollene Vorlagen. Ebenfalls in dieser Zeit verfasste ein Unbekannter das Lied: Hüpsch lied vom ursprung der Eydgenoschaft und dem ersten Eydgenossen Wilhlem Thell genannt.

Durch die Chronicon Helveticum des Geschichtsschreibers Ägidius Tschudi aus dem 16. Jahrhundert gewann die Sage von Wilhelm Tell an weiterer Bedeutung. Unter anderem dienten ihm dafür auch Texte aus dem Weissen Buch von Sarnen.

Friedrich Schiller, der selber nie in der Schweiz weilte, war Tells Dramaturg. Als Grundlage dienten ihm die Erzählungen seines Freundes Johann Wolfgang von Goethe. Goethe bereiste mehrmals die Innerschweiz, wo er von der Tell-Legende hörte und daraufhin die Chronicon Helveticum las. Goethe, selbst fasziniert von der Befreiungsgeschichte am Vierwaldstättersee, hatte zuerst vor den Stoff selber zu verarbeiten, überliess dies dann jedoch seinem Freund. Wilhelm Tell ist Schillers letztes vor seinem Tode fertiggestellte Bühnenwerk. 1804 wurde es am Weimarer Hoftheater uraufgeführt. Regie führte Johann Wolfgang von Goethe.

Obwohl vielfach politisch verwendet und missbraucht, bleibt die Wilhelm Tell Legende ein Stück neutrale Geschichte der Schweiz. Ich hoffe, die Erzählung in der heutigen Sprache und eingebettet in historische Fakten, hat Sie unterhalten und in diese ferne Zeit eintauchen lassen. Für einen konstruktiven Austausch zur Legende von Wilhelm Tell stehe ich gerne zur Verfügung.

www.die-wilhelm-tell-legende.ch

Danke

Eine solch weite Reise in längst vergangene Zeiten wäre ohne vielseitige Unterstützung nicht möglich gewesen.

Allen voran geht ein grosses Dankeschön an meine drei Kinder, **Kenny, Tia und Aaren**. Unsere gemeinsamen Ausflüge an historische Stätten, die gemeinsame Begeisterung und die unzähligen Fragen haben mich auf meiner Reise rund um Wilhelm Tell immer weiter vorangetrieben und neue Pfade beschreiten lassen. Danke auch für die vielen Stunden, an denen ich mich ungestört an Tastatur und Bildschirm ins Spätmittelalter begeben konnte.

Worte können kaum ausdrücken wie gross mein Dank an meinen Ehemann und wahrhaftigen Lebenspartner **Chris** ist. Du hast mir geholfen, Licht in das dunkle Spätmittelalter zu bringen, hast mit ritterlichem Mut und ohne Zögern einen Weg durch jedes Dickicht gebahnt, welches sich mir entgegenstellte und mir neue Wege frei gemacht. Zudem konnte ich mich immer darauf verlassen, dass du mir den Rücken freihältst, wenn ich meine Protagonisten zu neuen Taten aufbrechen liess. Du bist der Beste! Danke auch für die wunderbaren Karten, die du mit ruhiger Hand und nach alter Art gezeichnet hast, um altbekannte Wege durch mittelalterliche Gefilde aufzuzeigen.

Ein besonderer Dank geht an das **Kunsthistorische Museum in Wien** für den herzlichen Empfang sowie die fachkundigen und ausführlichen Auskünfte. Das Schwert zu sehen, welches wahrscheinlich König Ottokar bei der Schlacht auf dem Marchfeld geführt hatte, war ein unvergesslicher Moment.

Ehrfürchtig und nicht weniger staunend stand ich in Schwyz vor all den verschiedenen, geschichtsträchtigen Dokumenten. Einen speziellen Dank geht an die Mitarbeiter, die diese Schätze im **Bundesbriefmuseum** hüten und mir geduldig und fundiert auf all meine Fragen antworteten.

Danke auch an das **Tell-Museum** im urchigen Wattigwilerturm in Bürglen im Kanton Uri für die vielseitige Dokumentation zum Mythos Tell.

Bibliotheken generell, allen voran jedoch der Bibliothek in Sarnen, danke ich für ihre zuvorkommende Hilfsbereitschaft sowie ihre akkurate Arbeit und das verlässliche Finden von Schriften, Büchern und Dokumenten.

Danke den Erfindern von **Wikipedia** und **Onlineportalen** sowie allen fleissigen Geistern die diese Gefässe füllen.

Herzlichen Dank Anja! Deine unermüdliche Arbeit als **Lektorin** sowie die vielen bereichernden Anregungen weiss ich sehr zu schätzen.

Den furchtlosen **Probelesern** Kathy, Gerd, Julia, Andrea, Veronika, Jürgen und Nicky danke ich für die überaus wertvollen Rückmeldungen aller Art.

Habt Dank Ihr achtbaren Mannen vom **Freakatorium** an der Emme. Danke eurer grossmütigen Hilfsbereitschaft ist mein erträumtes Bild für den Buchdeckel Wirklichkeit geworden.

Und zu guter Letzt, jegliche Irrtümer und Fehler die sich eingeschlichen haben sollten, gehen selbstverständlich und ausschliesslich zu meinen Lasten.